Bruchstücke

Episoden einer russischen Nachkriegsgeneration

Autorin

Elena Glaess

Elena Glaess, geb. 1945 in Woroschilowgrad (Lugansk), absolvierte die Leningrader Staatliche Universität und das Staatliche Institut für Kultur mit der Aspirantur. Sie arbeitete als Direktorin der Wissenschaftlichen Maxim Gorki Bibliothek der Staatlichen Universität Leningrad, dozierte an der Philologischen Fakultät der Universität, am Staatlichen Institut für Kultur und am Polytechnischen Institut in Leningrad. Sie verfasste kulturwissenschaftliche Veröffentlichungen in der UdSSR sowie im Ausland und war Mitglied der Arbeitsgruppe für Internationale Beziehungen der Bibliotheken der UNESCO.
Frau Glaess siedelte 1990 aus dem damaligen Leningrad (heute Sankt Petersburg) nach Deutschland über und lebt heute in Berlin.

Elena Glaess

Reinhardt Pigulla

(Übersetzung und deutsche Fassung)

# Bruchstücke

Episoden einer russischen Nachkriegsgeneration

Bibliographische Information
der Deutschen Nationalbibliothek
Die Deutsche Nationalbibliothek verzeichnet diese Publikation
in der Deutschen Nationalbibliographie; detaillierte bibliographische Daten sind im Internet über http://dnb.dnb.de abrufbar.

Kostenloses Tauschbuch
**Kein** Weiterverkauf

Impressum
© 2014 by Elena Glaess / Reinhardt Pigulla
   Berlin und Dresden

Redaktion und Übersetzung: Reinhardt Pigulla
Fotos Titelseite: Reinhardt Pigulla
Design Titelseite: Arina Gray
Computerdesign Umschlagseiten: Rico Pigulla

Herstellung und Verlag
BoD-Books on Demand, Norderstedt

ISBN 978-3-7357-9364-5

## Inhaltsverzeichnis

| | |
|---|---:|
| Vorwort | 9 |
| Die Beichte | 13 |
|     Köfferchen | 13 |
|     Vaters Schicksal | 14 |
|     Mutters Tod | 23 |
|     Kommunalka | 26 |
| Vierziger Jahre – die bitteren und die glücklichen | 32 |
|     Blockadeprinzipien | 32 |
|     Serjoschka | 35 |
|     Brotausgeberin | 35 |
|     Irina | 37 |
|     Nella | 42 |
|     Tante Polina | 46 |
| Nachkriegsfreuden | 54 |
|     Erste Jahre | 54 |
|     Baronin | 63 |
|     Vorladung | 68 |
|     Jugendkonflikte | 71 |
|     Tatarenkinder | 79 |
|     Musikalische Ambitionen | 82 |
|     Ungleiche Chancen | 90 |
|     Gekränkte Seele | 97 |
|     Freizeitbetreuung | 99 |
|     Nächtliche Abenteuer | 100 |
|     Sowjetische Schule | 103 |
|     Neuer Geschichtslehrer | 106 |
|     Apfelstiele | 107 |
|     Rolda Donowna | 109 |
|     Neujahrsepisode | 112 |
| Korruption auf Sowjetisch | 114 |
|     Aufnahmekommission | 114 |
|     Falschspieler | 120 |
|     Überfall | 123 |

| | |
|---|---|
| Prozess | 128 |
| Über die Zuträgerei | 130 |
| | |
| **Von seinen Liebsten trennt man sich nicht!** | **135** |
| Prothese | 135 |
| Familie | 146 |
| Galina T. Filenko | 152 |
| Sergej N. Bogojawlenski | 164 |
| Tante Sima | 179 |
| Olegs Debakel | 181 |
| Grabschändung | 186 |
| Gedenken | 190 |
| | |
| **Tschernaja byl** | **192** |
| Alexander | 192 |
| Katastrophe | 200 |
| Verstrahlte Zone | 206 |
| Blutsturz | 210 |
| Mahnung | 212 |
| | |
| **Schönheit ist eine furchtbare Kraft** | **214** |
| Neue Tätigkeit | 214 |
| Privatklinik | 216 |
| Klinikarbeit | 221 |
| Schönheitswahn | 225 |
| Hochwasser | 228 |
| Übernahme | 229 |
| Oktoberfest | 244 |
| Weißrusse | 248 |
| | |
| **Ärzte, denen wir vertrauen** | **250** |
| Fehltritt | 250 |
| Marianna | 253 |
| Ärzte des Vertrauens | 265 |
| Musik – die beste Medizin | 276 |
| | |
| **Entbehrliche Kinder?** | **279** |
| Fürsorglichkeit | 279 |

| | |
|---|---|
| Berufstätige Mutter ………………………………….. | 280 |
| In der Tataren-Moschee…………………………...…… | 283 |
| Verwöhnte Sprösslinge …………………………....… | 286 |
| Unarten ………………………………………………. | 291 |
| Trennungsschmerz ………………………………... | 297 |
| Natascha ……………………………………………... | 303 |
| Vaterlandsdienste ……………………………………. | 307 |
| Begebenheiten des Alltags ……………………………….. | 313 |
| Bibliotheksfrauen …………………………………..... | 313 |
| Walentina …………………………………………….. | 314 |
| Realität der Siebziger ……………………………….. | 316 |
| Denunziationen ……………………………………… | 317 |
| Vergewaltigung ……………………………………… | 320 |
| Rollstuhlfahrer ………………………………………. | 322 |
| Rita ………………………………………………….... | 324 |
| Einsamkeit im Alter ………………………………….. | 326 |
| Semitische Befindlichkeiten …………………………. | 329 |
| Dienstreisen ………………………………………….. | 332 |
| Im Ausland ………………………………………………. | 337 |
| Dresden ……………………………………………….. | 337 |
| Garnisonsläden ……………………………………….. | 339 |
| KZ Buchenwald ………………………………………. | 341 |
| Grenzschock, Zuckersack und Professor Ch. …………. | 345 |
| Buchmesse Frankfurt …………………………………. | 348 |
| Baltikum …………………………………………….... | 351 |
| Vilna ………………………………………………….. | 352 |
| Tallin und Riga ……………………………………….. | 355 |
| Italien …………………………………………………. | 357 |
| Schweden …………………………………………….. | 363 |
| Buchara und Samarkand …………………………….... | 375 |
| Heimweh ………………………………………………….... | 380 |
| Leningrad – Sankt Petersburg …………………………. | 380 |
| Zuversicht …………………………………………….. | 387 |
| Nachwort …………………………………………………….. | 393 |

## Vorwort

Wenn Du am Morgen erwachst, denke darüber nach, was für ein köstlicher Schatz es doch ist, zu leben, zu atmen und sich freuen zu können.

Mark Aurel

Alles, was ich aufgeschrieben habe, alle meine Spaziergänge durch das Labyrinth des Gedächtnisses, die Situationen, die ein Lächeln oder unwillkürliche Tränen hervorrufen, gehören mir - aber auch vielen anderen, die in jenen schwierigen und unruhigen Jahren geboren wurden, die mit dramatischen, unverzeihlichen, traurigen und gleichzeitig fröhlichen, glücklichen und unvergesslichen Erlebnissen gefüllt waren.

Diese Symbiose der Widersprüche erzog in mir die Standhaftigkeit eines Zinnsoldaten, den Glauben an Ideale, von denen sich viele als falsch erwiesen haben, den Stolz und die Selbstachtung, die auch nicht das gnadenlose, harte und blutige Gesellschaftssystem brechen konnte.

Zugedeckt mit den wirklichkeitsfremden Losungen des Sozialismus und Kommunismus, hat dieses Monster einer Ideologie in unseren Verstand die Angst gebracht und in unserem Unterbewusstsein das Spinnennetz der Unsicherheit und der Selbstverleugnung eingewoben.

Die folgenden aufgezeichneten Erinnerungen entstanden im Ergebnis intensiver Gedankenaustausche, Streitgespräche und Diskussionen mit meinen deutschen Freunden, die für mich fast schon wie meine eigene Familie geworden sind. Wir wurden im selben Jahr 1945 geboren, im Jahr des Sieges der Alliierten über Hitlerdeutschland, das nach den unheilbaren Verlusten und Niederlagen begann.

Die Väter unserer Generation kämpften an den Fronten gegeneinander und saßen in verschiedenen Lagern. Falls sie den Krieg überlebt hatten, bauten sie mit Hoffnung die zerstörten Städte wieder auf. In derselben Zeit, ohne sich zu begegnen, erweckten mein Vater und der Vater meines deutschen Freundes R. die Stadt Woroschilowgrad (heute Lugansk) und das lebensnotwendige Donezker Kohlebecken wieder zum Leben. Unsere Mütter trugen ihre eigene Last, indem sie das bittere Glas des Schicksals der Frauen im und nach dem Krieg austrinken mussten. Ausgezehrt von Hunger und Mühsal zogen sie uns auf. In unsere kindlichen Köpfe legten sie ihre Hoffnungen, den Glauben und ihre Liebe. Diese Samen der Güte fielen auf fruchtbaren Boden. Als das Schicksal uns in der Mitte der siebziger Jahre zusammenführte, waren wir Romantiker aus verschiedenen Ländern mit verschiedenen Sprachen. Wir hatten bereits eigene Familien, Kinder, eine hohe Ausbildung, eine erfolgreiche Arbeit und ein Stück Lebenserfahrung.

Wir trafen eine Wahl und wurden Freunde, Gleichgesinnte und wie enge Verwandte. Dank dieser Freundschaft, die nun schon fast vierzig Jahre anhält, erschien auch dieses Buch, in dem meine Erlebnisse eingebunden sind. Es sind die Geschichten meiner Generation und derer, die in mir tiefe Spuren wie auf der Borke eines uralten Baumes hinterlassen haben.

Gewidmet ist dieses Buch meiner lieben Tochter Marianna, meiner Enkelin Arina und dem amerikanischen Schwiegersohn Kit.
Als Zeichen höchster Dankbarkeit widme ich dieses Buch meinen in eine andere Welt gegangenen Eltern, dem Bruder und meinem ersten Mann Oleg.

Als Geste des Vertrauens lege ich Ihnen, liebe Leser meine Aufzeichnungen vor.

Ihre Elena Glaess

## Die Beichte

Das Köfferchen

In meiner Kindheit bin ich nie bestraft worden. Man hat mich verwöhnt, man hat mich geliebt. Ich erinnerte mich an die Kindheit bisher von der Zeit an, als ich etwa sieben Jahre alt und bei uns alles „gut" war. Die Zeit davor war in meinem Bewusstsein vergessen bis zu dem Moment, als im Kino die ersten Szenen des Films „Die Beichte" liefen: Ein Auto hält an der Haustür, ein leises aber nachdrückliches Pochen an das Fenster, Männer in langen Ledermänteln, die Hüte tief ins Gesicht gezogen, die Hände in den Taschen und ein leises zischendes Reden.

Zum ersten Mal konnte ich einen Film nicht zu Ende sehen. Ich drängte mich zum Ausgang durch, vor Tränen blind, die Zähne zusammengepresst, damit ich sie mir nicht zerschlug. Erinnerungen kamen wieder, die bereits lange vergessen schienen. Durch die geschlossene Tür zum Schlafzimmer der Eltern drang ein Aufschrei von Mama und die seltsam verlorene, gesenkte Stimme vom Vater. Dann ein Türenschlagen, ein Quietschen von Rädern – danach war Stille. Hinter der Tür zu den Großeltern, den Eltern meines Vaters hörte ich nur Seufzen, Flüstern und ein Knarren. In der Küche begann meine Mutter verbittert irgendetwas zuzuschneiden, zu nähen oder aufzuwaschen. Das war ihre nächtliche Therapie. Aber das kleine Köfferchen, das immer im Flur stand, war nicht mehr da. Es verschwand in der Nacht mit Papa und kehrte bei Tagesanbruch nach Hause zurück, als sie ihn, meinen Vater, den großen und schönen Mann, wie einen Sack Lumpen in den Eingang warfen, diese lautlosen, grauschwarzen, geheimen

Leute. Ein aufheulender Motor – und dann war wieder Stille. Das Köfferchen stand wieder an seinem Platz.

Als meine Eltern eines Tages ihre Erwachsenenprobleme lösten, wollte ich meine unersättliche Neugier befriedigen und öffnete den Deckel des kleinen Köfferchens. In ihm lagen saubere Unterwäsche, ein Paar Socken, Seife, ein Löffel, eine Tasse, ein Päckchen Zwieback, eine Schachtel Zigaretten und Vaters alte Brille. Enttäuscht schloss ich den Kofferdeckel wieder. Ich lief in mein Zimmer und versuchte eine Antwort darauf zu finden, warum der Vater in der Nacht solche alltäglichen Dinge mitnahm. Mit den Jahren kam die Erkenntnis, dass jedes Mal, wenn er mit diesen schrecklich zwielichtigen Gestalten in die nächtliche Dunkelheit fuhr, er annahm, dass man ihn bestenfalls in ein Lager oder ein Gefängnis steckte, aber im schlechtesten Fall . . .

Seine alte Brille aber kommt mir jedes Mal in den Sinn, wenn ich die Chroniken der Kriegsjahre ansehe. Als ich sehr viel später in Deutschland die Buchenwald-Gedenkstätte besuchte und in Dachau weilte, stand ich betroffen vor den Brillenbergen der getöteten Häftlinge. Ich konnte mich der erschreckenden Vorstellung nicht erwehren, dass in irgendeinem sowjetischen Lager die Brille meines Vaters läge.

## Vaters Schicksal

Mein Vater war ein phantasievolles Talent. Er zeichnete, malte ständig etwas und erzählte faszinierende Geschichten. Er wurde 1916 geboren und starb 1958 den Kopf voller Ideen aber mit einer zerrütteten Seele, einem gebrochenen Willen und mit plötzlichen Wutausbrüchen, die ihn in ein rasendes Tier verwandeln konnten. Geboren und aufgewachsen im russischen

Mittelstand, strebte er sein ganzes Leben nach Wissen. Aus den Erzählungen meiner Mutter erfuhr ich, dass sein Vater, also mein Großvater mit Stolz den Familiennamen Miljutin trug, aber niemals über die Stellung seines Ur-Ur-Urgroßvaters als Heizer bei der Zarin Anna Ioanowna sprach. Dieser soll nicht nur die Säle des Zarenpalastes, sondern auch ihr Bett angewärmt haben. So hieß es. Mein Vater heiratete meine Mutter zum Ende der dreißiger Jahre. Sie war ein Mädchen aus einer namhaften russischen Familie. Durch einen tragischen Zufall hatte ihre Familie das Vaterland in der ersten Welle der Emigration nicht verlassen können. Der Vater meiner Mutter war mit seiner Familie nicht aus Russland geflohen, weil meine Großmutter an Typhus erkrankt war. Sie starb mit achtundzwanzig Jahren und hinterließ den Großvater und drei Kinder.

Aus Angst, erschossen zu werden, heiratete der Vater meiner Mutter die Tochter eines früheren Dieners namens Semjonow und änderte damit seinen und den Familiennamen der Kinder. Nach der Heirat meiner Eltern hatte meine Mutter trotzdem das ganze Leben lang Angst, irgendwer könnte von ihrer Herkunft erfahren. Später am Krankenbett erzählte sie mir, dass mit meiner Person ein Stück ihrer Familie und ihrer Vergangenheit weiterlebt. Mutter nahm mir das Versprechen ab, mich immer verantwortungsbewusst und stolz meiner Herkunft zu erinnern, mich niemals in Mittelmäßigkeit fallen zu lassen, sowie würdig und demütig zu leben.

Die ständigen Kontrollen meines Vaters als Bauingenieur auf den Baustellen des Landes zum Ende der dreißiger Jahre führten ihn an die chinesische Grenze, in die Taiga, in den Donbass und einmal an die polnische Grenze. Eben dort wurde er bei der nächtlichen Feier zum Schuljahresabschluss mit der Familie vom Krieg überrascht. Die Schüsse aus niedrig anfliegenden

Flugzeugen, die zunächst als Späße betrunkener Piloten aus der nächsten Garnisonsstadt abgetan wurden, waren der erste Kriegslärm. Aber die ersten abgeworfenen Bomben vertrieben die Zweifel. Das Militär und alle männlichen Zivilisten mussten zurückbleiben, um die Grenze zu verteidigen. Die Mütter mit Kindern und die Frauen wurden in ein paar überfüllte Lastwagen gesetzt und in die Ungewissheit geschickt. Die russischen Verteidiger wurden überwältigt und augenblicklich entwaffnet. Die deutschen Soldaten haben auf Befehl die Kommandeure der Roten Armee auf der Stelle erschossen. Die verbliebenen Soldaten und die Zivilisten wurden in ein Konzentrationslager auf polnisches Territorium verbracht.

Ich werde nicht von den Erzählungen meines Vaters über jene Zeiten schreiben. Es ist bereits so viel darüber geschrieben und in Filmen gezeigt worden. Es ist heute noch schmerzlich, furchtbar und unvergesslich. Nur eine Episode, die mein Vater erlebte, hat sich in meiner Erinnerung festgesetzt:

Auf dem Lagerplatz stand ein Fahnenmast mit der entfalteten Hakenkreuzfahne. Die SS-Wachen hatten die Juden aus den Baracken geholt und in einem Kreis aufgestellt. Auf Kommando sollten sie den Mast erklettern, um das hoch wehende Fahnentuch zu küssen. Ein Kuss an die Fahne bedeutete das Leben. Es gab nur einen Fahnenmast, nur ein Fahnentuch – und hunderte Juden. Einige Gefangene kletterten nach oben, um ihr eigenes Leben und das ihrer Frauen und Kinder zu retten, und fielen auf die Erde, wobei sie andere mitrissen. Jeder, der auf die Erde fiel, wurde beschossen. Das Knallen der Schüsse, das Bellen der Hunde, das Stöhnen und die Schreie der Getroffenen. Ein „Spaß?"... Mein Vater weinte, als er darüber erzählte.

Nachdem er zwei Monate gefangen gehalten worden war, beschloss mein Vater mit zwei Ingenieur-Kollegen aus dem Lager zu fliehen. Aber nur zwei von ihnen erreichten die Frontlinie. Ein Kollege versank im Sumpf der masurischen Weiten. Die Freude darüber, dass sie zu den „Unseren" lebend zurückgekehrt waren, wurde jedoch augenblicklich verdorben. Mit der Anschuldigung konfrontiert, dass sie die Parteiausweise in den Häusern an der Grenze zurückgelassen hatten, stempelte man sie als „Verräter" ab. Sie wurden nach Sibirien in ein Straflager zum Holzfällen gebracht. Ihnen wurde angedroht, nach einem schnellen Sieg der Roten Armee mit jedem einzelnen von ihnen „abzurechnen". Viele in diesem Arbeitslager überlebten nicht und viele zerbrachen daran. Aber Vater zeichnete in den wenigen freien Stunden wieder, malte und dachte darüber nach, was er wohl nach dem Krieg machen würde. So wurde die Idee des Nordkrimkanals geboren, um die Krim mit Wasser versorgen zu können. So entstanden auch die Berechnungen für die viel geschmähten „Chruschtschowkas" – Häuser aus Großblöcken und die Pläne zur Erweiterung der Nachkriegs-Autobahnen. Mit seinen Notizen und Zeichnungen auf Papierfetzen lenkte mein Vater, der die Dreißig noch nicht erreicht hatte, die Aufmerksamkeit des Lagerkommandanten auf sich. Dieser rief ihn zum „Gespräch" und notierte etwas auf seinen Zettelblock. Er schrieb einen ausführlichen Brief mit Vaters Ideen an das Zentralkomitee, und kurz vor Ende des Krieges wurde Vater entlassen. Er sollte in den Donbass reisen und sich mit der Inbetriebnahme der Schächte und dem Wiederaufbau der Stadt Lugansk, damals hieß es Woroschilowgrad, beschäftigen. Vater wurde Leiter der Bauhauptverwaltung und bat inständig darum, den Bruder meiner Mutter, Alexandr N. Semjonow zum Chefarchitekten der Stadt zu benennen. Onkel Sascha, wie wir ihn nannten, kehrte aus dem Krieg mit vierundzwanzig Jahren zurück, die Brust voller Orden und Medaillen. Beide erhielten den Auftrag, eine festliche Stadt für die Bergleute zu bauen.

Die Bergwerke nahmen den Betrieb wieder auf, die Häuser wuchsen. Wir wohnten mit Onkel Sascha benachbart. In unseren Häusern erklang abends Musik und Gesang. Kinder wuchsen auf. Aber dann kam die Zeit, in der mit Vater „abgerechnet" werden sollte. Man hielt ihn jedoch nicht von seinen Verpflichtungen ab. Er bekam gutes Geld, ihm wurden Regierungstelegramme mit Dankschreiben für den Anlauf dieses oder jenes Objektes zugesandt. Aber nachts – ein Kratzen, ein Klopfen, Leute im schwarzen Mantel, das Fortgehen Vaters mit dem Köfferchen. Onkel Sascha begann zu trinken, als man Vater mitnahm, und Vater trank, als man ihn zurückbrachte. Onkel Sascha starb in der Anstellung als Chefarchitekt von Woroschilowgrad mit zweiunddreißig Jahren. Er war sechs Jahre im Krieg und überlebte ihn nur sechs Jahre. Er baute eine Stadt, ohne die Zeichnungen beendet und ohne die Kinder großgezogen zu haben.

Mit dem „Tauwetter" in der Sowjetunion, das Nikita Sergejewitsch Chruschtschow eingeleitet hatte, wurde Vater in Ruhe gelassen. Doch er wurde ein kranker Mensch. Immer gut angezogen kam er nach Hause, wobei er bereits die ersten Gläser Kognak auf Arbeit getrunken hatte. Auf dem Hof beschenkte er mich und meine Spielkameradinnen mit Pralinen und betrat dann das Haus. In diesem Moment krampfte ich mich zu einem Knäuel zusammen. Vor Anspannung begann mein Auge zu schielen, und ich erwartete den ersten Schrei meiner Mutter aus dem Fenster, um ihr zu helfen. Das Schreckensszenario war stets ein und dasselbe: Nachdem er Abendbrot gegessen und noch ein Glas Kognak getrunken hatte, wurde er dreist und wild. Sich in wüsten Beschimpfungen auf die Faschisten, die Kommunisten und die Leute in den schwarzen Ledermänteln ergehend, spie er seinen ganzen Zorn, seine Angst und seine Bitterkeit in das Gesicht von Mama. Er ergriff einen Strick, um sie und sich zu erhängen, oder er fuchtelte mit einer Rasierklinge herum, um sich mit einem Schlag die Pulsadern aufzuschneiden. In diesen Augenblicken saß ich im Sandkasten im Hof, lauschte in die Richtung unserer Fenster und beim ersten Angst- oder Schmerzensschrei von Mama sauste ich die Treppe hoch, um mich mit meinen fünf Jahren zwischen sie zu werfen und mit einem Atemzug zu schreien: „Papa-Papa-Papotschka!" Da nahm sein Gesicht einen aufgeschreckten Ausdruck an, und er begann schluchzend zu weinen.

Wenn wir Kinder uns in der Gruppe zusammengefunden hatten, liefen wir zu den Großeltern von jemandem, die uns nie wegen schmutziger Hände, zerzauster Haare oder zerrissener Bekleidung beschimpften. Sie setzten uns in die Küche und gaben uns so schmackhaftes Essen, das für uns etwas Besonderes war. Das waren Piroggen mit Kartoffeln oder Kraut, mit Zwiebeln und Speck gebratene Kartoffeln, denn Fleisch war zu teuer. Dazu tranken wir Tee mit Zuckerstückchen. Sattgegessen setzten wir uns auf den Fußboden und hörten die Geschichten der betagten Leute über den Krieg, über die Besetzung und die Blockade. Die Erzähler dachten nicht an unser Alter und hatten keine Hemmungen, die Opfer, die Verluste, die Ängste, die Schmerzen und Krankheiten in allen Einzelheiten vor uns auszubreiten. Sie hatten Geschichten, die uns über die Liebe, Umwerbungen, Sympathien und Hochzeiten unterhalten haben. Wenn wir diese Geständnisse hörten, bissen wir uns nur auf die Lippen, um nicht los zu prusten vor Belustigung: Was für eine

Liebe konnten diese alten Leute denn schon haben? Es wurde fast wie ein Ritual, für das Essen dankbar zuzuhören. Wir verstanden damals nicht, wie sehr die alten Menschen uns kleine Zuhörer gern hatten. Ihre Kinder, unsere Eltern steckten in der Arbeit, in der es nur die ewigen Feuerwehreinsätze, die Pläne und das Bestreben für das Hauptziel, den Aufbau des Kommunismus gab.

Von Woroschilowgrad wurde mein Vater zum Bau des Nordkrimkanals an die Krim beordert. Aber zunächst kehrten wir in unsere Heimatstadt Leningrad zurück, öffneten unsere verschlossene Wohnung, nahmen die Überzüge von den Möbeln ab und spazierten gemächlich durch unsere geliebte Newa-Stadt. Bereits früh am Morgen fuhren wir nach Gatschina, Puschkin, Petershof, zu Freunden nach Komarowo und nach Selenogorsk. Zwei Monate Urlaub verflogen wie ein Tag. Diese zauberhafte Luft und der baltische Wind, so schien es, spülten die Traurigkeit und den Schmerz vom Vater weg. Es machte ihn gutmütig und erweichte sein Herz. Vor der Abfahrt spazierten wir bis spät in die Nacht und neben einigen schönen und imposanten Häusern blieben meine Eltern stehen. Mutters Gesicht wurde traurig und mein Vater sagte: „Vergiss es, wir haben eine neue Zeit, ein neues Leben!" Ich konnte das alles nicht verstehen, so wie ich die Reaktion der Eltern meines Vaters nicht verstand, als ich ihnen freudestrahlend mein Pionierhalstuch zeigte und rief: „Und jetzt bin ich ein Leninpionier!" Darauf antworteten sie mir: „Eine Ausgeburt bist du, eine weißgardistische, aber kein Pionier!" Das hatte mich so beleidigt, sodass ich mein ganzes Leben lang die Beste sein wollte: im Komsomol, in der Partei, in der Aspirantur, im Alltag, in allem.

Nach dem Urlaub fuhren wir zurück auf die Krim. Alles war so durcheinander, laut und groß aufgemacht, für mich als Kind unbehaglich. Zunächst wohnten wir in Zelten, danach in drei Zimmern in dem Verwaltungsgebäude vom Vater, danach in einer riesigen Wohnung eines Neubaus im „Elitekreis". Sonnabends und sonntags erschlossen wir uns die Küste der Krim: Aluschta, Alupka, Gursuf, Sewastopol, Koktebel, Aj-Petri. In einigen Jahren haben wir uns im Sanatorium „Livadia", in anderen Jahren im „Haus der Werktätigen" in Koktebel erholt. Nur während des Umzugs zur Krim gab es ein trauriges Ereignis für meinen Vater: Stalin war gestorben. Vater wollte unbedingt nach Moskau, Abschied nehmen vom „Vater der Völker". Doch da zählte meine Mutter, die bisher nie die Stimme gegen ihren Ehemann erhoben hatte, ihm sein verlorenes Gedächtnis, seine Zeit im Lager und die schlaflosen Nächte vor. Vater blieb zuhause. Aber irgendetwas in ihm war zerbrochen. Er kam heim, aß Abendbrot, dann nahm er alte Zuckersäcke, spannte sie auf Rahmen und malte Bilder.

Wir lebten nicht lange auf der Krim. Der damals führende Politiker N. S. Chruschtschow kam eines Tages auf die Halbinsel. Er widmete sich der Ukraine, um die Parteiarbeit und die Wirtschaftstätigkeit zu überprüfen. Er kam auf die Krim um zu kontrollieren, zu jagen und Angst einzuflößen. Und er flößte Angst ein. In dem Hotel „Ukraina", das die Arbeiter unter der Leitung meines Vaters gerade fertig gestellt hatten, kanzelte Chruschtschow die Anwesenden im Saal dafür ab, dass sie die Tataren aus ihrer Krim zu langsam hinauswarfen und nicht aktiv mit der Natur und dem Sand kämpften, der das Wasser des neu erbauten Kanals und des Stausees verschlang. Als er hörte, dass die Stadt aufgebaut wird, ohne die Tatarensiedlungen mitsamt deren akkuraten Lehmhäusern zu beseitigen, dass noch viele Tataren auf ihrem Grund und Boden lebten, dass auch die Tataren bauten und ihre Stadt zusammen mit den anderen Nationalitäten entwickelten, rief Chruschtschow seinen Referenten zu sich und flüsterte lange mit ihm. Danach drehte er seinen Kopf wie ein gereizter Keiler im Wald in die Richtung meines Vaters und schrie: „Du hast wohl vergessen, wie du in den Lagern gesessen hat? Sollte man dich wieder dorthin schicken?", und zum Publikum zugewandt: „Ihm tun die Tataren leid!", wieder zu meinem Vater: „Ich werfe dich mit ihnen hinaus!" Doch es kam nicht mehr dazu. Mein Vater ging aus dem Konferenzsaal, stürzte kraftlos auf die Stufen nieder und ließ den Kopf auf die Brust fallen. Er war tot. Ein umfassender Schlaganfall im Alter von vierzig Jahren. N. S. Chruschtschow erwies sich stärker als das faschistische Lager und auch das sibirische Holzfällerlager. Indem er äußerte, „sich mit jedem auseinandersetzen zu wollen, der die Beschlüsse der Partei hintergeht", sprach er das Todesurteil über Vater. Es waren zu viele „Auseinandersetzer" in Vaters Leben. Mit ihm setzten sich sowohl die Faschisten, als auch die Kommunisten auseinander. Ich war damals vierzehn Jahre alt.

Vater wurde auf dem Militärfriedhof in Simferopol beerdigt. Eine Sarglafette fuhr seinen Leichnam zum Grab. Hunderte Kränze wurden ihm dargebracht. Ein Militärorchester spielte Trauermärsche und ein Meer von Menschen begleitete das Begräbnis. Er hatte der Stadt Wasser gegeben, den Bau der „Chruschtschow"-Häuser, des Kaufhauses, eines Kulturparks, eines Hotels geleitet und der Stadt wieder Leben eingehaucht. Meine Mutter schwieg. Sie saß mehrere Tage an seinem Arbeitstisch und schwieg. Auf meine Frage, ob sie Vater wirklich so geliebt habe, antwortete sie mir, dass sie mit ihm ihre Sicherheit verlor und dass sie mir irgendwann einmal erzählen wird, warum.

## Mutters Tod

Sofort nach Vaters Tod kehrten wir in unsere geliebte Stadt Leningrad zurück, weil uns nach seinem Ableben nichts mehr auf der Krim hielt. Ich konnte mir zunächst nicht vorstellen, dass Mutter zur Arbeit gehen und mir nachts neue Kleidung nähen würde. Ihr Blick schien verschlossen zu sein. Mutter bekam Krebs, und sie starb vier Jahre nach Vaters Tod als noch junge Frau mit zweiundvierzig Jahren. Vor Schmerz leidend bat sie die Krankenschwestern, mir, „dem Kind" nichts davon zu erzählen, dass sie ihre Lunge blutig aushustete. Meine Mutter starb qualvoll und schnell. Die Ärzte dachten lange, dass sich diese schöne, gepflegte, stilvolle junge Frau die Schmerzen, die Übelkeit und die Klagen ausgedacht hätte. Als Mutter durch Beziehung und natürlich für Geld die vollständige Diagnostik durchlief, erwies sich, dass sie Lungenkrebs im Endstadium hatte, dass die Metastasen überall waren, dass eine Operation bereits sinnlos war und dass sie nur noch ein paar Monate zu leben hatte. Sie fühlte, dass sie in ihrem zweiundvierzigsten Lebensjahr sterben wird. Ich wusste mit meinen knapp achtzehn Jahren, dass sie stirbt, und wir beide hüteten voreinander dieses traurige Geheimnis. An ihrem Todestag war ich bei ihr im Krankenhaus, bat sie, ob ich mir ein neues Jäckchen kaufen dürfte, küsste sie leicht und lief fort zu einem Treffen mit der Freundin. Als ich am Abend nach Hause kam, hörte ich das Telefon klingeln und nahm den Hörer ab. Fremd und gleichgültig teilte mir jemand mit, dass Mutter gestorben war.

Mit ihr starb meine Kindheit, und ich war innerhalb einer Stunde erwachsen.

Ich sehe noch heute den langen fensterlosen Korridor. Die Fußböden und die Wände waren mit schmutzig-beigen Farben gestrichen. Auf beiden Seiten reihten sich die verschlossenen Türen hintereinander. Es roch nach abgestandenem Urin, Kot, Essensresten und leidenden menschlichen Körpern. Hinter jeder Tür standen in den Krankensälen jeweils zwanzig Betten. So sahen die alten sowjetischen Krankenhäuser für das Volk aus.

Der Krankensaal war für Krebskranke bestimmt, die sich an der Grenze des Lebens befanden und schweigend auf ihr Schicksal warteten. In den Betten lagen hauptsächlich alte Frauen in Klinikhemden, die so ausgewaschen waren, dass sie fast durchschienen und die ausgemergelten Körper nach dem Motto umrissen: „Nackt sind wir auf die Welt gekommen, nackt gehen wir von ihr." Um den Kopf hatten die meisten Patientinnen gewöhnliche Tücher gebunden.

Als ich eintrat, drehten diejenigen, die es noch konnten, ihre eingefallenen Gesichter zu mir. Die Schwerstkranken, die bereits die Augen zur Decke verdreht hatten, röchelten leise als Antwort auf meine Begrüßung: „Zdrastwujtje!" (Guten Tag!). In diesem heillosen, geisterhaften und schmerzhaften Chaos lag das einst schöne und markante Gesicht meiner jungen Mutter. Ihre prächtigen kastanienbraunen Haare waren wie immer zu einem hohen Knoten unter dem Nacken zusammengebunden. Ihre vor Schmerz leidvoll ermüdeten Augen, in denen nur noch die Liebe zu mir leuchtete, ließen auch die Sorge um mich erkennen. Ihr war wohl bewusst, dass sie mich bald allein in dieser unbarmherzigen Welt zurücklassen würde. Ich küsste sie flüchtig, wobei ich mich ärgerte, dass zehn bis zwölf Augenpaare von allen Seiten auf mich schauten. Ich hatte ihr eine schmackhafte Kleinigkeit mitgebracht und setzte mich auf die Bettkante. Während ich sie an der Hand hielt, wollte ich in meinem unreifen Hirn nicht zulassen, dass dieser Augenblick der letzte sein könnte. Mein kleiner infantiler Geist gab mir nicht ein, der Mutter zu sagen, wie sehr ich sie liebte, wie ich mich davor fürchtete, allein zu bleiben, dass ich ihre Güte und ihre zärtlichen Hände, die liebevolle Umsorgung in den Nächten, wenn ich einmal krank war, nicht vergessen werde. Ich entgegnete ihr nicht, dass ich mich in dieser Welt geborgen fühlte, weil ich wusste, dass sie bei mir war. Ich hatte Angst, die Mutter zu fragen, wie sie sich fühlt. Ich quälte mich fast eine Stunde und verabschiedete mich mit den Worten: „Mach's gut!" Herr, verzeih' mir! Ich lief vor dem Schmerz, dem Leiden, dem Atem des Todes weg in meine junge, gesunde, interessante Welt. Ich versuche den Kloß im Hals zu verschlucken, der mir jedes Mal kommt, wenn ich mich mit peinlicher Scham meines Egoismus, meiner Herzlosigkeit und meines Strebens, vor Mutters Qualen in meine sechzehn- bis siebzehnjährige Welt wegzulaufen, erinnere.

Der traurigste und mich bis ins Mark erschütterndste Tag meiner Jugend wurde für mich der letzte Besuch in diesem Krankenhaus. Ich lief durch einen langen, türlosen Korridor und stieg Stufen in ein unteres Geschoss hinab. Mich umgab ein besonderer Geruch, den ich bisher nicht gekannt hatte. Hinter einer Tür lagen unter gräulichen Bettlaken kalte, entseelte Körper. An den Zehen waren Kärtchen mit Nummern und Familiennamen angebunden. Der nach Alkohol riechende Krankenpfleger zog geschäftig von den Gesichtern die vom Todesschweiß durchtränkten Laken ab und krächzte mit heiser Stimme: „Nun, Töchterchen, welche ist dein Mamachen?"

Erstarrend vor Angst schaute ich in das wachsbleiche, eingefallene Gesicht meiner Mutter. Mein Mund füllte sich mit Bitterkeit, meine Augen mit Tränen. Mich überkam eine grenzenlose Betroffenheit, und ich wollte nur noch Eines, schreien und von Mutter eine Antwort fordern: Wie konnte sie nur sterben, wie konnte sie, die so viel Liebe geschenkt hatte, mich zurücklassen? Wer brauchte mich denn nun? Wer sollte mir helfen? Warum?

Auf Beinen steif wie Stelzen verließ ich diese Stätte des Abschieds für immer. Hinter mir das Klicken des Schlosses hörend, der letzte Ton, der mich mit meiner Mutter verband, glitt ich an der Wand entlang über den Fußboden. Ich schleppte mich die Stufen hinunter und quetschte mich durch die Tür in den Innenhof der Pathologie. Noch ein Türklappern und meine Kindheit und Jugend waren zu Ende. Ich war allein.

## Kommunalka

Aus der privaten Mietwohnung meiner Eltern wurde ich hinausbeordert, wobei ich entscheiden musste: das Kinderheim oder die Kommunalwohnung unter der Kontrolle des Jugendamtes. Ich wählte das Letztere. Die Kommunalwohnung war für mich ein Schock: zehn Zimmer, eine Küche, zwei Toiletten und eine Wanne für sechsundzwanzig Menschen. Sehr schnell, geradezu zielstrebig vereinnahmte mich die Meute der alten Mütterchen in der kommunalen Küche. Unter wortreichen Erläuterungen über die besten russischen Kräuter, bei den ewigen Streitereien um die Kochplatten, unter den ständigen Belehrungen und unter den Launen eines Alkoholikers begann ich mich einzuleben. Ich wurde über alles und in allem unterrichtet: wie der kommunale Fußboden zu wischen, wie zu kochen und zu nähen ist und über die Fragen der „Diplomatie" des kommunalen Alltags. Meine teuren kommunalen Mütterchen! Ihr alle habt diese Welt bereits verlassen. Ihr hattet ein schweres Leben auf dieser Erde gelebt und fandet bereits eure selige Ruhe in den paradiesischen Gärten. Heute ruft die Erinnerung an euch bei mir ein Lächeln und gute Gefühle hervor. Sogar die Geschichte, die mit der alten Warja passierte, bringt mich heute noch zum Lachen, obwohl es Momente gab, in denen ich sie grimmig hasste und Donner, Blitz und Hagel auf sie herab wünschte.

Mutter wollte mich keine hauswirtschaftlichen Arbeiten machen lassen. Sie behütete meine Händchen für die Musik, meine Ohren vor den Worten, die einem Mädchen nicht geziemten, und die Beinchen, ich weiß nicht wofür. Ich war Mutters Tochter und eine ungewöhnliche Faulenzerin. In diesem Zustand fiel ich in die harte Welt der Gemeinschaftswohnung. Die alten Nachbarinnen missbilligten meine Frisur „Babette", die hohen Absätze meiner Schuhe, mein völliges Unverständnis zu diesem Leben Tür an Tür mit sechsundzwanzig Nachbarinnen und Nachbarn.

Die Regeln des kommunalen Zusammenlebens schrieben vor, nach zweiundzwanzig Uhr nicht mehr zu lärmen, auf den Gasplatten nur noch eine Flamme zu betreiben, sowie Kindern und alten Leuten den Weg zur Toilette nicht zu versperren. Aber das besondere Glanzstück bestand in der Reinigung des Korridors. Dessen Fußboden, drei Autobusse lang, musste einmal in der Woche nach einem Dienstplan zusammen mit der sechzig Quadratmeter großen Küche, zwei Toiletten und der Badewanne von Schmutz und Krusten abgescheuert werden. Der Fußboden hatte schon lange die Farbe verloren, die Toiletten stammten wahrscheinlich noch aus dem Napoleonischen Feldzug, und in der Wanne hatte man möglicherweise Kohle gelagert. Wischen mussten wir alle diese Gemeinschaftsflächen nachts, gegen vier bis fünf Uhr, wenn die nicht Dienst tuenden Mitbewohner schliefen. Zu dieser ungewohnten Zeit konnten unsere schlafenden Nachbarn mit ihren zweiundfünfzig Beinen wenigstens den Schmutz nicht breittreten oder unsere Eimer mit der Seifenlauge umkippen. Es wäre nicht auszudenken gewesen, wenn ein Betrunkener auf dem nassen Fußboden ausgerutscht wäre und sich noch ein Körperteil aufgeschlagen hätte.

In die Sauna, ein paar Straßenecken weiter, gingen nur wenige aus der Wohngemeinschaft, weil deren Besuch etwas kostete, und welcher russische Mensch wäscht sich nach einem kräftigen Mittagessen mit Borschtsch, Scheiben frischen Schwarzbrotes, einigen Koteletts und einer kleinen (oder großen) Flasche Wodka den Schweiß der Seligkeit in der Sauna ab, draußen, bei baltischem Wind, bei Regen und Schnee? Aber selbst die wenigen, die die Sauna außer Haus nutzten, kamen erst abends und oft spät zurück. Nicht zuletzt deshalb wurden die kommunalen Fußböden nachts gescheuert, beim Schnarchen des müden Proletariats, das durch die Türritzen in den Korridor drang. Darauf war ich nicht vorbereitet.

Als ich an die Reihe kam, die „Wache der Sauberkeit" zu übernehmen, nahm mich die hagere, alte Warja in die Lehre. Fast vier Uhr früh hörte ich die Nachbarin an der Tür klopfen. Schlaftrunken öffnete ich die Tür, riss die Augen auf und fiel aus meinen Träumen. Warja stand in einer alten Reiterhose vor mir. Ein zerschlissenes, ausgeblichenes Strickjäckchen und ein altes Kopftuch schmückten ihren oberen Teil. An den Beinen glänzten Gummigaloschen der übelsten Sorte aus der Vorkriegszeit. Missbilligend musterte sie meinen Sportanzug sowie die Pantoffeln und kniff ihre trockenen, schmalen Lippen zusammen. Sie händigte mir eine eiserne Scheuerbürste, den Wassereimer, einige große Lappen von alten Bettlaken und ein Stück unangenehm riechender Kernseife aus. Es gab Gerüchte, die Seife würde aus Katzen und Hunden gekocht, die herrenlos in der Stadt herumliefen.

  Auf ihr Kommando: „Auf die Knie!" kroch Warja auf der rechten Seite des breiten Korridors, und ich durfte mich auf der linken Seite abquälen. Nachdem wir die Bürsten mit Kernseife beschmiert hatten, schrubbten wir Stück für Stück die abgenutzten Fußböden und wischten die Seife und den Schmutz mit den nassen Lappen weg. Die alte Warja schlängelte sich wie eine Eidechse vorwärts, wobei sie es schaffte, den Fußboden unter den alten Schränken, unter den Fahrrädern, den Kinderwagen, den Babywannen und den großen Aluminiumbecken zu wischen, in denen möglicherweise schon vor hundert Jahren Marmelade gekocht worden ist. Manchmal tauchten vor uns Hindernisse in Gestalt von Autorädern und Kisten mit Metallteilen auf, von denen keiner wusste, wem sie gehörten. Aber sie konnten nicht rausgeworfen werden, denn es konnte ja für den Haushalt alles nützlich sein.

  Die alte Frau kroch mir weit voraus und im Flüsterton fiepte sie mir nach der Melodie der „Marseillaise" zu: „Los, los, du Weichling, drei Mal so schnell, Muttertöchterchen!" Mit Wehmut schaute ich auf ihren Schwung, und dachte mir, was für eine Späherin hätte sie im Hinterland des Feindes sein können: gewandt, fix und lautlos gleitend. Mit meinen fast achtzehn Jahren keuchte ich wie eine alte Dampflok. Die Hände waren rot und schmerzten, der Schweiß tropfte aus allen Poren. Vielleicht bedauerte sie mich oder sie traute es mir nicht zu. Jedenfalls wischte sie die zwei Toiletten und das Bad selbst.

Dann krochen wir Schulter an Schulter in die Küche. Eine düstere Glühlampe ohne Schirm hing unter der Decke. Zwei große Gasherdplatten und elf Tische standen an den Seiten. Von den Fensterrahmen blätterte die Farbe ab, . . . und ein Heer schwarzer Küchenschaben, die nach ihrem Zeitgefühl mit nächtlicher Stille rechneten, versammelte sich auf dem Fußboden, über den Tischen, Schränkchen und Regalen, um die Krümel der vergangenen Mahlzeiten zu sammeln. Oder sie krochen in die schlecht abgedeckten Töpfe mit Borschtsch oder anderen Suppen. Unter dem Druck unserer Bürsten und Lappen liefen sie nur widerwillig zur Seite und setzten ihre Nahrungsbeschaffung unbeeindruckt fort. Warja murmelte nur etwas vor sich hin, entweder für sich oder zu den Schaben, aber mich . . . packte das pure Entsetzen. Meine Augen wurden glasig, ich begann schluchzend und stockend zu atmen. Mir schien, als ob ein Schwarm dieser Schaben unter meinen Sportdress krabbelte, und ich schrie auf.

In den der Küche benachbarten Zimmern wohnten auch alte Mütterchen: Katja und Tanja. Krächzend erschienen sie in der Küche. Die Versammlung krönte der ewig betrunkene Wasja, der den Blick auf uns schlecht fokussierend fragte: „Weswegen schreit ihr Weiber? Vor Trauer oder vor Freude?" Meine alte Vorturnerin zeigte entrüstet mit dem Finger auf mich und beschuldigte mich vor dem erwachenden Auditorium. Ich war kreidebleich, halb ohnmächtig und wiederholte ununterbrochen: „Abscheulich! Helft mir!" Das Volk erbarmte sich meiner und schickte mich sechs Uhr morgens schlafen. Ich durchsuchte lange meinen Anzug, dann meinen durchschwitzten Körper, ob nicht eine hinterlistige Schabe an mir hochgekrabbelt wäre. Dann schlief ich ein wie ein Stein.

Nach einer gewissen Zeit klopfte es an die Tür und jemand rief: „Tee trinken!" Ich presste aus mir nur erneut das Wort: „Abscheulich!" heraus und begab mich wieder in Morpheus Arme.

Natürlich, meine Schlacht bei Waterloo, das heißt, mein erstes Putzen in der kommunalen Wohnung hatte ich verloren. Immer wenn die alte Warja an mir vorbeiging, brummelte sie etwas vor sich hin. Ich verstand nur die Worte: Grünschnabel, Nichtskönnerin, Arbeitsscheue, Weichling. Wasja, der stets schlecht auf seinen trunkenen Beinen stand, sprach hochnäsig: „Ich – würde dich nie heiraten!" Herr, ich danke dir, danke Mütterchen Warja, dass ihr dieses zweifelhafte Glück von mir abgewendet habt, an das ich noch gar nicht gedacht hatte.

Ich erinnere mich heute an die kommunale Wohnung mit einem wehmütigen Lächeln. Denn andererseits wurde ich ständig von jemandem eingeladen. Die alten Mütterchen halfen mir bei der Aufsicht und Erziehung meiner kleinen Tochter Marianna bis mein Mann und ich das Institut und die Aspirantur beendet hatten. An den Feiertagen, am Tag des Sieges, zum Frauentag und zu den Geburtstagen waren die Türen unserer Zimmer weit geöffnet. Unsere kleinen Kinder und die Mitbewohner hielten freundschaftlich zusammen. Diese Freundschaft erwies sich stärker als viele darauf folgende Bekanntschaften und Liebschaften. Meine Freunde aus der kommunalen Wohnung sind für mich in den sechsundzwanzig Jahren des Zusammenlebens wie Verwandte geworden. Meine Tochter hat bis heute eine schwesterliche Freundin Julia in ihrem Alter.

# Die vierziger Jahre -
# die bitteren und die glücklichen

Blockadeprinzipien

Ich gehöre zu der Nachkriegsgeneration, die in dem Jahr geboren wurde, als dieser unsagbare Zweite Weltkrieg endlich sein Ende fand. Die älteren Frauen, mit denen ich in der kommunalen Wohnung lebte, hatten die Blockade rings um Leningrad durch die deutsche Wehrmacht miterlebt. In ihren mageren Körpern steckte ein riesiger Lebenshunger. Sie waren in den Nachkriegsjahren, als der Alltag noch sehr mühevoll war, glücklich und dankbar darüber, überlebt zu haben. Viele ihrer Kinder waren später Alkoholiker geworden, weil sie als Säuglinge anstelle von Muttermilch an einem Kanten Brot gesaugt hatten, der in Wodka getaucht war, damit sie länger schliefen. Diese Frauen hatten fest gefügte „Blockadeprinzipien": Essenreste und besonders Brot wurde nie weggeworfen, Waschmaschinen wurden nicht akzeptiert, alles wurde mit den Händen und dunkelbrauner scharfer Seife gewaschen. Abends aßen sie nicht, sondern tranken sehr lange Tee mit kleinen Stückchen Zucker, die sie hinter die Wange schoben. Sie luden mich oft ein und füllten mir großzügig heißes Wasser auf. Dabei murrten sie, wenn ich zu viel Tee-Sud eingoss. Danach begannen sie, erschöpft und zufrieden, mich das Leben zu lehren und die Geschichten aus der Zeit der Blockade und nach dem Ende des Krieges zu erzählen. Sie erinnerten sich daran, wie sie sich vor der Nacht in ihren Zimmern einschlossen und vor den Türen Barrikaden aus Tischen und Stühlen bauten. Nachts drangen Banden von Marodeuren in die Wohnungen und plünderten die Zimmer, wo geschwächte oder bereits gestorbene Bewohner lagen. Sie nahmen alles mit: Geschirr, das man bei den Bauern für Essen eintauschen konnte, warme Sachen und Decken, die vor der Kälte schützten, Bücher mit Ledereinbänden, die man mit Leim zu Sülze kochen und mit deren Papier die Zimmer geheizt werden konnte. Vor allem hatten es diese Diebe auf Antiquitäten, Pelze und Gold abgesehen, die sie vorwiegend habgierigen Beschäftigten des Handels verkaufen oder gegen Lebensmittel eintauschen konnten. Gestohlen haben junge Leute, Kinder und auch ältere erwachsene Leute. Das Volk hasste die Banden: „Sie waren schlimmer als die Faschisten", und die Miliz versuchte die Ordnung aufrecht zu erhalten. Gefangene Plünderer und Banditen wurden an Ort und Stelle bestraft: sie wurden von der Miliz erschossen oder von der Bevölkerung zu Tode geprügelt.

Mit einsetzendem Frühjahr begannen sich die Leningrader „von der Erde" zu ernähren: Brennnessel, Löwenzahn und andere Heilkräuter wurden gesammelt, um daraus Suppen und Aufgüsse zuzubereiten. In den Wäldern wurden die jungen Tannentriebe abgerissen, Birkensaft, Beeren und Pilze gesammelt. Die Heidelbeeren, die Preiselbeeren und Moosbeeren hielten das Zahnfleischbluten auf und retteten die Kinder vor Durchfällen. An den langen Sommertagen und den hellen Weißen Nächten prüfte die Miliz mit der Bevölkerung die Wohnungen, sie trugen die Toten hinaus und verbrannten den Müll. Im Winter brannten auf den Straßen die Feuerstellen zum Aufwärmen und im Sommer zur Vernichtung des Mülls und der Infektionsherde. Außer Gutes zu tun, bedachten sich einige Mitarbeiter der Miliz leider auch selbst. Im Unterschied zu den Plünderern konnten sie auch tagsüber beliebige Wohnungen öffnen und nahmen sich daraus wertvolle Kostbarkeiten.

Im Jahre 1942 eröffneten in Leningrad einige Schulen den Unterricht, die dringend nach Lehrkräften suchten. Als Anreiz erhielten die Lehrer die Lebensmittelrationen wie die begünstigten Arbeiter. Die Klassen füllten sich rasch mit Kindern, da es in der Schule wärmer war als in den kalten ungeheizten Häusern, und alle bekamen ein warmes Mittagessen: eine dünne Suppe ohne Fleisch, oder Buchweizengrütze ohne Butter, nur mit etwas Zucker bestreut. Und dieses Essen schien außergewöhnlich zu schmecken! Zu Hause gab es doch so gut wie nichts zu essen: die Hunde, Katzen, Hamster, Tauben und die Vögel aus den Käfigen und andere geliebte Haustiere waren bereits aufgegessen. Doch ich hörte auch eine Geschichte, dass die Familie eines bekannten Botanikers überlebte, weil sie die getrockneten Pflanzen aus seinem Herbarium aufgekocht hatte, die er über Jahrzehnte gesammelt hatte.

Viele Geschichten sind verloren gegangen. Aber etwas verbleibt und huscht in meinem Gedächtnis umher, wobei es ein Lächeln und gute Erinnerungen über jene „Alten" wachruft, die jünger waren, als ich es heute bin. Die Tochter eines verstorbenen Akademikers, die mit ihren zwei Söhnen nicht in das Hinterland gefahren war, kochte Suppen aus den alten ledernen Buchrücken der Bücher, die über Generationen in der Familie zusammengetragen worden waren. Ich hörte auf, einen Pelzmantel zu tragen, nachdem ich die Geschichte des Enkels eines Kürschners gehört hatte. Der Großvater meines Universitätskollegen starb bereits im ersten Winter der Blockade. Seine Frau hielt das Leben ihrer ausgezehrten Enkel dadurch aufrecht, dass sie die Pelzmäntel in kleine Stückchen zerschnitt, die in dem Atelier ihres Mannes verblieben waren, und sie sehr lange kochte. Danach filterte sie den Sud und gab diese „Bouillon" den Kleinen. „Weißt du", sagte mir mein Universitätskollege, „diese Brühe roch tatsächlich nach Fleisch. Eines Tages entdeckten wir mit der Großmutter in einem zerbombten Haus zwei Säcke Stärkemehl. Eigentlich konnten wir nur einen Sack fortschleppen. Den zweiten Sack hat uns ein Mann unter den Füßen weggezogen, der wild dreinschaute. So waren die kleinen Pfannkuchen aus dem verbliebenen Rest für uns wie Leckerbissen."

## Serjoschka

Eine meiner älteren Bekannten hatte einen traumatisierten Sohn, einen fast stummen jungen Mann, der dreißig Jahre nach dem Krieg die Augen schloss, wenn er ein Feuer oder eine glatte Eisfläche sah, und mit dünner Stimme nur ein Wort schrie: "Serjoschka!" Als er fünf Jahre alt war, fuhr er mit seiner Großmutter in einem Lastwagen voll gedrängt mit Menschen über den Ladogasee. Seine Mutter war Ärztin und blieb deshalb in der Blockadestadt. In dem Lastwagen vor ihnen fuhr sein benachbarter Freund Serjoschka mit seiner Mutter und dem Schwesterchen. Fast direkt vor dem Festland schlug in das Fahrzeug von Serjoschka eine Bombe ein und brach mit den Menschen in das Eis. Seit dieser Zeit hörte der fünfjährige Junge auf zu sprechen und rief mit klagender Stimme nur: „Serjoschka".

## Brotausgeberin

In unserem Hauseingang lebte eine ältere Dame, die sich durch nichts von den anderen unterschied, weder durch ihre Kleidung noch durch ihr Verhalten. Nur über den Hof ging sie schnell, ohne ihren Kopf zu heben. Die alten Frauen spuckten ihr hinterher, alkoholsüchtige Trinkerinnen schleuderten ihr die Flaschen in den Rücken. Die Kinder sprangen, überzeugt von ihrer Straffreiheit, um sie herum und schnitten Fratzen, ohne die Erwachsenen zu verstehen. Ich war ein Neuling in diesem Haus und diesem Hof. Auf meine Frage, was hier denn passiert sei, antwortete man mir, dass diese Frau während der Blockade im Brotausgabepunkt gearbeitet hatte. Dieses Brot tauchte sie heimlich in Wasser, damit es schwerer wurde, und den Überhang der pro Kopf festgelegten Ration tauschte sie nur gegen Gold, Brillanten und antike Sachen ein. Sie starb in ihrer Wohnung einsam, wie und wodurch war unbekannt. Die Hausbewohner regten sich erst, als der Gestank aus ihrer Tür in das Treppenhaus drang. Die Miliz öffnete die Tür und trug in einem schwarzen Sack etwas Formloses und Stinkendes hinaus. Nach einigen Tagen wurden aus der Wohnung alle angehäuften Reichtümer in geschlossene Lastautos der Miliz verfrachtet. Die Nachbarn versammelten sich schweigend. Die Leute begleiteten mit bösen Augen die luxuriösen alten Möbel, die Bilder in schönen vergoldeten Rahmen, Bronzeleuchten und Kandelaber, erstaunlich farbig gemalte Porzellanvasen und noch viele Kartons und Säcke. Die Wohnung hat nachher lange niemand belegt, weil der Geruch nicht verschwand. Die alten Frauen, die sich an die schreckliche Hungerblockade erinnerten, spuckten an die Tür, wenn sie vorbeigingen. In wessen Hände dieser ganze Reichtum danach gefallen ist, wurde mir nicht bekannt.

## Irina

Solche Geschichten habe ich viele Male gehört, und jede von ihnen könnte die Grundlage für einen Horrorfilm aus Hollywood abgeben. Aber die schlimmste Geschichte über die Blockade hörte ich von meiner Bekannten, der Ärztin Irina. Diese Geschichte hatte ihr ihre Mutter erzählt, eine Frau mit einer gebrochenen Psyche, die oftmals die ganze Familie mit herzzerreißenden wilden Schreien aufweckte, weil sie sich mit nächtlichen Albträumen quälte. Einmal habe ich den Klagefluss von Irina unterbrochen und sie verwundert gefragt, warum sie ihre Mutter nicht in ein Altenheim bringt. Mit einem tiefen Zug an ihrer Zigarette, ihre schönen, tiefbraunen Augen schließend, erzählte sie mir die Geschichte ihrer Mutter.

Irina wurde 1939 geboren. Sie war das zweite Kind in der Familie. Ihr Bruder war ein Jahr älter als sie. An ihre Großmutter kann sie sich nicht mehr erinnern. Diese starb ein Jahr nach ihrer Geburt. Ihren Vater kennt sie nur von Fotografien, da er 1941 an die Front ging und nicht mehr zurückkehrte. Das Foto des Bruders steht in einem schwarzen Rahmen auf dem Regal. Er überlebte zwar die Blockade, aber nach ihrer Aufhebung starb er im Alter von sechs Jahren. Er schlich in das Proviantlager des Militärkrankenhauses, und wie ein wildes Tier verschlang er alles, was ihm die mitleidigen Köchinnen gaben. Er bekam so starke Koliken, dass er mit Qualen und Schmerzen in demselben Krankenhaus an einer Darmverschlingung starb. Fotografien des Großvaters gab es nicht im Haus. Aber Irina besucht ständig die Gemeinschaftsgräber des Piskarewsker Heldenfriedhofs und bringt einen großen Strauß Gladiolen dahin – die liebsten Blumen ihres Großvaters. Die Fotografien des Großvaters hatte die Mutter verbrannt. Sie konnte sie nicht mehr sehen. Das Feuer einer ungewöhnlichen Liebe, einer übergroßen Dankbarkeit, tiefster Reue und eines nicht enden wollenden Albtraumes verzehrte sie. Der Großvater war Professor für Archäologie an der Universität. Über den Krieg und die Blockade wollte er in Leningrad ausharren, wobei er seiner Tochter, einer jungen Chirurgin half, mit ihren Kindern zu überleben. Irinas Mutter arbeitete im Militärhospital. Ihre bescheidene Lebensmittelration ernährte mühevoll den alten Herrn und die Kinder. Die Kinder wuchsen schnell und bettelten ständig nach Essen.

Als eines Tages die Lebensmittel aufgegessen waren, legte der Großvater seine Lebensmittelkarten und die der Kinder zusammen und lief bereits am Abend zur Bäckerei, wo er sich in die Warteschlange stellte. Er war in einem alten Wintermantel mit einem Kragen aus Karakulschaf Wolle, einer hohen Mütze aus demselben Material und Filzstiefeln gekleidet. Unter der Mütze hatte er sich ein Orenburger Tuch gegen die Kälte gebunden. Er stand die ganze Nacht durch in der Erwartung, dass sich das Fensterchen der Brotausgabe öffnet und er seine rettenden Gramm Brot erhält. In jener Nacht grübelte er wie immer über Themen für wissenschaftliche Artikel, die er nach dem Krieg veröffentlichen wollte. Dabei trat er in seinen Filzstiefeln und Galoschen von einem Bein auf das andere. Der Winter war kalt, und als er im Morgengrauen ein Stückchen „Leben" bekommen hatte, machte er sich nach Hause auf. Im Torbogen überfiel ihn eine Gruppe verwahrloster Halbwüchsiger. Nachdem sie ihn auf den vereisten Boden geworfen hatten, schlugen sie mit einem Ziegelstein auf seinen Kopf, entrissen ihm das Brot, schlugen ihm die Mütze vom Kopf und rannten weg. Das Tuch und die Mütze retteten ihn vor einer Gehirnerschütterung. Als er zu sich gekommen war, schleppte er sich langsam in das Haus. Irina und ihr Bruder, die das begehrte Brot nicht bekommen hatten, begannen zu weinen und zu schreien. Aber sie beruhigten sich wieder und schliefen unter dem verwirrten und schuldigen Blick des alten Professors ein.

Am Abend, als die Mutter von Irina aus dem Krankenhaus zurückgekehrt war, kochte der Großvater Wasser auf und warf zwei Stückchen Zucker hinein, die er aufgehoben hatte „für einen ganz und gar schwarzen Tag", wie er sagte. Bei diesem Abendbrot für die ganze Familie sagte er wie immer in der Art, seiner Tochter etwas mitzuteilen: „Weißt du, ich habe die Lösung neuer Methoden gefunden . . .", folgendes: „Weißt du, ich habe einen Ausweg gefunden, wie du und die Kinder die Blockade überleben können. Ich habe die Schuld am Verlust des Brotes, aber das allein hätte die Kinder nicht vor Dystrophie und Tod retten können. Ich werde euch das Fleisch von meinen Körper geben." Die erste Reaktion Irinas Mutter war ein hysterischer Ausbruch. Sie schrie, beschimpfte ihren Vater, nannte ihn verrückt und brach in Schluchzen aus. Dann beruhigte sie sich, und ihr Vater legte ihren Kopf auf seine Knie, streichelte ihr über das Haar und erklärte ihr geduldig, dass vor Hunger bereits seine Beine begannen anzuschwellen, dass wegen der Skorbut das Zahnfleisch blutete und dass er bald keine Kräfte mehr haben würde, um zur Bäckerei zu laufen. Er und seine zwei Enkel würden in dieser eiskalten Wohnung sterben müssen. „Du bist eine Chirurgin", sagte der Großvater von Irina, „du schneidest die Leute jeden Tag auf, sogar die Hoffnungslosen legst du auf den Operationstisch – zu ihrem Wohl! Aber ist es nicht die hauptsächliche Wohltat, seine Kinder zu retten? Du kannst doch keine schuldige Mutter werden, weil du bis zum Ende alle Möglichkeiten für die Erhaltung des Lebens deiner

Kinder genutzt hast. Deine und meine Pflicht ist es, ihnen zu helfen, die Blockade zu überleben!"

Am nächsten Tag brachte Irinas Mutter eine Schachtel mit Tabletten und Alkohol mit. Das alles hatte sie vom Leiter des medizinischen Dienstes erhalten. Wer soll es ihr in dieser Lage verdenken? Sie war jung und schön. Er war nicht mehr so jung und roch übel nach Papirossy, Alkohol und ungewaschenem Körper. Er legte sie in seinem Dienstzimmer auf das Sofa und tat mit ihr das, was weder mit Liebe noch mit Vergnügen zu tun hatte. Es ähnelte eher der Kopulation eines Urtiers, mit Röcheln, mit Schluchzen und mit Verbitterung.

Am Abend gab sie den Kindern Schlaftabletten in verdünntem Alkohol, damit sie leichter einschlafen konnten. Ihr Vater, der Professor, schluckte eine reichliche Menge Schlaf- und Schmerztabletten mit medizinischem Sprit aus der Flasche und steckte sich einen Strick zwischen die Zähne, um das Stöhnen oder Schreien zu unterdrücken, und mit betäubter Stimme sagte er zu seiner Tochter: „Arbeite für das Leben . . .!" Dann zerstückelte Irinas Mutter ihren eigenen Vater.

Irina nahm nervös erneut eine Zigarette, schenkte uns einen Schluck Kognak in die Gläser ein und fuhr fort: „Das Fleisch vom Großvater war nicht so viel: von den Armen, den Beinen, vom Rücken, von den Lenden. Alles legte die Mutter in Schüsseln und Eimer und stellte es auf den Balkon. Die Fröste erreichten nachts bis minus fünfundvierzig Grad Celsius. Jede Nacht kochte sie eine starke Fleischsuppe, um sie uns in Tassen für den ganzen Tag zurechtzustellen. Natürlich war es schon so: Vor der Zubereitung unseres ‚Elixiers des Lebens' begann Mama Wodka zu trinken, damit ihr benebeltes Gehirn nicht auf die Fleischstücke ihres Vaters reagieren sollte. Wir überlebten die Blockade. Der Großvater hatte uns gerettet.

Aber mein Bruder starb schon nach der Aufhebung der Blockade. Mama wurde zur Alkoholikerin und psychisch krank. Eine gewisse Zeit wurde sie noch im Hospital geduldet, aber dann entließ man sie, und sie wischte die Treppen unseres Hauses. Die Bewohner fragten sie nicht nach dem Großvater. In jeder Blockadefamilie wurden Verwandte und Angehörige begraben; oder vielmehr in ein Leichentuch eingewickelt und auf einen Haufen geworfen. Den Hausbewohnern tat sie leid. Nun war sie allein mit den zwei kleinen Kindern. Manchmal steckten sie ihr ein Stückchen Zucker oder etwas Gebackenes in die Tasche. - Ja, so war das." Irina sah mich mit ihren schönen aber tieftraurigen Augen an: „Wie kann ich sie in ein Altersheim geben?"

Aufgewühlt nahm sie mich an die Hand und zog mich in das Zimmer ihrer Mutter. In dem Bett lag der kleine Körper einer alten Frau mit dem aufgedunsenen Gesicht einer Alkoholikerin, zusammengekrümmt wie ein Embryo. Schluchzende Atemzüge entfuhren ihrem halbgeöffneten Mund, der sich ständig verzog und bespie. Unter dem Nacken lag das alte Orenburger Tuch. Die kranke Frau glättete es unablässig mit ihren dünnen Fingerchen. „Sieh dir das an!", sagte Ira, „das ist das echte Tuch aus Orenburg. Nur dort strickt man schon das dritte Jahrhundert diese Tücher aus der Wolle einer besonderen Ziegenart, die in diesem Klima leben kann, wo der Winter bis minus vierzig Grad und der Sommer bis plus vierzig Grad Celsius erreichen können. Nirgendwo, weder in Europa noch in Amerika gibt es das Klima, und nirgend woanders können sich diese Tiere eingewöhnen. Dieses Tuch hatte ihr die Großmutter geschenkt, und den Großvater rettete es beim nächtlichen Schlangestehen um das Brot und wärmte ihn. Über das Tuch gibt es eine Legende: Die Steppe gefror in tiefem Frost. Da strickten steinalte Mütterchen solche Tücher aus Wolken, um die Erde zu retten. Man sagt, dass das Orenburger Tuch nicht nur den Körper, sondern auch die Seele wärmt und auf lange Zeit die Beziehung zu dem beibehält, den es erwärmt hat. So wird sicherlich auch die Mutter durch das Tuch des Großvaters gewärmt und beruhigt. Ich werde sie auch mit ihm beerdigen."

Wir haben Irinas Mutter still beerdigt. Irina, ihr Mann und ihr Sohn, der den Namen ihres Großvaters trägt, ich und noch zwei weitere Freundinnen, die Nachbarin, die Irina in der Wirtschaft geholfen hat, als ihre Mutter noch lebte, haben sie auf ihrem letzten Gang begleitet. Ihr Grab haben wir mit goldgelben Chrysanthemen bepflanzt. Danach fuhren wir auf den Piskarewsker Heldenfriedhof und legten Gladiolen auf das Massengrab.

## Nella

Bereits in den ersten Kriegstagen wurden in Leningrad mobile Künstlergruppen organisiert. An ihrer Bildung war auch mein Schwiegervater, Sergej Nikolajewitsch Bogojawlenskij beteiligt. Sie kamen fast bis an die vordersten Linien und gaben Konzerte und Aufführungen für die Soldaten, die oft unmittelbar danach in den Kampf ziehen mussten. Mit ihren Auftritten erfreuten auch die Leningrader Kinder, darunter Tanzgruppen, mit Liedern und Vorträgen die Kämpfer der Leningrader Front. Nach diesen meistens improvisierten Vorstellungen dachten die Soldaten an ihre Familien, die im Hinterland geblieben waren und gingen mit neuem Mut und dem Wunsch in den Kampf, in diesem Krieg zu siegen und lebend nach Hause zurückzukehren.

In dieser Konzertbrigade der Kinder des eingeschlossenen Leningrads trat auch meine Spielkameradin, Nella auf. Ihr Vater Eugen, kämpfte als Pilot am Leningrader Himmel und kam, behangen mit Medaillen und Orden für seine Tapferkeit im Krieg, von der Front zurück. Ihre Mutter, eine russische Sängerin trat bei jedem Wetter an der vorderen Frontlinie auf und verlor ihre wundervolle Stimme in den Leningrader Frösten. Nella konnte singen, tanzen und deklamieren. Auf diese Weise trug die hochintelligente jüdisch-russische Familie auf ihre Weise zum Sieg über den Faschismus bei. Nella lebte mit ihren Eltern in einer großen kommunalen Wohnung. Nach dem Tod ihrer Eltern hat Nella sie in Leningrad beigesetzt. Die Nachbarn, hauptsächlich vom Land zugereiste, wenig gebildete Leute haben Nella das Leben nicht leicht gemacht. Sie wurde aufgrund ihrer jüdischen Herkunft als Mensch zweiter Klasse behandelt. Sie selbst lebt jetzt in Deutschland. Die Heimat und Leningrad haben diese kleine Komödiantin nicht geschätzt.

Ihr ganzes Leben widmete Nella den Kindern, den Theatern, Konzerten und arbeitete in demselben Haus der Pioniere, mit dem ihre heldenhafte Kindheit in den Kriegsjahren verbunden war. Mit dem gleichen bezaubernden offenen Lächeln, mit dem sie bei den Konzerten vor den Soldaten an der Front, die in den Kampf zogen, oder vor den Verwundeten in den Lazaretten auftrat, ging sie zu ihren kleinen Nachkriegszöglingen und schenkte ihnen nicht nur künstlerische Meisterschaft, sondern auch die riesige Liebe ihres Herzens. So kam es, dass Nella, die keine eigenen Kinder hat, von ihren Zöglingen wie eine Mutter angesehen wurde. Sie war glücklich, als sie zusammen mit ihrer kranken Mutter ein Zimmer in ihrer kommunalen Wohnung erhielt, das etwas größer war als das bisherige. Mit Freude fuhr sie zu ihren Freunden und früheren Zöglingen nach

Deutschland. Der Herbst des Lebens brachte Nella großzügige Geschenke: Sie traf einen Mann, auf den sie möglicherweise ein ganzes Leben lang gewartet hatte und schenkt ihm freigiebig ihre Liebe und Freundschaft. Sie kann sich heute des Lebens erfreuen. Sie lebt jetzt mit ihm in Freiburg, in diesem anmutigen Städtchen, und dankt Deutschland von ganzem Herzen, das sie für die ihnen verbliebenen Jahre aufgenommen hat. Sie begann Tagebücher und ihre Memoiren zu schreiben. Gibt es doch so viel Durchlebtes, Ausgehaltenes und Erlittenes weiterzugeben.

Ich werde oft gefragt: „Haben die Blockadeopfer heute nicht auch Vergünstigungen?" Über diese Vergünstigungen zu sprechen ist schon peinlich. Nur wenige sind noch am Leben, die die Blockade durchgemacht haben. Sie haben eine bestimmte Ermäßigung für die Miete und Medizin, und sie haben freie Fahrt in den öffentlichen Verkehrsmitteln. Früher bekamen sie zum Feiertag „Tag des Sieges" Lebensmittelpakete mit Konserven, Graupen und Wurst. In den letzten Jahren erhielten sie in einem Alter von 70 -80 Jahren DVD-Player und Mobiltelefone.

Wenn ich im russischen Fernsehen die Übertragung der Parade am 9. Mai auf dem Palastplatz in Sankt Petersburg sehe, bekomme ich feuchte Augen. Nicht wegen der Marschkolonnen, sondern wegen der kleinen Gruppe bescheiden gekleideter älterer Menschen mit Blumen in den Händen, die sie nach der Demonstration zur Piskarew-Gedenkstätte tragen, um derjenigen zu gedenken, die vor Hunger, Kälte, Krankheiten und Bombardierungen während der Blockade und in der bittern Kriegszeit umgekommen sind. Diese kleine Gruppe Überlebender, die damals noch nicht volljährig für den Kriegsdienst war, aber reif genug, um Brandbomben auf den Häuserdächern zu löschen, die Toten von den Straßen und aus den Wohnungen einzusammeln, um sie auf Lastwagen wegzufahren und zu begraben. Sie wachten in den nächtlichen Straßen Leningrads und halfen während der Bombardements in der Metro.

Nach der Demonstration und dem Besuch der Piskarewsker-Gedenkstätte versammeln sich viele der Veteranen, die noch die Kraft haben, im Park des Sieges, wo der Stadtrat Tische mit kostenlosen Speisen und alkoholischen Getränken gedeckt hat. Nach dem ersten oder zweiten Glas glänzen die Augen der damaligen Helden. Jemand stimmt mit zitternder Stimme ein Lied aus der Jugend im Krieg an, das vom Chor der Gefährten und Blockadeopfer aufgenommen wird. Es werden Trinksprüche ausgebracht, viele Erinnerungen und gedenkende Gespräche geführt über jene, die nicht bis zum heutigen Tag gelebt haben. Zum Abend hin werden sie, die dann nicht mehr ganz nüchtern sind, nach Hause gebracht, und sie werden im Fernsehen das festliche Konzert mit ihren Verwandten und Freunden ansehen, in dem Gedichte und Lieder ihrer Jugend aus dem Krieg erklingen.

Der Tag des Sieges am 9. Mai, das ist ein besonderer Tag für die Russen. Dieser Tag wird wie Weihnachten und Neujahr erwartet und wird von allen oder fast allen gefeiert. Der Krieg brachte auf die eine oder andere Art, Trauer, Schmerz und Verluste in jedes Haus. Deshalb wirkt auf mich das Auftreten von Gruppen und Vereinigungen der Neofaschisten in Russland, auf meinem vaterländischen Boden, dem Land der Sieger über den Faschismus erschreckend unverständlich. Diese Leute ähneln den Neofaschisten in ganz Europa: Lederjacken, Ketten, schwere Stiefel, spezifische Frisuren oder kahle Köpfe und stumpfsinnige Gesichter. Sie demonstrieren in Marschkolonnen durch die Straßen und versuchen die Anwohner einzuschüchtern. Was soll das? Schütten sie nicht ihren Hass auf die Köpfe derer, die nicht russischer Nationalität sind, Hohn auf die Alten, die ihr Leben verteidigten, ohne das eigene zu schonen, auf die Juden, die noch in Russland verblieben sind, und die nicht nach Israel, Europa oder Amerika ausgewandert sind?

Ich bin nicht blutrünstig, aber wenn ich diese Leute sehe, dann entfacht sich in mir eine unbändige Wut, und ich denke an den Vater, der im Konzentrationslager war, an den Onkel, der bis Berlin marschiert ist, an meine Mutter und den Bruder, die die ganzen Beschwernisse der Flüchtlinge durchmachen mussten, an meine lieben älteren Nachbarsleute, den Mädchen des eingeschlossenen Leningrads. Ich betone das Wort „Flüchtlinge". Denn dieses Wort ist vertraut und verständlich sowohl in Russland, als auch in ganz Europa.

## Tante Polina

Nach Kriegsbeginn im Sommer 1941 schlug sich die zivile Bevölkerung in das Hinterland möglichst weitab von den Frontlinien durch, wobei die jungen Mütter ihre Säuglinge an die Brust drückten, die kleinen Kinder fest an der Hand zogen und nichts aus ihren brennenden oder bombardierten Häusern mitnehmen konnten. Die Frauen versuchten, ihre Kinder auf Lastwagen oder auf Bauernwagen, die in die Fluchtrichtung fuhren, an vermeintlich geschütztere Orte zu bringen. Sie liefen aber häufiger durch die Wälder, Sümpfe und geplünderte Dörfer ohne sich umzusehen. Mit leeren Augen blickten sie an den Körpern der erschossenen Soldaten, erhängter Partisanen und an den ausgeraubten Kirchen vorbei. Nur um es zu schaffen, zu überholen, sich durchzuschlagen zu den Seinen, einzutauchen in die erhoffte Sicherheit. Sie flüchteten vom Westen nach

Osten in die Tiefe Russlands. Meine Mutter, sie war damals fünfundzwanzig Jahre alt, flüchtete mit ihrem kleinen fünfjährigen Sohn von der polnischen Grenze weg. An meinen Vater dachte sie kaum. Wie jede andere slawische Frau ergab sie sich ihrem Schicksal, ohne es zu verfluchen. Sie wandte sich in Richtung des Donezker Kohlenbeckens, in der Hoffnung, ferne Verwandte meines Vaters zu finden.

Im Rucksack trug sie etwas Arznei, ein paar Kindersachen, zwei wollene Strickjacken zum Wärmen und ein paar ans Herz gewachsene Andenken, die sie mit ihrer Familie verbanden. So waren es nur einige Dinge, die sie in der Eile hineinlegt hatte: ein goldener Siegelring mit den Initialen „GN", eine Puderdose, ein paar schwere Silberlöffel mit denselben Initialen und ein kleines Kästchen mit von Hand farbig gemalten und golden umrandeten Postkarten aus dem Leben von Christus. Nach dem Tod meiner Mutter habe ich den Siegelring und die Puderdose in das Pfandhaus geschafft, sonst hätte ich mit dem kleinen Stipendium nicht auskommen können. Die Silberlöffel hat ein mir unbekannter Mensch meinem Bruder abgenommen, der ihn mit der Absicht besuchte, meine Mutter zu finden. Er lebte ein paar Tage bei meinem Bruder und verschwand, ohne sich zu verabschieden. Das kleine Kästchen mit den Karten über Christus verblieb aber in seiner Familie.

Meine Mutter und mein Bruder mussten nicht hungern, solange sie durch die Westukraine liefen. Sie war gesund und scheute keine Arbeit. Sie bot den Westukrainerinnen ihre Hilfe an, in der Wirtschaft zu helfen, Kleidung zu nähen und die Wäsche zu stopfen. Die ansässigen Leute bedauerten die braunäugige Schönheit mit dem kleinen blauäugigen blonden Jungen. Als sie ein paar Tage auf den Höfen gelebt und gearbeitet hatte, nahm Mutter dankbar die Wegzehrungen entgegen und machte sich weiter in den Donbass auf.

Bei einem älteren Wirtsleutepaar hielt sie sich eine Woche lang auf, weil mein Bruder sich die Nieren verkühlt hatte. Pampers gab es damals nicht. Der Kleine musste laufend Wasser lassen und weinte. Die kärgliche Reserve an Arznei war ausgegangen und der Mutter stand ihr mühevoller, längster Weg bevor. Eines Abends flüsterten die alten Wirtsleute im Zimmer unter sich. Mutter hatte sich bereits auf dem Fußboden schlafen gelegt. Da kam die alte Frau Vera zu ihr und sagte: „Nimm unsere Kutsche und das Pferd. Es fällt uns sowieso schwer, es zu ernähren und auszureiten. Wenn die Faschisten in das Dorf kommen, dann missbrauchen sie dich und töten dein Kind. Wir helfen dir und treten ohne Sünden vor Gott. Wir sterben sowieso bald."

Einige Tage des Weges vergingen ohne Zwischenfälle. Tags über fuhren sie unter der Deckung der Bäume. Nachts fuhren sie auf den Straßen. Eines Tages sprang aus dem Gebüsch eine schwarzhaarige, in zerlumpte Kleidung gehüllte Frau heraus und zog an der Hand zwei kleine Kinder hinter sich her. Vor Schreck trieb meine Mutter in ihrer ersten Reaktion die Pferde an. Sie schlug mit der Peitsche, und die kleine Kutsche zog heftig an. Sich umdrehend sah Mutter, wie diese Frau, ihre Kinder durch den Staub ziehend, hinter der Kutsche herlief und etwas schrie. Mutter erzählte später: „Ich war vor Scham betroffen, nein, ich habe mich vor mir selbst geekelt, als ich mir vorstellte, dass ich sie auf der Straße beinahe zurückgelassen hätte." Diese kleine jüdische Familie floh ohne Ziel, irgendwohin, um nur nicht in die Hände der Faschisten zu fallen. Sie hieß Polina und war Lehrerin an der Schule in einer Kleinstadt. Ihr Mann, ebenfalls Lehrer, wurde gleich nach Kriegsbeginn eingezogen. Ihre betagten Eltern blieben zu Hause, und sie überredeten Polina, mit den beiden Kindern zu flüchten, um zu überleben. Meine Mutter lud die Frau mit ihren Kindern auf, um ihnen ein Überleben zu ermöglichen. Aber eben diese Frau rettete sie im wahrsten Sinne des Wortes vor dem Verhungern. Ihre persönlichen Kostbarkeiten hatte Mutter in den Vorkriegsjahren nicht in Geld umgesetzt. So entschied Polina, die nicht nur Mutters Wegbegleiterin, sondern auch ihre lebenslange Freundin wurde, dass die Kutsche und das Pferd Mutters Anteil, und die „Insel der Schätze", wie Polina eine Schatulle mit Schmuckstücken nannte, ihr Beitrag zum lebensnotwendigen Auskommen sein sollte. In den großen Dörfern und den kleinen Bergbaustädten tauschte Mutter einmal Ohrringe, ein anderes Mal Ringe für ein einfaches Essen ein: Kartoffeln, Eier, Brot oder ein Stück Speck. Das half ihnen, mit den Kindern durch die schwere Zeit zu kommen. Polina ging nicht zum „Handelsmarkt". Sie befürchtete, dass ihre erkennbare jüdische Schönheit die Aufmerksamkeit des Dorfältesten und der Polizisten auf sich lenken würde, die von den Faschisten eingesetzt waren.

In kleinen Dörfchen, wo noch keine „neue Macht" war, fuhren sie gemeinsam hin. Solange die Kinder mit den Dorfkindern spielten, halfen sie den von den jungen Leuten verlassenen alten Bauern und Bäuerinnen auf dem Bauernhof. Sie schnitten Gras, hackten Brennholz, lasen Kartoffeln und erhielten dafür Rübenkraut, ein paar Kartoffeln und Kartoffelschalen, Heilkräuter für Tee oder eine Flasche selbst gemachten Wodka. Bald lernten Mutter und Polina die Kräuter und deren Wirkung kennen und kochten aus ihnen nützliche Aufgüsse, die sie selbst und die Kinder stärkten. Meinem kleinen Bruder heilten sie auf diese Weise die Nierenkrankheit und der Mutter halfen diese Aufgüsse, den Husten des bereits damals beginnenden Asthmas einzudämmen.

Letztlich fand die gefahrvolle und anstrengende Reise ein Ende und Mutter klopfte an das Haus der Verwandten meines Vaters. Natürlich war die Wiedersehensfreude groß. Alle wurden beköstigt und bekamen ihre Schlafstellen zugeteilt. Aber am Morgen sagte das Haupt der Familie, der etwa siebzigjährige Großvater: „Dich mit dem Kleinen behalten wir da, aber die Jiddin mit den Jiddenbälgern – Nein. Sie werden im Holzschuppen wohnen, dort gibt es einen Ofen. Matratzen und Decken bekommen sie." Bei Polina flossen die Tränen, aber Mutter lief hinaus, um sich den Holzschuppen anzusehen. Freudig kam sie zurück, nahm Polina zur Seite und sagte ihr, dass es im Holzschuppen einen alten Keller gibt. Offensichtlich wurden dort vor dem Krieg Gemüse und Konserven gelagert. Aber jetzt war er aufgegeben und Polina konnte dort mit den Kindern wohnen. Sichtlich beruhigt ging Polina mit den Kindern zum Fluss und kehrte spät abends mit ihnen in den Holzschuppen zurück. Die Verwandten dachten, dass sie sich grämte. Tags darauf besorgte Mutter große Tafeln und legte sie auf den Fußboden. Sie fand auch verschiedene Tücher für ein Bett und nahm aus dem Ofen glühende Kohlen in ein Becken und trug sie in den Keller, um den kalten Raum zu erwärmen. Am Tage arbeitete Mutter im Haus bei den Verwandten, nähte und veränderte die Kleidung für sie und die Nachbarn. Das Geld teilte sie gleich auf. Den Verwandten bezahlte sie das Obdach, für sich behielt sie den Anteil für das Essen, und Polina bekam Geld für Kerzen. Solange Mutter nähte, spielte mein Bruder mit dem Hund auf dem Hof oder schlief zu Mutters Füßen. Früh morgens schloss Mutter den Holzschuppen ab, damit Polina mit den Kindern aus dem Keller kommen konnten und sich still im Holzschuppen aufhalten, bequemer essen und schlafen konnten. Nachts, wenn alle eingeschlafen waren, lief mein Bruder zum Hundehäuschen und umarmte und beruhigte den Hund, damit Tante Polina und die Kinder leise um den Holzschuppen laufen konnten, um die Arme zu bewegen und sich die Beine zu vertreten. Wenn ich heute auf die Kinder schaue, die gepflegt, satt, fröhlich und guter Laune sind, erinnere ich mich manchmal an Mutters Erzählungen und denke, dass der Krieg nicht nur eine Qual für die Erwachsenen, sondern weitaus furchtbarer und schwerer für die Kinder war. Mein Bruder und Polinas Kinder waren noch sehr klein, aber sie verrieten weder mit einem Wort, einer Laune, mit Weinen, noch mit einem Lachen ihre Anwesenheit. Mutter kehrte nach der Aufhebung der Blockade nach Leningrad zurück. Sie half Polina und den Kindern, sich auf der Petrograder Seite in ihrer Nähe anzusiedeln. Mutter nahm eine Arbeit in einem Baubetrieb auf und brachte meinen Bruder im Kindergarten des Betriebes bei sich unter. Sie wartete hoffnungsvoll auf die Rückkehr ihres Mannes aus dem sibirischen Straflager.

Tante Polina nahm anfangs eine Arbeit als Hausmeisterin in ihrem Hof auf. Ihr Haus ist bekannt als das Haus von Sergej Mironowitsch Kirow, der auf Stalins Befehl hinterrücks umgebracht wurde. Sie richtete sich einen Laden ein und erfreute uns mit der in jener Zeit üblichen „Mangelware" an Lebensmitteln. Ihre Kinder starben bereits in der Nachkriegszeit, eins durch Tuberkulose, die es sich durch das lange Leben unter der Erde zugezogen hatte, das zweite an Poliomyelitis. Ihre ganze unverbrauchte Liebe schenkte sie meiner Familie. Ihr Mann kehrte aus dem Krieg nicht zurück, er fiel in den Kämpfen vor Warschau.

Bevor meine Mutter in ihren sehr jungen Jahren an Lungenkrebs starb, fuhr Tante Polina in die Umgebung und brachte bestimmte Kräuter mit. Sie verwandelte unsere kleine Küche in eine regelrechte „Hexenküche", kochte einen bestimmten Trank mit der festen Überzeugung, Mutter wieder auf die Beine zu bringen. Polina half mir, die schwere Krankheit meiner Mutter und ihren Tod durchzustehen. Sie organisierte die Bestattung und tröstete mich noch Tage danach. Aber so wie die Tränen der Kinder schnell trocknen, so schnell vergessen sie die Trauer. Die Universität, die Freundinnen, die erste Liebe und die Weißen Nächte nahmen mich ein und ich lief zu Polina zwei, dreimal in der Woche, um zu essen und bis zum Stipendium Geld abzuholen. Ich achtete nicht darauf, dass sie still wurde, dass die Frische ihres Äußeren verblich. Eines Tages erhielt ich einen Telefonanruf und ihre Nachbarin sagte mir, dass sich Tante Polina in ihrem Zimmer eingeschlossen, zu viele Schlaftabletten geschluckt hatte und nicht mehr aufgewacht war. Heute verstehe ich, dass sie das im Zustand tiefster Depression getan hatte. Sie musste so viel in ihren jungen Jahren ertragen, und als die Zeit kam, sich am Leben wieder zu erfreuen, der Sieg, Frieden und Ruhe im Land, nahm ihr das Schicksal das Teuerste: erst den Mann, dann die Kinder und schließlich ihre Mutter. Sie hatte niemanden mehr, für den es sich zu leben lohnte.

Ich machte mir heftige Vorwürfe, dass ich ihre Einsamkeit nicht bemerkt hatte, dass ich voller Egoismus war, wie das der Jugend eigen ist. Ich wusste nicht, wie ich mich bei ihr entschuldigen sollte. Ich befestigte an ihrem Kleid die geliebte Brosche meiner Mutter, eine Sonnenblume aus Bernstein in der Form eines Ovals. Meine Mutter sagte darüber: „Ich mag diesen Bernstein nicht so sehr, aber er wärmt mich." Ich gab diesen Stein Polina mit in das Grab, damit er sie wärmen sollte in der Stille unter der Erde, so erinnernd an das Versteck der Kriegsjahre.

## Nachkriegsfreuden

Erste Jahre

Ich bin Russin, nach dem Charakter, nach dem Äußeren, nach der Muttersprache und den Dokumenten. Aber man fragt mich oft, ob ich eine Jüdin bin. Früher habe ich mich darüber gewundert. Aber jetzt denke ich, dass die Kraft von Polinas Liebe zu mir so stark gewesen sein muss, dass ich in gewisser Weise auch ihre Tochter geworden bin; die Tochter einer Tochter des jüdischen Volkes. Es ist schon paradox. Denn heute pflege ich in Deutschland eher Kontakte mit Russen jüdischer Herkunft, als mit Russen slawischer Herkunft. Alle meine Freunde, die mir heute die Familie ersetzen, sind größtenteils Kinder der vierziger Jahre. Und sie alle sind wie mit einer Nabelschnur mit diesen „Vierzigern", den bitteren, schicksalhaften und glücklichen verbunden. Sie und ich, Kleinkinder in jenen Jahren, quirlten unter den Beinen der Erwachsenen herum, waren an den Feiertagen und im Alltag neben ihnen und sogen wie ein Schlund deren Unterhaltungen und Träume auf. Unsere Eltern liefen abends in die Kinos, um „Trophäenfilme" zu sehen. Es gab niemanden, der mit mir zu Hause bleiben konnte. Deshalb wurde ich auf dem Arm in den Zuschauerraum mitgenommen. Die Filmtitel habe ich mit den Jahren vergessen. Im Gedächtnis sind nur noch „Die indische Gruft" und „Tarzan" geblieben, unter dessen Rufen und dem Trompeten der Elefanten ich in den starken Armen meines Vaters ruhig einschlief.

Die aus dem Krieg zurückgekehrten Sieger und jene, die im Hinterland bis zu diesem lange erwarteten Tag des Sieges überlebt hatten, begannen mit Zukunftswillen die zerstörten Städte wieder aufzubauen, die Landwirtschaft in Gang zu bringen, die

Kultur zu beleben und Kinder zu zeugen. Alle Menschen waren auf den Aufbau eingestimmt. Wenn sie morgens das Fenster öffneten, hörten sie stramme Märsche, patriotische Lieder, die aus Lautsprechern ertönten, die an den Straßensäulen montiert waren. Es gab keine Bombardierungen, keine Ausgangssperre, keine Passierscheine, keine Kampfgebiete und keine Gettos mehr.

Ich war damals gerade fünf Jahre alt, als ich mit meiner Mutter und ihrer Schwester nach Stoffen in einer Warteschlange stand. Pro Person wurden nur fünf Meter verkauft und zu dritt hätten wir drei Stoffbahnen bekommen können, aus denen Mutter Kleider, Vorhänge und Tischdecken hätte nähen wollen. Mutter hatte keine Tasche und bewahrte deshalb das Geld in einem selbst gemachten Säckchen unter dem Mantel an der Brust auf. Müde geworden vom langen Warten, schaute ich mich verträumt zur Seite um und hörte plötzlich Mutters Schrei. Mit einer Hand hielt sie einen fremden Mann am Arm und mit der anderen schlug sie in sein Gesicht. Erschrocken kreischte ich auf. Der Dieb, der versucht hatte, in Mutters Manteltasche zu greifen, um an das Geld zu gelangen, riss seinen Arm los und wollte fliehen. Aber sie konnte ihn festhalten, und danach . . . , danach fasste mich Mutter an der Hand und eilte mit mir aus dem Geschäft. Die vor Empörung außer sich geratenen Frauen umringten diesen Mann und begannen ihn zu verprügeln, zu kratzen, an seiner Kleidung zu reißen. Aus ihnen brach die ganze Wut auf diese Räuberei und diesen Anschlag heraus. Sie wollten es einfach nicht mehr zulassen, dass solche Banditen ihnen in der gerade begonnenen friedlichen Zeit etwas wegnahmen, denn sie hatten doch schon alles im Krieg verloren. Wir kehrten nicht mehr in dieses Geschäft zurück und blieben ohne Stoffe, neue Kleider und Vorhänge.

Danach hörte ich in Erzählungen der Erwachsenen, dass die Frauen diesen Mann zu Tode geprügelt hatten. Das war die erste gewaltsame Auslöschung eines Lebens, die vor meinen Augen begann. Das prägte sich mir als Fünfjährige so genau ein, als hätte ich es fotografiert. Noch heute spüre ich die Aggression der Menschen, den Geruch des Hasses und des Drangs nach Vergeltung. Seit der Zeit meide ich Ansammlungen von Menschen. Ich steige nicht in überfüllte Verkehrsmittel ein, stelle mich an keine Warteschlangen an und liebe fast leere Strände und wenig begangene Waldwege.

Auch die zweite Auslöschung eines Lebens in Sankt Petersburg 1993, deren Zeugin ich unmittelbar wurde, kann ich nicht vergessen. Vor dem Eingang eines Sankt Petersburger Kaufhauses hielt eine Luxuskarosse. Aus ihr entstieg ein Sicherheitsmann und hinter ihm ein etwas fülliger Herr, der einem sieben- bis achtjährigen Mädchen aus dem Auto half. Offensichtlich wollte der Vater mit seiner Tochter in die Kinderabteilung, um für sie etwas einzukaufen. Ein Schuss fiel, und im nächsten Moment kippte der Mann um. Es schien, als ob sein Kopf wie ein Silvesterknaller zerplatzte, nur dass anstelle des Konfettis Blut und Gehirnfetzen heraussprizten. Das Stimmengewirr der immer mit Menschen überfüllten Sheljabow Straße wurde durch einen verzweifelten Schrei durchbrochen, der mich bis in das Mark erschütterte. Ich konnte nicht mehr hinsehen, rannte zum Newskij Prospekt und hörte bereits das Sondersignal der Schnellen Medizinischen Hilfe und die Sirene der Milizstreife. Am Abend brachten die Fernsehnachrichten, dass ein Geschäftsmann, den die Mafia um Schutzgelder erpresste, vor den Augen seiner Tochter erschossen wurde.

Jener kleine Dieb der Nachkriegszeit wollte vor den Augen eines Kindes von dessen Mutter kärgliche Gelder stehlen. Diese bewaffneten Banditen aber stritten sich offensichtlich mit dem Unternehmer vor den Augen der Tochter wegen finanzieller Unstimmigkeiten bis auf den Tod. Nur dass sich auf den Mörder, der aus irgendeinem Fenster eines gegenüberliegenden Hauses geschossen hatte, keine Menge aufgebrachter Leute stürzte. Sie umgingen den Ort der Tragödie, wie ein Rinnsal auf seinem Weg den Stein umfließt, und im Kopf jedes einzelnen schlug wahrscheinlich der Gedanke: „Gott sei Dank, heute hat es mich nicht getroffen . . ."

Aber kehren wir zu jenen Zeiten zurück, als die Aktivisten der ersten Stunde in den Nachkriegsjahren nach getaner Arbeit wieder in ihre Häuser gingen. Dort erwartete sie ein Abendbrot, das von den Müttern oder den Großmütter zubereitet worden war, die ihren Lebensabend mit den Kindern und den Enkeln verbrachten. Der Alltag im Haushalt, das Warten auf die Kinder und die Aufsicht über die Enkel erwärmten ihre wenigen verbliebenen Jahre. Gesättigt und von Neuigkeiten erfüllt gingen die Männer in den Hof, um eine Partie Schach, Lotto oder Domino mit den Nachbarn zu spielen. Manche Männer nahmen die Knopfharmonika oder das Akkordeon, spielten die Melodien der Kriegsjahre, die auch noch heute in den Häusern beliebt sind und tranken ihr Gläschen Wodka. Einmal sah ich, wie ein Kriegsveteran auf der Sitzbank einschlief, wobei er seinen Kopf an den musikalischen Freund lehnte, der trunkene Tränen vergoss, als er sich an die kalten, hungrigen und schlaflosen Nächte erinnerte. Ohne den Feind mit den Händen greifen zu können, um Rache zu nehmen, richteten diese alten Männer zu oft ihre Betroffenheit, ihre Fäuste, ihre Wut und ihren animalischen Zorn auf ihre eigenen betagten Frauen, die treu auf sie gewartet haben, auf die Kinder, die nichts verstehen wollten, und auf die Mütter, die sie geboren hatten. Die Bestie des Krieges gebar die Grausamkeit im Menschen, weil dieses Trauma für jeden, der es erlebt hat, niemals zu überwinden ist.

Andere, offenbar glücklichere Familien zogen ihre besten Nachkriegsgewänder an und gingen in das Stadtzentrum oder in die Parks spazieren. Die Männer waren in hellen Anzügen und Leinenschuhen gekleidet. Viele hatten Schirmmützen. Meistens waren sie aus karierten Stoffen gefertigt. Die Frauen promenierten in hellen bunten Kleidern, ihre Taillen betonten sie durch schmale Gürtel. Die Dekolletés der modebewussten Damen wurden von Spitzen umrahmt, die sehr oft von den Nachthemden abgetrennt worden waren, die die Amerikaner als „humanitäre Hilfe" nach Russland geschickt hatten. Oder sie wurden von der schönen deutschen „Beute-Nachtwäsche" abgeschnitten. Die russischen Frauen waren der Meinung, dass es Vergeudung wäre, in solchen Hemden zu schlafen, und dass die Schönheit der Spitzen sichtbar gemacht werden sollte und nähten sie an die Kleider, die Hüte und die Blusen. Auf ihren schön frisierten Köpfen trugen sie Strohhüte mit künstlichen Blumensträußen. Ihre Füße waren bekleidet mit Sandaletten aus Lackriemen oder mit von geschickten Schuhputzern zusammengenähten einfachen Sandalen.

Ich schließe die Augen und stelle mir meine Mutter in einem braunen Kleid aus bunt bedruckter Baumwolle vor, das furchtbar knitterte. Sie hat es sehr oft bügeln müssen. Auf der Brust trug sie einen Einsatz aus cremefarbenen Spitzen, die einem amerikanischen Pyjama entnommen waren, einen Sonnenhut mit beigefarbenen Blümchen, selbst gefertigte feine cremefarbene Handschuhe, um die rauen Hände zu bedecken, und Sandaletten sowie schwarze Nahtstrümpfe an den Beinen. Diese Naht wurde mit schwarzem Bleistift nachgezogen, um die

Nylonstrümpfe zu imitieren. Diese waren damals eine große Mangelware und sogar die Mannequins des Modehauses Chanel defilierten auf dem Laufsteg in den ersten Nachkriegsjahren in solchen nachgezeichneten Accessoires.

An den Kiosken kauften die ärmeren Familien Eiskugeln in Waffelbechern. Die besser gestellten Familien setzten sich im Café an die Tische, auf denen Flaschen mit Limonade, grusinischer Wein und Eis, Sahneeis, Früchteeis oder Schokoladeneis in Metallbechern aufgetischt wurden. Stalin trank gern grusinische Weine. Und überhaupt, nur die arbeitsliebenden Grusinier versorgten die UdSSR mit ihren guten Weinen.

In Leningrad gingen die Familien sonnabends und sonntags in die Kinos, hauptsächlich in Lustspielfilme, bei denen sie die Sorgen, die Verluste und die Unzulänglichkeiten vergessen konnten. Lustspielfilme wurden sehr oft gedreht, weil Stalin sie sehr liebte. Es gab darin viel Musik, ritterliche Helden und zarte Jungfrauen. Von den Theatern bevorzugte das Volk die Operettenspiele und Komödien, als würden ihre Fröhlichkeit, Sorglosigkeit und Schönheit die Gedanken über das Vergangene auslöschen können. Allmählich errangen auch die Schauspielhäuser ihre Positionen zurück, und die Dramen von Moliere, Lope de Vega, Shakespeare und die griechischen Tragödien erlebten die Zuschauer mit wie ihre eigenen. Die Philharmonie blieb noch viele Jahre ein Domizil für die ehemals aristokratischen und bürgerlichen Kreise sowie der Intellektuellen. In ihren Saal gingen abends die Konservativen, reifere Damen mit zerschlissenen Taschentüchern in ihren Handtaschen und mit Lorgnons am Bändchen. Auf den Nasen der älteren Herren klemmten altmodische Kneifer. Es war ein Bild längst vergangener Bürgerlichkeit des alten Sankt Petersburgs. In den oberen Rängen und der Galerie versammelte sich überwiegend die

Jugend der musikalischen und geisteswissenschaftlichen Fakultäten. Eines Tages wartete ich mit den Eintrittskarten auf eine Freundin im Garten gegenüber der Philharmonie. Ich musste mit anhören, wie zwei alte Frauen mit Verachtung das Publikum kommentierten, das in die Philharmonie ging: „Die höfischen Wanzen sind aus ihren Diwans gekrochen, um Musik zu hören. Ja und was für Musik! Danach kann man weder singen noch tanzen! Alles Juden und Ausländer diese Bach – babach, Händel – mendel, List – baptist. Mit einem Wort, alles Sektierer." Diese einfältigen Großmütter verstanden derartige Musik nicht, und „Kasatschok" wurde in der Philharmonie nun mal nicht gespielt.

In den ersten Nachkriegsjahren wurden vorrangig die vaterländischen Bücher gedruckt. In Millionen Auflagen gaben die Verlage Romane und Erzählungen über den Krieg heraus, die den sowjetischen Patriotismus und den „großen weisen Führer und Vater der Völker" J.W. Stalin rühmten. Die Bücher und Autoren, die zum Denken anregten, analysierten, zweifelten, wurden verboten oder nur in geringen Auflagen gedruckt, die danach in verschlossenen Spezialschränken der Bibliotheken verschwanden. Das führte zum Austausch dieser Werke unter der Hand und zur Gründung des illegalen Verlags „Selbstverlag", den die Staatsmacht mit Hilfe der KGB-Dienste eifrig verfolgte.

Besondere Feiertage der Einigkeit, der Solidarität und der Treue zum Staat in der Gesellschaft waren die Demonstrationen des 1. und des 9. Mai und des 7. Novembers. Diese drei Tage im Jahr waren die Gedenktage des Sieges, der Revolution und der Solidarität in der Welt und schluckten viel Geld aus dem Budget der Betriebe für tausende Meter roten Stoffes für Losungen und Flaggen, Stapel von Buntpapier für selbst gemachte Blumen, zusätzlichen Lohn für die Unglücklichen, die während des ganzen Vorbeimarsches die Transparente und Reliquien mit den Händen hochhalten mussten. Ganz besonders mussten sich die Teilnehmer vor den Tribünen anstrengen, auf denen die Vertreter der Partei- und Staatsführung standen, deren Füße nicht zu frieren brauchten, denn unter den Tribünen waren spezielle Heizungen angebracht. Dort konnten sich die führenden Genossen und ausgewählten Ehrengäste mit Wodka und Kognak „aufwärmen", sich an belegten Broten mit Kaviar und Räucherfisch stärken, um sich danach wieder an das Meer der Demonstranten mit Aufrufen zur Arbeit, zum Frieden und Hochrufen auf die Staatsmacht zu richten. Auch das demonstrierende Volk wärmte sich derweil auf. Ständig wurden „Flachmänner" und kleine Wodkaflaschen aus den Taschen gezogen, deren Inhalt mit reinem Alkohol oder Kognak gestreckt wurde. Zum Essen gab es bei dieser „Erwärmung" nichts. Nur manchmal wurde ein Karamell- oder ein Sahnebonbon in den Mund geworfen.

Wir Kinder freuten uns auf diese Festaufzüge. Die Mütter oder Großmütter zogen uns ordentlich und hübsch an und steckten uns einen Apfel sowie Kuchen in die Taschen. In den Händen trugen wir Luftballons und wussten, dass uns die Väter in der Mitte des Marsches auf die Schultern nahmen und uns genügend „aufgewärmt" an den Orchestern, den Zuschauern und Tribünen vorbeitragen würden. Während des Laufens drängten sich bestimmte Gruppen zusammen, und die ganze Meute wälzte sich danach in die Wohnung desjenigen, der dem Stadtzentrum am nächsten wohnte. Da sowohl die Wohnung meiner Eltern als auch später mein eheliches „Apartment" direkt im Zentrum lagen, begannen die Gelage auch an unseren Tischen. Die Demonstranten hatten einen außerordentlichen

Appetit, und für ihren Empfang waren Tische mit riesigen Gerichten aus Salaten, Kochschinken, Piroggen, Kuchen und gekochte Kartoffeln mit Dill vorbereitet. Wenn ich mich heute an diese Feiertage erinnere, dann rieche ich den wunderbaren Duft im Haus, höre die Musik, die aus dem Radio und danach aus dem Fernseher säuselte und sehe die fröhlichen Gesichter der Menschen noch, die in ihrer Mehrzahl bereits das Zeitliche gesegnet haben. Ich erinnere mich an diese Zeit mit Wehmut und Nostalgie. Die Geschenke der früheren Jahre erfreuen mich auch heute und erwärmen meine Seele. Ich erinnere mich an das Gesicht, das ich nie mehr wirklich sehe, an die Arme, die mich nicht mehr umfassen werden, und nur die Geschenke, die von Herzen überreicht wurden, lassen mich in jene fernen Jahre und herzlichen Begegnungen gedanklich zurückkehren.

Sowieso gefeiert wurden das Neujahrsfest, der Einzug in eine neue Wohnung, die Geburt eines Kindes und der erste Verdienst. Unsere ganze innere Welt, alle Merkmale unseres Charakters: die Güte und der Ärger, das Mitgefühl und der Hass, die Begeisterung und die Depression, all das wurde uns und unseren Eltern in jenen Zeiten eingeprägt. Sie waren die Sieger und die Verlierer, die Begeisterten und die Enttäuschten, die Träumer und die Zyniker, die an den schweren Kriegszeiten Gestärkten oder Zerbrochenen. Unsere Mütter und Väter freuten sich mehr als nötig, tranken mehr als sie konnten, gruben und fühlten in den Seelen tiefer, als ihnen gut tat und liebten uns Kinder so unvernünftig, dass später viele am realen Leben zerbrachen. Obwohl sie dachten, dass wir, die Kinder der Sieger alles und sogar noch mehr haben müssten. Das Leben gab uns jedoch das, was wir verdienten. Es ist wie im Sprichwort: „Mit 20 haben wir das Gesicht, das uns Gott gegeben hat, mit

30 machen wir unser Gesicht und unser Leben selbst, und nach den 50igern haben wir das Gesicht, dessen wir würdig sind."

## Baronin

Eines Tages, ich ging noch nicht zur Schule, hörte ich mit einem halben Ohr, dass meine Mutter beabsichtigte, jemanden aufzusuchen. Mein Vater wollte ihr das zunächst ausreden, was ihm aber nicht gelang. Er riet ihr, wenigstens das Kind, womit ich gemeint war, nicht zu der „alten Hexe" mitzunehmen, bei deren Anblick selbst erwachsenen Leuten ein Schauer durchfährt. Nachdem sie die Worte des Vaters abgewinkt hatte, führte mich Mutter an der Hand zu meiner geliebten Troizki-Brücke, von der sich wunderbare Blicke auf die Eremitage, auf die Spitze der Wasiljewski-Insel, auf den Sommergarten, das Marsfeld und auf die Peter-Pauls-Festung eröffneten. Die „Hexe" wohnte auf der Millionenstraße und wir blieben nach drei Teppen vor einer zerkratzten Tür mit vielen Klingelknöpfen stehen. Einen Aufzug gab es in dem Haus nicht, und ich erfuhr das erste Mal von der Existenz der kommunalen Wohnungen. Auf unser Klingelzeichen wurde die Tür weit geöffnet und ein kleiner struppiger Junge baute sich vor uns auf. Nachdem wir uns vorgestellt hatten, führte mich Mutter durch einen langen finsteren Korridor, der mit alten Schränken, Körben und Kisten, Zinkeimern und Kinderwannen vollgestellt war. Mutter klopfte an eine der vielen Türen und trat ohne die Antwort abzuwarten in einen dunklen Raum. Das Zimmer wurde nur von einer kunstvollen Tischlampe und von Kerzen erhellt, die in einer Ecke auf einer Konsole vor Ikonen standen. Eine für mich seltsam gekleidete und frisierte alte Dame saß im Sessel und tat so, als würde sie die Bilder aus alten Büchern durchsehen. Den Kuss von Mutter erwiderte sie mit einem Lächeln und drückte mir begrüßend die Hand. Ich näherte mich vorsichtig, als sich die alte Dame zu mir beugte, um mir über die Haare zu streichen. In einem Augenblick riss sie im Schein der Nachtlampe die tränenden Augen eines alten Vogels auf. Ich sah nur noch die gebogene Nase, die Pergamenthaut mit den Altersflecken wie bei einer Toten, einen riesigen schwarzen Ring an ihrem Mittelfinger mit einem in den Stein gravierten Frauenkopf und nahm den betäubenden Geruch von Arzneien und Salben wahr. Im Kopf erklangen die Worte meines Vaters: „alte Hexe" - und ich verlor das Bewusstsein. Wieder erwacht, sah ich über mir das Gesicht meiner Mutter. Sie schaute mich an und flüsterte mir zärtlich zu. Die Alte im Sessel sagte gutmütig: „Ich habe zu lange gelebt, ich erschrecke schon die Kinder. Es ist Zeit, diese Welt zu verlassen." Die Worte erwiesen sich als vorausschauend. Nach ein paar Wochen blieb ihr im Schlaf das Herz stehen. Zur Beerdigung hatte Mutter mich nicht mitgenommen. Als sie zurückkam, erzählte sie, wie traurig es war, auf die wenigen alten in schwarz gekleideten Frauen, mit ihren Hüten und Schleiern zu schauen, die zu Zeiten des Aufbaus des Sozialismus äußerst seltsam aussahen. Es waren jene vierzehn Diener oder die Kinder der Diener der verstorbenen Baronin. Waren doch nach der Revolution fast fünfunddreißig Jahre vergangen. Ein hoch gewachsener alter Herr äußerte am Grab die merkwürdigen Abschiedsworte: „Auf den Bällen hatte sie geglänzt. Sie war eine der letzten Aristokratinnen." Für einen Augenblick war Mutter wie abwesend. Sie ging in ihre eigene Welt und ähnelte einem traurigen Engel oder dem Frauenantlitz auf der alten Gravur des Ringes. Als sie viele Jahre später im Krankenhaus starb und die Geschichte ihrer edlen Herkunft erzählte, erwähnte sie das „Tantchen", die eine Gräfin gewesen war. Diese musste in einem Zimmer ihres ehemaligen riesigen Hauses wohnen. Bis zu ihrem Tod trug sie den alten Ring mit der Gemme, auf der Persephone ausgraviert war. Dieser Ring symbolisierte die ewige Trauer über ihr Leben, über die hochadligen Verwandten, die Russland in den heißen Jahren der Revolution verlassen hatten oder in der furchtbaren Zeit des bolschewistischen Terrors umgebracht worden waren.

Außer meiner Mutter hatten einige Nachbarinnen aus der kommunalen Wohnung die Verstorbene auf ihrem letzten Weg begleitet. Gegenüber den alten Menschen mit dem aristokratischen Äußeren wirkten sie ärmlich und fremd. Eine von ihnen, die aussah, als würde man einen Sarg in die Erde senken, tuschelte schadenfroh: „So ist auch dein Ende gekommen, kleine Spinne", und zog befriedigt die Lippen herunter. Auf dem bescheidenen Leichenschmaus, wo die Vertreter der alten Zarenzeit Worte des Gedenkens sprachen, setzte sich Mutter neben die gehässige Nachbarin, die mit Vergnügen das Wodkaglas nach jedem Trinkspruch hochhob und sich bemühte, ihren Teller ständig zu füllen. „Wieso kleine Spinne? Hat sie Sie beleidigt oder gekränkt?", fragte meine Mutter sie. „Ja, nein. Sie hat mir sogar Geld geborgt und mir fast neue Kleidung gegeben. Das Geld haben wir ihr natürlich nicht zurückgegeben. Woher hätten wir es auch nehmen sollen. Wir haben doch von Lohntag bis Lohntag gelebt. Wir wollten ihr zeigen, dass wir das Volk sind, und sie die Baronin. Möge sie in der neuen Zeit leiden." „Hat sie denn während der Blockade nicht gelitten?", mischte sich eine andere Nachbarin in das Gespräch ein, „Erinnerst du dich, unsere Kinder lagen in den eisigen Zimmern, zu essen gab es für sie nichts, aber die Baronin ist auf den Markt gegangen, wo sie Gold für Lebensmittel getauscht und immer zwei Ringe oder Broschen mitgenommen hat: eine für den Milizionär, damit er ihr nicht alles abnahm, und das andere zum Tausch. Sie brachte Brot, Zucker, Speck und hat die Hälfte immer unseren Kindern gegeben. Bücher gab sie uns zum Ofen heizen, und den Pelz hat sie verschenkt, um die Kinder einzuhüllen. Als ich krank wurde, nahm sie von ihrem Hals das goldene Kreuz mit dem Goldkettchen, lief in das Hospital, um es für Medizin einzutauschen. Am Abend kehrte sie vom Hospital an der alten Kirche auf dem Newski Prospekt zurück. Sie gab mir die Medizin und sagte: ‚Die Kinder brauchen die Mutter. Ich glaube auch ohne Kreuz an Gott', und sie bekam einen traurigen Ausdruck, als würde sie sich von etwas sehr Teurem trennen." Die Nachbarin, die die verstorbene Dame „kleine Spinne" genannt hatte, wischte sich eine Träne aus den Augen. „Und meinem Sohn hat sie einen Wollschal gegeben, damit er die Füße einwickeln konnte, nachdem er sie sich beim Schlangestehen nach Brot erfroren hatte. Sie selbst hat ihm danach die ganze Decke auf die Schultern geworfen und mir gesagt: ‚Beunruhigen Sie sich nicht, decken Sie ihn ganz zu.' Ich hatte mich nicht beunruhigt. Sie war trotzdem eine Baronin, eine kleine Spinne, aber wir sind das Volk, das Jahrhunderte gelitten hat." Wie einen Schlusspunkt hinter ihrer Tirade schüttete sie noch ein Glas Wodka in ihren Mund. Ihre Gesprächspartnerin rückte etwas von ihr ab und sagte: „Vielleicht war sie eine kleine Spinne, aber sie würde so eine gehässige Fliege wie du nicht in ihr Netz schleppen." Sie fasste meine Mutter um die Schulter und ging mit ihr zum Ausgang. Diese Nachbarin lud meine Mutter ein, die Sachen der verstorbenen Dame zu ordnen, obwohl es da schon keine Kostbarkeiten mehr gab. Alles war aufgebraucht und auf den Märkten der Stadt während der Blockade eingetauscht worden. Die gehässige Nachbarin nahm sich keuchend eine Decke, Kopfkissen, Bettwäsche und Küchengeräte mit. Der anderen, gütigeren Nachbarin erlaubte meine Mutter sich die alten Möbel mitzunehmen. Ihr Sohn hatte geheiratet, aber er hatte nichts in die Wohnung zu stellen, die ihm sein Betrieb zugeteilt hatte. Meine Mutter nahm sich unter anderem ein Notizheft mit einem abgenutzten Ledereinband, das sich als Tagebuch erwies, dessen Einträge sehr unregelmäßig waren. Die letzte wertvollste Kostbarkeit, der Edelsteinring mit der Gemme, verschwand mit seiner Trägerin, weil der Ring in den Finger eingewachsen war. Mutter hatte sich auch nicht sonderlich bemüht, ihn zu entfernen, als sie half, die Tote zu ihrem letzten Weg anzuziehen. Die gehässige Nachbarin zischte mit Bedauern: „In jener Welt kann sie auch ohne Edelsteinring liegen, ritsch, ratsch und der Ring ist unser. Wir könnten ihn verkaufen, das Geld teilen und es bliebe ein Andenken." Meine an sich zurückhaltende Mutter fuhr auf und schrie: „Meine Erinnerung werde ich auch ohne Ring bei mir tragen, aber Ihre wird in Gehässigkeit und Wodka ertrinken!" An Mutters geröteten und geschwollenen Augen bemerkte ich, dass sie das Tagebuch der Dame las. Ich hing wie eine Klette an ihr: „Gib mir das auch mal zu lesen. Was steht da geschrieben?" „Sie hat über die verschwundene Generation geschrieben, über die menschliche Tragödie, über den verschwindenden Edelmut, über alles, was mir ans Herz geht", antwortete meine Mutter. Nachdem Mutter gestorben war, drückte mich Tante Polina an sich und flüsterte: „Das Tagebuch der alten Dame haben wir zu deiner Mutter in den Sarg gelegt. Früher legten wir in die Hände der Verstorbenen ihre Gebetsbücher. Aber bei uns hat der Sozialismus sogar diese Kleinigkeit wie den Glauben und den Trost verbannt. Soll das Tagebuch jetzt in ihren Händen sein!"

Vorladung

Die Nachkriegsgeneration begann ihr Leben wie auf einem leeren Blatt. Uns jungen Menschen schien es, als wären wir in dieser friedlichen Welt bei allem die Ersten, wie Adam und Eva. Wir glaubten auf neue Art zu leben, dass wir die Fehler der früheren Generationen nicht wiederholen würden, und sollte es keinen Krieg mehr geben, dann gäbe es auch keine Bitterkeit, keinen Verlust und keine Tragödien mehr. Angesteckt vom Lebenshunger und vom Rausch der Freiheit unserer Eltern waren wir gierig und nicht zu bremsen in unseren Ambitionen und Wünschen. Unser Streben wurde von dem Flug des ersten Kosmonauten Juri Gagarin, den ersten Triumphen unserer Ballettensembles im Ausland und dem Aufschwung der Wissenschaft angefacht. Die Entdeckungen und Forschungen im Kosmos, in der Arktis und in der Kybernetik faszinierten uns. Aber es gab auch andere Realitäten: sowjetische Panzer in Ungarn und später in der Tschechoslowakei. Ich lauschte den Diskussionen meiner Eltern, die sie flüsternd führten. Ich dachte über den stereotypen Satz nach: „Der russische Soldat ist ein Befreier", und versuchte zu verstehen, wie das auf die Völker wirkt, über die wie ein Damoklesschwert der Stempel: "sozialistisches Lager" gehängt wurde. Ich versuchte mich mit meinem unreifen Verstand und meinen Argumenten gegen die autoritären Lehrer aufzulehnen. Dieser oder jener Mitschüler wurde von der Schule genommen, oder wurde mit den Eltern vor den Pädagogischen Rat zitiert. In meinem Fall wurde meine Mutter vorgeladen. Die Lehrer warfen mir meine Unreife, Fehler bei der Auswahl der Freunde oder des Lebensweges vor. Meine erste Vorladung begründete die Schuldirektion damit, dass meine erste Liebe ein Schüler der älteren Klassen war, der stilvolle und wahrheitssuchende junge Mann Juri. Ungerechtigkeit machte ihn wütend. Auf die Schülerabende brachte er eigene Tonbandaufnahmen der Beatles mit und tanzte auch noch Rock `n Roll. Er zeigte mir alle Schritte, um mit mir zusammen tanzen zu können. Juri lernte in der 10. Klasse, war Absolvent, und seine Eltern nahmen eine hohe Position in der Stadtleitung ein.

Als mein Vater starb, ging ich in die siebente Klasse. Mit mir zu lernen und mich zu lehren war für Mutter äußerst überfordernd. Ich lernte in der Schule ausgezeichnet, deshalb versetzte mich die erste Vorladung zu diesem Tribunal in Panik. Bei diesem ersten Mal zerriss es mich fast vor Angst.

Der Schuldirektor, die Lehrer und Lehrerinnen saßen an einem langen Tisch. Ihr Anblick erinnerte an die alten Gravuren der Inquisitionsgerichte. Meine Mutter und ich saßen wie zwei Sünderinnen auf abseits gestellten Stühlen. Nachdem sie die wütenden Reden der Lehrer gehört hatte, stand meine Mutter auf und sagte würdevoll: „Die erste Liebe ist in der Regel nicht gerade ideal. Aber was den Rock `n Roll betrifft, so mache ich mit den Kindern bei der sportlichen Betätigung noch kühnere Verrenkungen. In meiner Jugend tanzte ich Charleston und die Pirouetten dieses Tanzes unterscheiden sich doch sehr von Walzern und Menuetten, die noch meine Eltern tanzten." Bei diesen Argumenten meiner Mutter reckte ich den Rücken, hob meine Nase und ging mit ihr in den Schulkorridor hinaus. Bis zum Haus fühlte ich mich wie ein römischer Triumphator. Aber kaum zu Hause angekommen, bekam ich von Mutter mit einem verknoteten Handtuch Schläge unter der Taille, nicht sehr schmerzhafte, aber mich äußerst kränkend. Mit Tränen der Wut in den Augen wegen der Ungerechtigkeit und der Ränkespiele in der Welt der Erwachsenen legte ich mich schlafen.

Die folgenden Vorladungen vor den Pädagogischen Rat ertrug ich schon ruhiger. Die Lehrer fühlten sich davon verärgert, dass ich mir meine langen Zöpfe abgeschnitten hatte und mir einen Bubikopf frisierte. Das andere Mal erwischte mich jemand von den Lehrern in der Toilette, als ich mir die Wimpern und die Lippen färbte. Na und? Schließlich war ich schon siebzehn. Und die letzte Vorladung war dem geschuldet, dass ich ein Stück vom Rock meiner Schuluniform abgeschnitten und einen „Mini" daraus gemacht hatte.

Wir gaben uns nicht nur den Spielereien hin, die den Heranwachsenden eigen sind. Wir lasen viele Werke der modernen Dichter, die keine kommunistischen Palastverse schrieben. Sie waren für uns Volkshelden. Die Gedichtbände von Robert Roshdestwenskij, Jewgenij Jewtuschenko und Andrej Wosnesenskij, die nur in geringen Stückzahlen aufgelegt wurden, gingen von Hand zu Hand. Meine Freundinnen und ich besuchten die Versammlungen des Literaturklubs, versuchten selbst etwas zu schreiben, und 1963 überraschte ich meine Mutter, als ich ihr den Band „Tag der Poesie" zeigte, in dem drei meiner kleinen Gedichte abgedruckt waren. Obwohl ich unter der Rubrik „Ein Weg für die Jugend" platziert war, trieb mich mein Stolz in gigantische Höhen. In diesem Band ließen solche Meister wie Grin, Woloschin und Okudshew ihre Gedichte drucken. Nach Beendigung der Schule verflog meine Liebe zur Poesie. Ich las die Gedichte nur noch sporadisch, schrieb aber noch kleine gereimte Gratulationen für den Freundeskreis.

*Jugendkonflikte*

Wie alle jungen Menschen verliebten wir uns und brannten vor Sehnsucht. Aber der Druck der Eltern und die gesellschaftliche Meinung hielten uns in bestimmten Rahmen. Umarmungen und geheime Küsse in den Hauseingängen, gegenseitiges Ertasten mit den Händen, verbotene Zärtlichkeiten und im letzten Moment ein Aufblitzen der Vernunft: „Das darf man nicht!" In der Schule und zu Hause predigten die Lehrer und Eltern, dass die Liebe ein großes Gefühl sei: Julia und Romeo, Ophelia, Laura – das wären die großen Vorbilder weiblicher Reinheit und Sittlichkeit. Man müsste sich auf das gemeinsame Leben allmählich vorbereiten. Eine echte Liebe sollte doch erst durch lange Bemühung füreinander geprüft werden. Aber wie eine Ouvertüre in der Oper fließend zum Hauptthema übergeht, so bevorzugten die jungen Männer im Alter von siebzehn bis neunzehn Jahren Sex und die Rücksicht auf ihre Hormone, aber keine lang anhaltende platonische Umwerbung. Heute jedoch könnten die Abschiedsworte eines Vaters an den Verehrer seiner Tochter ungefähr so klingen: „Junger Mann, meine Tochter ist anständig und züchtig erzogen worden. Ich entlasse sie mit ihnen in die Diskothek, aber sie darf nicht später als nach drei Tagen wieder nach Hause kommen!" In jenen Zeiten schauten unsere Väter, in meinem Fall die Mutter, von den Balkonen oder irrten vor ihren Häusern nervös herum, darauf wartend, mit wem und wann ihre Tochter vom Tanz kommt. Ich nahm mir vor, meine Kinder einmal nicht so zu bevormunden und zu „unterdrücken". Doch als meine Tochter erwachsen wurde, versuchte ich sie genauso einzuschränken und ihr meine Moral aufzupfropfen, so dass sie sich von mir entfernte, und sie, die mir doch nahe, aber in vielem so unverständlich war, ihren eigenen Weg ging, sich nicht unterordnete und aus meiner Obhut ausbrach.

Das Wort „ausbrechen" wurde wie zu einer Losung auch meiner Schulfreunde. Wir strebten danach, aus dem Alltag der Allgemeinheit auszubrechen. Wir wollten ein herrliches Leben, eine interessante Arbeit, Autos und Kostbarkeiten. Wir wollten, dass alles so wäre, wie in einem glücklichen Hollywoodfilm. Und jeder ging auf seinem Weg dahin. Meine Klassenkameradin Sina B. heiratete einen reichen älteren Grusinier. Zwei Jahre später erhängte sie sich. Sie konnte die Eifersucht und die Herrschsucht ihres Ehegatten nicht mehr ertragen. Die Seele unserer Klasse, Sergej J., ein Humorist und schöner Mann aus einer sehr armen und kinderreichen Familie bediente zunächst nicht mehr ganz junge Damen, die ihre sexuellen Freuden mit ihm mit klingender Münze bezahlten. Danach, als er sich an das Geld gewöhnt hatte, heiratete er ein Mädchen aus Odessa, sicherlich wegen ihres begüterten Papas. Aber auch er hielt das nicht aus und begann zu trinken. Eines Tages, als er betrunken nach Hause fuhr, lenkte er sein Auto auf die Gegenspur der Autobahn . . .

Solche Beispiele aus meinem Schuljahrgang gibt es nicht nur ein oder zwei, sondern mehrere. Aber gerade der Tod von Sergej J. zeigte uns Klassenkameraden, dass wir schon keine Kinder mehr waren, und dass wir an die Entscheidung unseres Weges bewusst herangehen mussten, um darauf das gesamte weitere Leben auszurichten. Die Technik und die Mathematik erschreckten mich. Ich war auch keine Handwerkerin, zum Tanz hatte ich keine Beziehung und auch kein Talent. Ich sang eben gern. Ich mochte gern lesen, phantasieren, deklamieren und Gedichte schreiben. Deshalb war die Wahl meines beruflichen Lebensweges mir bereits vorgeschrieben: Geisteswissenschaften. Einige Kameraden aus unserer Klasse, Arbeiterkinder, stiegen in die Fußstapfen ihrer Eltern und setzten die Arbeiterdynastie der Familie fort. Es war Mode zu dieser Zeit und die Arbeiterdynastien hatten in der Sowjetunion überall ein höheres Einkommen und mehr Vergünstigungen als die Ingenieur- oder die Lehrerfamilien.

Die Jugend ging dorthin, wohin sie berufen wurde. Oft verfehlten sie beim ersten Mal die Aufnahmeprüfungen zum Studium, und nachdem sie ein Jahr gearbeitet hatten, stellten sie sich erneut den Aufnahmeprüfungen. Die männlichen Abiturienten wollten vielfach an die Hochschulen, wo es militärische Lehrstühle gab. Das ermöglichte ihnen, die allgemeine Wehrpflicht zu umgehen und in Offizierslaufbahnen der Reserve für die technischen Waffengattungen eingestuft zu werden. Dafür lernten die Jungs vor der Aufnahme mit Repetitoren. Die Eltern öffneten das dünne oder dicke Portemonnaie, suchten jemanden, den sie gut bezahlten, damit der Sohn den Aufnahmeausscheid für die Hochschule besteht. Der Dienst in der Armee war und ist immer hart, aber die Wehrpflichtigen fürchteten vor allem die immer wieder auftretenden Vorfälle der Gesetzlosigkeit, des Diebstahls, der Gewalt und Willkür der Vorgesetzten. Viele wohlgeratene, aber meist schüchterne junge Männer beendeten ihr Leben durch Selbstmord, weil sie die Erniedrigungen und Drangsalierungen durch Kameraden oder Offiziere nicht ertrugen.

Viele Studienanwärter wollten sich in ein Studentenkollektiv einbringen, um die Studienjahre fröhlich zu verleben, ohne sehr darüber nachzudenken, ob ihnen die gewählte Fachrichtung gefällt oder nicht. Die Mädchen verbanden den Eintritt in eine Hochschule oft mit der Möglichkeit, sich gut zu verheiraten. Selbst die Unbedarftesten unter ihnen fanden Männer in den

Mauern der Bau- oder Polytechnischen Hochschulen, in den mathematischen und den physikalischen Fakultäten der Universität. Nachdem sie das Diplom erhalten hatten, trafen die Absolventen auf das schwer lösbare Problem des Arbeitsortes. Wenn sie in Leningrad nicht sesshaft waren, wurden sie in die Provinz, an die Ränder des Leningrader Gebietes und in die Dörfer geschickt. Die besten Plätze erhielten sie nur mit Hilfe der Eltern, vor allem wenn diese Partei- und Staatsfunktionäre waren, durch andere Beziehungen oder mit einem gewichtigen Schmiergeld auf die Hand der Leiter der Berufsberatung in der Hochschule oder im jeweiligen Ministerium. Das führte unter Umständen dazu, dass verantwortungsvolle Führungsstellen von unfähigen und leistungsschwachen Absolventen eingenommen wurden.

Schlaue Absolventen und -innen versuchten ihre Partner zu heirateten, die in Leningrad ansässig waren. Das machte es möglich, ein freies Diplom zu bekommen und sich einen Arbeitsplatz in Leningrad selbst zu suchen. Unsere Freunde mussten mich und meinen Mann immer damit aufziehen, dass wir zwei Menschen ins Verderben gestürzt hätten. Denn er war gebürtiger Leningrader, und ich war dort bereits als Kind angemeldet. Schließlich hätten zwei Provinzler in Leningrad bleiben können, wenn wir sie beglückt hätten. Aber wir heirateten aus Liebe. Zumindest waren wir davon überzeugt. Uns tat auch niemand leid, der sich von der Luft der großartigen Stadt verabschieden musste. Jedenfalls hatten wir zwei kein Problem damit, vom Heimatort weit entfernt arbeiten zu müssen.

Ein solches Verhalten war typisch für das gesamte Land. Die Geographie spielte dabei gar keine große Rolle. Im Wesentlichen entsprach alles der damaligen Zeit. Meine Freundinnen, ob sie eine höhere Ausbildung hatten oder nicht, wollten alle nach der Schule heiraten. Das sitzt in unseren slawischen Köpfen wie ein Postulat, dieses „Das muss so sein!". Ich bezweifle, ob man das jemals selbst unter Hypnose aus den Köpfen herausreißen kann. Ich verstehe, dass das in alter Zeit so sein musste, wenn eine Frau existenziell hätte abgesichert sein wollen. Es war wichtig, den Familienstamm zu erhalten und die Religion segnete die gesetzliche Ehe und machte sie zum heiligen Sakrament. Alle früheren Generationen verhielten sich grundsätzlich voreingenommen gegenüber den Unverheirateten, den Geschiedenen und den alten unberührten Frauen. Trotz der modernen Ansichten zu diesen Fragen sind wir Frauen auch heute noch romantischer als die Männer, warten auch heute auf unseren Prinzen und merken es oft nicht, dass er ein doppelgesichtiger Janus ist. Wir Frauen haben ein ausgeprägtes Verlangen nach Mutterschaft. Von den Spielen mit Puppen gehen wir fast fließend zur Erziehung unseres Babys über. Wir Mädchen und Frauen wollen geliebt werden und nicht nur von unseren Eltern, deren Liebe mit den Jahren anfängt, uns zu erdrücken, sondern von den Jungs, von den Männern, und zwar so, dass sie nicht nur unser weibliches Geschlecht lieben, sondern uns Frauen als einzigartige Persönlichkeit wahrnehmen und lieben. In den Fragebögen und den Formularen der sozialistischen Zeit gab es immer die Frage: „verheiratet?". Wer also im Ausland hätte arbeiten wollen, musste heiraten, wer die administrative Leiter hätte emporsteigen wollen, musste eine Familie haben.

Neidvoll schaue ich auf die älteren Paare, die ergraut und gebeugt sind, sich behutsam an den Händen halten, die ihr Leben durchleben konnten, ohne die Anlehnung an den geliebten Partner, ohne das Gefühl der Herzlichkeit und Vertrautheit zu entbehren. Ich verbeuge mich vor der großen geheimen

Weisheit und dem Können, die zerbrechliche Welt der Partnerschaft bis zum letzten Augenblick, bis zum letzten Atemzug zu erhalten.

Mit Interesse und Bewunderung betrachte ich die neue junge Generation, zu der meine Enkelin gehört. Ich möchte diese neue selbstbewusste Generation gern verstehen. Ich möchte ihr gern helfen und sie unterstützen. Ich zweifle nur, ob diese jungen Leute das auch möchten. Ich würde die Fehler, die ich bei der Erziehung meiner Tochter begangen habe, nicht wiederholen wollen. In ihren Kinderjahren war jedes zweite Wort in meinem Sprachlexikon nach dem Ausspruch „meine Kleine" das einschränkende Wort „nein". Diese Neins erschlugen ihre Freiheit, ihre Selbständigkeit, ihre Selbstverwirklichung und zerbrachen die Anhänglichkeit, die mit dem Zerschneiden der Nabelschnur nicht verloren gehen darf. Als kleines Kind hat sie doch unschuldig und vertrauensvoll die Welt kennlernen wollen. Mit meinem „nein" wollte ich sie schützen und halten. Wenn ich mir vorstelle, wie unverständlich dieses Wort für meine Tochter war, dann wird mir klar, wie es sie gekränkt und beleidigt hat, wie es das Vertrauen in meinen Schutz und meine Gerechtigkeit zerrissen hat. Ich habe ihr Schmerz bereitet, der ihr nur genommen werden könnte durch eine neu aufgebaute Beziehung zu ihrer Kindheit. In meiner eigenen Kindheit aufgeschreckt, wollte ich mit einem Zaun aus diesen Neins meine Tochter vor dunklen Hofbrunnen, vor schmutzigen Hauseingängen, vor frei auslaufenden Spirituosen und vor den in den Alltag eindringenden Drogen umzäunen. Mich ängstigten die streunenden Blicke alternder Schürzenjäger und der hormongesteuerte Zapfen pickliger Halbwüchsiger. Aus diesen Neins baute ich letzten Endes eine Festungsmauer, eine unangemessene Barriere zwischen zwei Duellanten auf. Ich möchte meine

Tochter nicht darum bitten, meine herrische Strenge zu verzeihen, aber ich bitte sie, meine Reue zu verstehen. Die heutige Jugend erfährt mehr Freiheit schon von Geburt an. Sie werden nicht wie früher fest gewickelt, sie bekommen einen Strampelanzug, sie erhalten abwechslungsreiche ausgewogene Nahrung. Ihr Spielzeug wird von den Erwachsenen beneidet und der Schmerz ihrer ersten durchbrechenden Zähnchen wird mit Gels und Salben abgewendet. Ihnen werden Liedchen ihrer geliebten Figuren und Tiere auf CD vorgespielt, ihre Muße nehmen Videofilme und die Kinderkanäle des Fernsehens ein. Sie, die noch gar keine Buchstaben kennen, spielen mit dem Gameboy und lösen schwierige Situationen in Computerspielen. Diese gesamte Technik, die anfangs den Eltern helfen sollte, wird plötzlich von den Kindern eingenommen. Das Kind, das mir eigentlich so nah ist, wird auf einmal unzugänglich. In seine Ohren fließt Musik über die Minikopfhörer, die Hände sind besetzt mit dem Versand oder Empfang von Nachrichten über das Handy, im Kinderzimmer leuchtet einladend der Monitor des Computers, und das Kind, das mit Drähten und Blinklichtern behangen ist, ähnelt einem geliebten, jedoch fernen außerplanetarischen Wesen. Trotzdem geht ihnen, in ihrer Technowelt lebend, ihre Eitelkeit nicht verloren. Die Mädchen und die Jungen nutzen gerade diese modernen Möglichkeiten, um ihr Äußeres an der aktuellsten Mode auszurichten.

Vielleicht bin ich sehr nostalgisch, aber mich zieht es mehr zu jener verlockenden Romantik und der leichten Sentimentalität hin. Als ich in den Schachteln, Kisten und Taschen meiner verstorbenen Schwiegermutter kramte, atmete ich den zarten Duft getrockneter Rosenblütenblätter, die in Säckchen zwischen den Kopftüchern und den Schals lagen. Die Bettwäsche in der Kommode roch nach Lavendel, die hochgeschlossenen bestickten Batist-Nachthemden riefen Gedanken an Zartheit und Jungfräulichkeit wach. Die Fächer und durchscheinenden Handschuhe waren im Handkoffer kokett und viel versprechend zusammengelegt. Manchmal wünsche ich mir die Romantik, die Keuschheit und die Schönheit früherer Tage zurück.

Die sechziger Jahre nehmen in meinem Herzen und in meinem Leben einen besonderen Platz ein. Der Abschluss der Schule, der Tod meiner Mutter, die Heirat, das Studium an der Universität und die Geburt meiner Tochter, die mir half, die Traurigkeit und den Verlust zu vergessen, erfüllten mein Leben mit einem besonderen Sinn. Mutters Ableben erlitt ich mit Herz und Verstand. Aber die Jugend hatte ihren eigenen Anspruch, und das stürmische Studentenleben und die noch stürmischere Verliebtheit schoben diesen Verlust in eine Ecke des Gedächtnisses, über den ich mich mit jedem Jahr des erwachsen Werdens immer kummervoller erinnere. Die Prüfungen und die studentischen Angelegenheiten in der Universität, der Arbeitsbeginn, die neuen Menschen und neue Beziehungen, die Kinderkrankheiten des Töchterchens, die Akklimatisierung in der Mühle der kommunalen Wohnung, heiße Liebesnächte mit dem Ehemann, ja und überhaupt die Jugend mit ihrer Gier nach Neuem und nach Siegen, all das schrieb mein damaliges Leben auf einem leeren Blatt des Schicksals, das nicht müde wurde, uns zu erstaunen und vieles zu erträumen.

Wir, die Absolventen jener zurückliegenden Jahre unterschieden uns in vielem von der Jugend von heute. Wir wählten unsere Lebenswege nicht nach den Prinzipien des Ansehens oder der finanziellen Stabilität in der Zukunft, sondern nach den geistigen Fähigkeiten und tatsächlichen Interessen. Wir dachten nicht über die niedrigen Gehälter von Lehrern, Ingenieuren, Bibliothekaren und Ärzten nach. Wir träumten nur davon, ein

Diplom zu erhalten und der Gesellschaft und dem Land nützlich zu sein. Heute klingt das hochtrabend und bis zur Dummheit naiv. Erst später stießen wir mit dem Wert und dem Verfall unserer Träume zusammen. Aber die ältere Generation wird mich verstehen. Wir waren begeistert. In der Liebe, in der Freundschaft und in der Hilfe waren wir auch naiv, uneigennützig und schwärmerisch. Unsere Röcke waren mini, unsere Möglichkeiten waren midi aber unsere Interessen und unsere Lebensgefühle waren maxi. Partei und Staat versuchte mittels der Medien die offizielle Propaganda in unsere Köpfe zu trichtern, eher in unsere Köpfe zu trommeln. Aber wenn wir die Rundfunksender „Neue Welle" und „Freiheit" insgeheim, mit Taumel und Furcht hörten, oder uns mit denen unterhielten, die im Ausland weilten, so trug das in unsere Köpfe Verwirrung, Revolte und Enttäuschung. Dieses andere Leben war anscheinend erfüllter und interessanter. Es ging über den Rahmen unseres erstarrten Alltags hinaus und versetzte uns in die Lage zu bedenken, zu überdenken und zu zweifeln. Die Zerstörung unserer Hoffnungen, Bestrebungen, unserer Selbstsicherheit und Hingabe verlief allmählich, wie der Tropfen den Stein höhlt oder wie der Rost das Metall zersetzt, langsam und unumkehrbar. All das gebar Abtrünnigkeit, Nihilismus und den Absturz, bei dem viele in Depression, in die Droge, in den Alkohol oder aus dem Leben selbst fielen.

## Tatarenkinder

Als meine Eltern mit mir zum „Bauplatz des Kommunismus" auf die Krim fuhren, um den Nordkrimkanal für die Wasserversorgung der Krim zu bauen, drangen die Tatarenkinder in meine Kinderwelt. Das waren lärmende, fröhliche, freigiebige

Kinder mit einem offenen Lächeln ihrer schneeweißen Zähne. Sie schmückten mein Leben als braves Mädchen mit hellen Farben aus, deren Erinnerungen noch heute lebendig sind. Ihre Mütter haben mich mit appetitlich duftenden Tscheburekis (mit Fleisch gefüllte und besonders gewürzte kaukasische Teigtaschen), Butterreis und getrockneten Früchten köstlich bewirtet! Ihre muslimischen Väter nahmen keinen Alkohol zu sich und saßen abends vor ihren sorgfältig geweißten Häuschen. Sie fertigten dabei in kunstvoller Handarbeit hölzerne Tabletts, Treibarbeiten in Metall sowie Damenschmuck aus Blech. Ihre Frauen knüpften Teppiche, strickten und bemalten Stoffe. Es schien, als würde dieses Idyll für ewig auf dieser Wunderhalbinsel angesiedelt sein. Aber nichts ist ewig unter diesem Himmel, besonders in einem Land, das nur in den Propagandamedien die Gleichberechtigung der Nationalitäten pathetisch vertrat, jedoch hinterrücks die Prinzipien der Menschenrechte verletzte.

Als sie vom großen Bauvorhaben erfuhren, kamen Bauleute aus allen Gegenden der Sowjetunion zur Krim, die ihren Beitrag für die gesellschaftliche Sache leisten wollten. Die einen kamen wegen des besseren Verdienstes und die anderen aus Abenteuerlust. Es begann eine Politik der Vertreibung und Verdrängung der Tataren aus ihrer Krim, von ihrer jahrhundertealten tatarischen Heimat. Die „Unzuverlässigen" wurden in ferne Randgebiete der Union ausgesiedelt, die Unbequemen und Widerspenstigen wurden in Gefängnisse und Lager gesperrt, und ihre Kinder, die dem Land entbehrlich waren, in Kinderheime oder vielmehr in Gefängnisse für Kinder gebracht. Die kleine Anzahl derer, die keinen Widerstand leisteten, wurden aus ihren sauberen Häusern mit Gärtchen ausquartiert und zu fünft oder zu siebent familienweise in kleinflächige

Ein- oder Zweiraumwohnungen einquartiert. Die auf der Krim verbliebenen Tataren haderten nicht mit ihrem Schicksal, sie begannen nur, mit gesenkten Blicken durch die Straßen zu gehen, um keine Aufmerksamkeit auf sich zu ziehen. Trotzdem folgte ihnen, ihren Frauen und Kindern das Schimpfwort „Schwarzärsche" hinterher. Diese Diskriminierungen wurden später auch den arbeitsliebenden Armeniern und den offenherzigen Grusiniern sowie den stolzen freiheitsliebenden Tschetschenen zugefügt.

Allmählich begannen die Tataren die Großstadt Simferopol zu verlassen und siedelten sich in den Randgebieten oder in verlassenen Dörfern an. Sie zogen Kinder groß, züchteten Pferde, webten Teppiche. Nur ihr Lächeln wurde kein glückliches mehr und bei vielen tauchten die Rosenkränze in ihren Händen auf, entweder zur Beruhigung ihrer Seele, oder für ihr Gespräch mit Gott oder zur Aufzählung ihrer erlittenen Kränkungen. Mein guter und fröhlicher tatarischer Freundeskreis ist vergangen. Erneut fühlte ich die ganze Lüge der sozialistischen Losungen: „Das Beste für die Kinder", „Die Kinder sind die Blumen der Zukunft", „Die Kinder sind die Enkel Iljitschs". Was muss man für ein niederträchtiger „Großvater" sein, um die kleinen völlig unschuldigen Kinder nur wegen ihrer Nationalität von ihrer Heimaterde, ihren Häusern loszureißen und wie Vieh in Lager und Internate zu jagen? Hat von Euch, meine Spielgefährten, jemand überlebt? Seid Ihr in Eurem Alter auf Eure angestammte Erde zurückgekehrt, und erfreut Ihr Euch an dem weiß blinkenden Lächeln Eurer Enkel? Ich kenne Eure Bräuche und Kulturen nicht, aber im heutigen Leben, wenn mich jemand kränkt, nehme ich den Rosenkranz in die Hand, den ich in irgendeinem Koffer gefunden habe, der mir geschenkt wurde, ich weiß nicht mehr von wem, weiß auch nicht mehr wann, und gehe mit den Händen über die großen Glasperlen. Ich zähle die Kränkungen auf, verzeihe die Missetaten, rede mit meinen Verwandten und mit meinem Tod, der von mir noch einmal in das ferne Nichts gegangen ist.

In jenen Zeiten der Aussiedelungen, der Umsiedelungen und der Vertreibung der Tataren führte sich mein Vater manchmal wie ein wildes Tier in der Wohnung auf. Er legte sich den Bann dafür auf, dass in seinem Kopf der Plan zur Bewässerung der Krim entstand: „Ich und allein nur ich bin schuld an diesen Vorgängen. Wie viel Schuld liegt auf mir für den Ruin der Tatarennester? Ich hasse mich dafür, wenn meine Technik ihre Häuser zerstört. Ich kann den auf der Baustelle verbliebenen Tataren nicht in die Augen schauen." Nach jeder dieser Selbstgeißelungen begann Vater erneut eine Flasche Wodka zu leeren. Aber danach . . . Selbstmordversuche, die Schreie von Mutter, meine Furcht und Panik. Eines Tages versuchte Mutter bis zu seinem vom Alkohol vernebelten Bewusstsein vorzudringen und schrie ihn an: „Aber wie viele Menschen auf der Krim haben Wasser bekommen, wie vielen hast du Arbeit gegeben?!" Und Vater, der für eine Sekunde aus seinem Rausch auftauchte, antwortete sehr nüchtern: „Die ich glücklich gemacht habe, werden mich bald vergessen, aber die ich ruiniert habe, vergessen das in Jahrhunderten nicht!"

## Musikalische Ambitionen

An das gemeinsame Spielen mit anderen Kindern erinnere ich mich vom sechsten, siebenten Lebensjahr an. Bis zu dieser Zeit verbrachte ich die Zeit mit der Mutter. Ich sah ihr beim Essen kochen, beim Blumen pflegen zu, und beobachtete, wie sie für uns Sachen nähte. Ich hörte ihr zu, wie sie auf dem Klavier spielte und sehr wehmütige Lieder sang, die sich Romanzen nannten, wie ich später erfuhr. Zum ersten Mal traf ich auf die Masse wild durcheinander schreiender Kinder beim Schuleintritt in die musikalisch orientierte Grundschule.

Die Aufnahme an die musikalische Schule erfolgte im Frühjahr, und ich ging mit meiner Mutter zur Anhörung in der Hoffnung, dass ich lernen würde, so schön zu singen und zu spielen wie sie. Das Wort „Kommission" verwirrte mich ein wenig, weil ich es noch nicht kannte. Als ich in den großen Raum trat, standen in Kostümen und Anzügen gekleidete Leute bereits dort, und ich beruhigte mich. Ein großer Flügel lenkte meine Aufmerksamkeit auf sich. Auf die Fragen, warum ich an der musikalischen Schule lernen will, erzählte ich über Mutters „Musizieren". Zu Hause hatte ich lange dieses Wort geübt. Ich erzählte über die Abende, an denen Gäste zu uns kamen, und Mutter in einem langen Kleid schön angezogen war, Klavier spielte und sang. Manchmal sang auch Papa mit ihr gemeinsam, und in unserem Haus herrschte dabei Ruhe, Freude und Herzensgüte. Ich klopfte also mit dem Bleistift auf den Tisch, um den Rhythmus nachzuahmen. Ich wiederholte mit der Stimme die vorgespielte Melodie und sang meine beliebte Romanze aus dem Repertoire meiner Mutter. Später erfuhr ich, dass es eines der Meisterwerke von Wertinskij war, dessen Text mir gefiel: „In dem tiefen und weiten Ozean . . ." Ausgerechnet hier passierte die Konfusion: in dem Vers „Mein lila Abt . . ." musste ich husten. Die Kommission schickte mich in das kleine Arbeitszimmer des Arztes, der mich aufforderte den einen und anderen Vokal fein zu singen: „o – o – o" oder „a – a – a". Ich konnte die Töne nicht lange halten und hustete erneut. Da sagte der Doktor, dass ich bestimmte Probleme mit den Stimmbändern habe und dass mich das im Leben soweit nicht stören wird, aber berufsmäßig würde ich nicht singen können. Das war eine bittere Pille. Der Mutter sagten sie, dass ich ein musikalisches Gehör habe und empfahlen mir, Geige zu lernen. Mich versetzte dieses Urteil in eine regelrechte Tränenhysterie. In meinen Kinderbüchern spielten auf den Geigen immer nur die Grillen. Aber das waren die Jungen, ich war jedoch ein Mädchen in einem neuen, schönen, karierten Kleidchen und einem himbeerfarbenen Mantel und sollte auf diesem Instrument spielen, das man „sägen" musste wie Holz mit der Säge? Diese schrecklich hohen Töne! Und dieser furchtbar schwarze Geigenkasten, der einem kleinen Sarg ähnlich war? Nein, und nochmal nein! Mutter, die meinen sonst ruhigen Charakter kannte, war bestürzt über mein Geschrei, und auf den Vorschlag der Kommission, gut darüber nachzudenken, sagte sie: „Nein, keine Geige, nur der Flügel." Nachdem wir in eine Konditorei gegangen waren, um dieses Desaster zu vergessen, war mir beim Verspeisen meines Lieblingseises „Sturmwelle" klar geworden, dass man nur selten weinen darf und dafür aber laut, so ist der Sieg garantiert.

Mein Instrument, das Klavier habe ich sehr geliebt. Ein General, der als Siegerheld in Deutschland alles an sich gerissen hatte, was ihm gerade gefiel, brachte diesen Schatz als Trophäe nach dem Krieg mit. Das Klavier war großartig: schwarz, glänzend, groß, und wenn man den Deckel öffnete, war es innen mit rotem Samt und vergoldeten Monogrammen ausgekleidet. Es war mit vier bronzenen Kerzenhaltern geschmückt und die Klaviatur blinkte edel von den Tasten aus Elfenbein. Später erfuhr ich, dass dieses Instrument eine Konzertvariante österreichischer Herstellung Ende des 18. Jahrhunderts mit einer zusätzlichen Oktave war. Aber der General wusste nicht, was er damit anstellen sollte, und stellte dieses Meisterwerk in den

Hühnerstall auf seiner Datscha, wo die Hühner auf dem Deckel des Klaviers umherspazierten und ihre Kotflecken hinterließen.

Bei diesem „Kunstkenner" mieteten meine Eltern ein Gartenhäuschen mit Terrasse für den ganzen Sommer. Als meine Mutter das Klavier sah, wurde sie schwach von der Idee, es zu kaufen. Der General hatte nichts dagegen, konnte aber keinen Preis dafür nennen. Nachdem er erfuhr, dass mein Vater Architekt war, bat er ihn, Zeichnungen für eine neue Sauna und ein Bootshaus anzufertigen und war glücklich, dass wir das Klavier mitnahmen und damit Platz im Hühnerstall schafften, um Kaninchenställe aufzustellen. Die österreichischen Meister, die dieses Instrument schufen, und die unbekannte deutsche Familie, deren Klavier der sowjetische General so verständnislos mitgehen ließ, mögen mir verzeihen. Meine Familie gab diesem Instrument ein neues Leben. Wir spielten auf ihm in Zeiten der Freude und der Trauer.

Tatsächlich dauerte meine musikalische Bildung nicht lange, gerade einmal sechs Jahre. Ich war ungeduldig und in mir reifte der Hass auf die Tonleitern, Solfeggio und jedwede innerschulischen Wettbewerbe. Ich ging laut schreiend zum tränenreich unterstützten Angriff über: „Ein Kind muss eine Kindheit haben!", und hatte diese Runde gewonnen.

Die Begeisterung für das Schwimmen wechselte mit dem Schachspielen, danach folgte ein Literaturzirkel, und aus mir erwuchs eine statistisch mittlere Persönlichkeit ohne Beifall auf irgendeiner Bühne. Mein allgemein bildendes Gymnasium galt als elitär. Wir lernten intensiv Französisch, und von der neunten bis zur elften Klasse hatten wir Unterricht zweimal in der Woche an der Fakultät Chemie der Pädagogischen Hochschule. Weder die Chemie noch die französische Sprache sind mir im Leben von Nutzen gewesen. Das Einzige, was mir das Gymnasium gegeben hat, das ist das Können, sich würdig zu benehmen, weil wir im Pflichtunterricht im Fach Haushaltführung die Verhaltensethik lernten. Während die Jungen den Umgang mit Holz und Metall übten, lernten wir eine Tafel zu decken, eine Unterhaltung am Tisch zu führen, zu tanzen, richtig zu laufen, sich elegant anzuziehen und noch vieles andere, was ein „anständiges" Mädchen so braucht. Die Kleider für festliche Abende nähten wir selber. In der Tat haben wir aus diesem Lehrgang nicht alles für unser Leben gebraucht, zum Beispiel das Knicksen. Aber unsere Lehrerin war schon etwas betagt, majestätisch und rührend, dass wir froh waren, wenn wir uns nach den Unterrichtsstunden mit einem Knicks von ihr verabschieden konnten.

Wenn auch mein musikalisches Streben nicht zur Meisterschaft reichte, die Musik war in meinem Leben immer da. Meine Mutter lehnte sich oft über mein Kinderbettchen und sang melancholische Melodien, die mich in den Traum wiegten. Ich erinnere mich an Mutters abendliches Musizieren. Im Haus wurde alles still. Der Bruder saß in einer Ecke und bastelte. Ich setzte mich auf den Teppich an Mutters Klavierstuhl, den ich tagsüber, wenn ich mit den Puppen spielte, als Karussell benutzte, und hörte zu. Vater saß in einem alten ledernen Sofa mit einer hölzernen Lehne, aus der sieben Elefanten herausragten. Ein Lampenschirm, den Mutter aus teerosenfarbener Seide genäht hatte, tauchte das Zimmer in weiches Licht. Mit ihrer großartigen Sopranstimme, sang sie Geschichten der Liebe, des Leids, der Veränderungen und der Enttäuschungen. Mein Vater schien während des Gesangs den Atem an zu halten und holte mit einem Schluchzen wieder Luft, wenn Mutter eine Pause machte.

Mein Bruder und ich wussten, dass nach diesem musikalischen Abend der Vater entweder zur Staffelei gehen und ein Bild malen oder sich eine Flasche Wodka greifen und ein Glas nach dem anderen austrinken und anfangen konnte, Mutter zu quälen, im halben Delirium zu klagen, eifersüchtig zu sein und zu fluchen. Mein Bruder und ich waren wie zwei Federn immer bereit, uns zwischen sie zu werfen, wenn Vater die Hand gegen unsere Mutter erheben und sie mit einem Riemen schlagen wollte oder sie zu würgen begann. Wenn der Bruder unter den Riemen geriet, schleuderte Vater ihn zur Seite. Bei mir sanken seine Arme herab, der Riemen fiel auf den Fußboden und der Vater begann auf Knien die Mutter und mich um Verzeihung zu bitten. Die so traurig endenden musikalischen Abende konnten mich jedoch weder vom Singen noch von der Musik abbringen.

Leidenschaftlich kann ich mich für Jazz begeistern oder singe die russischen Romanzen. In vertrauter Gesellschaft kann ich mich an das Klavier setzen und auf Zuruf Melodien aufnehmen, die alle kennen und gemeinsam singen. Ich summe vor mich hin, wenn ich die Sorgen und die Aufregungen abwerfen möchte, wenn ich durch die Auslagen der Geschäfte spaziere, wenn ich mich mit eintönigen Arbeiten beschäftige oder beim Start oder der Landung mit dem Flugzeug. Dieses Singen in den Bart hinein ist für mich wie das Rückbesinnen in jene gemütliche Atmosphäre als Mutter sang, und ich still zu ihren Füßen saß.

Ich informierte mich über die Firmen, die Flügel und Klaviere herstellten. Als ich im Lesesaal der Philharmonie von Sankt Petersburg arbeitete, öffnete ich den Deckel des Flügels unter der Nummer 7053, der von der berühmten Fabrik „J. Becker" angefertigt worden war. Ein Instrument derselben Firma blieb im Konservatorium von Sankt Petersburg unter der Nummer 14028 erhalten. Auf den Flügeln dieser Firma wurden die großen Werke der größten russischen musikalischen Klassiker geschaffen: Peter Tschaikowski, Anton Rubinstein, Rimski-Korsakow. Mstislaw Rostoropowitsch interpretierte die weltbekannten Meisterwerke auf dem hellbraunen Flügel auf geniale Weise. Diese Firma Jakob Beckers und danach Karl Schröders lieferte diese Musikinstrumente an die Adelshöfe Russlands, den Winterpalast, den Anitschkow-Palast, nach Zarskoje Selo und nach Gatschina. Ich hatte mir einmal eingebildet, dass die russische Seele besondere Eigenschaften hat, als würde sie mit ihren Eigenschaften von den Seelen anderer Völker herausragen, feiner, bereitwilliger, mitfühlender sein. Dann grübelte ich über die Frage nach: Warum nur sind dann diese Instrumente, die es erlauben, die Geheimnisse von Seelen aufzudecken, keine Erfindung der Russen geworden? Warum erklangen die Geigen eines Stradivari herzzerreißend und flossen die Melodien aus den Flügeln und Klavieren eines Jakob Becker?

Als ich nach Deutschland kam, besuchte ich interessiert die katholischen und evangelischen Kirchen und genoss besonders die Orgelmusik. Ich liebe die Chorgesänge in den russischen Kirchen sehr. Aber die großartige musikalische á capella Aufführung, die zahlreichen Basspartien geben mir das Gefühl einer schuldig gewordenen Schülerin, die vor Gott gesündigt hat und zu einem langen und ermüdenden Stehen auf den erstarrten Beinen verurteilt ist. In anderen Konfessionen ist es den Menschen erlaubt, auf bequemen Bänken oder auf weichen Teppichen zu beten. Aber hier gibt es die Orgelmusik, gleich ob sie in der Kirche oder im Konzertsaal erklingt, bricht sie meine Seele auf und fliegt in ihrer Aufregung entweder zu Gott oder zu den geheimen Träumen.

Ständig etwas Neues in meinem geliebten Sankt Petersburg entdeckend, fand ich heraus, dass zum Beginn des zwanzigsten Jahrhunderts die Protestanten und die Katholiken etwa siebzehn Prozent der Bevölkerung ausmachten. Gerade durch die Deutschen hat die Orgelmusik in Sankt Petersburg und in Russland insgesamt Eingang gefunden. Die ersten Orgeln wurden in den Palastsälen, in den Salons, im Konservatorium, im Sankt Petersburger Zoologischen Garten und im Gynäkologischen Institut D. Otto eingerichtet. Weitere Orgeln wurden in den lutherischen Kirchen des Heiligen Peter, dann der Heiligen Anna und der Heiligen Katharina aufgestellt, die sich direkt im Zentrum der Stadt befanden. Der Sturm der Revolution 1917 zerstörte nicht nur die vaterländische geistliche Kultur, sondern verbot und schloss alle fremden Kirchen. Die Orgeln wurden besitzlos und wurden teilweise vor dem Ruin nur durch die Schaffung einer speziellen Kommission in Petrograd (nach der ersten Umbenennung St. Petersburgs) gerettet, die die Orgeln aus den Kirchen und aus einigen Palästen an neue Orte stellte. Sie kamen in Einrichtungen der Kultur in Leningrad und Moskau, in Orchester, in die Philharmonie, in das Eremitage-Theater und in die Kleine Oper in Leningrad, in den P. Tschaikowski-Saal in Moskau, in das Konservatorium in Tbilissi (Grusinien) und an andere Plätze.

Diese Umstellungen erfolgten in der Periode 1930 bis 1960. Die Orgeln verschönten und machten das musikalische Leben des Landes abwechslungsreich. Aber allmählich gingen diese großartigen Instrumente mangels fachlicher Pflege kaputt. Sie hätten repariert werden müssen. Da gab es jedoch keine russischen Meister, die das hätten tun können. Die deutschen Fachleute gingen aber entweder nach Deutschland zurück, kamen bei den Repressionen um, oder wurden mit ihren Familien in die Arbeitslager, in die allen bekannten GULAGs geschickt.

In den letzten Jahren kann ich eine Wiederbelebung der deutschen Kirchengemeinden in Sankt Petersburg feststellen. Sie erwerben für ihre Gotteshäuser kleine Orgeln aus dem Ausland, oder bekommen sie gespendet. Die Lutherische Kirche des Heiligen Peter, die sich auf dem zentralen Newski Prospekt befindet, wurde Besitzerin einer Orgel der deutschen Firma „Steinmann". In der katholischen Kathedrale befindet sich eine Orgel des englischen Meisters T. Chews, und in der Kirche der Heiligen Katharina auf der Wassiljewski-Insel erklingt eine Orgel der Firma „Wilhelm Sauer" aus Frankfurt an der Oder. In Sankt Petersburg wurde auch ein eigener Organist, Pawel Tschilin ausgebildet. Das erweckt die Hoffnung auf eine Wiederbelebung der Orgelmusik im Venedig des Nordens.

## Ungleiche Chancen

In das elitäre Gymnasium gingen die Kinder von führenden Persönlichkeiten der Betriebe, des Staatsapparates und Funktionären. Aber es gab auch Kinder von Lehrern, Putzfrauen, Garderobieren, Buffetfrauen und Kindergärtnerinnen unter uns. Es gab keine sichtbaren sozialen Unterschiede unter uns Kindern. Wir trugen alle die gleiche Schuluniform: ein braunes Kleid mit Faltenrock, schwarze und weiße Schürzen, weiße und schwarze Schleifen auf dem Kopf und weiße Söckchen. Meine Mutter hasste diese Uniform sogar noch mehr als ich, wobei sie sie „die Waise aus dem Heim" nannte und gegen alle Vorschriften mir diese Uniform nicht kaufte, sondern selbst nähte. Die Falten im Rock machte sie mehr zum Plissier, die

Manschetten enger und hoch. Diese wie auch den Kragen schmückte sie mit schöner Spitze. Mit dieser wurden auch die Schürzenränder geschmückt. Mit einer feinen Spitze umnähte sie die Söckchen. Diese Abweichung von der Norm wurde anfangs von der Schulleitung als „Bajonettstich" aufgefasst. Aber Mutter begleitete die Schüler bei den Schulabenden auf dem Flügel und führte unentgeltlich Schneiderzirkel für die älteren Schülerinnen durch. Mein Vater versorgte die Schule mit Farben, mit Holz und beide führten unsere Klasse an den Sonntagen auf Wanderungen in den Wald, an die Seen und in die Höhlen.

Meine Klassenkameraden zog es zu meiner Familie. Sie kamen oft zu uns zum Mittagessen oder zum Abendbrot, fegten alles in sich hinein, was Mutter auftischte und hörten begeistert den Geschichten meines Vaters zu, die er sich ausdachte. Besonders populär waren meine Geburtstage und die Neujahrsfeste. Gerade an diesen Feiertagen fiel mir auf, dass es zwischen meinen Klassenkameraden bestimmte Unterschiede gab. Die einen kamen feiner gekleidet, brachten Geschenke, die im Geschäft gekauft waren, blieben nicht lange am Tisch sitzen, sondern liefen in das Zimmer, wo Tombolas, Theaterstücke und Tänze aufgeführt wurden. Gerade in diesem Zimmer, nur später, als wir älter wurden, tanzten wir mit den Jungen die ersten Walzer, Charleston und Rock n Roll.

Andere Kinder kamen bescheidener angezogen, in Kleidern die sie von den älteren Geschwistern übernommen hatten. Sie brachten selbst gemachte Geschenke mit, waren zurückhaltend und hatten es nicht eilig, den Tisch zu verlassen, um bis zum Zustand „ich kann nicht mehr" alles auf zu essen. Aber gerade diese Kinder bekamen von Mutter größere Geschenkpakete. Die Tradition, den Kindern ein kleines Geschenk zu überreichen, begleitete alle meine Kinderfeiertage, und gerade für diese zweite Kindergruppe wickelte Mutter Gebäck, Wurst, Äpfel und Nüsse in die Stoffsäckchen ein. Einmal, nachdem die einen Kinder von ihren Eltern abgeholt und die andere Gruppe von meinem Vater begleitet wurde, fragte ich meine Mutter, warum die einen kleine Dinge erhalten und die anderen mehr Süßigkeiten und Lebensmittel. Mutter dachte lange darüber nach, was sie mir antworten sollte. Danach winkte sie mit der Hand ab und sagte: „Wenn du so eine Frage stellst, heißt das, du bist schon eine Große, und deshalb werde ich dir antworten wie einer Großen. Die einen Kinder leben gut. Sie haben auch eine Mutter und einen Vater. Andere haben Eltern, die keine Ausbildung haben. Sie erhalten nur wenig Lohn. Bei vielen ist der Vater Alkoholiker. Sie vertrinken die Gelder und den Hausrat. Noch schwerer haben es die Kinder, die keine Väter mehr haben. Ihre Mütter arbeiten auf ein bis zwei schweren Arbeitsstellen und haben keine Möglichkeiten, die Kinder satt und appetitlich zu ernähren. Der Staat gibt zwar den allein stehenden Müttern Kindergelder, aber für diese Gelder kannst du nicht einmal Schuhe kaufen. Und die Buchweizengrütze, die sie kostenlos in der Schule zum Mittagessen bekommen, kann man in Geschmack und Nährwert mit Fleisch oder Beefsteaks nicht vergleichen, die du und andere Kinder am Buffet in der Pause kaufen. Es gibt glückliche und es gibt nicht so glückliche Kinder, vernachlässigte, arme und bedürftige Kinder."

Ich glaube, dass nach dieser kindlichen Frage in mir das Ziel und die Überzeugung wuchs, dass ich lernen muss, mir Bildung aneignen muss, damit meine Kinder nicht vernachlässigt und bedürftig würden. Seit diesem Ereignis begann ich festzustellen, dass in die Theater, in den Zirkus, in die Konzerte glückliche Kinder gingen. Dass sich im Pionierlager „Artek", wo ich mich ein paar Mal erholte, Kinder aus den sozialistischen Bruderländern: DDR, Polen, Bulgarien aufhielten, die auch nicht aus bedürftigen Familien stammten. Besonders spürten wir diese soziale Ungleichheit, als unsere Mädchenschule mit der Jungenschule zusammengelegt wurde. Außer gut erzogenen Jungen, kamen zu uns in die Klasse auch Raufbolde, die neben Mädchen mit guten Zensuren gesetzt wurden. Die Mädchen sollten diesen als Vorbild dienen und beim Lernen helfen. So war wenigsten die Absicht. Ich bin kein böser Mensch, aber in mir hat sich für mein ganzes Leben der Wutausbruch gegen meinen Schützling eingeprägt, der mir die Tinte über meine Hefte und Bücher ausgegossen hatte, die Enden meiner Zöpfe hinterlistig an die Sitzlehne geklebt hatte, während ich fleißig die Kontrollarbeit schrieb. Ich erinnere mich nur an dessen Familiennamen: Salykin. Die Zöpfe mussten anschließend mit der Schere von der Stuhllehne geschnitten werden. In der Kantine stellte er mir ein Bein, als ich mit dem heißen Teeglas einen freien Platz am Tisch suchte. Mit aufgeschlagenen Knien und Ellbogen kam ich nach Hause. Die Hände waren von dem heißen Tee verbrüht. In meiner Seele brannte das Feuer der Vergeltung, aber von hinten kam der Rowdy Salykin mit ein paar Blumen in der Hand, die er vom Beet auf dem Schulhof abgerissen hatte und brummte versöhnlich: „Nun, so darf man nicht spaßen. Da, nimm die Blumen! Wenn mein Vater betrunken ist, bringt er Mutter immer Blumen mit und sagt, das wäre besser als jede Entschuldigung." Wenn ich gelegentlich die Boxkämpfe mit Nikolai Walujew im Fernsehen schaute, erinnerte er mich an meinen Tyrannen Salykin. Es hätte vielleicht auch sein Sohn sein können, der nur den Familiennamen gewechselt hat. Wenn der ganze Saal brüllt: „Walujew!, Walujew!", versetzte ich mich in das junge Mädchen von damals und wartete mit Ungeduld darauf, bis sein Gegner ihm einen genauen Schlag versetzte und zischte durch die Zähne: „So, ja so muss du es ihm geben!" Armer Walujew!

Aber kommen wir zur Aufteilung der Schüler der älteren Klassen zurück. Da gab es die Jungs, die wussten, dass sie zur Berufsschule gehen würden. Sie gaben sich in den Unterrichtsstunden keine Mühe mit dem Lernen, aber nach der Schule liefen sie in Gruppen in die Parks, kauften sich Bier, Zigaretten, spielten mit den Taschenmessern, zankten sich und riefen den vorübergehenden Mädchen Anzüglichkeiten zu. Die besser gestellten Jungen in selbst genähten Schulhosen, mit gegelten Haaren zur Frisur Typ „Hahn" auf dem Kopf, liefen in die Bibliothek, um Bücher von Wasilij Aksjonow, oder die Gedichte von Maximilijan Woloschin, oder Jewgenij Jewtuschenko zu lesen. Sie besuchten auch gern jemanden, bei dem die Eltern von einer Dienstreise im Ausland Tonbänder oder Schallplatten der Band „Beatles" mitgebracht hatten. Die Fenster und Korridortüren wurden geschlossen und man hörte, sang mit oder tanzte nach der in westlichen Filmen abgeschauten Manier. Personifizierten die „Beatles" doch den Einfluss des Westens auf unsere „richtige" Gesellschaftsordnung. Diese zwei Gruppen versuchten sich gegenseitig zu übertreffen. Manchmal kam es dann zu Raufereien, hauptsächlich um die Aufmerksamkeit der Mädchen zu erringen. Am nächsten Tag saßen die Jungen verdrießlich ihre blauen Flecken und Schrammen reibend auf den Stühlen, und ihre Eltern standen Schlange am Direktorenzimmer der Schule. Zwischen den Mädchen gab es keine großen Streitereien. Jene, die nicht so gut lernten, bereiteten sich darauf vor, in die medizinischen Schulen aufgenommen zu werden oder das Friseur- oder Schneiderhandwerk zu erlernen. Diese Tätigkeiten wurden unter den Schülerinnen nicht verachtet, sie riefen eher Neid hervor. Viele der besten Schülerinnen wollten die Schule nach der achten Klasse verlassen und einen dieser Fachberufe erlernen, aber die gebildeten Eltern wollten von solchen Entscheidungen gar nichts hören und verlangten von ihren Kindern den Eintritt in eine Hochschule und eine höhere Bildung. In der damaligen Zeit waren wir unseren Vätern und Müttern folgsam, und ihre Autorität war unstrittig.

Das, was den Lehrern in der Schule nicht gelang: das Miteinander der Schüler, gelang der Arbeit in der Kolchose. Nachdem wir die Prüfungen für die 8. Klasse bestanden hatten und begannen, uns auf die Sommerferien vorzubereiten, wurden wir durch einen Entschluss unseres Schuldirektors überrascht. Unsere Klasse mit 28 Schülern sollte in eine kleine Kolchose, eher in ein sehr armes Dorf fahren. Im Herbst kamen die Studenten hierher, um bei der Kartoffelernte, der Möhren- und Rübenernte zu helfen. Wir sollten den Kuhstall und den Pferdestall abbauen sowie das erste Sommergemüse und die Beeren ernten. Die Jungen schlugen Breschen in die Ställe. Wir Mädchen ernteten Gurken, Erdbeeren, Radieschen und halfen in der Küche. Geschlafen haben wir im Dorfklub auf Matratzen, die auf dem Fußboden lagen: die Mädchen auf der Bühne hinter einem geschlossenem Vorhang und die Jungs im Saal. Irgendwie fügten sich dabei die Beziehungen unter den Klassenkameraden neu zusammen. Mir wurde auf einmal deutlich, dass die Jungs, die bescheidener angezogen waren, mehr Kräfte und Ausdauer hatten, als die Söhnchen aus elitären Elternhäusern. Unsere Speisevorräte, die wir von den Eltern bekommen hatten, legten wir zusammen und ergänzten sie zu unserer täglich sich wiederholenden kärglichen Ration: Buchweizengrütze, Suppe mit Kraut, Makkaroni mit Hackfleisch, Tee und Kompott aus Trockenfrüchten. In der Freizeit organisierten wir sportliche Wettkämpfe und unsere Berufsschulkandidaten waren dabei immer führend. An den Abenden wurden Lagerfeuer angezündet, in denen wir Kartoffeln brieten. Wir sangen dabei Lieder, Gassenhauer oder aus aus den gerade modischen Filmen. Sonnabends und sonntags kam in den Klub die örtliche Jugend zum Tanz. Alle Matratzen der Jungen wurden zum hinteren Bühnenrand geschleppt. Das Tonbandgerät wurde auf den Fenstersims gestellt, und wir stampften bis in die späte Nacht in unseren Ecken: die Dörfler als eine Gruppe für sich und wir Städter als die andere Gruppe. Wenn ein Dorfjunge eines von unseren Mädchen zum Tanz holte, dann wurde das Tanzen in unserer Ecke unterbrochen und alle beobachteten aufmerksam das Verhalten der beiden Tanzenden. Einmal wollte ein Pferdebursche mit mir zwei Tänze nacheinander tanzen, aber mein Tyrann und Unglück Salykin kam zu uns, und ich musste mit ihm tanzen, um keinen Konflikt zu provozieren. Er wollte es nicht zulassen, dass ich mit dem Dörfler tanzte. Aber ein paar Abende erkühnte ich mich tatsächlich, den sympathischen Pferdeburschen zu treffen. Wir gingen uns an den Händen haltend zum Fluss, saßen lange unter dem Sternenhimmel, und er erzählte mir über seine Träume, in die Stadt zu gehen und eine Fachausbildung zu beginnen. Ich war von mir selbst überrascht, ihm plötzlich Verständnis für seine Probleme entgegenzubringen. Es war fast eine mütterliche Anteilnahme. Ein paar unbeholfene Abschiedsküsse und das Versprechen, sich zu schreiben, waren genauso schnell vergessen, wie das Dörfchen aus dem Blickfeld verschwand, und wir selbstbewusster und verbundener in die Stadt zurückkehrten.

## Gekränkte Seele

Nach dieser ländlichen Episode begann ich meine Freunde nach Merkmalen zu beurteilen. Ich suchte sie mir nunmehr aus, ob sie gütig, klug, hilfsbereit, mitfühlend und großzügig waren. Andererseits fand die starke Sehnsucht des Dorfjungen, seinem täglichen Einerlei zu entfliehen, bei mir ein Echo, hinterließ bestimmte Spuren, und ich versuchte oft den Alltag jemandem schön zu färben, dessen Leben nicht gerade sehr vorzüglich verlief.

Solange mein Vater lebte, war ich in den Häusern aller meiner Klassenkameraden gern gesehen. Seine psychischen Ausbrüche fanden in der Familie hinter verschlossenen Türen statt. Aber für die Nachbarn und Kollegen war er der große Chef, dem sich alle Bauabteilungen unterordneten und auf dessen Stimme die Stadträte hörten. Ob aus diesem Grund oder aus gegenseitiger Sympathie erwies mir die Klassenkameradin Alotschka einige Aufmerksamkeit. Ihre Eltern gaben immer einen Gruß meinen Eltern mit der Bitte mit, mich mit der Freundin spazieren gehen zu lassen, bei ihr die Freizeit zu verbringen oder mit ihnen sonntags in das Kino zu gehen. Meine Eltern sahen darin nichts Schlechtes. Ich war umso mehr froh darüber, da der ältere Bruder Alotschkas auch in unserer Schule lernte, aber zwei Jahre älter war und mein mädchenhaftes Interesse auf sich zog. Sowohl der Bruder als auch die Schwester gingen gut miteinander um. Sie waren erwünschte Kinder der Liebe zwischen einem sympathischen Tataren und einer jüdischen Schönheit. Aber das Temperament ihrer emotionalen Gespräche erinnerte eher an ein „Knallgasgemisch". Als meine Eltern in den Urlaub fuhren, nahmen wir meine Freundin mit. Denn in ihrer Familie fühlte ich mich auch frei und unbeschwert.

Der Tod meines Vaters unterbrach das Leben meiner Familie abrupt in ein „Davor" und ein „Danach". Meine Mutter, mein Bruder und ich hörten auf, die Familie eines „Nomenklaturkaders" zu sein. Die Mutter nahm eine Arbeit auf und opferte einen großen Teil ihrer Zeit für die Möglichkeit, unser bis dahin sorgloses Leben fortzusetzen. Mein Bruder trat in die Marineschule ein, und ich verlor die Gewissheit, einen älteren Bruder, einen „Beschützer" zu haben. Ich begann öfter und mehr Zeit bei der Freundin zu verbringen, wobei ich an den Mittagessen und oft auch an den Abendmahlzeiten ihrer Familie teilnahm. Eines Tages, als ich, warum auch immer, mich nach der Verabschiedung im Korridor verzögert hatte, drang die Stimme der Mutter Alotschkas zu mir: „Wird sie jetzt immer so bei uns sitzen und mitessen? Es tut mir leid, dass ihr Vater gestorben ist, aber wir können sie doch jetzt nicht ewig beköstigen. Wenn sie wenigstens irgendetwas mitbringen würde!" Ich lief die Treppe hinunter und mit Tränen der Kränkung und der Traurigkeit machte ich mich nach Hause. Ja, es war eine Ungerechtigkeit, dass ich mit vierzehn Jahren in einer friedlichen Zeit den vierzigjährigen Vater verlor. Aber deswegen wurde ich doch selbst nicht gleich eine Armselige, eine Bettlerin. Bei uns zu Hause gab es immer ausreichend zu essen für mich und auch für die Gäste. Mutter kochte appetitlich und sättigend. Käse, Brot, Fleisch, Wurst und Süßigkeiten lagen immer für einen kleinen Imbiss auch für Gäste bereit. Aber der seelische Hunger, womit sollte man ihn stillen? Der Vater war gestorben, die Mutter arbeitete und der Bruder war weggefahren. Die Bücher, der kleine Fernseher und das Klavier konnten mich nicht erwärmen. Ich brauchte Teilnahme, die Wärme einer anderen befreundeten Familie, in der ich mich nicht als Fremde fühlte. Der Mutter habe ich damals nichts davon erzählt. Wozu sollte ich sie auch noch verletzen? Aber ich hörte auf, mit Alotschka nach Hause zu gehen, mit ihr im Park zu sitzen und sie zu mir einzuladen. Ihr erzählte ich auch nichts davon. Wozu die Freundin aus der Fassung bringen, die ihren Vater und ihre Mutter liebt? Wenn ich sie traf, das ansehnliche Paar, der Vater in der Uniform eines Obersten des KGB, die Mutter, eine stilvolle Schönheit, lief ich auf die andere Straßenseite. Die unangenehme Situation bemerkte nur der ältere Bruder meiner Freundin. Es kann schon sein, dass er so etwas wie ich gehört hatte. An den Schulabenden lud er mich zum Tanzen ein und versuchte, seine Gunst zu beteuern, aber meine Seele schwieg und versteifte sich. In einem bestimmten Augenblick fühlte ich mich überflüssig und allein wie jene benachteiligten, entbehrlichen Kinder und konnte das nicht verzeihen.

## Freizeitbetreuung

Nach dem Tod meiner Mutter versuchte ich zu überleben und ging nach den Vorlesungen in die Schule, um als Pionierleiterin zu arbeiten. Von dem Stipendium allein konnte ich nicht existieren. Die Schule war eine allgemeinbildende. Sie stand neben einem Betrieb, und die Kinder der Betriebsangehörigen lernten darin. Die Kinder waren zwar gut versorgt, jedoch nach der Schule wussten sie nicht, was sie mit sich anfangen sollten. Nach dem Unterricht jagten sie den Ball, sprangen über das Seil und die älteren spielten lässig Basketball oder beschäftigten sich in der Turnhalle. Ich wollte diesen eintönigen Zeitvertreib aufrütteln. Ich bat eine Freundin, die in einem Freizeitensemble tanzte, mir zweimal in der Woche zu helfen, den Tanzzirkel zu führen. Die Kinder steckten nun ihre aufgestaute

Energie in die Walzer, Polkas, Krakowiaks und andere Tänze. Der Gesangsgruppe der Mädchen stellte ich ein gutes Konzertprogramm zusammen. Ich sang doch auch gern und spielte auf dem Klavier. Mit der Zeit begannen wir in den Kinderhäusern, in den Krankenhäusern und in den Altenheimen aufzutreten. Unser junger Sportlehrer stellte zwei Gruppen zusammen: eine Gymnastikgruppe für die Mädchen und eine Kampfsportgruppe für die Jungen. Nunmehr leuchteten die Schulfenster bis in den späten Abend. In den Klassenräumen erklang Gesang und in der Turnhalle Kommandos. Die Kinder aller Altersklassen konnten daran teilnehmen. Die Eltern freuten sich, dass die Kinder sich sinnvoll beschäftigten. Die Lehrer wunderten sich, dass bei den Schülern neue Interessen erwachten. Waren sie vorher noch gelangweilt und frech, so lernten sie von nun an besser als die vorangegangenen Schulabgänger.

## Nächtliches Abenteuer

An dieser Schule war ich nur ein paar Jahre älter als die Oberklassenschüler. In meiner Vermessenheit geriet ich bei der außerschulischen Betreuung eines Tages in eine brenzlige Situation. In den Winterferien stellte ich mit dem Sportlehrer eine Konzertbrigade aus Schülern auf und wir vereinbarten mit den Gemeinderäten der kleineren Orte im Kreis der Stadt Luga, Konzerte für die ansässigen Schüler zu geben. Die Eltern aller Kinder gaben ihr schriftliches Einverständnis, und ich unterschrieb als Verantwortliche. Wir packten unsere Taschen und fuhren in die Kleinstadt Luga. Dort sollte uns ein örtlicher Autobus abholen und uns an den Ort unseres Konzerts fahren. Im Zug bis nach Luga gab es keine Zwischenfälle. Mit dem Autobus unterwegs setzte auf einem Waldweg plötzlich der

Motor aus. Der Fahrer schimpfte auf den „alten Haufen Schrott" und zeigte mit der Hand auf die blinkenden Lichter der Wohnhäuser, die sich scheinbar gar nicht mehr weit befanden. Mein Helfer und Sportlehrer, er war damals zweiundzwanzig und ich neunzehn Jahre alt, überredete mich, die Sachen im Autobus zu lassen und mit den Kindern den Weg entlang bis zur Ortschaft zu laufen, um für den Fahrer Hilfe zu holen und selbst nicht in der Kälte zu frieren. Die Winternächte im Leningrader Gebiet haben es in sich. Der Fahrer war mit unserem Vorschlag zufrieden und die Kinder einfach glücklich. Stadtkinder laufen nachts mit Fackeln auf einem Waldweg durch den Schnee! Das war für sie ein Abenteuer. Nachdem der Fahrer ein paar Stöcke mit alten Lappen umwickelt und mit Benzin getränkt hatte, zündete er sie an. Als Gruppe machten wir uns auf den Weg: wir zwei Älteren, acht fünfzehn- bis sechszehnjährige Schüler und vier zwölfjährige Schüler. Wir waren warm angezogen, schauten auf die erstaunlich klaren Sterne und waren fröhlich. Auf einmal rief eines von den jüngeren Mädchen: „Schaut, da sind im Wald Glühwürmchen!" In dem Moment erkannten wir, dass uns Wölfe unbemerkt umzingelt hatten. Der Sportlehrer reagierte blitzschnell und umsichtig. Er stellte uns so auf, dass die Schwächsten in die Mitte gedrängt wurden. Fünf große Jugendliche mit Fackeln umkreisten die restlichen: einer vorn, jeweils einer an den Seiten und zwei hinten mit dem Rücken voran. Die Mädchen in der Mitte begannen ängstlich zu schluchzen. Die Wölfe hatten einen Ring gebildet, näherten sich aber nicht weiter an uns heran, als würden sie um uns herum einen bestimmten Tanz vollführen. Einer der Jungen schlug vor, laut zu schreien, um die Wölfe zu verscheuchen. Aus allen vierzehn Kehlen schreiend konnten wir uns dem Ort nähern. Dort wurden die Leute schon nervös, weil wir uns so verspäteten. Als die Bewohner unser Schreien und Rufen hörten, rannten sie auf die Straße, sahen unsere Fackeln und verstanden, dass etwas passiert sein musste. Das Echo in der frostigen Luft wird weit getragen. Sie holten ihre Motorschlitten und eilten uns zu Hilfe. Als wir die herankommenden Lichter sahen, brüllten wir nicht mehr vor Angst, sondern vor Freude. Wir wurden in die Schlitten gesetzt und die Motoren heulten auf. Erstaunlicherweise erschraken die Wölfe von dem Lärm nicht. Sie tanzten genauso auf ihren Stellen weiter und fühlten sich als Hausherren in dieser frostigen dunklen Nacht. Beruhigt und gesättigt schliefen wir schnell ein.

Am nächsten Tag fühlten wir uns als Helden und schauten ziemlich hochnäsig auf die örtliche Jugend. Die Konzerte verliefen glänzend. Wir bekamen einen rauschenden Beifall und mit einem Berg Geschenke für uns persönlich und unsere Schule kehrten wir nach Hause zurück. Den Kindern zu verbieten, über den Vorfall zu berichten, war unpädagogisch. Natürlich hatte jemand alles den Eltern erzählt. Danach wusste es die ganze Elternschaft.

Bereits am ersten Tag nach den Ferien kamen alle zwölf Eltern zum Direktor. Jemand ging auf den Direktor los, warum er niemand von den älteren Pädagogen mitgeschickt habe. Andere Eltern forderten meine und des Sportlehrers Entlassung aus der Schule mit dem Verbot, weiterhin mit Schülern zu arbeiten. Der Direktor versuchte die Situation zu glätten, und die Kinder drohten den Unterricht zu boykottieren, wenn man uns entließe. Aber für mich lag die Situation bereits auf der Hand, da ich schon einen Monat darüber grübelte, was ich machen sollte. Die Kinder ohne Erklärung allein zurücklassen und aus der Schule zu gehen, kam einem Verrat gleich. Ihnen an einem schönen Tag meinen wachsenden Bauch zu zeigen, dafür genierte ich mich zu sehr. Trotzdem gab mir diese Situation die Möglichkeit, von der Schule zu gehen. Mit meiner Konzertgruppe habe ich noch lange die Verbindung aufrechterhalten. Die Mädchen spazierten später mit meiner kleinen Tochter im Kinderwagen, als ich meine Prüfungen an der Universität absolvierte. Die Jungen halfen meinem Mann bei der Umgestaltung unseres riesigen Zimmers in der kommunalen Wohnung, weil der Familienzuwachs einen improvisierten separaten Raum erforderte. Allmählich verloren sich aber die Verbindungen. Die Mädchen heirateten, die Jungen gingen zur Armee. Nach vielen, vielen Jahren erinnere ich mich mit einem Lächeln an unsere Tänze, Lieder und unsere erschrockene kleine Truppe, die Wölfe für Glühwürmchen gehalten hatte.

## Sowjetische Schule

Die Worte Senecas sind tiefgründig und recht. Wahrscheinlich wäre es diesem großen Denker zu seiner Zeit schwer gefallen, sich die Spezifik des „entwickelten Sozialismus" vorzustellen. Solche Begriffe wie „Pädagogischer Rat", „Studentenkomitee", „Parteikommission" gab es in seinem Bestand pädagogischer und philosophischer Werte gewiss nicht. Zum Glück starb er seelenruhig, ohne das alles zu kennen oder sich vorstellen zu müssen. Er bedauerte nicht die Kinder, Halbwüchsigen und die Jugend, die durch diese Überbleibsel der Inquisition gegangen sind. Es gab aber auch gute Schulen, an denen viele Lehrer ihre berufliche Liebe ihr ganzes pädagogisches Leben hindurch ihrem Fach und den Kindern widmeten, Achtung gegenüber den Schülern und den Traditionen hegten und stolz auf die Bezeichnung „Lehrer und Aufklärer" waren. Jedoch gab es auch Lehrer, die acht Uhr morgens in die Klasse kamen, ohne sich an der Sonne, den ersten Blättern an den Bäumen, dem goldenen Teppich der Herbstblätter und dem Zauber eines frostigen Wintertages zu erfreuen. Sie hatten nur zerstreute Gedanken im Kopf: „Rufe ich jetzt den Idioten Iwanow an die Tafel? Lasse ich die faule Orlowa nachsitzen? Soll ich den Vater von dem Dreckspatz Sidorow vorladen? Oder gebe ich der Mutter von der koketten Sokolowa eine Kopfwäsche?" Die Kinder lasen diese Gedanken von der gerunzelten Stirn ihres Lehrers ab. In Erwartung der kommenden Maßregelungen begann Iwanow mit Gepolter die Lehrbücher und Stifte aus dem Ranzen auszubreiten, die Orlowa schrieb ihrer Freundin Zettelchen, der Sidorow begann nervtötend die Butterbrote zu kauen, wobei er krümelte, und die Sokolowa warf Papierkugeln in die Nacken der Jungen. In der Regel trugen die kleinlichen Maßnahmen keine Früchte und dann wurde im Verlauf „schwere Artillerie" in Form des Pädagogischen Rates aufgefahren. Diese Beratungen hassten die Kinder und die eingeladenen Eltern, sowie der Lehrer selbst. Die Kinder erwarteten nach diesen Vorladungen Bestrafungen, oft physische von den eigenen Eltern. Die Eltern wurden für zwei bis drei Stunden von der Arbeit entbunden. Das rief bei ihren Betriebsleitungen natürlich Unwillen hervor. Die Lehrer erstickten nach sieben bis acht Stunden in der Schule fast und wollten nur noch nach Hause zu ihren Kindern, zu ihren kranken Eltern fahren oder noch einkaufen. Die Pädagogen reihten sich an einem langen Tisch aneinander. Die Eltern saßen mit schamgeröteten Gesichtern dabei, und die beschuldigten Iwanow, Petrow und Orlowa und andere traten an der Tür auf der Stelle, den Kopf zwischen die Schultern gezogen.

Der Direktor, in der Regel ein abgeschobener oder in den Ruhestand versetzter Militärangehöriger, oder ein trunksüchtiger und wegen einer Schuld entlassener Beamter mittleren Ranges begann sogleich die Eltern zu erziehen. Es kam der Eindruck auf, als wären ihre Kinder Ungeheuer und dass nur der Humanismus der sowjetischen Schule sie in diesen Mauern hält und nicht in den Gefängnissen. Alle diese Kinder würden in ihrem Leben schlecht enden und ihre Eltern würden sie noch beweinen. Unsere Eltern liebten uns und hätten den Direktor einfach auf der Stelle stehen lassen können. Aber so ein Auftritt des Vaters oder der Mutter hätte ein Folgetrauma ihrer Kinder provozieren können. Die Lehrer unterstützten den Direktor, indem sie alle beliebigen kleinen Vergehen des lebendigen, gesunden, normalen und in der Kraft seiner Jahre regen Schülers oder der Schülerin aufzählten.

Der eigentliche Gedanke des Pädagogischen Rates geriet in Vergessenheit und wandelte sich in ein Strafgericht, das nicht einen einzigen Rat gab, sondern die Eltern wie die Kinder erniedrigte. Ich durchlief diese „Läuterung" nur einmal in meinem Leben im Zusammenhang mit meiner ersten Schulliebe und den Rock 'n Roll Tänzen. Andere Stammgäste dieser Beratungen schufen sich eine Immunität gegen die Erniedrigungen und Beschimpfungen und kaum waren sie den Zimmergrenzen des Pädagogischen Rates entschlüpft, begannen sie mit noch größerem Eifer herumzustrolchen, frech zu sein und Faxen zu machen. Einer der ständig wechselnden Direktoren der Schule sagte einem Jungen meiner Klasse: „Petrow, du denkst, dass die Klasse über deinen total entarteten Humor lacht. Das ist nicht so. Die Klasse lacht über deinen ärmlichen Idiotismus." Bei dem Jungen kam diese Charakterisierung nicht an, aber die ganze Schule nannte den Direktor fortan insgeheim den „entarteten Humoristen".

Wenn ich mich an die Schule erinnere, denke ich mit leichter Wehmut an die herrliche Zeit. Wir waren alle unterschiedlich; fröhliche und mürrische, gute und böse, kluge und einfältige, hübsche und gewöhnliche, gut angezogene und ärmlichere, satt gegessene und weniger satte. Aber wir waren auch die erwünschten Kinder des Sieges. Wir waren miteinander sehr befreundet und gingen nach dem Schultag nur auseinander, um zu Hause Mittag zu essen. Natürlich waren wir dabei von den Großmüttern oder den Nachbarn nicht zu überhören. Nach den Hausaufgaben trafen wir uns erneut in den nahe liegenden Höfen oder Parks, um zu lachen, zu träumen, Pläne für die Zukunft zu bauen und Ball zu spielen. In den höheren Klassen ging es für uns Mädchen bald schon darum, uns vor den Jungen bemerkbar zu machen, und zu lernen, wie man kokettiert und sich gegenseitig den Hof macht. Jemand ließ von zu Hause einen Himbeerkuchen mitgehen, der andere ein interessantes Buch, der nächste ein altes Radio, und bis in die späte Nacht strahlten unsere Augen, bis sich in ihnen die Sterne am Himmel zu spiegeln begannen.

## Neuer Geschichtslehrer

Als ich in die achte Klasse ging, kam zu uns ein neuer Lehrer für Geschichte. Wir waren schon darauf vorbereitet, in seine „Bajonette" zu laufen, weil wir unsere vorherige ältere Lehrerin liebten, die mit dem Selbstbewusstsein ihres Alters so gar kein Interesse hatte, uns die „großen historischen Dokumente" der Kommunistischen Partei der Sowjetunion und der sowjetischen Regierung zu erläutern. Die alte Dame brachte uns dazu, den Atem anzuhalten und den Erzählungen über die Größe des antiken Roms und des antiken Griechenlands zu lauschen. Sie sprach über die Intrigen an den Palästen Russlands, Frankreichs, Englands und über die hoch stehende Kultur der italienischen Renaissance. Sie erklärte uns den Einfluss der deutschen romantischen Poesie auf die Bildung der deutschen Romantik sowohl in der Literatur als auch in der Musik. Sie nannte uns „Kinderchen" und erteilte allen gute Zensuren. Der neue Lehrer war schon im Voraus verschmäht. Als er das Klassenzimmer zum ersten Mal betrat, beachteten wir ihn demonstrativ nicht und beschäftigten uns jeder mit den eigenen Dingen. Erstaunt blickten wir auf, als der „Neue" mit Kreide an die Tafel schrieb: „Wenn du keinen Anstand annimmst, wirst du dich nicht behaupten", Unterschrift: Konfuzius. Mit unserer kleinlichen Aggressivität erwiesen wir uns als solche nichtigen Zwerge, dass diese Worte für unser ganzes Leben zur Visitenkarte im Umgang mit anderen Menschen wurden.

## Apfelstiele

Mit handwerklichen Tätigkeiten habe ich mich immer etwas schwer getan. An die Arbeiter auf den Bauplätzen meines Vaters kann ich mich nicht mehr erinnern, obwohl ich oft mit ihm abends auf die Bauplätze fuhr, wo der Vater die ewigen Großeinsätze kontrollierte. In der elften Klasse war ich im Praktikum einen Tag in einer Likörfabrik und einen Monat in einer Konservenfabrik. Der Tag in der Likörfabrik war der erste und letzte für mich und weitere fünf meiner Klassenkameraden. Zwei Mitarbeiter dieser Fabrik erlaubten sich mit uns einen Spaß und erklärten uns ernsthaft, dass wir von allen Likören, die der Betrieb herstellte, die Qualität prüfen sollten. Wir verkosteten die süßen alkoholischen Flüssigkeiten nun so gründlich, dass man uns fast bewusstlos mit dem Autobus des Betriebes nach Hause bringen musste und unseren Eltern im wahrsten Sinne des Wortes „von Hand zu Hand" übergab, weil wir auf unseren eigenen Beinen nicht mehr stehen konnten. Der Direktor des Betriebes schickte an die Schule prompt einen Brief mit der Mitteilung, dass er Kinder von der „faulen Intelligenz" nicht mehr zum Praktikum aufnehmen wird. Danach halfen wir einen ganzen Monat lang in einer Konservenfabrik. Ich konnte nicht zuschauen, wie der durchgeseihte Kaviar aus Auberginen und Zucchini, Tomatenmark und Tomatensoßen zubereitet wurde. Mir wurde übel. Aber an den riesigen Bottichen, in denen Konfitüre aus den kleinen Paradiesäpfeln gekocht wurde, klebte ich einfach an. Ich musste darauf achten, dass der Schaum nicht auf den Fußboden überlief, und die Betriebstemperatur regeln. Mich interessierte aber noch ein anderer Prozess: Wenn an der Oberfläche des Suds ein Apfelstiel erschien, versuchte ich diesen aufzufangen, abkühlen zu lassen und genüsslich zu verspeisen.

Meine Arbeit zum Wohl der Heimat und zu meinem Vergnügen zog sich fast einen Monat hin. Aber eines Tages, als ich mich auf das Apfelstielfangen konzentrierte, schlug mir jemand plötzlich von hinten auf die ausgestreckte Hand, die dadurch augenblicklich mit dem Handrücken flach in den Bottich mit dem kochenden Kompott eintauchte. Ich weiß nicht, wessen Schrei lauter war: meiner vor Schmerz oder der der Fabrikarbeiterin vor Angst. Sie wollte die Schülerin doch nur bestrafen, weil diese der Produktion Schaden zugefügt hatte. Der Schmerzensschock ließ alle weiteren Ereignisse vergessen. Ich erinnere mich nur an den Arzt im Ambulatorium, danach an die Woche im Krankenhaus, und danach – Hurra! – zwei Wochen brauchte ich nicht zur Schule gehen. Den Monat darauf saß ich nur in der Klasse und hörte dem Lehrer zu. Schreiben war ja mit der verbundenen Hand nicht möglich.

## Rolda Donowna

Bis zum Studium an der Universität war ich mit der deutschen Literatur, Dramaturgie und Poesie nicht sehr vertraut. Mit der französischen Sprache war das anders. In der Oberschule mit erweitertem Unterricht der französischen Sprache hieß unsere Lehrerin Rolda Donowna, eine Frau mit dem Gesicht eines Engels und dem Auftreten einer strengen Teutonin. In ihren Unterrichtsstunden mussten wir Französisch ohne slawischen Akzent lesen, in derselben Sprache Aufsätze über die Schriftsteller und Dichter Frankreichs schreiben und die französische Etikette kennen. Von der achten bis zur elften Klasse hatte ich bei Rolda Donowna am Unterricht teilgenommen. Bereits in der neunten Klasse verstanden wir, dass sie uns, nachdem wir den Klassenraum betreten hatten, in die Gedemütigten der Pariser Bastille verwandelte. Jede nicht gelernte Lektion oder falsche französische Aussprache wurden einem solch beißenden Hohn unterzogen, dass wir für lange Zeit unsere Selbstachtung verloren. Im Laufe von vier Jahren starben wir vor Angst in ihren Unterrichtsstunden und erwachten wieder zum Leben erst nach dem Klingelzeichen zur Pause. Sie schwebte mit ihren lächelnden Augen und ihrem schwarzen Lockenkopf elegant gekleidet und strahlend in das Klassenzimmer herein, stellte eine Frage, und wir verwandelten uns in Holzköpfe. Alle so gut gelernten Texte und Regeln zerfielen in den sich zusammendrückenden Raum zwischen Magen und Zwerchfell. Im Kopf wirbelten nur sinnlos die Worte: toujours, bonjour, cherche la fats und enfant terrible herum. Mit ihrer scharfen

Sprache und beißendem Hohn kanzelte sie uns derart ab, dass wir uns am Ende ihrer Tiraden, wenn nicht als völlig debil, dann doch tatsächlich als dumpfe Trottel fühlten. Aber wenn wir alles zustande brachten, strahlte sie vor Freude, teilte Komplimente aus und wir sahen, welche Schönheit wir eigentlich vor uns hatten.

Unsere Lehrerin improvisierte Teestunden mit der Klasse, in denen wir uns so verhalten und aufführen sollten, als würden wir in der Rolle von Botschaftern in der Welt, sagen wir in England, vorbereitet werden und die französische Flagge dort vertreten. Die Theaterstücke in der Sprache eines Hugos und Dumas unter der Einbeziehung französischer Tänze brachten nicht nur mich, sondern auch meine Mutter fast zur Verzweiflung. Eigenhändig nähte sie die Kostüme und half bei der Errichtung der Dekoration mit. Geld hatte die Eliteschule dafür nicht.

Eines Tages, als sie ihren Kopf zurückwarf und in Gelächter ausbrach, sahen wir hinter ihrer Wange neben dem Ohr eine unschöne Narbe, ein Brandmal. Rolda bemerkte unser Erstarren, und sie erklärte wie selbstverständlich, dass sie als kleines Mädchen mit ihren Eltern im Konzentrationslager des Todes war, wo Juden planmäßig vernichtet wurden. Sie erzählte uns davon, wie alle Häftlinge der Baracke, in der sie mit den Eltern untergebracht war, sie vor dem Tod in der Gaskammer und der darauf folgenden Verbrennung im Krematorium verbargen. Jede Nacht wurde ihre auf die Häftlingskleidung genähte Nummer ausgetauscht. Reihe für Reihe gingen die Juden still wie Geister auf ihren letzten Weg dahin. Aber Rolda war täglich einhundert Nummern später an der Reihe. Eines Nachts gingen auch ihre Eltern und mussten ihr noch junges Leben lassen. Auch in jener Nacht wurde Rolda eine neue Nummer aufgenäht, damit sie überlebend sich an alles erinnern sollte und den Lebenden diese bittere Wahrheit mitteilen konnte. Zusammen mit anderen Häftlingen wurde sie zum Ende des Krieges befreit.

Nach einem Studium legte sie das Dozentendiplom für französische Sprache ab, obwohl sie nach dem Lager deutsch verstehen und sprechen konnte. Bei einer Bemerkung, die mit Deutschland zusammenhing, drehte sich Rolda um und ging weg. Kinder hatte sie keine, aber sie sagte oft, wenn sie eine Tochter hätte, würde sie sie Marianne nennen, nach dem Symbol der Freiheit der französischen Revolution.

Mein letztes Abschlussexamen in der Schule fand am 19. Juni 1963 statt. Wir saßen im großen Hörsaal und gingen nacheinander zu den Tischen, an denen die Lehrer saßen, die uns in französischer Sprache prüften. Die Vorsitzende dieser Kommission war prompt das „Donnergrollen" unserer Schule. Die Schule hatte auch einen Wirtschaftsleiter, „Onkel Kolja". Er hatte im Krieg an den Kämpfen um Stalingrad teilgenommen, wo er arge Quetschungen erlitt und sich deshalb oft mit Kopfschmerzen quälte. Diese versuchte er mit Wodka wegzuspülen und war deshalb immer ein wenig angetrunken. Mitten in der Prüfungsstunde flog die Klassentür auf, er stand plötzlich im Raum und schrie: „Das Weib, ich meine, die Frau ist aus dem Kosmos zurück!" In seinem wodkaseligen Zustand konnte er den Familiennamen Tereschkowa nicht aussprechen, und so schlug er sich in die Seiten und wiederholte: „Das Weib, ich will sagen, die Frau, ist aus dem Kosmos zurückgekehrt!" Die Prüfung war zusammengebrochen. Onkel Kolja konnte sich weder dem Direktor der Schule noch dem Kreisschulamt unterordnen, und das Fach von Rolda Donowna fand er überhaupt überflüssig. „Wozu brauchen die Kinder diese französische

Sprache?", schrie er in die Klasse, „Wir haben Napoleon Bonaparte bereits 1812 besiegt, und Deutsch brauchen sie auch nicht, wir haben auch die Deutschen besiegt. Und wenn die Engländer oder Amerikaner uns überfallen, werden wir sie auch ohne Sprache besiegen."

Rolda Donowna aber strahlte vor Freude, weil die Frauen den Männern auch im Weltraum nicht nachstanden. Sie erteilte uns allen zu Ehren dieses Ereignisses mittlere Zensuren und eilte mit den Lehrern zum Lehrerzimmer, um fern zu sehen und zu hören.

## Neujahrsepisode

Die Kathedrale der Deutschen Reformationskirche an der Großen Meeresstraße in Sankt Petersburg wurde 1929 geschlossen und in einen Kulturpalast für die Mitarbeiter des Fernmeldewesens umgebaut. Zum Glück wurde sie nicht wie andere Kirchen in Russland nach der Revolution gesprengt. Zu den Neujahrsfeierlichkeiten der sechziger Jahre wurde hier immer eine riesige Tanne geschmückt. Die Tür war offen und im Eingang zur Halle konnte man das Stimmengewirr, Gesang und Musik hören, da in diesem Palast die Klubs und Freizeitzirkel der Erwachsenen und der Kinder probten: Musik-, Ballett- und Schauspielgruppen. Darsteller in lustigen Tierkostümen tanzten im Reigen mit den Kindern, und die Geschenke teilten Väterchen Frost mit seinem Schneewittchen aus.

Die Darsteller waren wenig bekannte Schauspieler der Theater, die sich auf solchen Veranstaltungen zu ihrem winzigen Gehalt ein Zubrot verdienten. Die Matineen an den Feiertagen zogen sich den ganzen Tag hin. Am Vormittag unterhielten die Künstler die Kleinsten und nach dem Mittag die Schüler.

Abends nahmen sie an den Banketten teil, die von den Leningrader Betrieben veranstaltet wurden. Die Nase des Väterchens Frost veränderte im Verlauf des Tages ihre Farbe in Abhängigkeit von der Menge des getrunkenen Alkohols. Manchmal verzog sich das Märchenpersonal in die Garderobe und schlief dort friedlich ein, ermüdet von all dem Lachen, den Spielen und dem Bier. Dann musste das in der Regel nicht mehr ganz junge Schneewittchen das Auditorium unterhalten und warten, bis irgendeine Putzfrau das Väterchen Frost wachrüttelte, das dann schlurfend in den Saal zurückkehrte.

Eines Tages, ich arbeitete an einer Schule, führte ich Mädchen aus der ersten Klasse zum Fest und brachte sie in die Garderobe zum Umziehen. Ein Mädchen, das seinen Handschuh verloren hatte, schaute sich um und sah ein riesiges Bein in einem Stiefel. Mit voller Kraft seiner kindlichen Stimme schrie es schrill auf. Seine Freundinnen, die noch gar nicht verstanden hatten, worum es ging, taten es ihr nach. Väterchen Frost kroch völlig verschlafen, mit heiserer Stimme gähnend hervor, was meine Schützlinge noch mehr erschreckte. Als ich sah, dass die Situation außer Kontrolle geriet, begann ich den Schauspieler, der kaum größer war als ich, aus der Garderobe zu schieben, wobei er nacheinander seine hohe Mütze und seinen Sack mit den Geschenken verlor und versuchte, die Watte vom Rauschebart aus seinem Mund zu spucken. Unsere Feier nahm ihren Verlauf wieder auf. Am nächsten Tag wurde ich in der Schule unter den Kleinen zur Legende. Die Erstklässler erzählten, dass ich mich selbst vor dem riesigen Väterchen Frost nicht erschrocken habe und sie gerettet hätte. Selbstverständlich haben sie alle ihre Geschenke bekommen, die die Eltern gekauft hatten.

# Korruption auf Sowjetisch

Aufnahmekommission

Wo kein Kläger ist, da ist auch kein Richter, sagt ein bekannter Spruch. Die Korruption ist fast so alt wie die Menschheit, und im Grunde genommen ist sie ein Verstoß gegen das Recht, zumindest empfinde ich sie als einen Verstoß gegen die Gerechtigkeit. Meiner Meinung nach wird die Korruption immer mehr zu einer bloßen moralischen Kategorie. Ich glaube, dass ihr fast jeder erliegen kann, oder man muss ein unverbesserlicher Idealist sein, um der Versuchung zu widerstehen. Meistens ist es nur eine Frage des Risikos und des Preises. Sollte man einmal der Versuchung doch widerstehen, so ist das Gewissen zwar rein, die Integrität bleibt erhalten, aber man kann Schaden an Körper und Seele erleiden. Dabei wird selten deutlich, wie schwerwiegend der gesellschaftliche Nachteil, also der Schaden für alle durch korrumpierendes Handeln sein kann.

Jede Nation hat für dieses unrechte Tun ihre eigene Sprache. Im Deutschen nennt man zum Beispiel das Bestechen auch „Schmieren". Gute Beziehungen im Sinne einer Vorteilsnahme nennen die Deutschen heutzutage „Vitamin B". In den arabischen Ländern gehört der „Bakschisch" zu den allgemeinen und schon uralten Gepflogenheiten. Es wäre fast absurd, dort in seinem Geben oder Entgegennehmen ein unrechtes Handeln zu sehen.

In Russland gibt es diesbezüglich zwei Worte: „blat" - die Beziehung im Sinne von: durch bekannte Leute zum Vorteil kommen, und „vzjatka" - das Schmiergeld. Die Revolutionsführer Lenin und Co. und danach der Diktator J.W. Stalin waren in ihrem persönlichen Bedarf nicht anspruchsvoll. Wahrscheinlich haben sie deshalb versucht, diese Begriffe aus dem Alltag der sowjetischen Gesellschaft zu verbannen. Für die Ausnutzung von „Beziehungen" oder wegen Bestechungen konnte der Bezichtigte erschossen, in die politischen Lager oder in die Verbannung zum Holz fällen geschickt werden, selbst wenn es Mitkämpfer, Freunde, Verwandte, Ehefrauen oder die Kinder betraf. Demgegenüber ist in den Zeiten des zweiten „Iljitschs" (L. I. Breschnews), während der sechziger bis siebziger Jahre die Verteilung der Funktionen und der „Basisbeziehungen" unter den Verwandten und den „wichtigen" Leuten durch Korruption unbegrenzt aufgeblüht. Dieser gesamte Korruptionsprozess, der stürmisch in den sowjetischen Machtzentren zirkulierte, rauschte wie ein Wasserfall auf die niederen Chargen und betraf alle Bereiche des Lebens meiner Landsleute. Mit Beziehungen konnte man sich zum Beispiel in eine Hochschule und in die Universität einschreiben lassen. Jedoch in die begehrten Fakultäten, wie zum Beispiel die juristischen, die ökonomischen oder die philologischen Fakultäten, konnte man eher nur mit Hilfe eines Schmiergeldes gelangen. Mit Beziehungen konnte man modische Kleidung, Kosmetik, bestimmte Lebensmittel und Möbel kaufen. Oft brauchte man auch nur falsch behaupten: „Mich hat Genosse so und so zu Ihnen geschickt . . .", und man konnte in der Apotheke eine notwendige bessere Arznei erhalten, in ein gutes Sanatorium fahren oder außerhalb der Anmeldungen zu einem fähigen Facharzt zur Sprechstunde gelangen. Das Wort „Beziehung" bedeutete, schnell, bequem und ohne besondere Anstrengungen die „Freuden des Lebens" zu bekommen, dank der Bekanntschaft mit den nötigen Leuten. Beziehungen haben alle ausgenutzt, die es konnten, immer und überall.

An den Abenden in der Küche bei Tee und mit Wurst belegten Broten sitzend, tuschelten die Leute über die Beziehungen und die „Gauner da oben". Über L. I. Breschnew und seine seltene Gewehrsammlung, über seine Speichellecker, über seine Tochter, ihre unstillbaren Leidenschaften für Brillanten, Alkohol und Männer, über die „Statthalter" der Orte und Kreise, über fremde Mächte, Gelder und Geliebten. Es wurde leise gesprochen. Die Furcht und das Misstrauen vor den Informanten des KGB nisteten überall: sowohl im Dienst mit den Kollegen, als auch in den Versammlungen der Studentengruppen und in den kommunalen Küchen sowie an den Festtagstischen. Im Spinnennetz des Geheimdienstes konnte sich jeder x-beliebige verfangen. Das russische Wort „vzjatka" wurde nicht so oft wie „blat" genutzt. Wegen Bestechung sowohl im kleinen als auch im großen Maße konnte man zur Verantwortung gezogen werden. Obwohl …, es gab sehr viele Gerichtsprozesse wegen „mittlerer" Bestechung. Nur die Korruptesten konnten sich die Stellungen und Pfründe sichern, die auch die Grundlage für die aufstrebenden Geschäfte der letzten zwanzig Jahre in Russland legten. Zu sowjetischen Zeiten wurden mit Geld gefüllte Umschläge amtlichen Personen überreicht, um eine Wohnung, ein Auto oder ein Datschengrundstück an einem renommierten Platz zu bekommen. Es wurde für die Möglichkeit, im Ausland zu arbeiten, oder für die Einschreibung in einer Hochschule bestochen, ohne dafür irgendwelche Voraussetzungen zu haben.

Ich war Augenzeugin eines spektakulären Prozesses über korrupte Hochschulleute. Die Polytechnische Nord-West-Abendhochschule war eine spezifische Hochschule, in der die Angestellten und Betriebsleiter der Nord-West-Region des Landes, die bereits eine mittlere Fachausbildung und eine große Berufserfahrung hatten, eine höhere Qualifizierung erhalten sollten. Alles an dieser Hochschule war durchschnittlich: die Dozenten, die Studenten, die Bibliothek, die Atmosphäre. Die Hochschule wurde für die mittelmäßigen wissenschaftlichen Leistungen kritisiert. Die Lehrhefte waren weit unter dem erforderlichen Niveau.

Um diese Hochschule aus dieser Tiefe herauszuziehen, wurde ein neuer Rektor eingesetzt, der in kurzer Zeit ein einmütiges Kollektiv schuf, der alle mit seiner Inspiration ansteckte, der neue und moderne Fakultäten einrichtete, wie zum Beispiel die Medizinische Kybernetik. Er eröffnete für die Fernstudenten sowohl Formen des Tagstudiums als auch Abendstudiums. Er verliebte sich in den weiblichen Teil seiner Mitarbeiter und setzte an die Spitze der Fakultäten kluge, verwegene und kreative Männer. Die Hochschule fing an, erfolgreich zu gedeihen. Über diese Bildungseinrichtung begann man zu reden. Der Wettbewerb für die Aufnahmeprüfungen wurde einmal jährlich durchgeführt. Junge Dozenten, die Karriere machen wollten, zog es wie die Bienen auf den Honig. Aber auch Abiturienten und Studenten aus den kaukasischen Republiken strebten dahin, die weder eine Beziehung zum Territorium des Nord-Westens der Sowjetunion, noch zu den Ingenieurfachrichtungen hatten, die in der Hochschule gelehrt wurden.

Ich arbeitete damals bereits vier Jahre als Vorsitzende der Aufnahmekommission für die russische Sprache und Literatur. Natürlich drückten wir für unsere arbeitenden Studenten manchmal ein Auge zu. Jemand, der als Leiter einer metallurgischen Hütte arbeitete, durfte einen Aufsatz auch mit ein paar Fehlern in bestimmten Worten schreiben. Jemand, der in den Betrieben von Pskow, Petrosawodsk oder Tscherepowez arbeitete, wohin wir fuhren, um Prüfungen an den Arbeitsorten abzunehmen, konnte sich nicht lange auf ein Aufsatzthema nach den obligatorischen Vorgaben der Hochschule vorbereiten. Der Prüfling schrieb eben dann ein „Opus" über ein freies Thema, das mit seinem Leben zusammenhing. Mich rührten diese erwachsenen und erfahrenen Männer, die doch gewöhnt waren, Menschen und Prozesse zu leiten, aber die für ihren Status, um mehr Geld zu verdienen, und für ihre Zukunft ein Hochschuldiplom brauchten. Viele unserer Studenten waren älter als wir Dozentinnen. Meine Kollegin und Freundin Galja und ich liefen von Tisch zu Tisch und ermunterten die Männer und gaben ihnen die Themen oder die Regeln vor. Der Leiter des Lehrstuhls für Fremdsprachen, ein in Russland eingebürgerter Deutscher mit dem klingenden Namen Schellinger dröhnte (auf Deutsch) mit seiner schönen Stimme, wobei er das Auditorium mit seinen Orden und Medaillen blendete: „Ich war jünger als sie, als ich in Berlin den Akt der Kapitulation in deutscher Sprache las. Meine Kampfgefährten kannten wie Sie nur ein paar Phrasen: ‚Hände hoch!' und ‚Hitler kaputt'. Aber viele von ihnen studierten nach dem Krieg und wurden Asse auf ihrem Gebiet. Keine Angst! Sie werden bei mir kein Polyglott, aber einen Artikel aus einem wissenschaftlichen Journal in deutscher Sprache zu lesen, das werden sie können. Haben sie alles verstanden?"

Die Abnahme der Prüfungen ermüdete uns sehr. Nach dem Examen selbst, das über vier bis fünf Stunden dauerte, mussten etwa einhundert bis einhundertfünfzig Aufsätze und Diktate korrigiert werden, die die Mitarbeiter der verschiedensten Betriebe aus vielen Republiken des Landes geschrieben hatten. Nach bestandener Aufnahmeprüfung konnten auch diejenigen, die nicht russischer Nationalität waren, aber im Nord-West-Gebiet gemeldet waren und dort arbeiteten, in die Hochschule eingeschrieben werden. Fast alle kamen durch die Aufnahmeprüfungen. Nach der Beendigung der Prüfungen luden sie uns zu Ausflügen durch Pskow oder Nowgorod, zu volkstümlichen Konzerten in Tscherepowez, zu Spaziergängen durch den Palastpark von Gatschina oder zu einem Picknick in der Grenzregion von Petrosawodsk ein, wo wir durch den Wald spazierten und dabei Pilze, ausschließlich Steinpilze oder Heidelbeeren und Preiselbeeren sammelten. Manchmal verloren wir schon die Orientierung, auf welcher Seite die sowjetische und auf welcher Seite die finnische Grenze war.

Ja, wir nahmen „vzjatki", aber nicht vor, sondern nach den Prüfungen. Wir wurden mit Dörrfisch und getrocknetem Elchfleisch, mit gesalzenen und getrockneten Pilzen sowie mit Preiselbeerkompott beschenkt. Diese Geschenke nicht anzunehmen bedeutete, diese großzügigen und offenherzigen Menschen zu beleidigen. Schenkten sie doch diese Gaben nicht wegen der Zensuren sondern aus ganzem Herzen. Dem Wort und Begriff „vzjatka" im monetären Sinn begegnete ich bis zu meiner letzten Teilnahme an den Aufnahmeprüfungen der Studenten kaum. Danach wechselte ich von der Hochschule an die Universität. Ich wechselte, um zu überleben.

Dem neuen Rektor der Hochschule war vor allem auch der demokratische Umgang, die freundschaftlichen Beziehungen unter den Lehrkräften, die Zustimmung zu beliebigen anstehenden Initiativen und zur Kritik ohne Ansehen von Rang und Namen zu verdanken. Nachdem ich eine große Befürworterin von ihm geworden war, von Zeit zu Zeit Ratgeberin und vor allem eine Gleichgesinnte, fragte ich ihn oft, was ihn bewegt und wie er es in der kurzen Zeit verstanden hat, unsere Hochschule aus dieser Vergessenheit herauszuziehen und sie zu einer Konkurrentin unter den starken technischen Hochschulen

Leningrads zu machen. Der Rektor antwortete mir: „Elena, ich war neunzehn Jahre alt, als ich, nachdem ich gerade die Militär-Ingenieurschule beendet hatte, im Jahre 1942 als Kommandeur einer Pionierabteilung an die Front geschickt wurde. Ich war ein ‚grüner Junge' unter meinen Kampfgefährten. Das Erste, was ich ihnen sagte, war: Zeigt mir, wie das geht! Was konnte ich denn, der schnell einen Lehrgang durchlaufen hatte, den Soldaten denn schon zeigen, die bereits fast zwei Jahre in den Frontlinien lagen? Einmal nannten sie mich Kommandeur, das andere Mal Söhnchen, und wie oft sie mich vor dem Tod gerettet haben, kann ich gar nicht hoch genug würdigen."

Nach seiner Berufung behielt der neue Rektor die alten Mitarbeiter. Er sah sich das Treiben eine Zeit lang an, und danach beließ er jemanden in seiner alten Stellung, setzte einen anderen in eine für ihn besser geeignete Arbeit um und beorderte andere in eine Beraterfunktion. Niemand verließ die Hochschule mit Verbitterung oder mit Groll.

## Falschspieler

Eines Tages erschien nun in diesem „Hochschulparadies" ein neuer Dozent. Sein Gesichtsausdruck und sein Profil ähnelten einer Ratte. Vom ersten Tag an wurde er sehr aktiv: er sprach viel auf den Versammlungen, nahm in allen Kommissionen teil, schlug Projekte vor, schwur die Treue zur Partei und auf den Kommunismus und lobte unseren Rektor bei jeder Möglichkeit. Der Mensch ist schwach. Unser kluger, intelligenter, verdienstvoller Leiter erlag dieser Schmeichelei, der Kriecherei und Huldigung. Der neue Kollege K. machte schnell Karriere und wurde Parteisekretär. Der Rektor stellte ihn als seinen Reservekader auf und empfahl ihn als seinen Vertreter im

Stadtrat und im Stadtparteikomitee. An der Hochschule entwickelte sich eine Atmosphäre des Misstrauens, der Intrigen und plötzlich wurden die Kader nach den Vorgaben des Kollegen K. umgesetzt. Unser Rektor war für mich ein Muster der Integrität. Ich entschloss mich, für ihn Informationen über diesen Parteisekretär zu sammeln, denn in den Kaderabteilungen aller staatlichen Einrichtungen befanden sich auch die Personalbögen der Mitarbeiter. Die Freundschaft der Kolleginnen nutzend, kopierte ich die Blätter des Studiums und der Arbeit des neuen Kollegen K.. Nachdem ich einige Zeit zur technischen Bearbeitung aufgewendet hatte, ergab sich folgendes Bild: Überall, wo er studiert und gearbeitet hatte, trat er als Karrierist, Intrigant, als korrupter und zwielichtiger Mensch auf. Jung, forsch und intelligent kletterte er die Stufenleiter der Dienstposten durch die Betten oder die Ehen mit nicht mehr ganz jungen, aber einflussreichen Damen nach oben. Die Diplome, Dissertationen und Artikel schrieben ihm warmherzige und gewogene Dozentinnen oder wissenschaftliche Mitarbeiterinnen. Er kam von einer Hochschule in die andere im Zusammenhang mit Gerichtsprozessen wegen Diebstahls, Korruption, Urkundenfälschung und Skandalen. Aber man konnte ihn nie hinter Gitter bringen. Jedes Gericht ließ ihn wegen „Mangels an Beweisen" wieder frei. Als ich mit diesem gesamten Material zum Rektor ging, lachte er nur herzlich über mich und sagte, dass jeder Mensch sich zum Guten ändern kann und Kollege K. heute ein reifer und kluger Mann sei und dass alle seine jugendlichen Fehltritte der Vergangenheit angehören.

Was sollte ich da machen? Der Taube hört nicht, der Blinde sieht nicht und der Verzauberte lässt sich nicht zur Vernunft bringen. Ich musste dem Rektor mein Wort geben, dass aus seinem Arbeitszimmer kein Wort von mir hinaus dringt. Ich arbeitete verschwiegen in der Bibliothek weiter, aber viele Hochschulkollegen, jene, die früher der Stolz der Hochschule waren, suchten sich andere Arbeitsstellen, und ihre Plätze nahmen unaufrichtige Personen ein, die Kollege K. dem Rektor vorgestellt hatte. Gewarnt durch das Fiasko beim Rektor beschloss ich, mich mit meinen Prinzipien nicht mehr in die hohen Sphären der Hochschulmacht einzumischen und begann mich zum fünften Mal, und wie sich danach erwies, ein letztes Mal auf die Aufnahme der Studenten vorzubereiten.

Die Last der Aufnahmeprüfungen legte der Rektor auf die Schultern des Parteisekretärs, Kollege K.. Dieser brachte in den Kreis der Kommissionen die für ihn wichtigen Leute ein. Nur die Vorsitzenden der Kommissionen wurden vom Rektor benannt und ich verblieb auf meinem Posten, wobei ich mir meine beste und treue Freundin Galina zur Hilfe nahm. Die sonst übliche feierliche Atmosphäre bei den Aufnahmeprüfungen war dieses Mal durch unbestimmte Nervosität, Schweigsamkeit und durch Intrigen getrübt. Zum Beginn der Prüfungen kam eine neue Dozentin zu mir und schlug vor, nicht weiter zu kontrollieren und keine Zensuren für die Prüfungsaufsätze zu erteilen und die Diktate der Studenten aus den nationalen Republiken ihr für die Korrektur zu übergeben. „Das ist eine persönliche Bitte des Parteisekretärs", sagte sie. Meine Ablehnung zu diesen „Sonderrechten" wurde von ihr unfreundlich aufgenommen.

Alle Studenten, die früher die Arbeiten immer in der festlich geschmückten Aula der Hochschule schrieben, wurden auf fünf Räume in den verschiedenen Stockwerken verteilt. Ich stieg dann im Laufe der fünf akademischen Stunden die Treppen rauf und runter, um die Einhaltung der Prüfungsordnung zu kontrollieren.

Meine Lauferei durch das Gebäude störte die neuen Lehrkräfte nicht. Sie rauchten in den Korridoren, wobei sie den Studenten die Möglichkeit verschafften, Material aus den Lehrbüchern und den Lehrheften abzuschreiben. Nach der Prüfung beeilten sich die Dozenten nicht, mir die Prüfungsarbeiten auszuhändigen, und meine Stellvertreterin Galina lief durch alle Etagen, um sie alle einzusammeln. Manchmal musste ich auf eine Dozentin einige Stunden warten, wobei ich wusste, dass die Verzögerung mit der Verbesserung einer Arbeit begründet war. Auf meine Verärgerung hin breitete der Vorsitzende der Aufnahmekommission, Kollege K. die Arme aus und sprach im bedauerlichen Tonfall: „Was wollen Sie? So schlecht organisieren Sie die Arbeit Ihrer Kommission? Man respektiert Sie einfach nicht. Aber das macht nichts, vertrauen Sie weiter Ihren Kolleginnen. Sie haben Ihnen ihre Hilfe angeboten." Meine Nerven waren an der Grenze der Belastbarkeit. Ich war froh, dass mein Mann mit der Tochter in den Kaukasus gefahren war, um sich zu erholen, und ich musste mich nicht um den Haushalt kümmern. Abends nach der Arbeit ging ich oft ins Kino „Rodina", in dem alte Hollywoodfilme gezeigt wurden und gab mich der fernen und unterhaltsamen Welt der Schönen und Reichen, der Helden und Bösewichte, dem fremden Glück und den fremden Tränen hin, die Aufnahmeprüfungen, die Intrigen und schmutzigen Machenschaften vergessend.

## Überfall

An so einem Abend, in einer wunderbaren Weißen Nacht, dem Wunder von Sankt Petersburg, ging ich ohne mich zu beeilen nach Hause. Gedanklich war ich noch ganz bei den Helden des Films, den ich gesehen hatte. Die kommunale

Wohnung, in der ich damals mit meiner Familie lebte, befand sich in einem einstmals sehr schönen Gebäude aus der Jahrhundertwende. Ich betrat den Hauseingang wie immer und erfreute mich an den Spuren dessen vergangener Pracht. Eine erhabene Treppe führte spiralförmig nach oben. Ausladende Fenster erhellten das Treppenhaus. Nur die abgenutzten und stellenweise abgebrochenen Stufenkanten, die angekohlten Briefkästen, die ewig nicht gestrichenen Heizkörper und der hartnäckig widerliche Geruch nach Urin von Katzen und Hunden verstimmten mich. Als ich den Schlüssel in das Schloss stecken wollte, hörte ich hinter mir leise Schritte. Ich drehte mich um und sah einen gut gekleideten, nicht allzu großen jungen Mann. „Wie Sie mich aber jetzt erschreckt haben!" rief ich ihm zu, wobei ich den Schlüssel im Schloss drehen wollte - und fiel in Dunkelheit. Als ich wieder zu mir kam, sah ich vor mir Beine und verstand, dass ich auf dem Fußboden in einer absurden Pose saß. Der kräftige Blondschopf zog mich am Arm und stellte sich vor mir auf. „Nimm die Klunker ab!" befahl er und nickte auf meine Kette mit dem Anhänger. Irgendwie begann ich langsam den Verschluss aufzuziehen, danach zog ich die Hand zu den Ohren, um die Ohrringe abzunehmen. Der Kopf schmerzte am Halsansatz und alle Bewegungen machten mir große Mühe. Der junge Mann achtete auf meine Hände und sagte wie einstudiert: „Heute warne ich dich nur, aber wenn du weiter die Leute daran hinderst, Geld zu machen, dann schlage ich dich zum Krüppel!" Mit einer langsamen Bewegung zog er aus der Tasche eine scharf geschliffene, dreieckige Metallklinge und fuhr mir damit schlagartig unter meine Unterlippe. Am Kinn lief etwas Warmes herunter. Ich war vor Angst paralysiert. Man hätte mich wie ein Gotteslamm auf den Opferstock führen können. „Nimm den Ring ab!" zischte er und fuchtelte dabei mit der Klinge vor meinem Gesicht herum. Der Ring mit dem Edelstein zog sich leicht ab, aber der Ehering saß sehr fest. In einem kurzen Moment nur sah ich aus meiner Umhängetasche das Ende meines Regenschirms mit der dicken, verknoteten Kette am Knauf herausragen. Mein Mann hatte meinen Regenschirm speziell mit dieser Kette für den Fall einer Gefahr oder Notwehr „geschmückt", bevor er mit der Tochter weggefahren war.

Aber Papachen, der Schreck hatte aus meinem Kopf alle Gedanken an meine Abwehrwaffe gelöscht. In der nächsten Sekunde jedoch erfasste ich den Schirm aus der Tasche und mit voller Wucht schlug ich mit der Kette über das Gesicht vor mir. Mich packte die Panik eines in die Enge getriebenen Tieres. Durch den plötzlichen Schlag brüllte der Mann laut auf. Der Anblick seines Blutes aus der Nase und der blutrote Streifen auf seinem Gesicht trieben mich zu weiteren Schlägen an. Lauthals fluchend und schimpfend floh der Mann die Treppe hinunter. Mit zitternden Händen versuchte ich das Türschloss zu öffnen, was nicht sofort gelang, und fiel in den rettenden Korridor hinein. Meine Kräfte reichten gerade dafür, um die Tür zuzuschlagen und an ihr auf den Fußboden hinab zu gleiten.

Ich weiß nicht mehr, wie lange ich dort in der Stille saß, zusammengekrümmt wie ein bestrafter Haushund. Nur das Brennen am Kinn und der ziehende Kopfschmerz bewegten mich dazu, mich in mein Zimmer zu schleppen. Ein fremdes Gesicht mit anschwellendem Kinn, blutig, mit irren Augen voller Angst, schaute mich aus dem Spiegel an. Ich erkannte mein eigenes Gesicht nicht wieder. Nachdem ich mich einigermaßen in Ordnung gebracht hatte, saß ich bis zum Morgen im Sessel und sah stumpfsinnig aus dem Fenster in den perlgrauen hellen Himmel der sommerlichen Stadt.

Am Morgen, wie zerschlagen, mit den Verletzungen im Gesicht ging ich zu den Aufnahmeprüfungen. Im Raum der Aufnahmekommission wurde ich schon erwartet: vom Parteisekretär, Kollegen K. mit höhnischen Mitleidsbekundungen, von seinem Freund, dem Dozenten G., der mir früher sehr sympathischer war, und einigen Damen, Dozentinnen, die der Parteileitung nahe standen. Für diese Leute, die offensichtlich von dem vorabendlichen Vorfall wussten, empfand ich nur ein Gefühl des Abscheus. Wie fremd gesteuert ging ich in den Hörsaal zu den Studenten. Ich lief wie immer durch die Reihen, besuchte andere Klassen und machte die Dozentinnen und Dozenten darauf aufmerksam, die geschriebenen Arbeiten nicht einzubehalten, sondern unverzüglich mir zu übergeben, andernfalls würde ich ihnen Zeit für die Prüfung der Aufsätze abziehen.

Mühsam arbeitete ich den Tag ab, kehrte früh nach Hause zurück und sah vor meiner Wohnung wieder einen „Gast", keinen bedrohlichen, aber er wollte mit mir reden: der Dozent G.. In der Hochschule hatten wir vor diesen Ereignissen eigentlich ein gutes und vertrauensvolles Verhältnis. Er war ein fähiger Physikdozent, führte eine wissenschaftliche Arbeit, veröffentlichte eine Vielzahl von Artikeln in wissenschaftlichen Zeitschriften, war allseitig gebildet, aber dem Charakter nach ein verwöhnter Mensch, ein Schwelger. Ihm gefiel die weibliche Herrschaft meiner Bibliothek, er verliebte sich ständig in eine meiner Kolleginnen und verwöhnte sie mit teuren Pralinen, appetitlichen Kuchen und verschenkte Eintrittskarten für Konzerte und Ausstellungen. Der große, fröhliche und freigiebige Mensch war der Liebling in der Bibliothek. Meine jungen

Mitarbeiterinnen schwirrten um ihn herum und bewirteten ihn mit Tee und Kaffee. Dieser allgemeine Liebling saß nun bei mir im Zimmer und erklärte ruhig die Situation. Er sprach offen, furchtlos, da hinter ihm die ganze Hochschulmacht stand. Er legte mir dringend nahe, den Kaukasiern keine schlechten Noten zu erteilen und diejenigen, die ein stabiles Korruptionssystem aufgebaut hatten, nicht daran zu hindern, Geld anzunehmen. Falls meine Prinzipien es mir nicht erlauben sollten, ihnen beizutreten, dann gäbe es noch eine Variante: die Teilnahme an der Prüfungsabnahme abzusagen. Als Gegenleistung dafür erhielte ich als Geschenk eine kleine separate Wohnung, die damals nicht teuer war. Falls nicht, würde mein Gesicht mit dem Messer verunstaltet werden. Die verärgerten und in die Hochschule nicht zugelassenen Abiturienten könnten mir außerhalb der Stadt Gewalt antun, mein unsportlicher intelligenter Mann könnte von der Arbeit nicht zurückkehren und meine geliebte Tochter . . . . Und hier brach es aus mir heraus. Ich schrie ihn an, bedrohte ihn mit einem Gegenstand, zerrte diesen großen Mann aus dem Zimmer, jagte ihn den langen Korridor entlang und zur Treppe hinunter.

Auf die Abstumpfung kam der Zorn. Von Natur aus bin ich keine Kämpferin. Ich kann mich nicht schnell genug verteidigen. Man kann mich beleidigen, betrügen und mich dazu bringen, nachzugeben. Aber wenn jemand meine geliebten und mir nahe stehenden Menschen angreift, werde ich zur Wölfin, die ihre Jungen beschützt. Die ganze Nacht schrieb ich Briefe, um meine Familie abzusichern: an die Miliz, an den Rektor der Hochschule, an die Kreisleitung, die Stadtleitung und die Leningrader Gebietsleitung der Partei, an das Hochschulministerium in Moskau. Ich beschrieb die Situation in der Hochschule und bat darum, eine Untersuchungskommission einzusetzen.

Ich weiß nicht, wie das alles geendet hätte, wenn sich nicht seine Hoheit, der Zufall eingemischt hätte.

Prozess

In einem der grusinischen Dörfer gab es während einer Hochzeit einen Streit, der in eine tödliche Schlägerei ausartete. Die Kaukasier sind ein stolzes und ein temperamentvolles Volk. Ich weiß nicht aus welchem Grund, aber ein Gast hatte einen anderen Gast mit dem Messer erstochen. Die Miliz fand in den Dokumenten des Beschuldigten ein Studentenbuch unserer Hochschule mit den Benotungen über fünf Semester, unterschrieben von den Lehrkräften Kollege K., G., Margarita und anderen. Auf die Anfrage der Miliz konnte die Hochschule keine Antwort geben, da dieser Student niemals eingeschrieben und in keinem Hochschuldokument erwähnt war.

Es begann ein langer und schmutziger Gerichtsprozess über diese korrupten Hochschullehrer. Ich beschuldige nicht alle Lehrkräfte der Annahme von Schmiergeldern. Aber von einer Margarita kann ich es bezeugen, dass sie an der kriminellen Gruppe von Prüfern beteiligt war, die viele Schmiergelder von den Abiturienten aus dem Kaukasus annahmen, die versuchten, ein Diplom zu erkaufen, ohne ehrlich studiert zu haben. Ich bedauere, dass Margarita während des späteren Prozesses zu diesen Bestechungen nicht auf der Anklagebank saß. Man hatte sie nur für einen Tag von der Hochschule freigestellt. Sie verschwand in unserer riesigen Stadt, obwohl sie viel über diese Affäre wusste.

Die Dozentin Margarita war schnell von den Gerichtsverhandlungen entbunden. Der Rektor war verloren und am Boden zerstört, weil sein Liebling und Emporkömmling, der Parteisekretär, Kollege K. die Hauptperson dieses spektakulären Prozesses war. Kollege K. selbst und seine Helfergruppe wälzten alles auf den Dozenten G. ab, der das Geld zwar liebte, aber kein Organisator dieses Systems sein konnte. Dafür fehlten ihm die Voraussetzungen, die Cleverness und die Fähigkeiten.

Allerdings konnte die Partei der Kommunisten die Verurteilung eines Sekretärs einer Parteiorganisation nicht zulassen. Man entband ihn lediglich von der Funktion und versetzte ihn in ein Sportkomitee nach Moskau, um „sich zu bewähren". Einige Lehrkräfte erhielten geringe Haftstrafen und verbrachten ein paar Jahre im Gefängnis. Aber Dozent G., dieser lebenslustige, gutmütige kluge Kopf erhielt sieben Jahre strenge Haft in einem Lager vor Leningrad. Der Ausgang dieses Prozesses war letzten Endes ein Ergebnis der Missachtung der auch in der damaligen Sowjetunion geltenden Gesetzlichkeiten durch die Parteinomenklatur und der kommunistischen Funktionäre der mittleren Stufe.

Mein beliebter Rektor, ein gescheiter Mensch, kühner Kommandeur und Initiator einer neuen Ausbildungsqualität wurde seiner Funktion enthoben und übergab seinen Sessel und seinen Posten einem farblosen, inkompetenten und konfliktscheuen Menschen. Unter dessen Führung verlor die Hochschule ihren Status und ihren Glanz. Ihr Ausbildungsniveau wurde erneut uninteressant und provinziell. Ich ging von der Hochschule weg. Mir wurde die Funktion einer Stellvertreterin des Direktors in der Wissenschaftlichen Bibliothek der Leningrader Universität angeboten. Nach einem halben Jahr berief man mich zur Direktorin dieser bedeutenden Bibliothekseinrichtung. Eigentlich tat mir der Dozent G. leid. Für seine, meiner Meinung nach, geringste Schuld erhielt er die Höchststrafe. Da ich nicht mit ihm verwandt war, erhielt ich keine Besuchserlaubnis. Wenn ich heute über diese Situation nachdenke, über die Schmiergelder, die Beziehungen und diese Vetternwirtschaft der längst vergangenen Jahre, erscheint das wie Kinderkram angesichts der heutigen Gesetzlosigkeit und Kriminalität in Russland. Heute geht es nicht mehr um Tausend Rubel, sondern um die geplünderten und gestohlenen Reichtümer Russlands, schmutzige Gelder und Kapital, das auf ausländische Banken verbracht wird. Organisationen und Banken wurden geschaffen, die für die Geldwäsche, die Verbindungen der Militärs mit den Kriminellen, die „Blutgelder", die Beseitigung und Verfolgung Unbequemer und Ungehorsamer verantwortlich sind. Der Mord an Journalisten und unfügsamen Geschäftsleuten und Bankiers wurde in Russland Gewohnheitssache, die keine besondere Verwunderung mehr hervorruft.

## Über die Zuträgerei

Es gibt noch ein Wort in Russland, das wir im Wörterbuch finden, aber eine zweite, übertragene Bedeutung hat: das Wort: „klopfen". Seine Bedeutung ist in allen Sprachen einheitlich. Aber als Synonym des Wortes „denunzieren" ist es nur der russischen Sprache eigen. In der vorrevolutionären Zeit bezeichnete das Wort „klopfen" und „sich Klopfzeichen geben" die Mitteilung von Informationen der Gefangenen untereinander. Mittels eines besonderen Alphabets der Klopfzeichen wurden Nachrichten, Grüße oder Gefängnisneuigkeiten von Zelle zu Zelle übertragen. Die Leute, die das Klopf-Alphabet beherrschten, nannte man „Klopfer". In der sowjetischen Zeit aber benannte man mit diesem Wort Personen, die bezahlt oder unbezahlt Informationen oder Verleumdungen über ihre Bekannten, Freunde, Nachbarn oder Kollegen an die Organe der

Partei oder dem KGB zutrugen. Die Leute kannten viele dieser „Klopfer", die sie verachteten aber auch fürchteten. Die meisten Namen waren und sind gewiss noch heute in den Archiven der Geheimdienste verankert. Die „Klopfer" verwickelten die Leute in vertrauliche Gespräche, über die danach auch den Justizorganen berichtet wurde. Diese „Klopfer" begleiteten stets auch die Delegationen auf den Auslandsreisen. Es waren unauffällige Leute in grauen Anzügen, die meistens auf die weit verbreiteten Familiennamen „Iwanow" und „Petrow" hörten. Durch meine Erzählungen und Schilderungen kann eventuell die Frage entstehen: „Aber wie ist das mit dir, meine Liebe? Du bist so viel ins Ausland gefahren, sogar in kapitalistische Länder, du hast so viele Bekanntschaften im Ausland, bist du nicht gar eine Informantin jenes geheimen Systems gewesen?" Darauf kann ich nur antworten: nein. Was mich selbst am meisten wundert, man hat mich aus diesem Grund nie dahin eingeladen und auch nicht geworben. Wie auch viele andere Reisekader fürchtete ich, Fehler zu machen, das Gesicht nicht zu wahren oder unpatriotisch aufzutreten. Ich bekam Unannehmlichkeiten und auch Aufforderungen in das Komitee für Staatssicherheit zu kommen, dem sowohl meine Aktivitäten, als auch meine Unberechenbarkeit nicht gefiel.

In Schweden hat mich meine Freundin und Kollegin Birgitta, die als Direktorin der Universitätsbibliothek in Malmö gearbeitet hatte und Mitglied der UNESCO Kommission für Kultur war, gebeten, Fragen der Journalisten über die Rolle und den Zustand der Bibliotheken in der UdSSR zu beantworten. Meiner Meinung nach habe ich ein ausreichend korrektes Bild über die zu geringen Stellflächen, die finanziellen Schwierigkeiten, über den Reichtum des Fonds und über die nicht einfache Bibliotheksarbeit dargestellt, wobei ich bemüht war, Patriotin zu bleiben, aber auch das mühsame Los der Bibliotheken und deren Mitarbeiter zu schildern. Waren die gedruckten Artikel objektiv, ehrlich und ohne „heiße Eisen"? Die Aufforderung in die Spezialabteilung folgte augenblicklich nach dem Erscheinen des Interviews in den Zeitungen. Man legte mir nur Eines zu Last: „Wie konnte ich mich erkühnen, ohne Erlaubnis Kontakt mit westlichen Journalisten aufzunehmen?" Das zweite „Gespräch" war härter und verwarnend. Eine Delegation der französischen Botschaft in Leningrad besuchte unsere Bibliothek und als sie die Raritäten und den Wert der französischen Literatur in der Abteilung der seltenen Bücher und Handschriften sahen, schlug sie uns vor, innerhalb der Universitätsbibliothek eine Ausstellung wissenschaftlicher Zeitschriften und Bildbände Frankreichs gemeinsam mit der Bibliothek der Sorbonne zu organisieren und das Ausstellungsmaterial danach der Uni-Bibliothek zu schenken. Ich war von dieser Idee begeistert. Wir hatten doch keine Valuta, aber unsere Wissenschaftler brauchten ständig Veröffentlichungen über die Forschungsarbeiten in anderen Ländern. Damals gab es noch kein Internet, und Computer standen auch noch nicht in allen Fakultäten.

Meine geschätzten Kolleginnen stellten ihr Zuhause, die Kinder und ihre Lieben hinten an und schleppten mit mir Tische, Gestelle, Messestände und veredelten die Räume für die Ausstellung mit Blumen und mit den Reproduktionen gravierter Ansichten Sankt Petersburgs und Paris. Auf dem Kopiergerät der Bibliothek wurden Einladungen für die Botschaften, Konsulate und die Vertreter der Stadt Leningrad gedruckt. Aber wer die Einladungen austragen sollte, war bis zur letzten Minute nicht klar. Wir versäumten diese Frage im Stress der Vorbereitungen, und die Spezialabteilung vergaß in ihrer Routine die Kontrolle über uns. In der Rolle des Hermes trat ein französischer Aspirant an der philologischen Fakultät auf, der zwischen uns und der Botschaft vermittelte. Am nächsten Tag, dem Eröffnungstag der Ausstellung glänzten alles und alle. Der Rektor schaffte es nicht, die Hände zu schütteln, und die Spezialabteilung schaffte es nicht, die privaten Kontakte zu kontrollieren. Die Journalisten interviewten, Pressefotografen und das Fernsehen machten Aufnahmen. Nach dem Ende dieses ersten Ausstellungstages wurde ich mit einem Boten aus der Spezialabteilung unverzüglich zum Litejnij Prospekt bestellt. Dort, im Gebäude des KGB musste ich, noch benommen vom Erfolg der Ausstellung, für einige Fragen geradestehen: „Wer hat erlaubt, verschiedene diplomatische Organisationen einzuladen? Wer hat dem französischen Aspiranten erlaubt, die Einladungen auszutragen? Welche Beziehung haben Sie zu dem Franzosen, und haben Sie sich nicht damit etwas zu viel erlaubt?" All diese Klärungen zogen sich etwa drei Stunden hin. Die Ermahnung über die Gefährdung der staatlichen Sicherheit nahm ich mit einer betroffenen Miene auf. Das war wieder ein Nagel in meine Seele, wo sich schon lange Zweifel angesammelt hatten. Ich habe dort nicht dagegen gesprochen, nein, ich machte mir nur die Regel zu eigen: „Die auf dem Boden Liegenden schlägt man nicht, man schlägt nur die, die versuchen aufzustehen." Es waren eine Menge kleinlicher Vorwürfe der Art: Warum waren im Restaurant des Hotels „Intourist" auch Aspiranten aus der BRD, warum wurde im Fernsehprogramm von Moderator Newsorow „600 Sekunden" über die Stadtleitung der Kommunistischen Partei unkorrekt berichtet? Ich verhielt mich zu diesen „Warum?" philosophisch. Wahrscheinlich war die Zeit schon demokratischer und im System des KGB arbeitete schon eine neue Generation. Diese neuen Iwanows, Petrows und andere trugen Anzüge, beherrschten Fremdsprachen, hatten eine Hochschulausbildung, und einige von ihnen sorgten sich tatsächlich um Russland. Möglicherweise verstanden sie, dass das intellektuelle Potential des Landes unabhängig von der Nationalität bereits soweit beseitigt oder verjagt worden war, dass man wenigstens die paar Übriggebliebenen für eine Rückkehr Russlands zur alten Größe erhalten musste.

Es ist doch bemerkenswert, dass ein erheblicher Prozentsatz der Kinder der heutigen Oligarchen, der Geschäftsleute, der „Sahne" der Wissenschaft und Kultur an den Eliteschulen und Colleges in aller Welt studieren, aber mehrheitlich nach Russland wieder zurückkommen will, um zu leben, zu arbeiten und vieles zum Besseren ändern und beweisen will, dass nicht nur Sankt Petersburg eine wirklich europäische Stadt ist, sondern auch ganz Russland ein bedeutender euroasiatischer Staat werden kann.

Noch etwas zu meiner „Verteidigung". Erinnern wir uns der Zeit, als M. S. Gorbatschow mit dem Ausland liebäugelte. Die ganze Welt war von ihm und seiner eleganten Gattin begeistert. Er war der neue Typ der Regierung Russlands: intelligent, gut gekleidet, mit einem offenen Lächeln auf den Lippen und Kenner der Kultur, der Kunst - und der Brillanten. Allen Mitarbeitern der „Kulturfront", wie damals gesagt wurde, wurden bestimmte Erleichterungen zugestanden. Literatur und Journalismus begannen kühner und schärfer zu werden. Filme und Theaterstücke interessanter. Für die ausländischen Gäste wurden die Grenzen weiter geöffnet. Man begann aufzuatmen, obwohl es nicht wenig Unsinnigkeiten und sogar Verbrechen gab.

# Von seinen Liebsten trennt man sich nicht!

Prothese

Nachts, in der Stille des kühlen Schlafzimmers, das leichte Schnarchen meines deutschen Ehemannes hörend, unterdrückte ich die aufkommenden Tränen über die Beleidigungen und das Unverständnis, die Erniedrigung und die Ungerechtigkeit dieses Mannes mir gegenüber. Nicht ohne Grund sagt das russische Sprichwort: „Was wir haben, das schätzen wir nicht, aber verlieren wir es, dann weinen wir." So stellte auch ich mir Fragen, wobei ich in die dunklen Fenster schaute: Wie bin ich hier her gekommen? Warum teile ich das Bett mit einem mir fremden und verständnislosen Menschen? Wie konnte ich nur so leichtfertig meine erste Ehe zerstören und von dem Schicksalsweg in eine neue und unvorhersehbare Richtung abschwenken?

Auf den Dienstreisen in die verschiedenen Länder war ich niemals von dem Wunsch heimgesucht, mich in das „bella Italia", Schweden oder Deutschland abzusetzen. Ich habe eine russische Seele, und in Russland war mir alles vertraut. Aber eines Tages zerbrach ich. Ich hatte alles satt: die leeren Auslagen der Geschäfte, die Schlangen wegen des Mangels an Waren für den alltäglichen Gebrauch, das Leben unter der Faust des KGB und anderer Organisationen der Macht, der Ungerechtigkeit und vor allem der verlogenen kommunistischen Versprechungen über die helle Zukunft der sowjetischen Gesellschaft. Es gab aber noch einen außerordentlichen Grund: Meine Tochter zog mit ihrem Mann nach Deutschland. Mich überkamen Trauer und Orientierungslosigkeit. Die bereits erahnte Zitierung in die Spezialabteilung der Universität brachte unschöne Veränderungen in Form der dienstlichen Degradierung: „Wir schätzen Sie", sagte man mir, „aber wir bitten Sie, die Kündigung einzureichen. Wir bringen Sie in einer Stellung unter, aber in einem niedrigeren Rang. Sie dürfen keine ideologisch bestimmte Bildungseinrichtung mehr leiten. Sie haben keinen Patriotismus", und was weiß ich noch alles. Zum Glück hatte ich noch meinen blauen Dienstpass. Ich überschritt die Landesgrenze mit einem kleinen Köfferchen, um mich mit einem neuen, netten Mann zusammentun, zum zweiten Mal zu heiraten und unweit von meiner geliebten Tochter zu sein. Ich wollte und hoffte, es wäre die letzte Heirat. Ich hatte den Glauben, dass alles gut würde, dass ich Deutschland bezwingen könnte und darin meinen festen Platz fände.

Schon nach kurzer Zeit in Deutschland bekam ich eine Arbeit in meinem Fachgebiet. Meine neue Ehe jedoch war getrübt durch Tränen und Verzweiflung und ohne Freude. Ich war vierundvierzig Jahre alt, und ich wollte noch einmal die große Liebe mit Vertrauen und Verständnis bis zum letzten Atemzug suchen. Bei diesem Zusammenleben mit einem deutschen Mann stieß ich mit den Tücken der unterschiedlichen Mentalität zusammen. Bewerber gab es nicht wenige, die sich mit mir im Bund der Ehe zusammenfinden wollten. Aber oft verstanden wir uns nicht: Ich wollte den Kühlschrank mit wunderbaren Bratwürsten und Steaks füllen und er mit Spinat, Marmelade und Quark. Ich wollte in das Theater, aber er saß mit einer Flasche Bier vor dem Fernseher und fieberte mit seiner mir unbekannten Fußballmannschaft. Ich liebe leichte Parfüms, aber er roch nach Tabak, Bier und Zwiebel. Und siehe da, plötzlich lernte ich „meinen Helden" kennen. Er war ein großer Mann mit grünen Augen und wehendem kastanienbraunen Haar. Konzerte, Reisen, Bücher, das war ihm alles nicht fremd.

Er war modisch angezogen, benutzte ein Parfüm „Aramis", und in seinen Augen und in seinen Sprüchen schmachtete er: „Du bist die Einzige!" Ach, wie hat mich das aufgebaut! Einige Unstimmigkeiten in seiner Biografie schrieb ich dem Umstand zu, dass er für mich ein Ausländer war, und ich mich in den deutschen Gepflogenheiten nicht besonders gut auskannte. Mir gefiel sogar seine kleine Lähmung. Sie machte ihn mir romantisch: als Goffrey de Peirak aus dem Film „Angelique – die Marquise der Engel". Es gefiel mir auch, dass er keine Kinder hatte und dass er versprach, meiner Tochter wie seiner eigenen zu helfen. Unser „Honigmond" dauerte zwei Wochen, danach erfuhr ich, dass ich die vierte Frau war, dass er drei Kinder hatte, die er in Wahrheit, noch als sie Kleinkinder waren, verlassen hatte. In der Hochzeitsnacht, in der wir sehr keusch waren, eröffnete sich mir das Geheimnis der leichten Lähmung: meinem Mann war bei einem Unfall das Bein bis zur Mitte des Oberschenkels abgerissen worden.

Nach zweiwöchigem Glück flog seine Prothese sehr oft in meine Richtung, wenn ich meinen Ungehorsam zum Ausdruck brachte. Mit meinen Freunden und Bekannten sollte ich den Kontakt abbrechen, sie würden mich schlecht beeinflussen. Meinen Lohn musste ich abgeben, und zu essen gab es meist dicke Suppen mit Linsen, Erbsen oder Makkaroni. Alle meine Auflehnungen dagegen kreuzten sich mit der fliegenden Prothese. Ernährte ich mich in Russland demgegenüber doch königlich angesichts dieser Armenküche. Außerhalb des Hauses war mein Mann gütig, aufmerksam und korrekt. Aber hinter der verschlossenen Wohnungstür schrie, tobte und erschreckte er mich. In meine Seele siedelten sich Angst und Schrecken ein. Ich begann mich zu verlieren.

Im alten Russland sagte die Ehefrau über den Ehemann: „Ich bedaure ihn", das heißt, sie liebt ihn. Ich versuchte diesen Menschen auch zu bedauern, diesen schönen Mann, aber ohne ein Bein. Ich litt bei seinen Erzählungen über seine Kindheit, als er einen vollen Tag lang im Alter von fünf Jahren nach der Bombardierung von Chemnitz allein in einem zusammengebrochenen Keller saß. Die ganze Nacht kamen zu ihm die Ratten, und er verscheuchte sie mit Steinen und Schreien. Ich versuchte die Unbeständigkeit meines deutschen Mannes mit Hilfe von so genannten wissenschaftlichen Hypothesen zu rechtfertigen. Gibt es doch eine Meinung, die behauptet, dass das Gen der Liebe und des Glücks nur drei Jahre lebt, dann stirbt es ab und entsteht wieder neu. Die Fachleute sollten mir verzeihen. Ich habe das auch nur in der medizinischen Boulevardpresse gelesen. Mein Mann ließ sich von seinen vorherigen Frauen nach jeweils genau drei Jahren scheiden. Mit mir hielt diese Ehe in der Eigenschaft eines Experiments vierzehn Jahre durch. Fast die gesamte Zeit über warf er mir an den Kopf, dass ich die schlechteste, die dümmste, die unwirtschaftlichste und die schlimmste Frau von allen bisherigen sei. „Du bist dick!" schrie mein Ehemann, „Du bist ein dickes russisches Schwein!" Ich war nun mal keine zwanzig und keine Gazelle mehr. Er hatte vornweg gesehen, wen er heiratete. Ein liebender Mensch blüht auf, aber in der Demütigung befallen ihn Komplexe. Diese beleidigende und kränkende Behandlung zeigten bei mir letzten Endes ihre Ergebnisse. Bei einer Größe von 163 cm wog ich 70 Kilogramm. Mein Bekleidungsmaß 42 entsprach den normalen Standards. Ich versuchte den Sarkasmus und den Groll mit Sprüchen wie diesen zu normalisieren: „Gute Menschen gibt es wenige", „Viel zu essen ist schädlich, aber wenig zu essen ist langweilig", „Hungerleider sind meistens auf dem Friedhof", usw..

Meine Absicht, die Schmähungen zu neutralisieren, rief bei ihm noch größeren Zorn hervor. Er brachte seinen Unwillen zum Ausdruck, als ich mir das Schachspiel aneignete, als ich schnell begann deutsch zu sprechen und immer wenn ich mit Gästen eine Unterhaltung über Kunst, Geschichte, Architektur und Philosophie führen konnte. Meine Vorschläge zur Auflösung dieser Ehe riefen bei ihm einen Sturm der Entrüstung aus: „Ich stimme der Scheidung nicht zu!", „Du hast einen anderen Mann gefunden!", „Ja wer nimmt dich denn noch, so eine Aufgeblasene?" Viele meiner Freundinnen übertreffen mich gewichtsmäßig mehrfach. Viele Männer vergöttern ihre fülligen „Rubensfrauen". Andere widmen dem einfach keine Aufmerksamkeit. Die Dritten witzeln darüber in Güte: „Ach du mein Pfannkuchen!" Die meisten russischen Frauen sind nun mal stabiler, figürlicher und fester gebaut als die westeuropäischen. Es ist schwer zu sagen, warum. Es kann sein, dass das daran liegt, dass sich in meinem Land die Frau dem Mann in allem angeglichen hat. Sie hat im Straßenbau, in den Werkhallen und auf den Baustellen gearbeitet. Essen musste sie so, dass ihr die Kräfte dazu reichten. Geld bekamen wir in Russland gerade so viel, um vom einen Lohntag bis zum nächsten Lohntag auszukommen. Da gab es keine Möglichkeiten, Fitness-Center zu besuchen, Tabletten gegen den Appetit einzunehmen oder plastische Operationen machen zu lassen. Die Grundsätze der russischen Ernährung waren folgende: „Dem Mann das Fleisch, den Kindern das Obst und für sich selbst das Brot und süßer Tee." Ich weiß nicht, wer sich den Standard 90 - 60 - 90 ausgedacht hat. Wohin sind die Weisheiten verschwunden, dass eine Frau mit breiten Hüften leichter empfangen und gebären kann, als eine schmal gebaute, dass man sich im Bett bei einer starken gemütlichen Frau leichter aufwärmen kann, als mit einem irrealem Traum. Man sollte sich der Volksweisheit erinnern: „Ehe der Dicke dahinsiecht, ist der Dürre verreckt." „Mit einem Stück Speck wirst du satt, sitzt du über einem bitteren Salat, matschst du nur den Teller ein." Diese und viele andere meiner heimatlichen Argumente führte ich an, um aus den Anhäufungen von Hohn und Beleidigungen zu entfliehen. Allmählich gewann ich mein Selbstvertrauen wieder. Ich begann öfter in den Spiegel zu schauen und mir zu sagen, dass ich schöne Haare, schöne Augen, lange Beine habe. Ich begann in den Bekleidungsläden die Sachen ein paar Nummern größer auszuwählen, beteuerte mir, dass ich im Vergleich zu den gängigsten Frauenmaßen einfach eine dünne Birke bin. Ich erinnerte mich an meine Mutter als eine nicht gerade sehr schlanke Dame und ihren Erfolg bei den Männern, ihrem Charme und ihre Anziehungskraft.

Das Leben mit meinem zweiten Mann fügte sich auch nach Jahren ganz und gar nicht erfolgreich zusammen. Seine Reizbarkeit, seine Habsucht, die grundlose Eifersucht, die Flucht in sich und die Depression, oder seine Ausbrüche von Eigenliebe und seine Egozentrik spannten ständig mein Nervensystem an, und ich verlor meine Persönlichkeit. Ich beschloss, ihn mit meinem Entschluss zu konfrontieren. Ich sagte ihm, dass ich meine Ruhe möchte, dass ich die Konten teilen möchte, da ich arbeiten ginge, und er eine gute Rente bekäme, dass ich alle Versicherungen kündigen würde, und dass ich getrennt von ihm leben möchte: „ Du hast mich praktisch vernichtet und ich will zu meinem Gefühl der Vollwertigkeit und der Selbstachtung zurückkehren. Ich will von Dir fortgehen." Stolz darauf, dass ich ihm alles gesagt hatte, kehrte ich ihm den Rücken zu und spürte einen sehr harten Schlag auf den Hinterkopf. Wahrscheinlich verlor ich das Bewusstsein. Denn als ich wieder zu mir kam, lag ich auf dem Fußboden, fühlte das Blut am Kopf und auf dem Parkett. Mein Mann hielt immer noch den knorrigen Wanderstock in den Händen, der mit Stocknägeln beschlagen war. Sein Gesichtsausdruck gab mir zu verstehen, dass er für den nächsten Schlag bereit war, und dass er für mich keine Versicherung abschließen würde. Meine innere Stimme hämmerte mir den Befehl in meinen leeren zerschlagenen Kopf: „Krieche schnell weg von hier und klingle bei den Nachbarn! Rette dich, sonst schlägt er dich tot!"

Wie eine unbeholfene Seekuh kroch ich zur Tür. Der Stock berührte mich zwar noch einmal am Kopf, aber zum Glück nicht so hart. Ich drückte auf die Klinke der Wohnungstür, noch ein Stück zur Tür der Nachbarn, die Hand drückte den Klingelknopf, und ich verlor wieder das Bewusstsein.

Im Krankenauto kam ich wieder zu mir. Zwei Männer in weißen Kitteln fragten mich etwas, aber meine Gedanken wirbelten durcheinander und wollten keine Worte bilden. Danach war ich wieder weg und erwachte erneut im Krankenhaus, als der Chirurg meinen Kopf zusammennähte. Diesem intelligenten deutschen Doktor, der dazu bestimmt war, zu heilen und Menschenleben zu retten, war diese Bosheit, dieser Sadismus und diese Wut zutiefst fremd, die sich auf meinen Kopf gerichtet hatten. Er schrieb ein ausführliches Attest für meinen Hausarzt und riet mir, mich an die Polizei zu wenden. Ich lief ermutigt von den guten Worten des mitfühlenden Arztes mit verbundenem Hals und Kopf vor der Rückkehr nach Hause zur Polizei. Ich versuchte dem Polizisten mit mühsamen Worten den Prügelakt meines Mannes zu erklären und zeigte ihm das Arztattest und meinen russischen Pass mit der ständigen Aufenthaltsgenehmigung in Deutschland. Die Schwellung am Kopf ging auf das Gesicht über. „Ja", sprach der Ordnungshüter, „ich habe immer schon gesagt, dass die Deutschen, die Ausländer heiraten, nur Unannehmlichkeiten mit ihnen haben." Statt darüber verwundert zu sein, versuchte ich zu erklären, dass ich um eine Maßnahme bitten wollte, um mich vor weiteren Exzessen des Ehemannes zu schützen und hörte erneut die Antwort: „Es bringt den Deutschen nichts, Russinnen zu heiraten. Sie sind alles Straßenmädchen. Wenn es dir hier nicht gefällt, fahr wieder nach Russland. Ich habe es nicht gesehen, dass dein Mann dich geschlagen hat. Vielleicht hat das dein russischer Liebhaber gemacht, Wanja oder Wasja", und schob mir den Ausweis zu. Ich war nicht nur beleidigt, ich war zutiefst verletzt für alle jene guten und aufrichtigen russischen Frauen, die ihre deutschen Partner innig lieben, ihnen Kinder gebären und mit ihnen Freude und Leid teilen. Ich war für mich gekränkt, als sittsamer, intelligenter und eine hinreichend achtenswerte Vergangenheit besitzender Mensch. Aber wer wirft auf mich den Stein dafür, dass ich mit dem Polizisten nicht zu streiten begann, sondern feige nach meinem Ausweis griff und eilig das Polizeibüro verließ? Zu Hause tranken mein Mann und seine Mutter Kaffee, sprachen über die Krankheit von Tante Lotti und warfen weder einen Blick auf mich, als ich kam, noch als ich mit einer leichten Reisetasche fort ging. Ich fuhr zu meiner Tochter, um bei ihr die Wunden zu lecken, beruhigende Worte zu hören und meine Seele an meinem mir liebsten Menschen zu erwärmen.

Nach der Entfernung der Nähte kehrte ich zum Ehemann zurück, besser gesagt in die Wohnung, in der wir lebten und von der ich jeden Tag zur Arbeit ging. Mit dem Ende meines Arbeitsvertrages packte ich nur meine persönlichen Sachen,

Bücher und die Bilder meines Vaters und ging weg in ein neues Leben, in eine neue Arbeit, aber mit Kopfschmerzen und Migräne und mit angeschlagenen Halswirbeln. Mit einer Scheidung habe ich mich nicht beschäftigt. Der Ehemann versuchte Brücken zu schlagen, indem er mir Ansichtskarten von seinen Reisen und Briefe schickte, in denen er sein Leben beschrieb und vorschlug, noch einmal von Null an zu beginnen. Ich weiß nicht wie unser Leben weiter verlaufen wäre, aber er bekam nach einem abermaligen Streit mit seiner Mutter den ersten und nach einer Woche den zweiten Schlaganfall und war paralysiert. Verhältnismäßig schnell bekam er einen Pflegeplatz, denn ich wäre nicht in der Lage gewesen, ihn in seinem Zustand zu Hause zu pflegen. Dieses erbarmungswürdige Dasein zog sich sieben Jahre hin. Sein Sohn besuchte ihn sehr selten, öfter seine Mutter, obwohl sie mit ihren mehr als achtzig Jahren nicht verstehen konnte, dass ihr Sohn sie nicht hörte und nicht sah. Trotzdem erzählte sie ihm alles, was sie bewegte: die Krankheiten, die Nachbarn, das Wetter, die Preise. Der Bruder kam mit der Schwester und der Nichte höchstens ein bis zwei Mal im Jahr. Ich besuchte ihn, führte ihn spazieren, erzählte ihm über meine Arbeit, meine Interessen, mein Leben und meine Tochter. Ich glaubte nicht, dass davon etwas in sein Bewusstsein drang, obwohl er manchmal begann, etwas vor sich hin zu murmeln, zu weinen und er legte seine ihm noch halbwegs gehorchende rechte Hand auf meine. Dann verließen ihn auch die letzten Funken des Bewusstseins und er lag noch einige Jahre im Pflegeheim wie ein Gewächs. Ich besuchte ihn auch weiterhin, und jeder Besuch erfüllte mich mit Schmerz und Mitleid mit seinem Schicksal.

  Zwei seiner Töchter äußerten nie den Wunsch, ihn zu sehen. Regelmäßig besucht habe nur ich ihn, die „vierte und schlechteste Frau". Ich habe ihn dann auch beerdigt. In der Antwort auf meine Trauerpostkarten lehnten sein gut gestellter Bruder, die Schwester und die Nichte es ab, sich finanziell an der Bestattung zu beteiligen. Sein Sohn verschwand mit dem gesamten Vermögen, und die Töchter kamen nicht zur Verabschiedung ihres toten Vaters. Seine Mutter lebte noch, aber ihre Sklerose und die Altersschwäche umhüllte ihr Leben außerhalb der Realität. Ich habe dann seinen letzten Weg organisiert.

Ich kann bis heute nicht verstehen, was Leute bewegt, die ihren dahingegangenen Angehörigen ein letztes „Ruhe sanft und verzeih!" verweigern. Die Verwandten meines deutschen Mannes haben mir nicht gestattet, die Urne in das Grab seines Vaters zu legen. Zehn Minuten Trauermusik von Mozart erschienen der Schwester zu lange, die Grabstelle gefiel nicht, und die Einladung zum Mittagessen anlässlich dieses traurigen Ereignisses wurde abgelehnt.

Zu Lebzeiten meines deutschen Mannes habe ich mich praktisch kaum mit seinen Verwandten getroffen, obwohl unsere Ehe vierzehn Jahre bestand. Ich trennte mich ohne Verdruss von ihnen am Ausgang des Friedhofs. Für mein Lebensgefühl sind diese Leute nicht zu verstehen. Womit ist ihr Verhalten in jener traurigen Stunde zu begründen? Durch Herzlosigkeit, Kälte, Geiz, Kränkungen in der Kindheit, oder nahmen sie mich als Russin nicht an? Früher oder später werden wir alle nackt und einsam vor dem Antlitz des Schöpfers treten und unsere Seelen werden zufrieden oder verbittert die Antwort erhalten, wer Recht hatte, wer schuldig war, wer sein Schicksal angenommen hatte oder wer das Böse schuf. Dem Verstorbenen wird ja verziehen.

Ich kann nicht sagen, dass der Tod meines deutschen Mannes mich in Depression, Trauer und Wehmut gestürzt hat. Im Laufe seiner letzten sieben Jahre habe ich nur seine körperliche Hülle gesehen, als Persönlichkeit hatte er sich für mich schon lange vorher aufgelöst, denn nur sein vergänglicher Körper verband ihn mit dem Leben. In den sieben Jahren seines Siechtums hatte ich mich an den Gedanken gewöhnt, dass dieser letzte Tag einmal eintreten wird. Mir tat dieser Mensch sogar leid, weil das kein Leben mehr war. Es war Quälerei und Strafe. Deshalb rief sein Ableben nur Bedauern in mir hervor; über ihn selbst, den für mich irgendwie Unverständlichen, nicht Erkennbaren, nicht Erreichbaren, und über mich selbst, der irgendwie leer Ausgegangenen, nicht Geschätzten und nicht Verstandenen. Es war mehr ein Bedauern darüber, als ob ich einen Gegenstand verloren hätte. Die Türen der Erinnerung und des Herzens schlugen hinter dieser Ehe ohne Gram und ohne Bitterkeit zu, nachdem ich ihn beerdigt hatte. Ich erfuhr ein Gefühl der Befreiung, und Stück für Stück fand ich wieder zu mir. Heute erinnere ich mich nicht mehr an seine unschönen Worte.

Ein chinesischer Philosoph sagte einmal: „Die Reise über Tausend Meilen beginnt mit einem Schritt." So begann auch ich zur Selbstachtung und zu meinem Selbstvertrauen zurückzukehren, indem ich bei mir eine Menge Vorzüge fand und mich mit dem Spruch beruhigte: „Was braucht ein Mann zum Glück? – Eine Frau! Was braucht ein Mann zu seinem vollen Glück? – Eine volle Frau!" Natürlich ergibt sich die Frage: Warum bin ich nicht konsequent von dem Mann weggegangen? Warum habe ich ihm seinen Geiz, die Beleidigungen, sein pathologisches Interesse für andere Frauen verziehen? Mir fällt es schwer darauf zu antworten. Vielleicht war es die Angst vor dem Leben in einem fremden Land, der Glaube, dass sich alles richten wird, die Engelsgeduld der russischen Frau, das Fehlen der westlichen Emanzipierung und ... der Humor. Ich habe mich immer mit den Worten beruhigt: „Nimm den heutigen Ärger nicht so wichtig, morgen wirst Du neuen haben".

Familie

Nach dieser Erfahrung, die ich so nicht gewollt hatte, öffneten sich in meinen Gedanken die Türen zur Erinnerung an meine erste Ehe. Ich begegnete meinem ersten Mann das erste Mal ein Jahr nach Beendigung des Gymnasiums. Meine Mutter war schon an Lungenkrebs erkrankt, arbeitete aber noch mit Mühe. Sogar nachts arbeitete sie zusätzlich. Sie nähte Kleider für die „Löwenfrauen" der Parteifunktionäre. Ich beschäftigte mich nächtlich mit „Meisterwerken", weil ich im ersten Studienjahr an der philologischen Fakultät der Universität studierte. Ich wollte im Studentenkreis der „Physiker und Lyriker" gut dastehen. Mutter erinnerte sich immer gern an ihre Kindermädchen, der früheren Gouvernanten, die ihr beibrachten, zu sticken und zu nähen, um die Möglichkeit zu bekommen, im Erwachsenenalter hinzu zu verdienen. Nach dem ersten Studienjahr kam die Frage des Hinzuverdienens auch bei mir auf.

Ich fuhr im Sommer nach Karelien, um im Jugenderholungslager zu arbeiten. Karelien ist eine wunderschöne Gegend im Nordwesten Russlands an der Grenze zu Finnland. Da gibt es eine urwüchsige Natur, dichte Wälder, Felsen, Steinfelder und klare, kalte Bäche. Ich überlegte angestrengt, womit ich die Jugendlichen beschäftigen konnte, die gerade einmal zwei bis drei Jahre jünger waren als ich, und dachte mir ein Programm unter dem Thema „Orientierung im Gelände" aus. Nach dem Frühstück oder nach dem Mittagessen liefen wir vier bis fünf Stunden in die Landschaft und fanden eine sonnige Lichtung mit einem Meer von Blumen, Beeren, Pilzen und Haselsträuchern. Karelien ist märchenhaft! Die Jungen versuchten Fische zu fangen, die Mädchen sammelten Beeren und Pilze. Junge verliebte Paare saßen im Schatten der Steine, und ich verfasste naive Verse und träumte von der Liebe. Manchmal übernachteten wir im Wald. Dafür nahmen wir die Schlafsäcke, Kartoffeln für das Lagerfeuer und Kakaopulver mit. An den abendlichen Lagerfeuern tauschten sich die Jugendlichen ihre Träume und Pläne aus. Alle diese Heranwachsenden waren so verschieden. Ihre Familien gehörten unterschiedlichen Gesellschaftsschichten an. Sie träumten davon, Kosmonaut, Lehrer, Sänger, Künstler oder Geologe zu sein. Sie träumten davon, ein Ziel zu erreichen und damit glücklich zu werden. Heute sind diese Kinder schon über sechzig Jahre alt. Es wäre so interessant zu erfahren, wie sich ihre Schicksale gefügt haben, ob sie noch leben, ob sie in die kriminellen Auseinandersetzungen der Neunziger verwickelt wurden, oder ob sie an der Nadel und der Droge hingen, ohne ihre Träume verwirklicht zu haben.

Es gab für mich lediglich eine „Ungerechtigkeit" in diesem Lager, die nach meiner Ansicht meinen Aufenthalt dort betrübte: Die Erzieher, die Krankenschwestern und die Sporttrainer nahmen mich nicht zu den Abendrunden mit, die sie für sich nach dem Beginn der Nachtruhe veranstalteten. Als ich die Kinder in ihre Betten geschickt hatte, ging ich aus dem Haus und setzte mich auf die Freitreppe, hörte das gedämpfte Lachen am Feuer in der Ferne, die Lieder, die mit nicht mehr ganz nüchternen Stimmen gesungen wurden und sah die verschwommenen Silhouetten der Paare, die vom Feuer weg in den Wald gingen. Oh, wie habe ich sie gehasst! Oh, wie habe ich sie beneidet! Ich wünschte, dass ein Bär sie erschreckte, dass neben ihnen eine Schlange sich schlängelte, dass sie sich alle erkälteten, die sich leichtsinnig auf den dunklen Waldlichtungen amüsierten. An einem dieser Abende bat ich den Trainer, mich doch einmal dahin mit zu nehmen. Aber er zwickte mich nur in die Nase und sagte: „Du bist noch zu jung! Wachse noch ein bisschen!" An diesem Abend hat es mich vor Entrüstung und Selbstbehauptungsdrang fast zerrissen. Als ich noch auf der Treppe saß, hielt ein Taxi vor dem Lager an und ein junger Mann stieg aus. Er fragte mich höflich, wo sich unser Lagerleiter befände. Kaum dass ich ihn überhaupt ansah, antwortete ich ihm recht schnippisch: „Der schlägt Purzelbäume auf der Lichtung", wobei ich mit den Augen Feuer sprühte, ihn stehen ließ und beleidigt in das Haus ging.

Nach ein paar Tagen war ich bezwungen, geblendet und verliebt. Ich fiel beinahe vor ihm auf die Knie. Der junge Mann, Oleg Sergejewitsch Bogojawlenski erwies sich als Absolvent einer Hochschule, der die Zeit bis zum Beginn seiner beruflichen Arbeit im Jugendlager verbringen und den Jugendlichen Baseball beibringen wollte. Er hatte ein markantes Gesicht und ehrliche Augen. Sein Stil und Charme imponierten mir. Er trug eine modische, gut sitzende Bekleidung, war groß, schlank und flink, sehr humorvoll, schrieb Verse und schwärmte für Poesie. Abends sammelte er die Halbwüchsigen um sich und las ihnen Gedichte moderner sowjetischer und ausländischer Dichter sowie die Klassiker vor, auch aus verbotenen Büchern. Er hatte ein phänomenales Gedächtnis und vielseitige Interessen. Vor allem zeigte er keinen Anschein von parteipolitischem Gehabe. Die Köchinnen versuchten seine Aufmerksamkeit zu fesseln, indem sie ihm die besten Happen zum Mittagessen gaben und die Krankenschwestern behandelten seine Kratzer nach meiner Ansicht unverzeihlich lange. Die Erzieherinnen luden ihn auf ihr Zimmer ein, damit er ihnen half, den Plan der anliegenden

Maßnahmen zusammenzustellen, aber sein Herz schenkte er vom ersten Treffen an mir. Mit dem steten Gedanken an meine todkranke Mutter war ich ratlos und empfindlich, wollte Wärme, Hilfe und Verständnis. Er spürte das Spektrum all dieser Gefühle und wollte mich schützen, umsorgen und Sicherheit geben. Ich verliebte mich in seine Offenheit, seine Bodenständigkeit und sogar in seine gefärbte Haarsträhne. Er erzählte mir, dass er im zarten Kindesalter wie eine kleine Lady behandelt wurde und einen üppigen Haarschopf hatte, der in jenen Zeiten so gar nicht üblich war. Unsere Romanze entwickelte sich in einem Atem beraubenden Tempo, und wir beschlossen zu heiraten, ohne an die bevorstehenden Schwierigkeiten zu denken. In meiner halbwüchsigen Unreife konnte ich damals weder seine Handlungen, seinen Charakter, noch seine Persönlichkeit wertschätzen. Meine Liebe hielt die Schwierigkeiten des Alltags nicht aus. Sein alles Verzeihen und seine Nachgiebigkeit habe ich als Charakterlosigkeit angenommen, seine Fürsorglichkeit und Hilfe bei allem als Schwäche ausgelegt. Seine Hilfsbereitschaft gegenüber seinen Freunden betrachtete ich als sein Streben, sich von mir zu entfernen. Sein Wohlwollen gegenüber allen hielt ich für Leichtfertigkeit. Sein beständiger Wunsch, mir Liebe zu schenken und Geschenke zu machen, sein Verlangen nach dem Geruch meiner Haare und meines Körpers regte mich auf und war mir zu lasterhaft. Aber die Sache lag darin, dass ich noch nicht reif für diese Liebe war. Ich nahm nur und gab nichts ab. Mein Herz war wie in einem Eispanzer durch die Kinderängste und den frühen Verlust der Eltern eingeschlossen, und meine Augen waren zwar schön aber blind. Zu spät wurde ich richtig erwachsen, nämlich als die Beinprothese meines zweiten Mannes in die Richtung meines Kopfes durch die Luft pfiff.

In unserem Zimmer in der kommunalen Wohnung war es immer fröhlich und voller Menschen. Oleg hatte „goldene Hände" und er konnte aus dem riesigen Zimmer eine sympathische Dreizimmerwohnung mit Toilette und einem Bad im gemeinsamen Korridor zaubern. Der Mann setzte Trennwände ein und baute. Ich putzte alles heraus und stellte die Ordnung wieder her. Nach diesen räumlichen Veränderungen hatten wir ein gemütliches Wohnzimmer mit einem kleinen Schlafzimmer und einem kleinen Kinderzimmer sowie einer bequemen Koch- und Essecke. Die Wohnung wurde sehr schön durch Vaters Bilder, eine Unmenge von Büchern und eine gemütliche Beleuchtung ausgeschmückt. Mein Hang zum Antiken und der modernistische Geschmack meines Mannes machten unseren Lebensmittelpunkt bequem, zeitgemäß und sogar schick. Wir arbeiteten und studierten.

Ich beendete die Universität und trat in die Aspirantur ein. Oleg begann ebenfalls die Dissertation zu schreiben. Beide machten wir Karriere. Wir halfen uns gegenseitig, wetteiferten miteinander, waren aufeinander und auf uns selbst stolz und stritten uns selbstvergessen. Eher habe ich gestritten und er saß den Streit schweigend im Sessel ab. Ich war auf alle und auf alles seinerseits eifersüchtig, sogar auf unsere kleine Tochter, die ihn von ihren ersten Tagen an mit einem vergötternden Blick ansah. Nach meinem Horoskop bin ich Steinbock, und eben diese Hörner machten mich stur bis zur Absurdität. Ich erkannte keine Grautöne an, es gab nur Schwarz und Weiß. Mit dem Größenwahn eines jungen egoistischen Dummkopfes wollte ich alles auf einmal, hier und jetzt erreichen. Damit überforderte ich mich und meine junge Familie. Die wenigen gemeinsamen Abende endeten zu oft in Streitereien. Die

Zwänge des Alltags standen häufig dem Wunsch nach Zerstreuung und Ablenkung im Weg.

Obwohl, ich möchte nicht den falschen Eindruck erwecken, dass das Leben zwischen uns unerträglich gewesen wäre. In der Arbeit stiegen sowohl mein Mann, als auch ich die Dienstleiter Stufe für Stufe nach oben. Noch sehr jung wurden wir Leiter betrieblicher Systeme. Mein Mann führte das Laboratorium eines Akademischen Instituts, ich stand einer der größten Bibliotheken der Sowjetunion vor. Wir fuhren oft auf Dienstreisen, schrieben wissenschaftliche Artikel. Wir waren an unseren Arbeitsorten gern gesehen, wir waren seriös, gebildet und moderne Leitungskader und wir wertschätzten und schützten die uns anvertrauten Mitarbeiter in den nicht einfachen Zeiten.

An den Sonnabenden oder Sonntagen empfingen wir gern Gäste in unserem Wohnzimmer. An den Tagen wurden die Kriegsbeile begraben und die Pfeifen der Freundschaft und der Liebe geraucht. Unsere Freunde und Bekannten lebten zum größten Teil mit ihren jeweiligen Eltern zusammen. Zwei oder drei Generationen teilten sich in einer Ein- oder Zweizimmerwohnung auf. Das waren die wilden Tatsachen unseres damaligen Lebens. Unsere riesige „Dreiraumwohnung" innerhalb der kommunalen Wohnung erschien unseren Freunden als eine Oase des Glücks. Selbstvergessen kochte ich den Brei, mein Mann deckte die Tische, die Tochter mit ihrer Spielkameradin quirlten wie zufriedene Welpen zwischen den Beinen herum und danach folgten ausgedehnte Tischgelage. Es gab bei uns Hausmusik, denn ich spielte auf dem Klavier, die Kinder sangen Kinderlieder und tanzten, wobei sie uns in ihren Kreis einbezogen. Die Wohnungsnachbarn schauten öfters kurz herein, neugierig auf unsere Fröhlichkeit. Wir verabschiedeten uns meistens sehr spät oder sehr früh, das heißt am nächsten Morgen. Besonders im Sommer, wenn die Leningrader Weißen Nächte unser Blut auch ohne alkoholische Getränke in Wallung brachten.

## Galina T. Filenko

Oleg und ich besuchten gern einen ganzen Tag lang seine Eltern. In den Zeiten, als das Wort „intellektuell" fast ein Schimpfwort war, bot sich das Haus seines Vaters, Sergej Nikolajewitsch und seiner Mutter, Galina Tichonowna, ihr Alltag, die Interessen und die Atmosphäre als eine Oase des Geistes und des feinen Geschmacks dar. Alle, die die Schwelle dieses Hauses überschritten, wurden unabhängig vom Alter mit „Sie" angesprochen. Anfangs haben die Schulfreunde von Oleg darüber gelächelt, aber danach wurde die in ihnen wachsende Selbstachtung bemerkbar. Sie hörten den Gesprächen der Erwachsenen zu, stellten, ohne sich zu genieren, Fragen und nahmen alle Worte wissensdurstig auf. Die „Teeabende" begannen neun Uhr abends und endeten etwa zwei bis drei Uhr nachts. Die Zusammensetzung der „Teetrinker" konnte sich im Laufe so eines Abends ändern. Zum Beginn saßen mit der Familie die Studenten und die Aspiranten des Schwiegervaters und der Schwiegermutter zusammen. Die dankbaren Diplomanten, Aspiranten und künftigen Doktoren der Wissenschaften, die hauptsächlich aus den Weiten des Nord-Westens Russlands kamen, brachten ihren beliebten Lehrmeistern Konfitüre, getrocknete Pilze und Dörrfisch mit. Alle diese Geschenke und Kleinigkeiten wurden auch aufgegessen. Danach ging es um die wissenschaftlichen Arbeiten. Wenn die Studenten oder Aspiranten damit durchfielen, haben die gelehrten Gastgeber ihnen die Themen erneut erklärt. Die Gäste konnten bei diesen

Lehrern und Wohltätern auf kleinen Sofas übernachten, die überall in der großen Wohnung hingeschoben waren. Meiner Schwiegermutter und meinem Schwiegervater, die einen wissenschaftlichen Ruf hatten, stand zusätzliche Wohnfläche zu. In dieser Wohnung lebten drei Generationen, die insgesamt vier Zimmer beanspruchten. Einen großen Teil des Wohnraumes nahmen altertümliche Schränke mit Büchern ein. Diese zählten einst etwa dreißigtausend Bände. Die Bücher hatten sie ihr ganzes Leben lang gesammelt. Viele davon sind während der Blockade im Ofen verbrannt worden, viele Bücher sind auch gestohlen worden, als die Familie mit dem Konservatorium nach Usbekistan evakuiert worden war. Eigentlich war nur der weibliche Teil mit dem kleinen Oleg dort. Sergej Nikolajewitsch war seit den ersten Tagen des Krieges an der Front, um den Abtransport der Verwundeten in das Hinterland zu organisieren und Auftritte von Künstlern in den vorderen Frontlinien zu koordinieren.

Als die Familie der Bogojawlenskis aus dem Krieg nach Leningrad in die alte Wohnung heimkehrte, fand sie ein zerstörtes Nest vor. Marodeure, und von denen gab es während der Blockade Leningrads nicht wenige, schleppten die leichten alten Möbel, Bücher und das alte Porzellangeschirr aus Kusnez fort. Sergej Nikolajewitsch war dann hocherfreut, als er seine eigenen Bücher mit den Familiensignaturen auf dem Bücherbasar wieder fand, und Galina Tichonowna erfreute sich jedes Stückes der Services, das sie in den Kommissionsgeschäften wieder zurückkaufen konnte. Jemand von den Hausbewohnern hatte während der Blockade die riesige antike Uhr mit Gong gestohlen und Sergej Nikolajewitsch fragte oft besorgt seine Frau, ob sie nicht durch das offene Fenster den Gong der Familienuhr gehört hat: „Galotschka, scheint es dir nicht, dass der

Gong dumpf geworden ist? Man müsste den neuen Besitzern sagen, dass das nicht schön klingt!" Es war ihm peinlich, den Dieben, die ihn so ausgenommen hatten, einen Rat zu geben.

Kehren wir zur Teestunde zurück. Außer der Professorenfamilie Bogojawlenski, Mama, Papa und Sohn saßen da noch die Tante Nina – Nina Jakowlewna Krawzowa, eine der ersten Frauen in Russland, die das Lyzeum für adlige Mädchen in Sankt Petersburg abgeschlossen und das Diplom einer Epidemologin erhalten hatte. Ihr ganzes Leben widmete sie dem Kampf gegen die Pest, Cholera und die Pocken in Mittelasien. Fremde Schicksale hat sie gerettet, aber ihr eigenes Leben konnte sie nicht einrichten. Den Rest ihres Lebens verbrachte sie bei den Bogojawlenskis, indem sie meinen Mann erzog. Da saß auch die Nichte von Sergej Nikolajewitsch, Irina Tichonowa, Verdiente Lehrerin Russlands, Slawistin und Sprachwissenschaftlerin, die ebenfalls in diesem großzügigen Haus wohnte. Ihr Bruder, Kapitän zur See und Dichter Tichonow, kam auf See um. Aber Irina selbst heiratete nie. Sie gab ihr Herz fremden Kindern. Sie sammelte und archivierte alle Briefe der Schulabgänger, die ihr aus allen Ecken der UdSSR schrieben.

Die Unterhaltungen und Erinnerungen dieser Menschen waren für die jungen Studenten interessant und lehrreich. Oft gesellten sich zu diesen „Spinnstubenabenden" der Regisseur des Großen Schauspielhauses, Georgij Towstonogow, der Künstler seines Theaters Kiril Lawrow, die Künstler des Puschkin-Theaters, Igor Gorbatschow, Merkuryw, der Chefregisseur des Akimow-Theaters, der Dirigent der Philharmonie Jewgenij Mrawinskij oder „Onkel Shenja" genannt, der Patenonkel meines Mannes hinzu. In der Berufswelt der Musiker war er bekannt wie Karajan in Westeuropa. Bisweilen riefen auch die Komponisten Dmitri Schostakowitsch und Georgi Swiridow an, die mit Sergej Nikolajewitsch sehr gut befreundet waren. Die Zusammenkunft dieser landesweit bekannten Künstler und Wissenschaftler machte dieses Haus überaus anziehend für die jungen Intellektuellen von Leningrad.

Angesichts dieses Personenkreises stand auch mein erster Besuch in der Familie meines Mannes bevor. Meine langen Haare waren modisch in Form gebracht, angezogen mit einem dunkelblauen Kleid mit Kragen und Manschetten aus Wologodsker Spitze, bereitete ich mich kühn darauf vor, die Fragen der „Elite" zu beantworten. Aber sie stellten mir keine Fragen. Sie bezogen mich einfach in die Unterhaltungen ein.

Jeder aus dieser Familie nahm in meinem Herzen seinen Platz nach einer bestimmten Rangfolge ein. Natürlich zuerst mein Mann Oleg und dann sein Vater. Ich aalte mich in seiner Güte und seinen Komplimenten. Tante Nina hat mich immer unterstützt und bat mich, als sie ihr Lebensende im dreiundneunzigsten Jahr bereits fühlte, sie in das Grab meiner Mutter zu legen. Irina wurde mir zur älteren Freundin. An die Schwiegermutter, deren Verhältnis zu mir ich nicht immer verstand, erinnere ich mich heute als reife Frau mit Dankbarkeit und Hochachtung. Sie ließ niemanden nahe an sich heran. Ich stieß bei ihr immer an eine Distanzgrenze. Sie siezte mich, solange sie lebte. Sie half mir nicht einmal bei der Betreuung und Erziehung meiner Tochter. Sie kam nicht an das Wochenbett und in den ersten Lebenstagen meiner Tochter sagte sie nur durch das Telefon: "Elena, die Kleine ist gar nicht ästhetisch, sie ist einfach nur ein Stückchen Fleisch." Als meine Schwiegermutter ihre Enkelin das erste Mal selbst sah, war die Kleine neun Monate alt. „Oh", sagte meine Schwiegermutter, „sie ist ja gar nicht rot. Oh, und die Haare, und zwei Zähnchen. Ein Wunder!" Meine

Klagen über die schlaflosen Nächte unterbrach sie mit den Worten: „Ach, Elena, wie ich Sie verstehen kann! Gestern war der Arzt da und hat Waska, Anton, Bianka und die anderen Katzen kastriert, und wir haben die ganze Nacht nicht geschlafen, haben mit ihnen wach gesessen, den Armen." Solche Vergleiche brachten mich zur Weißglut. Wie ein wildes Huhn stürzte ich mich auf meinen Mann, der sein Herz zwischen seiner Tochter, mir und seinen Eltern teilen musste. Ich erinnere mich heute daran mit einem Lächeln und mit einer verspäteten Dankbarkeit, aber auch mit Wehmut.

Galina Tichonowna fiel mit ihrem Auftreten aus der Zeit. Sie unterschied stets zwischen ihrer Familie und „diesen Kommunisten". Sie kannte die Höhe der Stipendien der Studenten und nannte sie: „diese Armen". Vor der Haushälterin Dusja wahrte sie jedoch Respekt, weil Dusja sehr appetitlich kochen konnte. Galina Tichonowna begann erst in den Achtzigern Kochen zu lernen: Buchweizengrütze mit Bouillon pur. Namentlich „pur", weil der Prozess der Zubereitung einfach war: Fleisch waschen, Wasser aufgießen, Deckel drauf und zwei Stunden kochen. So wurden die Studenten, jene „Armen" zu Tisch geladen, auf dem Koteletts, Eierkuchen, kaltes Fleisch und jegliche Konfitüre aufgetischt waren. Besonders von der Konfitüre gab es immer sehr viel.

Ich denke daran, wie mir meine Schwiegermutter heimlich Geld zusteckte, wie sie uns Lebensmittelpakete gab, wie sie mich „zum Spazieren" durch die Geschäfte einlud, und ich, unerwartet für mich, eine Tasche, Geschenke mit Parfüms, Puder, Wäsche oder Schuhe erhielt. Großzügig teilte sie mit mir die Handschuhe, Stoffe und Pelze. Ihr war nichts zu schade, aber bitte nur die Kostbarkeiten. In diesem Hause gab es viele Kostbarkeiten. Der Vater, Sergej Nikolajewitsch servierte den Tee auf einem Tisch seiner kaiserlichen Hoheit, den er von seinem Vater geerbt hatte. Ein Teil dieser Kostbarkeiten rettete das Leben der Familie während der Evakuierung. Goldene Kettchen, eineinhalb bis zwei Meter lang, wurden geteilt und bei den Usbeken für Brot, Gemüse und Graupen eingetauscht. Wenn ich mich in den Juweliergeschäften für bestimmte Ringe oder Ohrringe begeisterte, sagte mir meine Schwiegermutter: „Ach, Elena, das ist so vulgär, das ist alles Gold für die Köchinnen. Wenn ich einmal sterbe, dann bekommen Sie meine Klunker." Ohne meine Seele zu verbiegen, brannte ich nicht darauf, diese Brillanten, Rubine, Granate, Smaragde zu bekommen. Sie waren in meinem Leben, in meinem Alltag nicht vorgesehen. Ich dachte nur daran, dass meine Tochter irgendwann das einmal erhalten würde. Als meine Schwiegermutter verstorben war, fand ich leider nur noch eine Menge leerer Schachteln vor und der gesamte alte Familienschmuck war verschwunden. Wer hatte ihn genommen? Der Hausarzt, der ihr die Schlafmittel gab, die Haushälterin, die lebenslustige Nichte aus Swerdlow oder mein Mann mit seinen Freunden für den Kauf von Wodka in der verlogenen Zeit der „Perestroika"? Meine Schwiegermutter kleidete sich konservativ. Der Pelzmantel war aus Karakulschaf Wolle. Im Winter setzte sie sich Pelzbaretts auf den Kopf, im Sommer einen Turban, der aus einem kleinen Schal gewunden war, von denen sie etliche besaß. Sie lief immer in Schuhen aus Frankreich oder der Firma „Gabor". Sie trug Ledertaschen aller Farben und strenge Kostüme sowie Kleider, die bei alten Modistinnen geschneidert wurden, wobei sie die Form vorher mit ihrer Freundin Kitti besprach, die bestimmte „alte Quellen" besaß. Ergänzt sei noch der französische Puder und das Parfüm „Rotes Moskau". Nicht ohne Grund behaupteten die Franzosen immer, dass dieses

Parfüm nach den Geruchsnuancen sehr an das „Chanel Nr. 5" erinnert. Woher hatte sie den Hang für alles Französische in jener Zeit? Meine Schwiegermutter sprach vollendet Französisch. Mit ganzer Seele widmete sie sich der musikwissenschaftlichen Arbeit. Sie hielt Vorlesungen im Konservatorium zur Geschichte der europäischen Musik und übersetzte viele Bücher und Schriften, wie zum Beispiel die Briefe von Debussy, Ravel und anderer französischer Komponisten. Oft wurde sie nach Frankreich zu Vorträgen und als Gast eingeladen, aber sie antwortete immer: „Nun, da muss ich immer diese schrecklichen Ärzte besuchen und mich vor dem Gynäkologen ausziehen! Nein, der Traum soll ein Traum bleiben, ich bin schon so gedemütigt worden, als ich meinen Sohn zur Welt brachte." Alle ihre Schüler und Schülerinnen der letzten Semester lächelten darüber, nutzten ihren Ruhm und fuhren in das Pariser Konservatorium. Sie brachten ihr aus Frankreich Schuhe, Parfüms, Kosmetik, Bildbände und Bücher von Agatha Christie und Georges Simenon mit. Meine Schwiegermutter betrachtete lange die Bildbände mit der Lupe und kommentierte leise: „C'est si bon, magnifique. Das ist besser als der Gang zu irgendeinem Gynäkologen." Soweit ich mich erinnere, hatte sie immer nur einen Hausarzt. Er kam einmal im Monat, hörte sie ab, maß den Blutdruck und brachte die Krankenschwester für die Blutanalyse und das EKG mit. Sie überlebte viele Ärzte und starb im Schlaf ein paar Wochen vor ihrem zweiundneunzigsten Geburtstag.

Meine Schwiegermutter erweckte in mir das Gefühl der Selbstachtung und eines hohen Stolzes. Obwohl sie im Leben vielen Beleidigungen und Kränkungen ausgesetzt war, gab sie nie auf und brachte mir ein Kämpfergefühl bei. Getratsche konnte ihr nichts anhaben. Sie sagte oft auch eine unangenehme Meinung anderen ins Gesicht. Sie verachtete Grobheit, Schmeichelei, Doppelzüngigkeit und Falschheit. Wie mit Gift tränkte sie auch mein Bewusstsein mit dieser Unversöhnlichkeit. Das machte sie für mich flüchtig betrachtet kühl, herzlos, egoistisch und herb. Viele mochten sie nicht, aber alle achteten sie. Einem ihr lieben Menschen, er brauchte sie nur um ihre Hilfe zu bitten, öffnete sie die Türen beliebiger Amtsstuben und forderte für andere und nicht für sich.

Bei meiner ersten Eheschließung nahm ich nicht den Familiennamen meines Mannes an. Ich behielt meinen Mädchennamen und nahm mir die kategorische Erklärung meiner Schwiegermutter zu Herzen: „Ich heirate, aber werde nicht zum Besitz des Mannes. Er soll mir Glück und Liebe geben, aber den Familiennamen gaben mir bereits die Eltern." Ich hatte mich danach gesehnt, die Anerkennung von den Eltern meines Mannes zu gewinnen. Die Bilder meines Vaters und meiner Mutter aus der Kindheit verblassten, wobei ich ihre Konturen und Bedeutsamkeit verlor. Nein, ich hatte sie nicht vergessen, und ich vergab auch nicht ihr Andenken, aber sie waren fortgegangen und mussten mich betroffen, hilflos und unwissend zurücklassen. Obwohl mein Kopf und mein Herz sie wie einen Film bewahrt haben, verschwammen alle unsere Erlebnisse und ihr Anblick immer mehr. Mir fehlten ihre Stimmen, die Wärme ihrer Berührungen, der Geruch, das Gefühl ihrer Nähe und vor allem ihr Zuspruch. Die Eltern meines Mannes liebten mich dagegen auf ihre unaufdringliche Art. Sehr feinfühlig halfen sie unserer jungen Familie sowohl moralisch als auch materiell. Mit ihrer Wohlerzogenheit und edlen Kultur, ihrer Bildung der alten klassischen Schule erstickten sie unsere familiären Zwistigkeiten, den Kampf der Meinungen und um die Führungsrolle im Haus.

Schulen gibt es verschiedene, besonders Schulen des Lebens. An meine erinnere ich mich mit zärtlicher Nostalgie, Dankbarkeit und mit Trauer. Zu spät habe ich das schätzen gelernt und denen nicht mehr danken können, die mir mit ihrer Großzügigkeit halfen, im Leben zu bestehen. Keine Lehrbücher hätten die alltäglichen und feiertäglichen „Spinnstubenabende" bis in die tiefe Nacht oder den frühen Morgen ersetzen können. An solchen Abenden wurde mit den Gästen fast ununterbrochen geschwatzt und debattiert. Unter der aktiven Beteiligung des Hausherrn tauschten sie ihre Erlebnisse und Gedanken über die laufende Arbeit, über Ereignisse des kulturellen Lebens in Leningrad aus und regten sich über die Sturheit der Bürokraten und die Geistlosigkeit der Regierung auf. Interessiert hörte ich diesen Unterhaltungen am Tisch über die Neuigkeiten der Musikkultur und über die Tendenzen der westlichen Musik zu. Wenn meine Schwiegermutter über die Schwierigkeiten ihrer Übersetzungen und Analysen stöhnte, mischte sich die Stimme des großen Dirigenten Jewgeni Alexandrowitsch Mrawinski, „Onkel Shenja" ein, der ihr beipflichtete, wie schwierig es sei, diese Genies richtig zu verstehen und die Orchestermitglieder der Philharmonie in die Lage zu versetzen, die Seele und den Spannungsbogen ihrer Musik in der Konzertausführung auszudrücken. Im Gesprächseifer, die Zunge überschlagend sprach der Schwiegervater auf die Diskutanten ein und erzählte aufgeregt über bisher unbekannte Fakten aus dem Leben seiner italienischen Lieblingskomponisten und dieses „Titans" der Musik, Richard Wagner. Vera Ossowskaja, die brillante Ballerina aus der Truppe des Opernthearters zeigte neue Ballettschritte auf dem Zimmerparkett. Der talentierte Regisseur Georgi Towstonogow, seinen Namen trägt heute das beste Schauspielhaus in Sankt Petersburg, hielt in seiner schönen Hand ein Glas mit

Kognak, sprach verbittert über die Dummheiten der Kulturfunktionäre in der Stadt, die in jeder seiner Inszenierungen antisowjetische und volksfremde Anzeichen suchten. Das war der Stammtisch. Zu diesem Kreis der „Ritter des ovalen Tischs" in der Wohnung der Bogojawlenskis kamen die jungen Musikwissenschaftler Valeri Smirnow, der Komponist Mezekanjan, Iwan Fedosejew mit seiner schönen Frau, der Direktorin der Musikschule am Konservatorium, die treue und früh verstorbene Rita Tenegilowaja und die von allen geliebte Musikmethodikerin Inna hinzu. Diese Atmosphäre und die Tiefe dieser Gespräche habe ich gierig aufgenommen, obwohl ich meistens für den kulinarischen Teil verantwortlich war. Später kam dann noch das kleine Wunder namens Marianna dazu, die zum allgemeinen Liebling der Anwesenden wurde. Mein Schwiegervater, der es gar nicht gern hatte, wenn man ihn von der Arbeit abhielt, zerfloss in einem Lächeln, wenn er das Tapsen der kleinen Beinchen in dem langen Korridor hörte. Er setzte die Enkelin auf seine Knie und feilte an dem Gedanken seines Artikels nunmehr laut weiter: „Stell dir vor, Gounod ist das Hauptthema in der Oper nicht sofort gelungen . . . " Eine Zigarette rauchend und dabei Marianna auf den Knien schaukelnd, konnte er ernsthaft seine musikwissenschaftlichen Betrachtungen laut denken, und sie konnte mit ihren zwei Jahren völlig still die Gesellschaft ihres geliebten Großvaters genießen.

Nicht weniger Vergnügen als von diesen Abenden zog ich auch aus den gemeinsamen Besuchen der Konzerte der Philharmonie mit der Schwiegermutter. Die meisten Orchestermitglieder waren einmal ihre Studenten. Im Saal saßen oft auch ihre derzeitigen Studenten, die ihre kompromisslose Meinung und die spöttischen Äußerungen fürchteten. „Galina, du solltest etwas vorsichtiger sein, der (oder die) ist Mitglied der Parteileitung und sollte uns keine Schwierigkeiten machen . . . " Auf solche Hinweise antwortete meine Schwiegermutter hochmütig: „Schlechter kann es nicht werden. Über alte Kamellen brauche ich nicht reden!" Sie vergaß niemals die Zeiten, als sie und ihr Mann zusammen mit vielen bekannten Kulturschaffenden Leningrads, unter anderem auch dem Komponisten Dmitri Schostakowitsch und Grigori Swiridow, des Kosmopolitismus beschuldigt wurden und einer Hetzkampagne ausgesetzt waren. Dieses Milieu führte mich in Versuchung, eitel zu werden. Obwohl ich keinerlei Recht auf diesen Ruhm hatte, sonnte ich mich in den Strahlen der Eltern meines Mannes. Beim Besuch der Theater saßen meine Schwiegermutter und ich immer in der Direktorenloge. Die Chefregisseure der Theater kamen extra zu ihr, um ihr die Hand zu küssen.

Meine Schwiegermutter besuchte mindestens einmal in der Woche die Konzerte der Leningrader Philharmonie und nahm mich sehr oft dahin mit. Durch sie konnte ich die Vielzahl der großartigen Aufführungen sowohl unseres Landes als auch ausländischer Meister hören: Mstislav Rostoropowitsch, David Oistrach, Swjatoslaw Richter, Wan Kliber, Igor Oistrach und anderer. Die großartige Musikwissenschaftlerin Galina Tichonowna Filenko drängte mir nicht die üblichen Interpretationen der musikalischen Werke auf, aber manchmal flüsterte sie mir zu: „Hören Sie, welch eine Tiefe, welch ein Ausdruck!", oder „Wie originell dieser Teil gespielt wurde." Ich lernte die Instrumente zu hören und sah den Flügel, der sich in der Familie meines Mannes befand, oder das Klavier bei mir zu Hause nicht mehr wie ein seelenloses Möbelstück, sondern wie ein Wunder, das mich in eine besondere Welt der Klänge und der Beseeltheit forttragen konnte.

Eine begeisterte Erzählerin war sie in den Sälen der Eremitage. Besonders liebte sie die französische Malerei, die Skulpturen, die Gegenstände der angewandten Kunst, die Gravuren und die Zeichnungen russischer Landschaften. Viele Stunden streunten wir durch die vielen Säle des Museums, deren Sammlungen ihrer Größe und Bedeutung nach nur vom Louvre in Paris übertroffen werden. Meine Schwiegermutter teilte die ausgestellten Schätze genau nach „das interessiert mich" oder „das interessiert mich nicht" ein. Als ich an den Bildern von Louis und Mathieu Lenenow vorbeiging, strebte sie zu Nicolas Poussin, der, obwohl er zu den Rationalisten gezählt wird, ein Klassiker ist. Seine Bilder enthalten viele Inspirationen aus Italien, der großen antiken Meister und Rafaels.

Wenn ich heute nach St. Petersburg komme und die Eremitage besuche, vermisse ich meine Schwiegermutter. Als ich einmal in einen russischen Laden ging, kaufte ich in einer nostalgischen Anwandlung ein kleines Flakon vom Parfüm „Rotes Moskau". In Momenten, in denen es scheint, als hätte sich die Welt gegen mich verschworen, öffne ich den geschliffenen Glasstöpsel, tupfe das Parfüm auf den Handrücken und atme den Duft ein. Mit scheint dann, als höre ich die Stimme meiner Schwiegermutter: „Elena, das ist nicht Euer Duft, zu Euch passt eher ein verführerischer, seid mir nicht böse, . . . ein etwas leichtsinniger." Ohne richtig zu begreifen, was meine Schwiegermutter damit sagen wollte, gebe ich bereitwillig zu, dass ich in den letzten Jahren ein leichteres Gemüt angenommen habe, mobiler, zeitgemäßer und nicht mehr so vorsichtig bin. Meine Schwiegermutter grenzte ihre Welt genau ein, sowohl in ihrem Alltag, als auch im Umgang mit Menschen. Gleichbleibend wohlwollend bestimmte sie mit einem Kopfnicken, einem Blick oder einer Handbewegung die Grenzen ihres

Platzes und ihrer Kontakte. Sie bewahrte immer eine bestimmte Distanz und Diskretion, um ihre Welt gegen ihr unbequeme Einflüsse abzugrenzen. Ich habe im Leben die Markierung meiner Grenzen nicht gelernt, deshalb wurde ich oft mit Unverständnis, Herzlosigkeit und Täuschung von Leuten, die ich zu nahe an mich heranließ, bestraft.

### Sergej N. Bogojawlenski

Mein Schwiegervater war seinem Charakter nach ein ganz anderer Mensch als seine Ehefrau. Er war für Dialoge sehr offen. Er entwickelte Ideen, die er großzügig mit seinen Schülern teilte. Während vieler nächtelang ermüdender Gespräche diktierte er praktisch das Themenmaterial für die Dissertationen, das dann von den Studenten verteidigt wurde. Sein Schicksal spiegelte die ganze dramatische Entwicklung sowohl des Landes als auch der Geschichte der nationalen Kunst Russlands zu seiner Zeit wider. Geboren wurde er 1905 in Beirut als Sohn eines Inspektors und Kurators der russischen Schulen im Nahen Osten. Er hatte das Glück in einer hochintelligenten Familie aufzuwachsen. Seit der Kindheit sprach er russisch, arabisch, französisch und englisch. Er kehrte mit den Eltern im Alter von vier Jahren in die Heimat zurück. Die Eltern wollten aus patriotischen Überlegungen wieder in das unruhige vorrevolutionäre Russland. Auf diese Weise wurde sein Vater zum Inspektor der Volksschulen im Kubaner Gebiet berufen. Somit verbrachte Sergej seine Kindheit und seine Jugend in dem damaligen Jekaterinodar (Krasnodar). Hier sah er auch Nikolai II, den letzten russischen Zar auf einem Empfang des Gouverneurs. Der Kuban war zu der Zeit eines der größten Agrargebiete Russlands. Der Empfang wurde zu Ehren des Zaren gegeben, der dieses Gebiet besuchte und von seinem Sohn begleitet wurde, dem Zarewitsch Alexej. Der Gouverneur stellte dem Zaren den Vater von Sergej, Nikolai Michailowitsch vor, und Nikolai II. befragte ihn über die Arbeit in Beirut und zur Einschätzung des Einflusses Russlands im Nahen Osten. Sergej wurde in den Kreis der Kinder eingeführt, die den Zarewitsch umgaben. Der zog ihn aus der Gruppe heraus und gebührlich, wie ein Erwachsener schlug er ihm vor, spazieren zu gehen. Die Jungen trennten sich an diesem feierlichen Tag nicht mehr. Zusammen saßen sie am Kindertisch, zusammen fuhren sie mit dem Boot und ritten auf den Zuchtpferden, auf die die Züchter im Kuban immer stolz waren. Die beiden Jungen saßen auch zusammen während des Defilees der Volksmassen, das zu Ehren des Zaren stattfand. Als die Zeit des Abschieds kam, reichten sich beide Jungen die Hände und fragten gleichzeitig, ohne dass sie sich abgesprochen hätten: „Werden wir uns noch einmal wiedersehen?" Vielleicht hätten sich die Wege der Jungen erneut gekreuzt, aber der Zarewitsch Alexej erkrankte häufig. Die angeborene Hämophilie fesselte ihn lange an das Bett. Es war die Zeit des Ersten Weltkrieges, der ganz Europa besonders erschütterte, und in Russland brach die Revolution aus. Der Sturz der Dynastie der Romanows endete schließlich in der Erschießung der gesamten Zarenfamilie durch die Bolschewiki. Sergej war zwölf Jahre alt und die Nachricht dieser Ermordung bohrte sich tief und schmerzlich in sein Herz. Mit seiner kindlichen Seele verstand er nicht, warum man den Zarensohn und edlen Freund Alexej, dessen Vater, den Zaren Nikolai II. und die gesamten Familie beseitigen ließ.

Sergej zog sich zurück, saß stundenlang am Flügel bestimmte Motive spielend, die in seinem Kopf entstanden. Viele Jahre später, als ich in seine Familie eintrat, sagte mein Schwiegervater, dass diese Motive die Grundlage für sein Komponieren legten. Schon in der Schule, die die ersten sozialistischen Musikkader vorbereitete, begann er musikalische Werke zu schreiben. Das setzte er am Konservatorium fort, das er mit Glanz abschloss. Er hat nicht wenig geschrieben, unter anderem ein Violinkonzert und Klavierwerke, Sonaten, Präludien, Variationen, Vokalzyklen, eine Sonate für ein Klarinettensolo und eine Symphonie. Unter anderem bearbeitete er begeistert die Werke von J. S. Bach. Mit der Verlegung des Klavierauszugs zum Ballett „Die Flamme von Paris" schuf er auf Bitten seines Lehrers Boris Asafjew die Musik zum Bühnenstück „Der Kreis" und einen ganzen Zyklus von Bühnenstücken, die dem Leiden der Menschen im Zweiten Weltkrieg gewidmet waren.

Die alles besiegende Leidenschaft war sein Streben nach Wissen und die Entdeckung der großen Weltkultur für sich. Der junge Sergei begann Sprachen zu studieren. Mit fünfundzwanzig Jahren beherrschte er Französisch, Englisch, Deutsch, Italienisch, Spanisch, Arabisch, Latein, Tschechisch, Polnisch und Ukrainisch. Diese Sprachen ermöglichten ihm, stundenlang in der ausländischen Originalliteratur zu lesen, die in den größten Bibliotheken des Landes vorhanden war. Diese Schätze waren während der Revolution aus den prächtigen Häusern der russischen Aristokratie konfisziert worden und lange Jahre in den Depots unter Verschluss. Die Bibliothekarinnen ließen den wissbegierigen jungen Mann in die Räume der Depots und erlaubten ihm oft, einige Bücher für ein paar Tage mit nach Hause zu nehmen, was nach der Bibliotheksordnung eigentlich verboten war. Der junge Mann war immer höflich zu den Bibliothekarinnen. Wenn er die Bücher zurückgab, unterhielt er sich mit den Angestellten und brachte ihnen manchmal Süßigkeiten mit. Die vom Leben nicht gerade verwöhnten Damen waren von Sergej entzückt. Die jungen Mitarbeiterinnen versuchten mit ihm anzubändeln, aber der traurige Ausdruck in seinen Augen hielt sie vor einem frivolen Flirt ab.

Seine Recherchen über Komponisten wendete er erfolgreich bei der Arbeit in den dreißiger Jahren am Leningrader Opern- und Ballettheater, dem früheren kaiserlichen Marijnski Theater an. In dieser Periode trat ein großes Interesse zur Wiener und deutschen Musikschule auf. Über die Komponisten Weber, Schönberg, Wagner wurde gestritten, ob man sie annehmen oder ablehnen sollte. Das Opern- und Ballettheater stellte die Meisterwerke dieser Komponisten kühn auf seine Bühne.

Für Sergej Bogojawlenski war das eine Zeit des Aufschwungs, der Erfolge und des Schöpfertums. Er führte Briefwechsel mit seinen Moskauer Freunden und Kollegen, die über den Konservatismus, den Rückschritt und die Sturheit der offiziellen Musik der Hauptstadt lamentierten. Moskau hielt wie ein Klosterabt seine alternden Hände gegen alle frischen Strömungen aus dem Westen und versuchte das Volk auf seine Art und Weise abzuschirmen. Die Hauptstadt und die Regierung begannen, die besten und interessantesten Vertreter der Leningrader Kultur nach Moskau abzuwerben. Den Einen warb man mit Lebkuchen, den Anderen drohte man mit der Knute. Viele fuhren weg. Einem Versprechen für ein „Dolce Vita" zu widerstehen war nicht jedem gegeben. Sergej Bogojawlenski und seine junge Frau Galina Filenko widerstanden. Der Zweite Weltkrieg begann.

Die Kunstwerke Leningrads wurden in der Erwartung furchtbarer Kämpfe versteckt oder aus der Stadt fortgeschafft. Aber es kam schlimmer. Die große Stadt fiel in den Ring der Blockade, der gnadenlosen, hungrigen, kalten. Das Leningrader

Konservatorium wurde nach Taschkent evakuiert, wo mein Schwiegervater zur Armee kam und eine riesige musikalisch-propagandistische Arbeit führte und dennoch die Zeit fand, an der militär-musikalischen Fakultät zu dozieren. Die Schwiegermutter hielt den Studenten eine Reihe Vorlesungen, beschäftigte sich mit der Erziehung der usbekischen Jugend und der Kinder und rettete die Familie: die Tante, die Nichte und den Sohn. Weder im Feld noch in den Auditorien vergaß Sergej Nikolajewitsch die Wissenschaft, und am 2. Juni 1944 verteidigte er seine Dissertation, dessen Opponent das bekannte Akademiemitglied, Boris A. Struve war. Die Familie Bogojawlenski kehrte nach Leningrad 1944 nach dem Fall der Blockade im Militärzug in die zerstörte Stadt zurück.

Sergej Nikolajewitsch wurde als herausragender Musikwissenschaftler und Organisator zum Prorektor des Konservatoriums für die wissenschaftliche und Studienarbeit und zum Lehrstuhlleiter der Musiker und Musiktheoretiker ernannt. Seine ganze Leidenschaft, sein Wissen und seinen großen Intellekt widmete er der Ausbildung der Studenten und Aspiranten. Er eröffnete ihnen die musikalische Welt eines Richard Strauß, dessen Talent in der UdSSR herabgewürdigt wurde, denn er zählte zu den „leichten" Komponisten. Er erarbeitete Lehrgänge und las den Studenten Lektionen über die deutschen und die österreichischen Komponisten Hindemith, Weil, Brahms, Wagner, Berge, Schönberg, den großen Beethoven, dem er höchste musikalische Philosophie zuschrieb, viel eher als der Dialektik Hegels. In seine Lektionen über Wagner, wie über den großen Antipoden Brahms kamen die Studenten und Dozenten anderer Hochschulen, besetzten Plätze sogar in den Durchgängen und an den Wänden des Auditoriums. Aus den Theatern der Oper und der Schauspielhäuser kamen die Regisseure und Schauspieler, um von Verdi, Bizet und Puccini zu hören. Über jede dieser großen Musiker schrieb er Artikel, Kapitel in den Lehrbüchern, Broschüren und Lehrheften. Das musikalische Leningrad entdeckte mit seiner Hilfe den Musikschatz des Westens für sich.

In den Jahren 1948 und 1949 erklärten die Partei und Regierung noch unter der Führung Stalins den Kampf gegen den Formalismus und Kosmopolitismus. Sie fürchteten den Einfluss des Westens. Bestellte Artikel in den Parteizeitungen und Zeitschriften, zahllose Anordnungen, Resolutionen, Befehle über die Unzulässigkeit „feindlicher Propaganda" wurden in die vom Sozialismus erstarrten Köpfe hineingetrichtert. Die Parteiideologen gaben ein Buch „ATU!" (Hau ab!) heraus, wie man Hunden einen Knochen hinwirft, und die Meute der Funktionäre, Speichellecker, der Fanatiker und Unwissenden warf sich auf die Andersdenkenden, um sie zu zerfleischen. „Vernichten! Mit Feuer und Schwert! Auf die Knie mit ihnen! Sie sollen öffentlich bereuen!" Viele Intellektuelle zerbrachen daran, aber weder mein Schwiegervater, noch meine Schwiegermutter. Der Saal des Konservatoriums, in dem das Tribunal stattfinden sollte, war voller Menschen. Worte der Erniedrigung und Beschimpfungen ertönten von der hohen Tribüne. Die Professoren Sergej Bogojawlenski und Galina Filenko und noch eine Reihe anderer Professoren und Dozenten saßen von allen anderen abgesondert. Zu ihnen kamen weder die Feinde noch die Freunde, die voller Angst und Panik erfüllt waren. Als die Redner begannen, sich zu wiederholen, kam ein Oberst des KGB auf die Tribüne und schlug vor, die Gruppe der „Verräter" und „Heimatlosen" aus dem Konservatorium zu jagen. Nach ihm ergriff der Rektor des Konservatoriums das Wort, der kein Musiker war, aber ein Funktionär der Partei und des

KGB und verlas eine Liste der Professoren und Dozenten, die ab diesem Moment vom Konservatorium ausgeschlossen waren. Jedem von ihnen wurde das Wort zur Rechtfertigung gegeben. Mein Schwiegervater sagte, dass er bereit ist, bestimmte Unzulänglichkeiten in der Qualität der Vorlesungen anzuerkennen, aber von der Geschichte der musikalischen Welt und ihren großen Namen würde er sich niemals lossagen. Seine Frau ergänzte, dass sie ihre großen Franzosen und Deutschen nicht fallen lassen wird. Einmal würde die Zeit über unsere Geschichte richten. Das Paar wurde mit einem sogenannten „Wolfs-Billet" aus dem Konservatorium ausgeschlossen, das heißt mit einem Verbot der Lehrtätigkeit belegt. Aber sie wurden nicht aus Leningrad vertrieben, wie es mit dem Professor Wulfius geschah, der vierzehn Jahre in Gefängnissen, Lagern und Verbannung verbrachte. Gegen ihn spielte seine deutsche Herkunft noch eine verschlimmernde Rolle. Ich habe eine große Hochachtung zu dieser Prinzipienhaftigkeit meiner verstorbenen Schwiegereltern und bin auf ihren Heroismus noch mehr stolz. Wenn man bedenkt: seit 1944 hielten sie die Vorlesungen zur Geschichte der westeuropäischen Musik. Noch war Krieg, und sie priesen die Genien der großen deutschen Komponisten, legten den Studenten nahe, dass der Begriff „Deutscher" nicht gleichzusetzen ist mit „Faschist". Sie erläuterten, dass das deutsche Volk ebenso unter dem Faschismus gelitten hat und dass die Genialität der deutschen Musiker zur geistigen Schatzkammer unseres Planeten gehört.

Jene, die ihre „Fehler" nicht eingestanden und keine Abbitte vor den ideologischen Fanatikern leisteten, die schweigend und mit Würde weggingen, ihre geistigen Werte nicht verrieten, wurden „Die Stummen" genannt. Die außer sich geratenen KGB-Obersten und Parteifunktionäre setzten ihre Schimpfkanonaden gegen die Ungehorsamen fort, nachdem sie die Türen für ihre besten Kader des Konservatoriums geschlossen hatten. Mein Schwiegervater und meine Schwiegermutter bekamen über die Post Kopien der Befehle an das Konservatorium, in denen sie der politischen Dummheit, der ideologischen Unklarheit, eines fehlenden parteilichen und moralischen Standpunktes und so weiter beschuldigt wurden. Sie überlebten die Armut an Geld und Nahrung, indem sie lange Abende in den Kinotheatern vor dem kauenden Volk auf alten Flügeln Melodien von Strauß, Lieder der Pariser Gassen, patriotische Märsche und Lieder nach den Vorgaben des Theaterdirektors spielten. Sie schämten sich nicht ihrer abgetragenen aber sauberen Kleidung. Alles Bessere musste verkauft werden, um den kleinen Sohn und die Familie zu ernähren. Sie froren in den abgetragenen Schuhen, die sie zu allen Jahreszeiten trugen. Sie schauten nicht in die Menge der Zuschauer, um keine ehemaligen Kollegen und Studenten zu sehen, die die Augen senkten, wenn ihre Blicke sich begegneten. Nachdem sie ihr bescheidenes Geld für den Abend erhielten, liefen sie in die Lebensmittelläden, um etwas zu kaufen. Sie eilten nach Hause zum Sohn, zu den Büchern, den Schallplatten mit den Klassikern. Trotz allem schrieben sie Artikel, ohne davon überzeugt zu sein, dass diese jemals veröffentlicht würden. Von den wenigen übrig gebliebenen Freunden, die sich nicht abgewandt hatten, wurden sie damals die „Don Quichotes der Musik aus der Kohorte der Hellsten und Weisen", oder die „großen Stummen" genannt. Der Leitspruch von Sergej Nikolajewitsch war: „Niemals die Krankheit für sich zulassen." Unter der Krankheit verstand er die Niedertracht, die Anpassung, Verrat, mit jemandem abzurechnen und die Aufgabe der Ideale.

Nach dem Tod Josef W. Stalins, dem „Führer und Lehrer" begann die Zeit des „Tauwetters" in der Sowjetunion. Die Familie Bogojawlenski erhielt sofort Arbeit. Das Konservatorium rief an und schlug beiden eine Lehrtätigkeit vor. „Ich gehe", sagte Galina, „aber glaube mir, ich werde sie nicht zuerst grüßen, sie sollen mich grüßen. Dann bin ich eben eine einfache Dozentin. Die Hure von Rektor kann ich ignorieren. Er wird mir ja ausweichen, bin ich doch für ihn ein Schandfleck." Sergej Nikolajewitsch war noch nicht bereit, in seine Alma Mater zurückzukehren. Mit wohlwollender Anerkennung wurde er in die Hochschule für Kinematographie eingeladen, um die Musikfakultät zu leiten. Er fühlte sich wie ein junges Pferd in der Box.

Seine ganze Energie, seine Liebe zum Beruf widmete er dem Aufbau der Fakultät und ihrer neuen Abteilungen: der musikalischen Komödie und der Musikgeschichte. Ihm war bewusst, dass der zukünftige Schauspieler lernen muss, sich zu bewegen, zu tanzen, die Aussprache und die Stimme zu beherrschen, zu singen, die Mimik und die Improvisation zu üben. Er scharte junge und talentierte Dozenten um sich, für die er der Guru und der Held seiner Zeit war. Jedoch machte ihn jede Anerkennung verlegen und er winkte ab, indem er in seinen Bart brummte: „Nun, es muss ja sein, sie dachten vielleicht, ich bin ein alter Greis, ein nervendes Alterchen, ein Fliegenpilz!" Ich erwähne das, um seine bewundernswerte Bescheidenheit und ein gewisses kindlich schutzloses Gefühl der Verschämtheit zu unterstreichen, wenn man ihn lobte oder hervorhob.

Siebzehn Jahre machte er seine Fakultät an der Hochschule zur führenden und stärksten unter den Musikhochschulen. Er wurde mit einer offiziellen Einladung der Partei geehrt, das Konservatorium zu besuchen. Zwanzig Jahre war sein Name der Vergessenheit preisgegeben, und plötzlich bat derselbe angepasste, nunmehr ergraute Rektor des Konservatoriums den Professor Bogojawlenski an das Konservatorium zurückzukehren und die Fakultät zu leiten. Mein Schwiegervater erbat sich einige Tage Bedenkzeit. Ich gehörte bereits vier Jahre zu seiner Familie und spürte, wie seine Gedanken hin und her schwankten. Lange diskutierte er mit seiner Frau hinter seinem verschlossenen Arbeitszimmer. Er rief den Freund und Komponisten Georgi Swiridow in Moskau an, schrieb etwas und rauchte, rauchte und rauchte. Vor seinem Gang in das Konservatorium bat er Tante Nina, einen großen Kessel Tee zu kochen und rief uns alle, sich am Mittagstisch zu versammeln. Ich schaute auf seine Frau, die mit ihm Hand in Hand sowohl durch Zeiten des Erfolges als auch durch bittere Zeiten ging. Ich blickte auf meinen Mann, der seine Eltern grenzenlos liebte, zur klugen Tante Nina, die Hüterin des Familienherdes und zur Nichte Irina, die, weshalb auch immer, das ganze Leben in dieser Familie lebte. Ich schaute und dachte, was ist das für ein Glück, wenn ein Mensch den wichtigsten Entschluss seines Lebens im Kreis seiner Verwandten fasst. Was für ein Vertrauen und eine Achtung müssen in ihrer kleinen Welt herrschen. Mich ergriff eine vage Ahnung, die mir sagte, dass es mir nicht gegeben sein würde, so eine Einheit zu schaffen. „Mir fällt es sehr schwer, eine Wahl zu treffen", sagte mein Schwiegervater, „ich habe dem Konservatorium meine besten und schöpferischsten jungen Jahre gegeben, aber es hat mich verraten und hätte die Möglichkeit gehabt, mich zu vernichten, wenn ich nicht so eine Familie und so ein Verständnis von euch gehabt hätte. Mit siebenundvierzig Jahren habe ich neu in der Hochschule für Kinematographie begonnen, die mir bei der ersten Möglichkeit die Hand gereicht und gesagt hat: ‚Schaffe!' Ich habe die stärkste Fakultät dort, eine Gruppe Gleichgesinnter, Hochachtung, größte Möglichkeiten, aber ich habe nicht diese Göttlichkeit, die klassische Musik. Ich kann dem Konservatorium beweisen, dass ich ohne es auskommen kann. Aber ich kann mich nicht von der großen Musik lossagen. Ich gebe morgen mein Einverständnis, wenn mir erlaubt wird, meine Fakultät zu leiten und man mir gestattet, einige Leute aus der Hochschule mitzunehmen, die ich großgezogen habe."

Ihm wurde alles erlaubt. Der Rektor schlug ihm sogar vor, erneut Stellvertreter des Rektors für wissenschaftliche Arbeit zu werden. Aber der Schwiegervater antwortete, dass eine Zusammenarbeit mit ihm nicht zustande kommt und ging fort, die ihm ausgestreckte Hand ignorierend. Zu Hause erzählte er der Frau die ganze Zeremonie des Gesprächs, und sie, die unversöhnliche und nichts verzeihende Dame sagte: „Ich weiß, dass du der Musik den Weg frei machst, aber ich war überzeugt, dass du mit den Hurensöhnen keine Allianz eingehen kannst." Nach ein paar Tagen, die voller aufregender Anspannung waren, nahm die Familie ihre Gewohnheiten wieder auf. Studenten, Aspiranten, Musik, Streitgespräche über wissenschaftliche Ergebnisse dieser oder jener Dissertation, Kritik von Meinungen oder Artikel. Die Abende gingen bei Tee mit kalten Buletten oder belegten Broten zur Nacht über. Die späten Gäste konnten sich nur schwerlich aus diesem herzerwärmenden Haus verabschieden. Nachdem sie durch den Torbogen gegangen waren, ergriff sie die zauberhafte Schönheit der Isaak Kathedrale, des Newa-Ufers, des Denkmals Peter I., und es schien ihnen, als ob die Harmonie dieser Heimstatt der Musik in die Harmonie der herrlichen Stadt hinüberfloss.

In den seltenen Stunden oder an den Abenden, an denen keine Gäste in der Familie waren, nahm jeder sein Lieblingszimmer ein, streckte sich auf einer Liege aus und entspannte sich. Sergej Nikolajewitsch las irgend einen alten Folianten aus seiner Bibliothek, seine Frau las ihre geliebte Agatha Christie in französischer Sprache, mein Mann blätterte in einer Zeitschrift oder werkelte etwas, weil er der einzige in der Familie war, der „goldene Hände" hatte, und ich bereitete das Abendessen in der riesigen Portion zu, damit es für alle reichte. Gleichzeitig gingen mir meine Pläne oder die Besprechungen des nächsten Tages durch den Kopf. Die Pläne bestanden größtenteils im Schreiben wissenschaftlicher Artikel, in Vorbereitungen von Vorlesungen, Vorträgen auf Konferenzen oder Dienstreisen nach Moskau in das Ministerium, um Geld für Löhne und Räumlichkeiten für den wachsenden Fonds anzufordern.

Sergej Nikolajewitsch betrachtete gern die wundersamen Ornamente der arabischen Schreibweise. Offensichtlich erinnerten sie ihn an die Muster der weit zurückliegenden Kindheit. Wenn ich heute an ihn denke, stelle ich mir das Muster seines Schicksals genauso ausgeklügelt vor wie die arabischen Flechtornamente. Mein Schwiegervater starb würdevoll, wie auch sein Leben verlief. Als er sich nach dem Frühstück mit seiner Frau in einem Leningrader Vorortsanatorium zu einem Spaziergang aufmachte, stützte er sich an einer Wand ab und sagte: „Galja, ich sterbe", und hörte auf zu atmen.

Die Beerdigung war überwältigend. Der Saal des Konservatoriums war mit Kollegen, Studenten und Wissenschaftlern voll besetzt. Die Kondolenzreihe ähnelte einem brodelnden Fluss. Es kamen Gäste aus der Hochschule für Kinematographie, offizielle Vertreter aus Moskau und eine Menge ehemaliger Studenten, die das Schicksal über die Weiten der UdSSR verstreut hatte. Beerdigt wurde er im Grab neben meiner Mutter, wo jetzt die ganze Familie ihre Ruhestätte fand: der Schwiegervater, die Schwiegermutter, Tante Nina, Irina, die Nichte und mein, wie das Leben zeigte, geliebter erster Mann, Oleg. Wenn ich nach Sankt Petersburg fahre, gehe ich zuerst auf den Friedhof, streiche mit der Hand über zwei Marmorsteine, auf denen die Namen und Sterbedaten meiner Verwandten stehen und unterhalte mich mit ihnen. Ich klage darüber, dass die Mutter und der Vater so jung aus dem Leben gegangen sind. Vielleicht fühlten sie, dass ich in gute Hände falle. Meiner Schwiegermutter bin ich dankbar, dass sie mich gelehrt hat, kühn und stark zu sein, den Männern nicht nachzustehen, weder an der Kraft des Geistes, noch an der Tiefe des Intellekts. Dem Schwiegervater bin ich dankbar für die Güte, das Verständnis und die Komplimente, die er über mich sowohl über mein Äußeres als auch über meine Erfolge und Verdienste im Studium, in der Wissenschaft und in der Arbeit häufte. Tante Nina und Irina bin ich dankbar für die Wärme und die Freundschaft, und Oleg für unsere Tochter Marianna und für seine Liebe in den gemeinsamen Jahren.

Ich halte viele Jahre nach dem Tod meines Schwiegervaters ein Buch in den Händen, das zum 100. Geburtstag Sergej Nikolajewitschs herausgegeben worden ist. Fotographien, Worte der Dankbarkeit, Achtung und Liebe. Mein Blick erfasst die Worte, die von dem jungen Rektor des Konservatoriums W. Tschernuschenko verfasst worden sind. Er schreibt folgendes über meinen Schwiegervater: „ . . . ein Mitstreiter, mit heißem Herzen. Er durchlief den Weg des einfachen Soldaten der Musik bis zu ihrem Marschall. Er meisterte nicht nur die Note im irdischen Chor, er hatte auch immer seine eigene besondere Melodie. Virtuos spielte er sie auf der Klaviatur des Lebens."
."

Eine weitere wichtige Seite im Leben der Familie des Professors Bogojawlenski war die enge Bindung mit dem Komponisten Dmitri Schostakowitsch. Diese Freundschaft hatte tiefe Wurzeln. Beide waren Altersgenossen. Schostakowitsch wurde 1906 geboren und starb 1975, Bogojawlenskij wurde 1905 geboren und starb 1985. Ihr ganzes Leben haben sie auf den Altar der Musik als die höchste Kunst geopfert. Der eine wie der andere erfuhren die Aufstiege und die Niederlagen. Sie wurden von ihrem Land einerseits begünstigt und andererseits den Parteibonzen, die weder Talent, noch Musikalität und keinen Intellekt besaßen, zum Fraß vorgeworfen. Beide Künstler erhielten ihre ersten Musikstunden in der Kindheit von ihren Müttern. Beide bekamen anfangs zum Flügel keine besondere Beziehung. Das Erlernen der Noten inspirierte sie zu melodischen Erfindungen. Sie probierten viele musikalische Genres, studierten am Leningrader Konservatorium bei denselben berühmten musikalischen Mentoren: M. Steinerberg, A. Rosanowa, L. Nikolajew. Das waren Riesen als Lehrmeister in der musikalischen Welt jener Zeit. Danach verliefen ihre Wege und ihr Schaffen in verschiedene Richtungen. Der Stern D. Schostakowitschs leuchtete als Komponist am musikalischen Himmel. S. N. Bogojawlenski wählte die Richtung des Musikwissenschaftlers, Theoretikers und Historikers, wobei er ebenfalls weiter komponierte. Mit der Billigung der stalinistischen Sowjetregierung wurde D. Schostakowitsch als Formalist in der Musik verunglimpft: „Wirrwarr anstelle der Musik", „Kakophonie der Töne", so schrieben die offiziellen Parteizeitungen „Prawda" und andere. „Heimatloser Kosmopolit, westlicher Mitsänger, Träger feindlicher Musik!" So schrieben sie auch in den Zeitungen über Professor Bogojawlenski. Mein Schwiegervater ärgerte sich nur über eine Beifügung: „Warum heimatlos? Ich bin sogar sehr heimatverbunden und vaterlandsliebend! Mein Vater war russischer Inspektor, mein Großvater stellte den Tee auf den Tisch des Zaren, der Onkel hatte hohe geistliche Würden in Moskau. Sie selbst sind nicht ganz reine Straßenhunde."

Natürlich ist Schostakowitschs Name in der ganzen Welt bekannt. S. N. Bogojawlenski blieb die anerkannte und berühmte Koryphäe für alle Schüler und Gefährten der sowjetischen Schule der Musikwissenschaftler. Dieser Ruf war für uns als Familie Stolz und Genugtuung. Das geniale Talent Schostakowitschs zerbrach an seiner eigenen Welt der Suche, der Kränkungen und der Nervenzusammenbrüche. Er verfiel in die schwierigste neurotische Krankheit, die ihm zum Ende seines Lebens nicht mehr ermöglichte, sich zu konzentrieren. Als das Land den Komponisten feierlich auf dem letzten Weg begleitete, war das Haus Bogojawlenski im Zustand der Trauer, die nur mit dem Verlust eines Familienmitgliedes vergleichbar ist. Sergej Nikolajewitsch telefonierte mit seinen Kollegen und wiederholte mehrfach: „Der arme Dima, der arme Dima, er hätte noch so viel schreiben können!" Die Schwiegermutter prägte mit ihrer direkten Art die Worte: „Erst haben sie ihn verfolgt, und jetzt preisen sie ihn! Janusköpfe! Ich werde nicht einen Artikel des Nachrufs lesen!" Am Abend zum traditionellen Teetisch erzählte Sergej Nikolajewitsch sehr lange über die schöpferischen und freundschaftlichen Begegnungen mit Schostakowitsch, über die Konzerte in den großen Sälen und über das gemeinsame Musizieren im eigenen Haus, über die Telefongespräche, über die gegenseitige Unterstützung während der Zeit der Verfolgung der „Formalisten" und „Kosmopoliten". Ich erinnere mich, als Sergej Nikolajewitsch über die Manier der Ausführung des großen Komponisten sprach: „ Für

mich war er Beethoven, Chopin und Mozart in einem. Wenn ich seine Aufführungen hörte, kam mir der Gedanke, als würde er sich auf die Bühne lehnen, zu den Klängen vorbeugen, um nicht einen zu verpassen. Ich spürte, wie die Spannung und alles Negative von mir abfiel und ich ein Gefühl der Freiheit und Leichtigkeit, sowie begeisterte Bewunderung für ihn bekam."
Was mich betrifft, so verstehe ich die Musik Dmitri Schostakowitschs nicht immer. Das ist mir nicht gegeben. Anteil nehmend am Leben dieser Familie, berührte mich sein Schicksal besonders. Bis heute klingen die Worte meines Schwiegervaters in meinem Ohr: „Armer, großer Dima!"

Tante Sima

Verwandte von Mutters Linie gab es nicht in Moskau. Entweder gingen die meisten in die Emigration, oder sie änderten ihre russischen Familiennamen für ihre eigene Sicherheit. Ich besuchte bei jeder sich ergebenden Gelegenheit in Moskau die Familie von Sima, der Tante meines Mannes, oder hielt mich ein paar Tage dort auf. Ich weiß nicht, aus welcher Gesellschaftsschicht sie stammte. Bereits bei unserer ersten Begegnung beeindruckte sie mich mit ihren würdevollen Manieren, ihrer Haltung, ihrer Korrektheit und Konversationsfähigkeit sowie ihrer zurückhaltenden Eleganz außerordentlich. Als junge Frau eines Militäringenieurs lebte sie nach dem Kriegsende 1945 mit ihrem Mann Herman in Berlin. Dieser Offizier war von Natur aus kein militanter Mensch, sondern ein Schöpfergeist. Er und seine Brigade stellten die Telefonverbindungen wieder her, dank derer in den Häusern und den Einrichtungen die Telefone und Radios wieder funktionierten. In den notdürftig reparierten Betrieben begannen durch seine Hilfe die verschiedenen Nachrichtenverbindungen wieder zu arbeiten. Die jungen Ehefrauen lernten die deutsche Sprache, knüpften Bekanntschaften mit Berliner Schriftstellern, Künstlern und Schauspielern. Einige Male nahm das Paar mit anderen Offizieren und ihren Frauen an den „Besuchen der Freundschaft" im Westsektor Berlins teil, wo sie mit Amerikanern, Briten und Franzosen in den Offiziersclubs zusammentrafen. Die Frau eines französischen Offiziers stammte aus einer Emigrantenfamilie der Nachrevolutionszeit und sprach gut russisch. Solange die Männer über Politik diskutierten, natürlich unter der aufmerksamen Kontrolle der Vertreter der jeweiligen Geheimdienste, entschwanden Tante Sima und ihre französische Freundin durch einen zweitrangigen Diensteingang des Clubs in die Stadt und kauften auf den Schwarzmärkten Hüte, Taschen, Schuhe, Spitzen, Handschuhe, grazile Puderdosen und altertümliche Necessaires. Genauso geheim kehrten sie zur Tischrunde zurück und schlossen sich der Unterhaltung wieder an. Einmal schenkte ein britischer Offizier bei einem solchen Treffen Onkel Herman zu Ehren seines Geburtstages einige alte Gedichtbände Goethes und Schillers mit goldverzierten Einbänden. Mit diesem Gepäck, mit den Büchern und den Anschaffungen vom Berliner Schwarzmarkt kehrte die Familie 1950 nach Moskau zurück. Fünf Jahre in Westeuropa hatten sie so geprägt, dass sie sich auf ihre Art kleideten, Gespräche anders führten, sich ideologisch distanzierten und sich im Austausch mit den Kollegen und Freunden zurückhielten. Onkel Herman saß oft in tiefen Gedanken am Tisch, fortgetragen in nur ihm bekannte Sphären. Tante Sima hat niemals nach Frauenart in fremder Gesellschaft die rhetorische Frage gestellt: „Warum können wir nicht so leben wie die Menschen dort in

Deutschland, aber nicht, Gott verzeih mir, wie das Vieh hier? Wollen wir das nicht, oder wird es uns nicht erlaubt?" Sie winkte mit dem Arm ab und ging in die Küche. Sie hatte sich damals in das noch zerstörte Berlin verliebt.

Als ich sie nach meinen Reisen durch Deutschland in Moskau besuchte, bereitete ich mich auf ihre neugierigen Attacken vor, wobei sie mich mit Mittagessen und Tee verwöhnte und fragte: „Erzähle mir, wie ist es jetzt dort?" Über Berlin konnte ich nur wenig erzählen. Ich war dort nur zu einem Ausflug und auf der Durchreise, aber über Dresden konnte ich ihr stundenlang erzählen. Tante Sima unterbrach mich nicht. Manchmal schluckte sie krampfhaft, wobei sie mit der Hand über die von mir mitgebrachten Ansichtskarten oder kleinen Souvenirs strich, und in ihre Augen trat ein Ausdruck des Verzichts, des Bedauerns und der Demut.

Meine Ausreise nach Deutschland, meine Arbeit und mein persönliches Leben gestalteten sich mit einigen Hindernissen. Die Gewöhnung an die mir fremde Sprache und die neuen Lebensbedingungen nahmen in den ersten Jahren meine ganze Aufmerksamkeit in Anspruch. Als ich mich entschloss, die Verbindung mit Tante Sima wieder aufzunehmen, war es zu spät. Sie war gestorben.

## Olegs Debakel

Oleg blieb nach dem Tod seiner Mutter in der Wohnung allein. Meine Tochter, die das Unmögliche möglich machte, siedelte ihn in eine kleinere Wohnung um und organisierte ihm eine Pflege. Nach dem Zusammenbruch der UdSSR fühlte er sich wie andere ehrliche und fähige Werktätige, die vor den Toren der Betriebe oder Hochschulen standen, unnütz und nicht mehr gebraucht. Er begann übermäßig zu trinken. Viele von diesen klugen Köpfen mit goldenen Händen verfielen nach dem Zusammenbruch der wirtschaftlichen und politischen Ordnung des Landes dem Alkohol. Aber ein trinksüchtiger Mensch – das ist der psychische und physische Zusammenbruch. Mein Mann brach sich die Arme, die Beine, zerschlug sich den Kopf und verunstaltete sich das Gesicht. Einige Male wurde er im trunkenen Zustand von Rowdys geschlagen. Sie nahmen ihm die Uhr ab, die Lederjacke, den Pelzmantel und die Pelzmütze. Er begann zu Hause zu trinken und trank bis zum Delirium. Ich muss meinen Arbeitgebern ein Denkmal des Dankes setzen. Meine Gefühle und meine Unruhe bemerkend, schickten sie mich auf eine Dienstreise nach Russland, obwohl sie wussten, dass ein Teil der Zeit die Organisation einnehmen würde, meinen früheren Ehegatten mal in dieser, dann in jener medizinischen Einrichtung unterzubringen. Einmal war er im Kreiskrankenhaus, dann in der Abteilung für Alkoholsüchtige, dann im Rehabilitationszentrum und schließlich im Institut für Traumatologie. Überall musste ich bezahlen, und jedes Mal versprach mir der Mann, ein neues Leben zu beginnen.

Es kam der Moment, als ich nicht mehr wusste, wie ich ihm helfen sollte und versuchte mir Luft zu verschaffen. Ich rief meine Freunde an und bat sie, ihn in ein Krankenhaus zu bringen, für ein paar Monate zu bezahlen und versicherte ihnen, dass ich im Urlaub selbst kommen würde. Nach der abendlichen Information der Bekannten, dass alles in Ordnung wäre, hörte ich die Stimme meines früheren Mannes, der weinend sagte, dass die Ärzte bei ihm einen Metastasen hervorbringenden nicht operierbaren Krebs in den Lungen feststellten. Am Morgen habe man ihn im Krankenwagen nach Hause gefahren, ins Bett gebracht und ihn allein ohne Hilfe und ohne Medikamente zurückgelassen. Ich versteckte mich im Keller der Klinik und schluchzte laut auf. Ich beweinte meine erste Liebe zu meinem Mann, ich beweinte unsere gescheiterte Ehe, ich beweinte den Mann, der mir das Wichtigste in meinem Leben, mein Kind, meine geliebte Tochter gab. Ich jammerte einfach um den Menschen, den man wie ein Lumpenpaket hin und her fuhr, wegwarf und schließlich vergaß. Noch einmal bitte ich Gott, wenn es ihn gibt, seinen Segen über meine damaligen Arbeitgeber in der deutschen Klinik auszuschütten. Innerhalb eines Tages wurde mir ein Flugticket beschafft. Ich erhielt ein Paket mit Medikamenten, Einlagen, Unterlagen gegen das Wundliegen und noch vieles mehr. Nach zwei Tagen konnte ich in Sankt Petersburg ein Krankenhaus finden, in dem der Leiter der Abteilung nach einem Schmiergeld versprach, Oleg für den nächsten Tag aufzunehmen und ihn ein halbes Jahr in der seiner Klinik bis zu meinem nächsten Urlaub zu behalten. Danach müsste erneut bezahlt werden.

Mit Geld erreicht man alles. Für dieses Papier wurde ein helles Einzelpatientenzimmer mit einem guten Pflegebett, mit Kühlschrank und Telefon frei geräumt. Den Fernseher brachte ich aus seiner Wohnung mit und stopfte die Ecken mit Wasserflaschen und weichen Pampers zu. Vor dem Abschied hielt ich lange seine Hände in den meinen und versuchte ihn aufzumuntern, wie ich nur konnte. Am nächsten Morgen musste ich wieder wegfliegen. Ich bat ihn, nicht aufzugeben. Ich versprach ihm, dass ich ihn in einem halben Jahr wieder in ein Sanatorium am Finnischen Meerbusen unterbringe, dass die Tochter und die Enkelin ihn besuchen würden, dass er der einzige Mann ist, den ich aufrichtig geliebt habe, und es wäre eine Schweinerei von ihm, wenn er sich plötzlich so davon stehlen würde, ohne meine Hilfe, das Geld, die Nerven und die

Freundschaft zu schätzen. Sein eingefallenes kleines Gesicht verzog sich zu einer Grimasse und er, der nie danken und ein paar schöne sentimentale Worte sprechen konnte, flüsterte unter Tränen: „Ich . . . habe auch nur dich geliebt. Du hast mich nicht fallen lassen und hast mich vor dem Ende nicht verurteilt. Verzeih, . . . dass ich früher zu wenig mit dir über uns gesprochen habe . . . Du hast es genau so getan, wie ich es mit meiner Mutter getan habe: ich habe sie nicht im Stich gelassen . . ." Seine Kräfte ließen nach und er schlief ein. Ich ging aus dem Krankenzimmer, setzte mich auf die Treppe und schaukelte benommen hin und her. Ich hatte verstanden, dass das unser letztes gemeinsames Gespräch gewesen war.

In Deutschland wieder angekommen, rief ich Oleg sofort an, aber es antwortete niemand. Jedoch in der Nacht, fünf Minuten vor vier Uhr klingelte schrill mein Telefon. Auf dem Display stand das Wort „Russland". Ich schrie geradezu: „Hallo, hallo, Oleg, bist du es?" Aber im Hörer war nur eine bodenlos bedrückende Stille. Ich fiel auf das Bett und schlief sofort ein. Ich hörte nicht die Anrufe aus dem Krankenhaus, ich hörte nicht die Anrufe meiner Freunde, die auch vom Krankenhaus angerufen wurden. Ich schlief wie eine Tote, tief, ohne Träume und von der Welt abgeschieden. Erst durch den Anruf meiner Tochter wachte ich wieder auf, die mir sagte, dass Papa gestorben ist. Er starb vier Uhr in der Frühe. Fünf vor Vier klingelte mein Telefon, vier Uhr starb er. Ich schlief wie ein Stein ohne auf das Klingeln zu reagieren. Wollte er sich von mir verabschieden? Oder wollte er um Hilfe bitten? Warum habe ich so tief geschlafen? Unser Verhältnis hat meine Tochter immer „seltsam" genannt. Wir konnten nicht zusammen wohnen, aber jeder verfolgte aufmerksam das Leben des anderen und . . . war eifersüchtig. Wir konnten uns in die Haare kriegen, uns wütend aussperren wegen Nichtigkeiten, Kleinigkeiten gegenseitig nicht verzeihen. Und wir konnten uns zur Hilfe eilen, ohne dazu einen Ruf gehört zu haben. Mir fehlen seine unverständlichen Telefonanrufe, die mich schon bei den ersten Lauten seiner trunkenen Stimme in Rage brachten. Oft erscheint er mir im Traum. Mal liegt er auf dem Sofa und stöhnt, dass ihm kalt ist, mal bringt er mir zum Feiertag einen Teller mit Essen, aber öfter setzt er sich zu mir auf das Bett, zu meinen Füßen und bittet: „Erzähl mir über unser Leben, ich habe alles vergessen!" Ich denke, dass gerade diese geträumte Bitte von ihm mir den Anstoß gab, Feder und Papier in die Hand zu nehmen und mich dieses Lebens zu erinnern, für ihn, für mich, für die Tochter und die Enkelin. Leider ist unser Gedächtnis selektiv, es verbirgt das, was nicht wichtig war oder jenes, das bis heute schmerzt, und man sich daran gar nicht mehr erinnern möchte. Die Reisen in mein geliebtes Sankt Petersburg sind seltener geworden, nicht öfter als ein oder zwei Mal im Jahr. Sie tragen jetzt einen „touristisch – grabpflegerischen" Charakter: Theater, Konzerte und Museen besuchen, sich mit Freunden treffen, das Grab in Ordnung bringen und mit meinen verflossenen Verwandten „reden". Die Momente des Ungemachs, der Grobheit und der Lüge verletzen nicht mehr so wie früher, weil ich weiß, dass die Fahrkarte zurück zum neuen Zuhause in der Tasche liegt, und ich bald wieder nach Deutschland komme. Aber selbst dabei machen die Begegnungen mit den offiziellen russischen Administrationen und Menschen, die darin arbeiten, betroffen und verdrießlich und bleiben für lange Zeit in der Seele. Unsere kleinen „Inseln" der Heimat in Deutschland sind die russischen Kirchen, die russischen Läden und natürlich die Konsulate.

Grabschändung

Vernünftigerweise sollten die Menschen in jeder Tätigkeit ihre Pflichten erfüllen. Aber der häufige Wechsel der Vorgesetzten der sowjetischen Miliz und der kommunalen Ordnungsämter, die Gerüchte über Diebstähle nach den Beerdigungen, über Geschäftemacherei mit Blumen von den Gräbern, über die Schlamperei mit der Asche im Krematorium schufen bei mir eine Ablehnung zu denen, die unsere Verwandten und Nahestehenden auf dem letzten Weg begleiten. Noch heute befinden sich in den Grabhügeln der Skythen und in den antiken Gräbern neben der Asche der Schmuck, die Waffen und Gerätschaften aus jener Zeit und zeugen davon, was für ein Mensch der Verstorbene zu Lebzeiten war. Aber in der heutigen Zeit nehmen in Russland die Verwandten den Verstorbenen die Goldkronen aus den Zähnen heraus und schneiden im Rücken die Kleidung auf, um beruhigt zu sein, dass die Friedhofsdiener nicht unter dem Schutz der Nacht die Friedhofsruhe stören und die Gräber ausrauben.

Mit der wilden Entwicklung des Kapitalismus in Russland begannen die Friedhofsverwalter ebenso wild ihre Geschäfte zu entfalten. Zahlt man mehr, dann bekommt man auch ein Grab näher am Eingang des Friedhofs oder entlang der Wege. Wenn ich das Grab meiner Mutter auf dem Pargolowsker Friedhof in Sankt Petersburg besuche, gehe ich an einheitlich gestalteten Grabsteinen aus Marmor vorbei, auf denen die Köpfe der Banditen wie Klone eingemeißelt sind, die während der Bandenkriege und der Schießereien umgekommen sind. Das Grab meiner Mutter bezeichne ich für mich stets als die Filiale des Piskarewsker Heldenfriedhofs. Anfangs war Mutter dort allein begraben. Auf dem Grab stand eine Stele mit ihrem Foto, dem

Namen und den Familiennamen. Als die legendäre Großmutter und danach die Tante meines Mannes starben, habe ich ihre Urnen selbstverständlich in Mutters Grab gelegt. Als die Cousine meines Mannes starb, die verdiente Lehrerin der UdSSR, habe ich auch entschieden, ihre Urne daneben zu legen. Als mein Schwiegervater starb, ließ ich die Grabstelle und die Umzäunung verbreitern und legte den Sarg des mir lieben Menschen parallel zu Mutters Sarg. Als die Schwiegermutter starb, kam ich aus Deutschland und ließ die Urne nach der Verabschiedung und Verbrennung neben ihrem Mann und meiner Mutter ein. Bis zu diesem Moment zweifelte ich nicht daran, dass Mutter mich verstanden hätte. Aber als ich wieder einmal nach Sankt Petersburg kam und den Friedhof besuchte, fiel ich fast in Ohnmacht. Die Nichte eines Cousins meines ersten Mannes, Besitzerin einer stomatologischen Klinik in Swerdlowsk und die Frau eines großen Unternehmers, hatte in einem Koffer die Urne ihrer Großmutter mitgebracht und sie in das Grab meiner Mutter bestattet. Da schrie ich auf. Da wurde ich rasend. Ich rief in Swerdlowsk an und habe den mir wenig bekannten Verwandten versichert, die Großmutter mit dem Postpaket zurückzuschicken. Worauf die Geschäftsfrau antwortete, dass sie mit der Familie einen großen Teil der Zeit in ihrer Villa auf Zypern verbringt, und sie das Grab ihrer Großmutter nur selten besuchen können. Aber meine Androhung brauchte sie nicht zu fürchten, da ich mich wahrscheinlich nicht erinnern könnte, wer zu welcher Urne gehört. Aber das waren nicht die letzten Tränen über Mutters Grab.

Als ich noch vor dem Tod von Oleg wieder einmal nach Russland fuhr und Blumen an Mutters Grab niederlegen wollte, konnte ich die Grabstelle nicht finden. Der Pargolowsker Friedhof ist schön bewaldet. Es gibt viele Kiefern, Fichten,

Sandboden. Die Grabstelle der Familie wird von zwei prächtigen Kiefern eingerahmt und mit Tannen an der Kopfseite von den anderen Gräbern abgegrenzt. Ich lief den bekannten Weg entlang und fragte mich, ob ich in dem halben Jahr etwas vergessen hätte, oder ob der riesige schwarze Marmorstein mit der silbrigen Aluminiumumzäunung verschwinden konnte wie Atlantis im Nirgendwo. Mein alter Freund Leonid, der mich immer auf den Friedhof begleitete, ging auf dem benachbarten Weg und drückte seine Verwunderung mit einem nicht salonfähigen Wort aus und rief mich zu sich. Der Grabstein lag nicht einsehbar unter den Fichten auf der Erde. Wahrscheinlich hatte man ihn mit einer Kette umbunden und versucht, ihn mit einem Traktor aus der Erde herauszuziehen. Aber die tiefen Verankerungen in der Erde erwiesen sich als zu lang und waren nur verbogen. Die Umzäunung aus Aluminium war zerschnitten, der Beton, in dem sie befestigt war, zerschlagen und die Blumen und das Moos zertreten. Außer mir eilte ich in die Friedhofsdirektion. Die Beherrschung und den Verstand schon fast verloren, schrie ich die Angestellten an, dass sie Vandalen und Plünderer seien, noch schlimmer als die, die während der furchtbaren Blockade die Leichen gefleddert haben. Da war Krieg, Hunger und Zerstörung. Die Friedhofsruhe zu stören und die Toten zu berauben, das ist ein Zeichen des menschlichen Niederganges und der Herzlosigkeit. Haben Tante Nina, die die Menschen vor Pest und Cholera rettete, Irina, die nicht nur eine Generation von Kindern lehrte, Sergej Nikolajewitsch und Galina Tichonowna, die wegen ihrer kosmopolitischen Anschauungen verfolgt wurden und den Studenten die Herrlichkeit der Musik beibrachten, und meine Mutter, die unter dem Faschismus und dem Stalinismus viel gelitten hat, nicht ein Recht auf Ruhe in jenem anderen Leben, haben sie nicht ein Recht auf Achtung und Mitgefühl? Der Direktor des Friedhofs versuchte mich zu beruhigen. Er versprach diejenigen zu finden, die schuldig sind an dieser Barbarei. „Wir ehemaligen Mitarbeiter der Miliz", sagte er, „wir klären das unbedingt auf und helfen Ihnen, den Stein wieder aufzurichten und betonieren Ihnen eine neue Umfassung. Das kostet Sie als Geschädigte, nicht viel, nur vierhundert Dollar." Um die Arbeit zu bestellen und zu bezahlen, fuhr ich mit Oleg zum Friedhof. Wie immer elegant, wie immer etwas angetrunken, entfuhr ihm doch eine völlig überflüssige Bemerkung zu den Handwerkern, die die Grabstelle wieder herrichten sollten: „Meine frühere Ehefrau lebt jetzt in Deutschland, und sie kann sich so einen Frevel nicht vorstellen." Wie zwei Jagdhunde nahmen die Arbeiter Haltung an und mit Verwunderung auf meine vierhundert Dollar blickend, sagten sie gedehnt: "Wieso vierhundert Dollar? Hier hat die Arbeit und die Zeit alles in allem eintausend Dollar ausgemacht, aber wir verstehen Sie ja, Sie haben darunter gelitten, deshalb nehmen wir von Ihnen nur achthundert Dollar." Auf meinen Einwand, dass der Direktor zugesagt hatte, für die gesamte Arbeit nur vierhundert Dollar zu berechnen, erklärten sie, dass er die Preise nicht kennen würde, und ihm der Umfang der Arbeiten nicht klar gewesen sei. Sie werden auf das Grab künftig Obacht geben, dass so etwas nicht wieder vorkommt. In Dollar, Euro und in Rubel stellte ich ihnen diese Summe zusammen. Ich verzichtete also auf den geplanten Kauf einer Pelzjacke, denn die brauche ich in Deutschland sowieso kaum. Aber wenigstens die Knochen und die Asche meiner Verwandten liegen hier in Ruhe.

Nachdem ich diesen Stress überwunden hatte, wunderte ich mich über die Geschichte meiner Bekannten, die in das Krematorium kam, um die Urne mit der Asche ihrer verstorbenen

Mutter entgegenzunehmen, überhaupt nicht. Aus Nachlässigkeit hatte jemand vergessen, den Deckel der Urne fest zu verschließen. Er sprang auf, und die Asche verstreute sich auf dem Fußboden. Meine Bekannte setzte sich auf den Boden, kehrte die Asche mit den Händen zusammen und klagte immerfort: „Wie kann denn das passieren?! Wie kann denn das passieren?! Das ist doch meine Mama!" Ein junger, ziemlich großmäuliger Milizionär, der am Eingang stand, machte sich noch darüber lustig: „Da muss man noch eine Urne öffnen und die Asche irgendeines ‚Papas' zu deiner Mama beimischen. Ihr wird es dann in jener Welt nicht so langweilig mit einem Kerl."

Gedenken

Wenn ich Sankt Petersburg besuche und die Gelegenheit nutzen kann, zum Friedhof zu fahren, gehe ich zum Grab meiner Verwandten und rede lange mit jedem von ihnen. Der Mutter sage ich, dass ich ihr nicht alle meine Liebe gegeben habe, und wie sie mir seit meinem siebzehnten Lebensjahr fehlt, dem Schwiegervater, dass ich ihm ewig dankbar bin, Tante Nina und Irina erzähle ich etwas für sie Interessantes. Die Schwiegermutter bitte ich immer um Verzeihung, dass ich sie verkannt habe, dass ich diese raue Welt nicht ohne ihren vorbereitenden Einfluss ertragen könnte, dass ich nicht zerbrochen bin an dem, wie sie sagte: „Pech und Schwefel". Ihr habe ich es zu verdanken, dass ich mein ganzes Leben lang lernte und ziemlich hoch geflogen bin in diesem schwierigen Russland, in dem es noch nicht so viel Gewalt, Geldwäsche und Gesetzlosigkeit wie heute gab.

Aber meinem ersten Mann Oleg sage ich, dass er mein einziger war, dass nach seinem Tod die Welt für mich leer geworden ist, dass er gegangen ist und einen Teil meiner Seele mit sich genommen hat, und es mir nie mehr in meinem einsamen Bett warm werden wird. Wie möchte ich ihm viel zu spät sagen: „Mein Liebster, lass uns nicht auseinander gehen . . .!"

## Tschernaja byl

Alexander

An Tschernobyl und seine Tragödie erinnere ich mich oft. Die Erinnerungen daran „leben in mir" im vollen Sinn dieses Wortes. Da schmerzen die Knochen, da zeigen die Blutwerte bestimmte unverständliche Veränderungen, da erinnern mich die Schleimhäute der Nase und des Kehlkopfes daran, dass auch ich der Radioaktivität ausgesetzt war. Aber wenn ich an Tschernobyl denke, weise ich mich zurecht: Du darfst nicht immer an die Tragödie denken! Denke an das schöne Kiew, deine erste Jugendliebe, den hübschen Alexander, an die keuschen und heißen Küsse am Ufer des Dnepr, wo wir abends spazierten! Wir beide hielten uns an der Hand und liefen vor der strengen Aufsicht unserer Mütter fort. Seine Mutter versprach meiner Mutter, mich nach den Schulferien jungfräulich rein und unberührt nach Leningrad zurückzubringen. Wir waren fast noch Kinder, und entweder hat diese Liebe ihre Rolle gespielt, oder die große Stadt mit seinem Schicksal war so prunkvoll und schön, dass ich keine Minute daran zweifelte, ohne Bedauern mein geliebtes Leningrad für die Stadt Kiew wegen Alexander eintauschen zu können.

Über die Stadt Kiew, die Hauptstadt der Ukraine wurde früher erzählt, dass sie nicht nur die schönste Stadt sei, sondern in ihr auch die schönsten Frauen der UdSSR leben. Ukrainisches, polnisches, jüdisches und russisches Blut mischt sich in ihnen seit Jahrhunderten. Eine Kiewerin zur Frau zu nehmen, galt für die Männer als besonderer Schick. Was diese Selektion der Schönheit beeinflusste, ist schwer zu sagen. Vielleicht haben die Sonne, die wärmere Luft, der erhaben fließende Dnepr, oder die melodische Aussprache und die erstaunliche Musikalität und Sängergabe dieses Teils der Erde dazu beigetragen. Die Ukraine galt wegen seiner reichen Ernten als die Kornkammer und die Amme Russlands. Aber es kann auch die Kraft der Geschichte sein, die aus jedem Denkmal, jedem Dom und Gebäude der Stadt spricht. Die „Goldene Pforte", die Paradeeinfahrt in das alte Kiew ähnelt denen in Istanbul und Jerusalem. Der Dom und die Kirchen, die im 11. und 12. Jahrhundert, dem „goldenen Jahrhundert" Kiews erbaut wurden, erfreuen und segnen uns bis heute mit ihren Kreuzen und Kuppeln. An vielen Häusern der zentralen Straße Krestschatik und in den Gassen kann man eine Vielzahl von Erinnerungstafeln mit den Namen hervorragender Schriftsteller, Dichter und Künstler sehen. Jaroslaw Mudrij und Bogdan Chmelnitzkij zählen zu den Symbolfiguren der großen Errungenschaften dieses legendären Landstrichs.

Die Geschichte meiner Verliebtheit in Alexander endete damals für uns beide sehr traurig. Heute erinnere ich mich nur noch selten daran, und wenn, dann mit dem Bedauern über sein kurzes, tragisch haltloses Leben. Ich könnte sagen, das war Zufall. Aber so war es nicht. In dieser Episode meines Lebens war die Mutter meines geliebten Freundes die Regisseurin in dem Drama unerfüllter Träume, bitterer Enttäuschungen und des Verrats, die ein verpfuschtes Leben, Selbstvernichtung und sogar den Tod ihres eigenen Sohnes heraufbeschworen.

Die Professorin für Gynäkologie der Stadt Kiew, die Tochter und Frau von Generälen, Julia liebte ihren hübschen Sohn selbstvergessen. Sie rief ihn immer Sascha oder Saschenka. Er ähnelte ein wenig dem Hollywood-Star Omar Scharif. Er studierte mit Leichtigkeit an der Polytechnischen Hochschule und war Meister des Sports im Schwimmen. Mit einem guten Gefühl für Humor war er immer Mittelpunkt in einer Gesellschaft und wurde von Kindesbeinen an von Mädchen und Frauen geliebt und verwöhnt. Seine allmächtige, kluge, aber auch despotische Mama verhielt sich kritisch zu den Leidenschaften ihres Sohnes und vertrieb schon bisweilen bösartig jede seiner Freundinnen, wenn sie ihren Kriterien nicht entsprachen. Sie mussten schön und klug sein, vermögende und einflussreiche Eltern haben, ihr völlig unterworfen sein und ihren Sohn anbeten. Alexander amüsierte das und nachsichtig mit seiner Mutter wechselte er die in ihn verliebten Mädchen öfter als ein alter Londoner Dandy die Handschuhe und Krawatten. Aber immer passiert etwas zum ersten Mal. Als er mich kennenlernte, änderte Alexander die Spielregeln seiner Mutter. Er rief mich täglich von Kiew aus in Leningrad an und kam an den Wochenenden mit dem Flugzeug in meine Stadt. Er lud mich in den Ferien nach Kiew ein und bestand darauf, dass sich seine Mutter ihrer Kommentare, Beschwerden und Beleidigungen mir gegenüber enthielt. Er war ein Student und ich war Schülerin der zehnten Klasse. Es ist heute schwer zu glauben, aber unsere Beziehung war rein und keusch. Sogar fern von den Eltern, als ich mit ihm zehn Tage Winterferien auf der Krim verbrachte, schlenderten wir Händchen haltend an den Stränden des Schwarzen Meeres entlang. Wir küssten uns innig in dunklen Alleen. Aber jeder ging für sich allein in sein für die damalige Zeit luxuriöses Zimmer im Hotel „Livadia" schlafen. Es schien, als hätte sich seine Mutter mit unserer Liebe ausgesöhnt, denn sie gab Alexander für mich schöne und teure Geschenke mit. Als bei meiner Mutter Lungenkrebs festgestellt wurde, bestellten Sascha und ich das Aufgebot im Standesamt, denn wir hatten uns entschlossen zu heiraten, sobald ich die Schule in der elften Klasse beendet hätte. Wir wollten die

Hochzeit in meiner Stadt während der zauberhaften Zeit der Weißen Nächte romantisch zelebrieren. Das Glück berauschte mich. Ich tauschte meine Pläne mit den Freundinnen aus. Nachts träumte ich von dem herrlichen Hochzeitskleid, von der ersten Nacht, der Reise mit dem Liebsten. Ich glaubte an ein glückliches Leben wie an einen ewigen Festtag. Jedoch . . .

Zunächst wunderte ich mich darüber, dass Alexander seltener anrief. Die Gespräche waren hastig, belanglos und wurden schnell beendet. Alexander hatte stets irgendeine eilige Verpflichtung und die Stimme seiner Verabschiedungen klang bedrückt. Danach hörten die Anrufe auf und es kam ein Brief. Mein Auserwählter teilte sehr neutral mit, dass es für uns keine gemeinsame Zukunft gäbe. Mit dem Tod meiner Mutter würden eine Menge Probleme, sowohl materieller als auch alltäglicher Art auf uns zu kommen. Ich sollte über mein weiteres Studium nachdenken. Für ihn böte sich die Gelegenheit, eine frühere Klassenkameradin zu heiraten, deren Vater eine besondere Dienststellung in der Regierung der Ukraine einnähme, und nach einem oder zwei Jahren könnte er mit dieser Frau im Ausland arbeiten.

Nachdem ich das gelesen hatte, stand ich unter Schock. Mich überwältigte geradezu eine tränenreiche Hysterie. Nach außen hin wollte ich mir nichts anmerken lassen. Ich versuchte wie immer fröhlich zu sein und zu lächeln. Nur im Inneren, in meiner Seele war etwas zerbrochen. Ich war wie erstarrt. Ich wollte ihn nicht anrufen, ihm auch nicht brieflich antworten. Aber in der Jugend ist es wie mit einem jungen Baum. Die Scharten verwachsen schnell, und die Prüfungen in der Schule, die Krankheit meiner Mutter, die Wahl der Hochschule, die Treffen mit den Freundinnen verdrängten bald die bittere Enttäuschung. Vielleicht versteckte ich sie auch nur tief genug in meinem Unterbewusstsein. Mutters Tod, die neue Liebe und Heirat, die Geburt meiner Tochter und danach die Schwindel erregende Karriere verdrängten sogar die verschwommenen Erinnerungen an Alexander. Ich war regelrecht verblüfft, als ich ihn eines Tages auf der Fensterbank in meinem Hauseingang sitzen sah. Da ich ihn nicht zu mir einladen wollte, schlug ich vor, einen Kaffee in der Cafeteria gleich in der Nähe meines Hauses zu trinken. Sogar bei dem düsteren Licht im Raum bemerkte ich, wie abgespannt mein beinahe Ehemann war. Sein Gesicht und die Hände waren gelblich blass geworden, die Augenlider angeschwollen und sein Blick wehmütig. Nachdem ich von ihm ein paar Komplimente zu hören bekam, interessierte mich, was ihn nach acht Jahren zu mir geführt hatte. Ich war ja nun kein Mädchen mehr, sondern eine junge glückliche Frau. Etwas verwirrt begann Alexander zu erzählen. Sein Leben hatte sich nicht nach seinen Vorstellungen gefügt. Seine Frau hatte er verlassen. Sie hatten keine Kinder. Im Ausland war er auch nicht. Er arbeitete nach der Hochschule in einer technischen Abteilung des KGB. Er fuhr viel auf Dienstreisen, trank viel, zu viel. Jetzt war er schwer krank. So jung hatte er bereits Leberzirrhose und Diabetes. Er kam, um zu sehen, wie ich lebe, und dachte vielleicht, wir könnten doch alles noch einmal von vorne beginnen. Seine Anerkennung und sein Anliegen riefen keinerlei Echo in mir hervor. Ich fragte ihn nur gereizt: „Und die Mama weiß, dass du hierhergekommen bist?" Offensichtlich verminderten die Krankheiten und der Alkohol seine Wahrnehmung, und er antwortete ehrlich, dass die Mutter ihm die Idee eingegeben hatte, sich mit mir zu treffen. „Sowohl ich, als auch sie haben verstanden, dass ich nur dich geliebt habe, und dass nur du mir helfen kannst, zu überleben." Ich schaute lange auf diesen mir ganz und gar fremd gewordenen

Menschen und fühlte keine Kränkung, kein Bedauern und keinen Triumph. Als er vor mir stand, kam mir der Satz König Salomons in den Kopf: „Alles vergeht." Ohne Zögern steckte ich seine Visitenkarte in meine Tasche und verabschiedete mich. Ich nahm an, dass diese Begegnung die letzte in unserem Leben war.

  Im selben Jahr wurde ich zum Jubiläum der Polytechnischen Hochschule in Kiew eingeladen. Mit ein paar schnell besorgten schönen Büchern über die Leningrader Universität begab ich mich für einige Tage auf Dienstreise. Auf dem Bankett nach der Festsitzung in der Aula der Hochschule, den Teller voll mit den damals verfügbaren Delikatessen, stieß ich buchstäblich mit der Nase auf Alexander und seine Mutter. Alexander wurde nervös. Madam Mutter sah etwas gealtert aus, aber noch mit einem schönen Gesicht lebte sie durch die Begegnung freudig auf. Aber ich, Gott möge mir verzeihen, verspürte eine Befriedigung darüber, dass ich jung, interessant und eine gestandene Frau war, und mich überkam ein Gefühl der Überlegenheit und des Mitleids. Mutter und Sohn luden mich für den nächsten Tag zum Abendessen ein, und ich sagte zu. Nein, mich trieb nicht die Nostalgie. Wie ein Irokese trat ich in den Pfad des Krieges und dürstete nach Skalpen. Vielleicht nicht so blutrünstig, aber ich wollte in ihren Augen das Gefühl des Bedauerns und der Niederlage sehen. Nachdem ich mich in teures Gewand gehüllt hatte, widmete ich nicht weniger als eine Stunde dem Makeup meines Gesichts. Ich kaufte einen teuren Blumenstrauß und lief zu dem mir bereits vor langer Zeit bekannten Haus. An der wertvollen Einrichtung hatte sich nichts geändert. Wie früher wurde der Tisch serviert. Alexander und seine Eltern versuchten eine ungezwungene freundliche Atmosphäre zu schaffen. Ich fühlte mich wie ein glücklicher Kartenspieler, der in seinen Händen nur Trümpfe hielt. Ich achtete weder auf Alexander noch auf seinen Vater. Ich wollte mich nur mit der Frau auseinandersetzen, die meine erste tiefe Liebe zerstört hatte, mich aus dem Leben ihres Sohnes gestrichen hatte, als ich wie niemals zuvor Hilfe gebraucht hätte. Das Essen rührte ich kaum an. Von Zeit zu Zeit kühlte ich mich mit ein paar Schlückchen Mineralwasser ab. Mir ging es nur darum, „gütige Worte" voller Gift in das gepflegte, kluge, aber herrische Gesicht zu werfen. „Ich bin Ihnen so dankbar, dass Sie uns in unserem unreifen Wunsch, eine Familie zu schaffen, aufgehalten haben. Es ist furchtbar sich vorzustellen, dass aus mir eine wohlgeratene Hausfrau hätte werden können. Aber jetzt bin ich mit kaum dreißig Jahren Direktorin der größten wissenschaftlichen Bibliothek der UdSSR. Ich begebe mich sehr oft auf Dienstreise durch die halbe Welt. Es ist so angenehm, finanziell unabhängig zu sein. Schön, dass Sie und Alexander mich zum Studium gedrängt haben. Wie schade, dass Sie keine Enkel haben. Aber ich habe eine liebe und reizende Tochter von einem bemerkenswerten Mann. Zum Glück sind wir gesund, und es ist bedauerlich, dass Alexander so schwer krank ist. Natürlich verstehe ich das, die unglückliche Ehe ohne Liebe, der übermäßige Alkohol. Wie schade, wie schade!", und so weiter. Ich schlug und schlug mit den Worten am Rand des Sarkasmus, wie ein guter Schütze auf ein und dieselbe Stelle, dorthin, wo es schmerzen sollte. Ich erkannte mich selbst kaum wieder. Mit einem letzten Atemholen dankte ich ihnen für den „herrlichen" Abend und setzte mich in ein Taxi, zu dem mich der schweigsame Alexander führte. In dem luxuriösen Hotelzimmer allein kam mein Zusammenbruch. Ich fiel in einen Weinkrampf und konnte lange nicht einschlafen. Die Erinnerungen überwältigten mich, und zum wiederholten Mal verabschiedete ich mich von meinen schönsten Jugendtagen, deren Ende mich zutiefst gekränkt hatte. Nach dem Abflug vom Flughafen Kiew war ich schon mit den Gedanken bei meiner Familie und dem Vorgeschmack, meine geliebte Tochter in den Arm zu nehmen.

Nach zwei Jahren kam an die Universität ein Päckchen, das an mich gerichtet war. Darin befanden sich mehr als zehn mit Schreibmaschine geschriebene Briefe von Alexander und eine Notiz seiner Mutter. Sie schrieb, dass Alexander, nachdem er betrunken am Steuer einen schweren Autounfall verursacht hatte, über ein Jahr in einem schlimmen Zustand im Krankenhaus lag und gestorben war. Seine gebrochenen Beine mussten amputiert werden und konnten wegen der schweren Form des Diabetes nicht verheilen und vernarben. Die Leberzirrhose ergänzte sein Leidensbild. Alexander hatte mir die Briefe geschrieben und sie der Mutter zum Versenden gegeben. Doch sie legte die Briefe in eine Kiste, riskierte es aber nicht, sie zu vernichten oder mir zu schicken. Sie beweinte sicher ihren Sohn Alexander und gestand sich wahrscheinlich ihre Schuld mir gegenüber ein. Nachdem sie ihn beerdigt hatte, entschloss sie sich schließlich, die Briefe abzuschicken, um damit, wenn auch spät, den Willen des geliebten Sohnes zu erfüllen. Ich habe diese Briefe nicht gelesen. Sie waren nicht an die Frau gerichtet, die ich inzwischen geworden war, sondern an jenes verletzliche, gute und intelligente Mädchen, das ich war und das mit weit geöffneten blauen Augen Alexander verliebt anschaute. Ich habe sie auch deshalb nicht gelesen, weil ein anderer Mann seinen Platz eingenommen hatte, der für Alexander vorgesehen war. Dieser andere schenkte mir Freude, Liebe und das Glück der Mutterschaft.

Im Universitätsgebäude blieb aus früheren Zeiten ein Heizkessel erhalten, der für das alte Heizungssystem bestimmt war. In der Universität wusste niemand, wofür er gebraucht wird. Aber im Winter wurden mit ihm die tiefen Kellerräume geheizt. Der Heizer, dessen vollen Namen niemand kannte, hörte auf seinen Vatersnamen, Nikititsch. Er war froh, wenn sich jemand in sein unterirdisches Reich verlief. Ich brachte ihm eine Flasche Wodka, setzte mich vor das Ofenloch und begann, Alexanders Briefe einen nach dem anderen in das Feuer zu werfen. „Von wem sind die Briefe?" fragte Nikititsch. „Von einem alten Freund. Er ist gestorben", antwortete ich. „Ich weiß nicht", sagte Nikitisch und schlürfte den Wodka aus dem Glas, „vielleicht hat er zu Lebzeiten dein Herz nicht erwärmt. Aber nach seinem Tod - schau, wie viel Wärme er gegeben hat. Bewahre diese Wärme und die Erinnerungen! Sie werden dich noch erwärmen, wenn du alt geworden bist . . ." Manchmal erinnere ich mich an Alexander, an den jungen Mann, der mir zärtliche Küsse schenkte, an die nicht eingelösten Versprechen, an die Enttäuschungen und an die Briefe, die ich nicht las.

## Katastrophe

Das Wort „Tschernobyl" kommt von „tschernaja byl" - die schwarze Vergangenheit, die schwarze Geschichte. Diese hing sehr mit den komplizierten und dunklen Seiten des Lebens der Ukrainer zusammen. Wer hätte sich vorstellen können, dass durch die Nachlässigkeit und die Fehler sowjetischer Politiker so eine furchtbare Tragödie von Tschernobyl auftreten würde?

Wer in der Sowjetunion gelebt hat, erinnert sich, dass in jeder gesellschaftlichen Einrichtung die Ausbildungen in Zivilverteidigung stattfanden. Geleitet wurden diese ein paar Mal im Jahr von Männern, die wegen ihres Alters oder wegen Untauglichkeit keinen aktiven Militärdienst mehr leisten konnten. In der Mehrzahl waren diese Ausbilder sehr provinziell, nicht hoch gebildet, teils aufgeblasen von der Größe ihrer Mission und manchmal auch lächerlich. Es gab theoretische und praktische Ausbildung. Von der theoretischen Ausbildung habe ich noch im Kopf: Wenn der Feind eine Atombombe wirft, dann ziehe dir ein Bettlaken über und krieche schnell von dem Epizentrum der Explosion weg. Die praktische Ausbildung war fast wie ein zusätzlicher Urlaubstag. An dem Tag arbeiteten die Teilnehmer nicht an ihren beruflichen Arbeitsplätzen. Wir wurden in einen Park geführt, in dem sich alle Auszubildenden versammelten. Es wurden kostenlose Buffets eröffnet, und scheppernde Musik erklang aus uralten Lautsprechern. Mit uns gemeinsam „arbeiteten" Sportler, Ärzte und junge Soldaten. Wir probierten alte Schutzmasken an, die man über zwei Gesichter gleichzeitig hätte ziehen können. Meiner Freundin rutschte sie meist wieder vom Kopf, und ihr reizvolles Gesicht verzog sich zur Schnute wie von einer beleidigten Katze. Wir erhielten eine leere Reiseapotheke und nutzten sie schließlich als Butterbrotschachtel für die Kinder in der Schule. Wir trugen jemanden auf den Tragen von Punkt A nach Punkt B, versuchten Arme und Beine zu verbinden und führten mit Vergnügen die künstliche Mund zu Mund Beatmung an den jungen Rekruten aus. Nach all diesen Spielen erklärten uns die Ärzte, dass die Radioaktivität sehr gut durch Rotwein aus dem Organismus herausgespült werden kann, ja und überhaupt mit alkoholischen Getränken, und die Massen rannten zum Buffet. Wir tranken Brüderschaft mit den „Verwundeten", kokettierten, waren trunken und lustig.

Als 1986 über Fernsehen und Rundfunk die Mitteilung über die Havarie in Tschernobyl bekannt wurde, und wir die ersten Aufnahmen sahen, begriffen wir, dass das ganz und gar nicht mehr lustig war, und dass wir darauf nicht vorbereitet waren. Das ganze Land eilte zu den Bildschirmen, um Neuigkeiten zu erfahren. Einwohner aus den radioaktiv verstrahlten Regionen versuchten bei ihren Verwandten in den noch sauberen Zonen unterzukommen. Die Krankenhäuser Leningrads und Moskaus nahmen die Schwerverwundeten und die mit Brandwunden verletzten Mitarbeiter des Atomkraftwerkes auf. Wir sammelten Geld für die Hilfe der Betroffenen. Es kursierten eine Menge Gerüchte, dass radioaktiver Regen über dem Baltikum, Weißrussland, Finnland, Schweden, Deutschland, Polen und der Tschechoslowakei niedergegangen sei. Leider sollte sich das später auch bestätigen. Die Welt war entrüstet und schockiert. Im Flüsterton sprach man über Plünderungen in den evakuierten Gebieten. Manche Leute witzelten noch: „Der Großvater steht mit seinem Enkel am Ufer des Dnepr. Der Enkel fragt: ‚Großvater, stimmt es, dass hier nach der Havarie des Atomkraftwerkes eine starke Radioaktivität vorhanden war?' ‚Ja, das stimmt, mein Enkelchen', antwortet der Großvater und streicht dem Jungen zuerst über den einen und dann über den anderen Kopf." In dieser höhnisch spöttischen Bemerkung steckt die furchtbare Wahrheit dieser Havarie, die sich in der Generation der Enkel derer zeigen wird, die von der Radioaktivität betroffen wurden. Offiziell waren jedoch die Unterhaltungen zu diesem Thema unerwünscht: „Arbeitet, Genossen! Und schwatzt nicht!"

Nach den Feierlichkeiten zum 1. Mai wurde ich nach Moskau in das Komitee für Hochschulen gerufen. Ich erhielt die Aufgabe, eine Kommission aus Bibliothekaren für die Überprüfung der Kiewer Bibliotheken aufzustellen. Meine Verwunderung, die Aufregung und mein Unverständnis kannte keine Grenze. Was für eine Kommission, was für eine Prüfung? „Sie sollen", so sagte man mir, „Solidarität mit den ukrainischen Kollegen zeigen und sie unterstützen. Sie brauchen vielleicht nichts prüfen, aber tauschen sie sich aus, ermuntern sie sie, zeigen sie ihnen, dass wir nichts fürchten und keine Panik machen!" Ja, die Ukraine brauchte Hilfe. Militärangehörige, Feuerwehrleute, Physiker, Ingenieure, Ärzte eilten freiwillig zum Ort der Katastrophe. Aber wir, die Bibliothekare, womit sollten und konnten wir helfen?

Und so wurde die Frage über die Fahrt in die Ukraine zur Messers Schneide: „Entweder ihr fahrt, oder ihr verliert eure betriebliche Funktion!" Mit mir fuhr eine Spitzenkraft aus meiner Bibliothek, Nina Komissartschik. Sie wurde letzten Endes ein Opfer des Blutkrebses. Außerdem fuhr mit mir der Direktor der Bibliothek des Instituts für Eisenbahn-Verkehrswesen, Feliks Berngard, ein Gentlement und Intellektueller. Er stammte aus einer nach Russland eingewanderten deutschen Aristokratenfamilie. Er starb jung, nachdem er eine Strahlenüberdosis aufgenommen hatte. Die Moskauer Gruppe wurde von Lidia Kirillowna, Mitarbeiterin der wissenschaftlich-methodischen Abteilung der Moskauer Universitätsbibliothek geleitet. Sie war ein Superprofi, wie man heute sagen würde, wohlgesinnt und nett. Sie schuf in unserer Kommission eine Stimmung der Herzensgüte und Toleranz. Die Instruktion für die Sicherheit war folgendermaßen: Die Kleidung sollte langärmelig, die Beine mit Strumpfhosen bekleidet sein. Auf dem Kopf war ein Kopftuch erwünscht. Das Hotelfenster war geschlossen zu halten, aus dem Wasserhahn durfte nicht getrunken werden, und Tabletten oder Tropfen mit Jod waren einzunehmen. Man sollte sich nicht genieren, reichlich Rotwein zu trinken. Unser Leben, den Alltag und die Arbeit organisierte die Direktorin der Bibliothek des Polytechnischen Instituts in Kiew, Luisa Worona, eine aufgeschlossene, kluge, etwas ironische aber fröhliche Frau. Sie starb durch Blutkrebs einige Jahre, nachdem wir wieder auseinander gegangen waren. Praktisch sind mit Tschernobyl zwei Krankheiten verknüpft: Verbrennungen und Blutkrebs. Wobei die Verbrennungen nicht nur äußere zu sein brauchten. Es gab auch Verbrennungen der Schleimhäute. Das Knochengewebe und die Zähne wurden in kurzer Zeit zerstört. Luisa Worona war für uns nicht nur die Leiterin der Kommission. Sie erzählte, wie viel unermessliches Leid es in fast jeder Familie gab, und wie bis zum letzten Atemzug die Feuerwehrleute und Arbeiter am Havarieort ausgenutzt wurden. Sie arbeiteten ohne auf die Zeit zu achten. Danach schickte man sie in ein Prophylaktorium, hing sie an den Tropf, gab ihnen Medizin, und schickte sie erneut in das Kraftwerk. Was für ein Kreislauf bis zum letzten Atemzug! Darüber wurde nie laut gesprochen, aber diese Menschen waren ein Bataillon von Todgeweihten. Nach diesen Erzählungen von Luisa gingen wir in die Bibliotheken, ohne bei unserem Besuch zu vergessen, allen Betroffenen unser Mitgefühl, unsere Anteilnahme und unser Verständnis auszudrücken, nachdem wir das Wort „geprüft" auf die Türen der Büchermagazine vermerkt hatten.

Die Mehrzahl der Helfer und der Menschen im Zentrum und in der Umgebung der Havarie kam dort um, noch mehr starben später an Leukämie. Ihrer Namen erinnert man sich in den Familien, aber die Regierung würdigte lediglich diejenigen, die bei dem Löschen des Feuers verbrannt waren oder unmittelbar am Arbeitsplatz umgekommen waren. Diejenigen, die heldenhaft kämpften, um die Folgen der Havarie zu beseitigen, die unter Qualen durch den Blutkrebs starben, die wie wir dabei waren, sind in Vergessenheit geraten, ohne ein Wort der Dankbarkeit zu erhalten. Bücher über die Tragödie von Tschernobyl gibt es kaum. Nur sehr mutige und ehrliche Leute haben sie geschrieben, weil auf dieses Thema sowohl im Osten als auch im Westen ein „Tabu" gelegt worden war.

Das gesamte wirtschaftliche, technische, medizinische und personelle Potential des Landes wurde zur Liquidierung der Katastrophe aufgebracht. M. Gorbatschow trat mit einiger Verspätung erst am Vorabend des 1. Mai, dem Tag der Werktätigen im Fernsehen auf und teilte dem Volk mit, dass es eine Havarie im Atomkraftwerk von Tschernobyl gab. Meine Hilfskommission und ich flogen am 9. Mai nach Kiew. Die Strahlung war in der Zeit natürlich nicht weniger geworden. Dosimeter haben wir keine bekommen. Ärzte haben uns nicht kontrolliert. Informationen über die Gefahr für die Gesundheit wurde vor der Bevölkerung streng zurückgehalten und die Ärzte waren verpflichtet, dieses Geheimnis zu wahren. Die Bevölkerung der Stadt Pripjat wurde am 3. Mai vom Flughafen „Juliana" evakuiert. Bevorzugt wurden Familien und Kinder, hochstehende Kiewer Beamte, die mit schwarzen „Wolga" Limousinen und bequemen Bussen herbeigefahren wurden, ausgeflogen. Die Zugbahnhöfe, Busbahnhöfe und Flughäfen füllten sich während der Evakuierung wie zu Zeiten des Zweiten Weltkrieges mit Gedränge, Durcheinander, Prügeleien um die Fahrkarten und Schmiergelder. Sie alle wollten von der Gefahr weg, ohne sie bis zum Ende zu verstehen. Die Plündereien ähnelten denen der Kriegsjahre. Wir versuchten einen Teil dieser Plünderungen mit unserer Arbeit zu verhindern. Denn diese ungebildeten kriminellen Elemente wollten diese

Bücher im ganzen Land verkaufen. Ich bin froh darüber, dass ich mit den Kolleginnen die Verbrennung der Bücher aus den Schulen und den privaten Sammlungen kontrolliert habe. Es wäre nicht auszudenken gewesen, dieses Material zu kleinen Kernkraftwerken in den Händen von Kindern oder auch der erwachsenen Leser werden zu lassen.

Dann gab es noch auf höchste Anordnung den Befehl zum Hissen einer Flagge auf dem schwarzen Reaktor wie auf dem Reichstag 1945. In meinen Augen war das höchste Dummheit und Stumpfsinnigkeit mit den Scheuklappen einer kommunistischen Parteiführung. Zwei Freiwillige führten diesen Befehl aus, und innerhalb von sechsunddreißig Stunden haben beide ihr Leben verloren. Ach, welche Bedeutung hatten schon diese zwei Leben, die den sinnlosen Lappen über diesem Höllenherd anbrachten? Hauptsache der reale Sozialismus wird vollendet, koste es was es wolle. Aber die Menschen . . . ?

Verstrahlte Zone

Es war ein sehr warmer Mai. Die Radioaktivität hat keinen Geruch und keine Farbe. Sie ist ein unsichtbarer Feind. Wir entledigten uns im Quartier schnell unserer Kleider und Strumpfhosen. Danach folgte unsere „Entaktivierung" wieder mit Rotwein oder Selbstgebranntem, verschönt mit dem Ausdruck „zum Tee", der uns von den Wirtsleuten großzügig angeboten wurde. Man sollte aber nicht annehmen, dass wir als betrunkene Meute von einer Bibliothek in die andere umherirrten. Der Schluck „Arznei" wurde mit appetitlichstem Speck und Knoblauch, hausgemachten Würsten, lange vorher geräuchertem Fisch aus dem Dnepr und mit Borschtsch, sowie gekochten Teigkugeln mit Sahne eingenommen, die unsere Kollegen von zuhause mitbrachten und dabei jedes Mal betonten, dass das nicht radioaktiv sei.

Nachdem wir uns miteinander besprochen, gesungen und getrunken hatten, gingen wir nach Kiew spazieren, wobei wir begierig das Bild dieser Stadt in unser Gedächtnis aufnahmen. Woran erinnere ich mich heute? Da gab es entlaubte Kastanien, die zum zweiten Mal blühten. Es fehlten die vielen fröhlichen Leute auf dem Hauptprospekt Krestschatik, die Fülle von Eichhörnchen, Hasen, Vögeln und anderen Lebewesen in den Parks. Ungewöhnlich waren auch die leuchtenden und riesigen Erdbeeren auf den Basaren, die Leere in den Geschäften und in den Kinos. Immerhin die Theater spielten und waren auch besucht. Die Leute kamen in das Theater, um eine Portion Glaube, Hoffnung und ein gutes Wort zu erhalten. Ich entsinne mich nicht mehr an das Stück, aber das Spiel der hervorragenden Schauspielerin Ada Rogowzewa brachte mich im Theater und nachts im Bett zum Weinen, als ich das Schauspiel erneut in Gedanken erlebte und über die Zerbrechlichkeit des menschlichen Daseins nachdachte.

Am nächsten Tag entschloss ich mich, taufen zu lassen. Nachdem ich mich von den Kolleginnen getrennt hatte, lief ich zum Sophienkloster. Bei dieser Fahrt begleiteten uns keine Mitarbeiter des KGB. Vor dem Tor waren viele Menschen, alte, junge mit und ohne Kinder. Stunden standen wir in der Reihe, um die Taufe zu empfangen. Das Volk war so zahlreich, dass ich mich an den Film „Andrej Rubljew" erinnerte, die Szenen, als die Leute unter die Obhut der Kirchen flüchteten, um ihr Leben zu retten oder den Weltuntergang zu erwarten. Ein kleines Kreuz, Kerzen, eine kleine Ikone haben viele auch heute noch aufbewahrt. Meine Tochter und die Enkelin in Amerika lächeln über mich. Sie sind noch jung und glauben an kein höheres Wesen. Aber ich, obwohl ich die Kirchen wenig besuche und kaum Gebete kenne, unterhalte mich oft lautlos in meiner Einsamkeit mit ihm, sei es Gott, eine höhere Vernunft, eine besondere Energie und bitte um Zufriedenheit und Gesundheit für meine geliebten Kinder und um Erbarmen für mich.

Eines Tages wurden wir auf einem militärischen Geländefahrzeug durch das „betretbare" Gebiet bis zum traurig bekannten Fluss Pripjat gefahren. Warum durch ein „betretbares" Gebiet? Weil der Staat denjenigen, die sich unmittelbar im Strahlenherd aufhalten mussten, bestimmte Auszeichnungen verlieh: den Heldentitel, hauptsächlich postum. Oder sie erhielten eine miserable Geldzahlung für besonderen Mut, oder eine bescheidene Rente für die Kinder oder die Großeltern bei dem Verlust des Ernährers. Aber für die Übrigen, nicht weniger Mutigen, Kühnen und Verantwortungsvollen, die außerhalb des abgegrenzten „inneren" Strahlenherdes arbeiteten, gab es nichts. Noch nicht einmal ein „Dankeschön" haben sie bekommen. Also fuhren wir in einer Zone, die es uns nicht einmal erlauben konnte, irgendwelche Privilegien zu beanspruchen. Als ob die Strahlung vor der Abgrenzung nicht mehr vorhanden gewesen wäre.

Wir fuhren mit zwei Soldaten und ihrem Hauptmann, die uns alles zeigten und erzählten und gleichzeitig versuchten, alte Einwohner des Gebietes, oftmals frühere Partisanen, zu überreden, aus dem gefährlichen Gebiet wegzufahren. Diese alten Leute, sehr oft Ehepaare, konnten nicht verstehen, warum sie ihr Nest verlassen sollten. Wie konnte man die Ziege, die Kuh oder den Hahn mit den Hühnern allein lassen? Aber erst das Ferkel! Sie waren schon im Krieg geflüchtet und hatten alles zurücklassen müssen, aber da fuhren Panzer, da waren Soldaten, die auf sie schossen, und Granaten explodierten. Aber jetzt? Stille. Es gibt kaum noch Leute, noch nicht einmal jemand, der das Gemüse aus dem Garten klaut. Die Vögel singen nicht mehr, der Nachbar fehlt, es ist niemand da, mit dem man abends auf dem Bänkchen einen trinken kann. Aber die Frau ist hier, die Ziege ist hier, die Katze hat sich in der Sonne zusammengerollt, die Natur blüht, es ist Mai, es scheint alles gut zu sein.

Ich habe diese alten Leute verstanden. Es ist schade, wenn man eine beliebte Tasse in der Küche zerschlägt. Aber hier mussten die Leute alles über die Jahre Geschaffene und Erworbene verlassen. Jede Ackerkrume der freigiebigen, reichen ukrainischen Erde wurde doch ausgiebig mit Mühe und Schweiß vom Sonnenauf- bis zum Sonnenuntergang bearbeitet und begossen. Die Soldaten haben die Alten auch verstanden, aber Befehl ist Befehl, und den mussten sie erfüllen. Als die Alten in den Augen des Soldaten das Verständnis, das Bedauern aber auch die Unnachgiebigkeit sahen, rief der Großvater: "Großmutter, schnell in den Keller, und zieh den Riegel durch die Türflügel!" Der Alte schrie die Soldaten an: „Macht euch fort, Scheusale! Ich werde schießen, das Gewehr habe ich noch seit dem Krieg aufgehoben!" Die Soldaten verkrochen sich in das Auto, wandten ihre Augen ab. Sowohl sie als auch wir schämten uns. Es war traurig und widerwärtig.

Das war unsere einzige Fahrt in die Umgebung. Wir trennten uns schweigend und ich ging in mein Zimmer. Am nächsten Tag entschloss ich mich, nicht zur Arbeit zu gehen, sondern die Kathedrale aufzusuchen, die man zu restaurieren begann. In diesem altehrwürdigen Bauwerk waren Fresken von Andrej Rubljew erhalten geblieben. Wer sich das ausgedacht hatte, die großen Schätze so spitzfindig zu erhalten, weiß ich nicht. Aber vor dem Einfall der Faschisten in Kiew war die Kathedrale ein wenig umgebaut worden. Man hatte eine Zwischendecke eingezogen, die die kunstvollen Ikonengesichter und großen Deckengemälde mit Himmel- und Höllenfahrt verdeckte. Ein zweiter Flügel war durch ein altes Schulmöbel abgeteilt. Im unteren Bereich war die Kathedrale in zwei Abteilungen getrennt: in einem Abteil war eine Nervenheilanstalt eingerichtet und in dem anderen lagen Infektionskranke. Die Kathedrale stand auf einer Anhöhe und hatte die deutschen Besatzer wenig interessiert. Nach dem Krieg war das Gebäude der Kathedrale geschlossen, und nunmehr im Jahre 1986 begann man es wieder zu restaurieren. Noch roch es nach Farbe, die Vergoldung war verblasst und verstaubt. Durch die Kunst dieses großen Ikonenmalers bewegten uns seine Bilder dazu, den Kopf zu neigen, und unser Mund flüsterte Worte, die uns früher nie über die Lippen gekommen wären: „Vater unser ..."

Ich hatte wieder die Worte des Königs Salomon im Kopf, die im Kummer trösten, aber auch nicht zulassen, sich grenzenloser Freude hinzugeben: „Alles vergeht ... alles." Beruhigt und im Einklang mit mir und der Welt, aber vor allem im Glauben, dass alles gut würde, kehrte ich in mein Quartier zurück.

## Blutsturz

Auf mich warteten erneut die Menschen, die Bibliotheken, aber ich beendete meine Mission eine Woche früher, als für die Kommission geplant war. Ich bekam eine schwere Blutung, die die Mediziner in Kiew nicht stoppen konnten. Drei Tage kämpften die Ärzte gegen das Leiden, das durch die Strahlen hervorgerufen worden war, aber den Sieg konnten sie nicht davontragen. Alle kamen zu dem Schluss, dass ich operiert werden musste. Ich erinnere mich wie im Nebel an ein Transportflugzeug. Ich lag auf einer Trage, unter mir lag eine Menge Bettlaken. Ein Krankenwagen der schnellen medizinischen Hilfe fuhr mich zum Operationssaal der Klinik des Instituts für Sanitärhygiene in Leningrad (SANGIK). Helle Leuchten, verschwommene Gesichter der Ärzte, jemand streichelte meine Hand, ein Augenblick des Vergessens, und danach wurde ich durch einen Tunnel getragen, einem weichen warmen Licht entgegen und mir wurde bewusst, dass ich sterbe. Nachdem ich alle Vorbereitungen für die Operation durchlaufen hatte und ich mich bereits in der narkotischen Umarmung von Morpheus befand, hörte ich in einem Moment die Stimme des Chirurgen: „Wir verlieren sie!" Die empfundene Geschwindigkeit, mit der mich der Tisch fortzog, war unreal und ich hörte auch kein Geräusch. Meinen Körper spürte ich wie in einem Kokon, willenlos und leer. Das Licht im Tunnel näherte sich und hüllte mich mit einer erstaunlichen Wärme, Ruhe und Zärtlichkeit ein. „So war es im Leib von Mama", dachte ich und spürte plötzlich, dass mein Körper aus seiner Erstarrung kam und in meinem Kopf schlug der Gedanke laut wie eine Glocke: „Ich kann nicht sterben! Was wird mit meiner Marianna, mit meinem Mädchen?" Meine Hände versuchten die Bewegung des Tisches zu bremsen, ich versuchte mich an den Wänden des Tunnels festzukrallen, aber sie rutschten ab und ich wurde zu dem Licht getragen, das wie die Vögel der Sirene mich besänftigte, beruhigte und befreite. In Gedanken an meine Tochter begann ich zu schreien, mit dem Kopf zu schlagen und zu weinen. Je näher das Licht kam, je zärtlicher und wärmer mich der Schein einhüllte, desto lauter schrie ich und schlug gegen den Tisch. Das Leuchten war wie die Sonne, aber das Auge erblindete nicht. Als ich, so schien es mir, dieses Leuchten mit den

Zehenspitzen meiner angespannten Beine berührte, erklang die Stimme des Arztes: „Huch, wir haben sie zurückgeholt!" Nachdem ich aus der Narkose erwacht war, fragte der Anästhesist: „Was bist du für eine Wiederauferstandene? Weißt du überhaupt, woher wir dich herausgeholt haben?" „Aha, aus dem Nirwana", antwortete ich. Ein paar Tage lang hatte ich einen Zustand, als wäre ich losgelöst und weit entfernt von der Wirklichkeit. Mir war aber auch klar geworden, dass auch ich meine Dosis abbekommen haben musste. Danach habe ich viele Therapien durchlaufen, von Jod-Eisen-Medikationen bis zur Operation der Schleimhäute und mehrfachen Bluttransfusionen.

Ich grübelte viel und überdachte mein Verhältnis zu meiner Tochter. Ich liebte sie seit ihrer ersten Regung in meinem Bauch. Wie jede Mutter habe ich sie genährt, angezogen, abgeküsst, gelobt und mit ihr geschimpft. Aber es gab kaum eine Trennung von ihr, bei der mir nicht bewusst wurde, was für ein Wunder mein Kind ist, wie zerbrechlich sein Körper und die Welt sein kann. Ich bekam eine krankhafte Angst, sie zu verlieren. Meine Bewachung, Sorge und mein Schutz nahmen hypochondrische Formen an, und alle Ermahnungen und Verbote riefen in ihr Protest und Verärgerung hervor.

## Mahnung

Ich arbeitete fast einen Monat lang in einer aktivierten Zone aber zum Glück nicht im Zentrum des Strahlenherdes. Kiew besuche ich nicht mehr. Mein Asthma, die Entzündung der Schleimhäute und die Zerstörung der Knochen erinnern mich immer an die Strahlung. Leider immer seltener denke ich an meine verstorbenen Kolleginnen, Freundinnen und Bekannte, die strahlenkrank wurden und uns für immer verlassen haben. Aber wenn ich die Publikationen über die Havarie lese, ehrliche und aufrüttelnde, solche wie die von Boris Finkelberg, kehre ich gedanklich zu jenem tragischen Geschehen zurück. Man darf das nicht vergessen, so wie man den Krieg nicht vergessen darf. Die bekannte Losung nach dem Krieg: „Niemand und nichts ist vergessen", sollte sich ebenso auf die Tragödie von Tschernobyl beziehen. Nach meiner Arbeit im aktivierten Gebiet nach der Havarie des Atomkraftwerkes von Tschernobyl habe ich gierig zwei Bücher gelesen, die mich erschütterten. Der große sowjetische Staat verlor für mich seine Glaubwürdigkeit. Dr. Robert Geil und Thomas Hoser beschrieben die Zeugnisse der Vernichtung und der Rettung menschlichen Lebens in emotionaler Weise. Doktor Geil, der führende Spezialist der Kalifornischen Universität für die Verpflanzung des Rückenmarks erhielt am sechsten Tag nach der Havarie die Bitte der sowjetischen Regierung, den Strahlopfern zu helfen. Meine Kolleginnen und ich waren nicht solche bedeutenden Personen wie Dr. Geil, aber auf unserem Gebiet waren wir die Besten. Somit wurden wir zu Geiseln und eine ganze Anzahl meiner Kolleginnen und Kollegen zu Opfern dieser Strahlenkatastrophe. Ihr Leben gelassen haben die Mitglieder meiner Kommission: Luisa Worona, Feliks Bernhardt, die engsten Freunde und Kollegen und viele andere, deren Organismus der Strahlung nicht widerstanden hat. Ich habe in jener bitteren Zeit Dr. Geil nicht getroffen, aber in meiner Seele bewahre ich eine tiefe Hochachtung für seinen Mut und dem vieler amerikanischer, europäischer und sowjetischer „Volontäre", die den Opfern jener „schwarzen Vergangenheit" zur Hilfe gekommen waren. Die Mahnung der Autoren dieses Buches versetzt jeden zum Nachdenken: „Jeder von uns hat sein Tschernobyl!"

## Schönheit ist eine furchtbare Kraft

Neue Tätigkeit

Die Ärzte habe ich noch nie geliebt. Die weißen Kittel, die kühlen Hände und immer darauf gefasst sein, mit irgendwelchen kalten metallischen Geräten berührt zu werden: mal die Spritze, mal der Bohrer, oder der Spiegel, oder der Spatel riefen bei mir seit der Kindheit eine zähe Abneigung hervor. Ich hätte niemals gedacht, dass die unergründlichen Wege des Schicksals mich nach Garmisch-Partenkirchen in eine medizinische Einrichtung, in die Partnachklinik führen würden.

Meine ersten vier Jahre in Deutschland verbrachte ich beruflich in der Sächsischen Landesbibliothek in Dresden, danach in der Universitätsbibliothek in Chemnitz. In Dresden war die Arbeit sehr interessant. Ich kopierte in der Fotothek der Bibliothek einen Katalog historischer Fotografien. Vor meinen Augen lief die fotografierte Geschichte Deutschlands ab: der Aufbau von Industrie und Landwirtschaft, die Kriege und die Zerstörung, die Kultur, die Kunst und Persönlichkeiten dieses Landes. Das waren meine „Lehrmeister" zum tieferen Verständnis meiner neuen Heimat. An keinem anderen Platz und niemals mehr hätte ich so viel Erkenntnisreiches und Interessantes über Deutschland erfahren und ansehen können. Mein guter Freund und Kollege, der frühere Direktor der Bibliothek des Pädagogischen Instituts und danach einer der Leiter der Landes- und Universitätsbibliothek verhalf mir zu dieser Arbeit. In Dresden habe ich über ein Jahr gearbeitet, aber dann begannen raue Zeiten. Der Personalbestand und die Arbeitszeiten wurden vor allem bei Rentenanwärtern, Leuten mit geringen Berufsjahren, Ausländern und Mitarbeitern ohne Fachausbildung gekürzt. Auch ich fiel durch dieses „Raster", fand jedoch sofort wieder eine Stelle in der Universitätsbibliothek in Chemnitz. Hier zu arbeiten war weniger interessant, aber bedeutend schwieriger. Mit den Fotografien brauchte ich mich nicht zu unterhalten. Zum Verständnis der Kataloge nahm ich mir das Wörterbuch zur Hilfe. Aber in Chemnitz war die Bibliotheksarbeit komplex: Kataloge, Mikrofilme, Bearbeitung der Literatur, Ausstellungen und die Leser. Das war eine gute Sprachschule. Mit den Büchern konnte ich die große Stumme sein, da es ein allgemeines internationales System der Arbeit mit den bibliothekarischen Informationsträgern gibt. Mit den Studenten und Dozenten war es bedeutend schwieriger. Sie musste ich verstehen lernen, ihnen musste ich antworten und sie fachkundig bedienen. Die Deutsch-Russischen Wörterbücher, Sprachführer und methodische Bücher waren ein halbes Jahr lang meine Begleiter in öffentlichen Transportmitteln, am Fernseher, während des Essens, vor dem Schlafengehen und in der Toilette. Und – Hurra! – nach einem halben Jahr begann ich Deutsch zu sprechen.

Die Ankunft eines neuen Direktors der Bibliothek „aus dem Westen", wie man damals sagte, brachte neue Umstellungen. Dieser unauffällige und kühle Mensch, der selbst kein Bibliotheksfachmann war, erschien mir vom ersten Augenblick an unsympathisch. Ich hatte den Eindruck, dass ihn an mir alles gereizt hatte: zum einen dass ich aus Russland kam und zum anderen, dass ich Bibliotheksdirektorin mit Berufserfahrung war, dass ich keine Komplexe hatte und auch nicht liebedienerisch war. Auf einer gemeinsamen Fahrt nach Zwickau erzählte ich ihm über die großartigen Buchbestände der Universitätsbibliothek Sankt Petersburgs und über meine vergangene Arbeit. Ich wollte ihn für die Möglichkeiten erwärmen, nützliche Literatur aus diesen Bücherfonds für die Studenten in Chemnitz zu verschaffen. Entweder verstand er mich nicht richtig, oder er fasste meine Idee als Kritik an seiner Bibliothek auf. Jedenfalls rief ich damit bei ihm eine scharfe und unsachliche Reaktion hervor: „Wenn jene Bibliothek so gut ist, was machen Sie dann hier? Kehren Sie zurück!" Kluge Hunde ziehen in dieser Situation nicht nur den Schwanz ein, sie pressen auch ihr Maul zusammen. Aber was machte ich? Auf einer Adrenalinwelle antwortete ich ihm, dass ich mir meinen Lebensraum schon selbst aussuche, frei nach dem Lied: „Die sowjetischen Menschen haben eben ihren eigenen Stolz." Ach, Buratino! Du bist dir selbst dein Feind! Nach ein paar Tagen schlug der Chef mir vor, auf halbe Arbeitszeit überzugehen. Ich lehnte ab. Mein deutscher Mann war bereits arbeitslos. Ich konnte mir unmöglich vorstellen, auf Sozialhilfe oder Arbeitslosengeld angewiesen zu sein. Das war wohl eher auch meinem Stolz geschuldet.

Privatklinik

Meine Tochter, die mit ihrem ersten Mann nach Bayern emigriert war, konnte mir eine Arbeitsstelle in einer Privatklinik für plastische und kosmetische Chirurgie in Garmisch-Partenkirchen verschaffen. Ich habe mich sofort in dieses Städtchen und in die Klinik verliebt und war glücklich, meine Tochter in der Nähe zu haben. Ich glaube, Mütter meines Typs sind genetisch ein Hybrid aus Huhn und Schlange. Das Huhn versucht mit seinen Flügeln alle zu beschirmen und zu verteidigen, und die Schlange unterdrückt ihre eigene Liebe. Es ist schade, dass ich das viel zu spät verstanden habe.

Die Villa „Partnach-Klinik", die damals von Herrn Dr. med. Yoram Levy geführt wurde, empfing den Besucher gastfreundlich einladend. Wer die Schwelle einmal überschritt, der spürte eine Atmosphäre des Komforts, eines tadellosen Geschmacks, des Wohlwollens und der Aufmerksamkeit. Das elegant gemütliche Wartezimmer mit dem bequemen Sofa, auf dem man sich im Nachtdienst entspannt mit einem Buch anlehnen konnte, wurde mit dem indirekten weichen Licht einer Stehlampe beleuchtet. Die diensthabenden Schwestern konnten dort auch die neben dem Aufwachraum befindlichen Monitore hören. Der sich über die ganze Wand erstreckende Spiegel im versilberten Rahmen spiegelte den Nachthimmel mit den Sternen durch eine große Glastür wider. Wenn ich sie öffnete, strömte der Duft der riesigen blühenden Rosensträucher, des blühenden Mandelbaumes und der Blumenbeete herein. Ich fand die Lieblingsbeschäftigung der Hausherrin, die Bepflanzung ständig zu verändern, großartig. Im Büro stand ebenfalls ein bequemes Sofa, auf dem die Patienten beim Warten Kaffee, Tee oder kalte Getränke zu sich nahmen, und ihre Augen sich an reizenden Aquarellen ergötzten, während ihre Unterlagen ausgefertigt wurden. Das alles hatte die Frau des Chefs dieser Klinik, seine Gehilfin, Managerin und „Blitzableiter", Frau Levy geschaffen.

In der Klinik zu arbeiten war interessant und schwer zugleich. Das Wichtigste war, dass der Patient spürte, dass man ihn umsorgte, dass um ihn immer ein paar Schwestern flatterten, und dass bis zum letzten Tag seines Aufenthaltes in Garmisch sein beliebiger Wunsch oder seine Laune augenblicklich erfüllt wurde. Unter den Patienten gab es die verschiedensten Nationalitäten: Deutsche, Österreicher, Amerikaner, Israelis, Italiener und Russen. Verschiedene Schicksale führten sie in die Klinik. Der Patient oder die Patientin wollten ihre unvollkommene Natur verändern. Er oder sie wollte die Jugend zurückgewinnen. Der eine oder andere wollte sein Alter dem jungen Partner oder der Partnerin angleichen, und für den nächsten war das eine Frage der Behauptung im Kampf um den Arbeitsplatz. Sie alle hatten Glück, weil sie in die Hände des Meisters – Doktor Levy gefallen waren.

Mich hat immer die außergewöhnliche Begabung dieses Menschen beeindruckt. Seine klaren blauen Augen schienen den Patienten zu fotografieren und er wusste stets, was er beim Operieren erreichen konnte. Ihn interessierte nicht, was der Patient wollte. Er wusste, was der Patient brauchte. Sein Kredo war: „Ein Kopf ist gut, aber mehrere sind eine Herde." Das heißt hier, die Entscheidung kann nur einer treffen, der weiß, wie es geht. Während der Operation bei leiser klassischer Musik schuf er wie ein Juwelier. In meinen vielen Arbeitsjahren bei ihm konnte ich beobachten, wie Doktor Levy den Hospitanten, praktizierenden Ärzten oder Ärzten im Praktikum sein Talent, sein Können und sein Wissen großzügig mitteilte. Man könnte ihm oder über ihn große Worte schreiben, aber das Einzige, was unserem „Löwen" unbekannt war, das war Idylle. Er konnte die Schwestern anschreien, Ärzte und Patienten stehen lassen, dickköpfig und rechthaberisch sein. Er konnte keine Widerrede ausstehen, obwohl er manchmal im Unrecht war. Dennoch war der Umgang mit ihm immer interessant, lehrreich und bedeutend. Bei ihm traf alles zusammen: Sentimentalität und Zynismus, Erziehung und krasse Unsachlichkeit, Wissen und Eigensinn, aber . . . er schlug fast alle in seinen Bann. Unprofessionellen Kollegen und Meinungen brachte er keinerlei Wertschätzung bei. In seiner Wertvorstellung fanden eher die Arbeit, die verständnisvolle Ehefrau, die offenen Herzen und Seelen der Assistenten, die Musik, das geliebte Auto und Bücher einen Platz. Er wurde vielleicht nicht von allen geliebt, aber er wurde hoch geachtet. Wenn er im alten Rom gelebt hätte, so hätte er wahrscheinlich mitten im Kreis seiner Schüler gesessen und versucht, ihnen die ganze Welt zu erklären.

Anfangs hat mich dieser explosive Mensch erschreckt, ja geradezu paralysiert. Aber danach habe ich die gütigste Seele, sogar eine bestimmte provinzielle Bescheidenheit und immer den Wunsch zu helfen und zu schützen in ihm gesehen. Genau diese Hilfe und den Schutz habe ich immer sehr geschätzt. Ich bin ihm, seiner Frau und den anderen Kolleginnen, die mir in der Klinik nahe und vertraut wurden, dankbar dafür. Als Chef und operierender Chirurg wohnte er auch in der Klinik. Er kam gegen halb acht Uhr früh zur Arbeit und verließ den Operationssaal wieder acht Uhr abends. So lebte auch seine Frau und Managerin. So mussten die Sekretäre, die Operationsschwestern und das Personal leben. Er schuf ein gleich gesinntes Team, das durch seinen Dienst am Patienten motiviert wurde. Seine Frau verteidigte uns wie ein Schutzengel, litt mit uns und stimulierte uns moralisch und materiell. Wir aßen oft gemeinsam zu Mittag. Die Ärzte, die das Praktikum beendet hatten, kauften für das gesamte Personal Brezeln und die von mir ganz und gar nicht geliebten Weißwürste. Wir saßen auch zusammen, wenn jemand vom Personal Geburtstag hatte. Ich habe dann stets die beliebten russischen Gerichte zubereitet. Oder jemand von den Patienten richtete einen Grillabend aus oder versüßte unseren Tee mit Torten oder Kuchen.

Besonders gern erwarteten wir das gemeinsame Weihnachtsfest. Die Weihnachtsgelder „verbrannten" geradezu in unseren Taschen, aber unsere Bäuche hüpften bei den Leckereien und die Seelen zerflossen vor Bezauberung an diesen Abenden. Frau Levy verwandelte diese Feiern immer in ein Märchenspiel. Sie lud die Belegschaft in schicke Restaurants zu exklusiven Essen ein. Da gab es Geschenke, feine Weine und ein Programm – ein Funken sprühendes Ereignis, mit Versen, Wünschen, Weihnachtsmann und Sketchen. An den Stirnseiten des Tisches saßen die zwei Dirigenten dieser großartigen Feier – der ungewohnt elegante Doktor Levy und seine verwirrend festliche Frau. Mich hat immer der Geschmack unserer Managerin verblüfft. In der Klinik war sie immer seriös geschäftsmäßig gekleidet, denn die Mitarbeiter und Mitarbeiterinnen trugen im Dienst ihre Klinikkleidung. An den Weihnachtsabenden jedoch trug Frau Levy etwas unauffällig Elegantes, um den anderen Frauen die Möglichkeit zu geben, ihre Festgewänder leuchten zu lassen.

Mein Verhältnis zur Familie Levy wurde nach einem gemeinsamen Besuch Sankt Petersburgs etwas persönlicher. Die Familie Levy verliebte sich endlos in meine Heimatstadt, in die Schönheit der St. Petersburger Frauen, in die Weite der russischen Seele, unseren russischen Humor und die grenzenlose Gastfreundlichkeit. Seine St. Petersburger Patientinnen, mit denen er freundschaftlich verblieb, organisierten mehr als ein Treffen mit den ansässigen prominenten Damen als potentielle Kundinnen. Sie richteten auch den Besuch der Eremitage, der Paläste, Fahrten zu den umgebenden Schlössern, durch die Kanäle und Flüsse und durch die nächtliche Stadt ein. Auf diese Weise lernten die Levys die Russen viel besser kennen und schätzen.

Die Arbeit in der Klinik von Dr. Levy in Garmisch-Partenkirchen gab auch keinen Anlass, darüber nachzudenken, ob diese oder jene Nationalität bevorzugt würde. Der gegenseitige Umgang in der Klinik war kosmopolitisch und demokratisch. Während der Operationen erklang die beste klassische

Musik der Welt. Im Arbeitszimmer des Chefs wurden die Neuheiten der deutschen Literatur erörtert. In der Klinik wurde russisch, deutsch, tschechisch, englisch und polnisch gesprochen. Nur die gutturale hebräische Sprache stach aus diesem Stimmengewirr heraus. Sowohl die Mitarbeiter als auch die Patientinnen waren teilweise Übersiedler aus verschiedenen Ländern. Die Familie Levy schuf eine freundliche, kompetente und offene Atmosphäre.

Die improvisierten Mittagessen des Personals der Klinik konnten mit Delikatessen der russischen, polnischen, tschechischen, irländischen und natürlich der deutschen Küche aufwarten. Aber die Hauptsache war das Gefühl der „Tuchfühlung". In schwierigen Momenten halfen sich alle stets gegenseitig, ungeachtet der unterschiedlichen Sprachen, der Bildung, der Kultur und des sozialen Status, angefangen von der Familie Levy und der Ärzte bis zur Putzfrau. Ich war die Anfälligste in jeder Beziehung. Ich war allein, ohne Familie. Ich arbeitete nicht in meinem Beruf und hatte meine sprachlichen Probleme. Aber ich konnte die Hilfe annehmen, die die Familie Levy, die Oberschwester Andrea und die Schwestern Kolleginnen mir bei meinen Problemen und Schwierigkeiten gewährten.

Klinikarbeit

Ich habe gern die Patienten aus verschiedenen Ländern betreut, weil ich durch sie einen tieferen Eindruck über ihr Land erhielt als durch ein gelesenes Buch. Die Kultur des Umgangs, die Manieren, Interessen, die Geschmäcker und die Vorlieben der Kunden, all das gab ein klares Bild über die Nation und das Land. Ich werde nicht über die Deutschen und die Österreicher kommentieren. Aber die Italiener zum Beispiel sind immer etwas aufgeregter, dabei lieb und verspielt. Die Amerikaner und die Kanadier, die sich zur Operation entschlossen hatten, waren ruhig und tolerant. Die Israelis, besonders die Damen, litten sogar nach einer leichten Operation Qualen und stöhnten vor Schmerz selbst dann, wenn die Schwester gerade erst die Handschuhe überzog. Im Allgemeinen sind die Israelis sehr belesen. Sie führen in ihren Koffern kiloweise nicht nur Medizin, sondern auch Bücher mit sich. Die Polen, Rumänen und Ukrainer möchten alles haben und das zwei- bis dreimal so viel, seien es die Kompressen, Tabletten, Wasser oder Handtücher.

Aber meine Russen, meine heimatlichen Landsleute brachten die Klinik zum Nervenzittern. Sie kamen mit Gesichtern, die von allen möglichen Chirurgen operiert worden waren, vom Augenarzt, vom Gynäkologen, vom Dermatologen, nur nicht von einem diplomierten Plastischen Chirurgen, weil es in Russland keine Abteilung der Plastischen Chirurgie in den medizinischen Hochschulen gab. Sie kamen mit überstrafften Gesichtern, mit nicht schließenden Augenliedern oder mit abstehenden Lippen, mit Brüsten wie Ballons, oft eine niedriger als die andere. Und diese Expertinnen der weiblichen Schönheit versuchten zu diktieren, wie ihnen was gemacht werden sollte. Die mageren Modepüppchen forderten eine Brust wie Pamela Anderson, um den „Playboy" zum Beben zu bringen. Farblose Blondinen wollten Lippen und Augen wie Sophia Loren. Die Gelder der Ehemänner, der Liebhaber und des Staates verschwendend, konnten alle diese Damen nicht vernünftig an die Frage der Schönheit herangehen, weil es von diesen Vernünftigen nur wenige gab. Es fiel ihnen schwer, über Geschmack, Schönheit und Eleganz zu urteilen, da es in der Mehrheit Frauen und Freundinnen der „neuen Russen", der „neuen Elite", der modernen Politiker auch aus den fernen Ecken Russlands waren. Natürlich gab es Ausnahmen. Es gibt nicht wenige gebildete, schöne, elegante und würdevolle Frauen im Milieu der russischen oberen Gesellschaft. Das sind hauptsächlich Business-Ladys, die selbst viel arbeiten und unter Umständen auch viel verdienen.

Die Mädchen, die aus der Provinz kamen, die aus dem Dorf geflüchtet waren, aber trotzdem innerlich mit ihm verhaftet blieben, wandten alle ihre Energie, ihre Gesundheit und ihre Instinkte für die Gewinnung beleibter „Daddys" und deren dicken Brieftaschen auf. Die Motivation, an die prallen Brieftaschen zu gelangen, war: „Ich will alles haben!" In meiner romantischen Generation hieß das nach der Schule anders: „Ich will alles wissen!" Sie jedoch, die fast nichts gelesen hatten, entschlossen sich, das Leben unter der Losung: „Für mich alles und das jetzt!" zu verbringen. Mit dieser Einstellung kamen sie auch in die Klinik. Kaum dass sie eingeliefert waren, wollten sie Champagner vor der Operation, ein großes Shopping am nächsten Tag nach der Narkose, ein Taxi für den ganzen Tag, Hummer und Garnelen in jedem kleinen Café. Die Operationsnarben, die blauen Flecken und die Schwellungen sollten bereits nach dem zweiten oder dritten Tag verschwinden. Keinerlei Einschränkungen und Verbote beachtend, begannen sie sofort nach der Operation zu rauchen, die in ihren Köfferchen bevorrateten Schokoladenpralinen zu essen und mit erschreckend verlängerten Fingernägeln in den Nähten, Verbänden und Bandagen zu stochern. In ein Hotel verbracht, gab sich jede Russin wieder ihrem geliebten Hobby hin. Die eine griff ohne Maß zum Alkohol, die andere kaufte alles in der Boutique und im Kaufhaus. Die eine wechselte täglich das Hotel und die nächste kam zur Kontrolle in die Klinik und verbrachte darin

Stunden, Kaffee und Saft trinkend. Die Arbeit mit solchen Patientinnen kam der Arbeit am Hochofen gleich. Mit vielen Patientinnen träumte ich das Ende des zweiwöchigen Klinikaufenthaltes herbei, wenn sie glücklich und plötzlich hübscher geworden nach Russland zurückflogen. In der Regel kamen die Patientinnen zurück, nein, nicht deshalb, um etwas nachzubessern. Schönheitsoperationen sind wie eine Droge. Nachdem die Patientin ein schönes und junges Gesicht bekommen hat, möchte sie weniger Bauch haben, möchte sie die Beine straffen lassen, die Brust anheben, sich von der überschüssigen Haut an den Armen und Beinen befreien lassen. Sie möchte, dass die Narkose Superklasse sei, dass die Schwellungen schneller abklängen, und dass sich die Früchte der Operation nicht nach ein, zwei Jahren wieder auflösten. Alles haben die Patientinnen bekommen. Die Symbiose der talentierten Assistenten, hoch qualifizierter Schwestern mit dem genialen Doktor Levy, ohne seine gesamten Diplome und Zertifikate aufzuzählen, ergab hervorragende Resultate, die auch im Verlauf von zehn bis fünfzehn Jahren nicht verschwinden. Die Methoden und das Ziel der Operationen waren bei Dr. Levy auf die Natürlichkeit, auf die visuelle Unversehrtheit, den Charme und die Fraulichkeit ausgerichtet. Das Skalpell des Dr. Levy schenkte ihnen den Zauber der Madonnen eines Michelangelos und eines Raffaels. Die Skalpelle vieler Chirurgen in der Welt nähern ihre „Opfer" eher den Gemälden eines Picasso oder des Kubismus an. Viele Damen, die gern mit ihrem Äußeren experimentieren, mögen ausrufen, dass neue Zeiten angebrochen sind. Es gibt Laser, Spritzen, Fitness und Schwimmen. Fitness nimmt die schlaffe Haut unter den Armen und die Zellulitis an den Oberschenkeln nicht weg. Das ist ein Altersproblem und nur das Skalpell kann das korrigieren. Laser kann die Altersflecken entfernen und die Oberhautschicht weg brennen. Die tieferen Hautfalten jedoch nimmt er nicht fort. Die Spritzen bringen häufiger mehr Schaden als Nutzen. Gesichter, die mit Botox gespritzt worden sind, erkennen sogar Laien. Botox erzeugt einen paralysierenden Effekt: eine unbewegliche Stirn, eine unnatürlich gezogene Haut um das Auge. Viele andere Medikamente, die in den unteren Gesichtsteil gespritzt werden, haben die Eigenschaft, die Unterhautbildung zu verändern, und oft verklumpen sowohl die Gesichtshaut, als auch die Lippen, die zarte Antlitze in Monstermasken verwandeln.

## Schönheitswahn

Eine der Patientinnen hatte alles: Geld, welches der Mann, ein hoher stellvertretender Minister, in großen Spekulationen erworben hatte, eine Villa mit Parkett, Basreliefs und Vergoldungen nach der Art der Eremitage, eine Diven-Figur, schöne Haare, eine von Natur aus zarte Stimme und ein Gesicht . . . wie aus einem Horrorfilm. Ihr früher sehr hübsches Gesicht ließ die siebenundvierzigjährige Frau mit Medikamenten aufspritzen, die sie der Reklame vertrauend in Paris gekauft hatte. Nach anderthalb Jahren bildeten sich unter ihrer Gesichtshaut zwei bis sieben Millimeter große Knötchen, die sich im Antlitz überall ausbreiteten: auf der Stirn, am Kinn, an den Wangen und um die Augen. Große dunkle Brillen, in das Gesicht fallende Haare, um die Stirn gebundene Tücher und Hüte halfen nicht, diese Entstellung zu verdecken. Auch die stilvolle Kleidung und ihre gute Figur konnten die Aufmerksamkeit von ihrem verunstalteten Gesicht nicht ablenken. Chirurgen in der ganzen Welt lehnten es ab, ihr zu helfen: es wäre sehr gefährlich, ein nicht vorhersehbares Resultat, ein Risiko. Nur Dr.

Levy erklärte sich auf meine Bitte hin einverstanden, sie zu operieren. Die Operation hätte in das Guinness Buch der Rekorde eingetragen werden sollen. Ungefähr fünf Stunden dauerte die Operation, währenddessen 147 Mikroschnitte ausgeführt werden mussten. Danach lagen 147 Stück dieser Knötchen auf dem Ablagetuch. Die Arbeit war wie die eines Juweliers. Kein einziger Gesichtsnerv wurde verletzt. Das Gesicht wurde wieder glatt. Aber als die Patientin aus der Narkose erwachte und in den Spiegel schaute, schrie sie: „Warum habe ich so viele blaue Flecken? Wann vergehen sie wieder?" Die Erklärungen der Ärzte, dass in die kleinen Lunker durch die entfernten Knötchen Blut eingeflossen war, dass diese kleinen blauen Flecken nach einer Woche zurückgehen würden, dass an den Schnittstellen kleine Dellen blieben und nach drei Monaten diese mit körpereigenem Fett durch Injektionen aufgefüllt werden müssten und die Haut leicht verschliffen werden könnte, wurden nicht angenommen. „In einem Monat habe ich Herbstball in St. Petersburg! Ich bin verpflichtet daran teilzunehmen!", warf die Dame entgegen, und keinerlei Argumente der Ärzte wurden von ihr akzeptiert. Nachdem sie unglücklich und unzufrieden nach Hause fuhr, kehrte sie drei Wochen später mit ihrem Mann wieder zurück. Der bot eine beliebige Geldsumme für die Fettaufspritzung in die frischen Hautdellen, nach seinen Worten: „für den Unsinn", an. Doktor Levy lehnte ab. Er, der so große Möglichkeiten hatte und schon viele Jahre dafür arbeitete, der machte es nicht für Geld, der machte es aus Berufung. „Ich schenke und verlängere die Schönheit", bemerkte er, und nichts brachte ihn dazu, zum Schaden der Patientin zu arbeiten. „Kommen Sie nach zwei Monaten wieder und Sie fahren als Schönheit in ihre Heimat", versuchte er zu überzeugen. „Ich habe aber in einer Woche den Ball!", schrie die Patientin und ging, die Tür hinter sich zuschlagend, hinaus. Von Deutschland aus flog sie nach Hollywood, darauf hoffend, dass ihr die „Zauberer" der Traumwelt des Kinos und der Schönheit helfen könnten. Überall erhielt sie eine Absage und musste sich Äußerungen des Erstaunens und der Begeisterung über die Arbeit von Dr. Levy anhören. Aber sie fand einen Ausweg. Erneut kaufte sie die „erprobte" Arznei in Paris. Erneut ließ sie sich das Gesicht aufspritzen und erschien auf dem Herbstball in St. Petersburg. Da waren die Lichter, die Blumen, die Musik und der Sekt, die Ballkleider und der Nachhall jener großartigen Bälle des alten St. Petersburgs. Aber nur im Märchen enden die Bälle mit einem Wunder. Nach einem Jahr wuchsen die Knötchen erneut. Immer und überall trat die Dame wieder mit einer großen Sonnenbrille auf, die Haare oder den Hut tief in das Gesicht gezogen oder um die Stirn Tücher gebunden. Noch viele Jahre danach hat sich Dr. Levy darüber geärgert: „Sie soll den Weg zu meiner Klinik vergessen! Ich habe das Unmögliche möglich gemacht." Aber nach ein paar Jahren fragte er mich, wie es um diese unvernünftige Person stünde. Er schlug sogar vor, dass sie zur Konsultation und zur Operation kommen sollte. Ich hatte ihr geschrieben, aber keine Antwort erhalten. Indessen klang die Antwort ihres Mannes so: „Meine Frau fährt nicht mehr zu ihm. Er wollte von mir kein Geld nehmen, als ich es ihm anbot." Was sollte das? Beleidigt, weil Dr. Levy von ihm seine ehrlichen Gelder nicht nahm? Selbstgefälligkeit des „neuen Russen" weil er ihm absagte? Das alte weise Sprichwort: „Nicht alles lässt sich kaufen" gibt es in allen Sprachen. Und es bewahrheitet sich immer wieder.

Die Pflicht, die Ehre und die Hände eines Chirurgen zum Schaden des Patienten darf man nicht kaufen. Herbstbälle werden jedes Jahr durchgeführt. Unsere Patientin sitzt vielleicht in ihrer Villa und sortiert Fotografien. Sie tanzt in der Abendrobe einen Walzer. Sie ist mit einem entstellten Gesicht vor der Operation zu sehen, 147 Knötchen auf dem Ablagetuch, sie – nach der Operation, kleine blaue Fleckchen im Gesicht und Hautdellen . . . Sie wären mit Vernunft, Geduld und der nötigen Behandlung zur Vergangenheit geworden. Ein heutiges Foto gibt es von ihr nicht.

## Hochwasser

Das Hochwasser in den großen Flüssen im August des Jahres 2005 verschonte auch Garmisch-Partenkirchen nicht. Die Straßen waren mit Wasser überschwemmt. Die arbeitsliebenden und sparsamen Bayern legten Sandsäcke entlang des sonst immer ruhigen und schmalen Flusses Loisach. Ich lief in hohen Gummistiefeln wie ein Fischer an der Küste in die Klinik. Ich schaute gespannt und interessiert, wie die Stadt Garmisch etwas verhalten, etwas verträumt und etwas hochmütig in seiner alpinen Schönheit aussehend, mit der Natur kämpfte. Einer der schönsten Kurorte Europas sah aus, als wäre er ein Fischerdorf im Baltikum. Die volkstümlich-bayerische Eleganz der Bekleidung tauschten seine Einwohner in das Wetterzeug alter Fischersleute. Das kleine Flüsschen, das unter den Fenstern der Klinik sonst so dahinmurmelte, verwandelte sich plötzlich in einen an die Ufersteine donnernden und reißenden Strom, der zischend, schäumend und sich verbreiternd drohte, die wunderschöne kleine Wiese an der Villa und die Beete der Nachbarhäuser zu überfluten. Der Chefarzt Dr. Levy und seine Frau holperten auf zwei hochachsigen Geländewagen wie zwei tapfere Kapitäne gegen den Wasserstrom, der über die Wege floss. Zum Glück hatte die weiß-goldene Pracht der Klinik nicht gelitten. Die Patienten beobachteten interessiert die wild gewordene Natur wie eine Theateraufführung. Nur die Familie unserer Schwester Andrea, deren Vater sich mit der Polsterung von Möbeln beschäftigte, war zum Opfer der Flut geworden. Seine Werkstatt mitsamt der Ausrüstung und den Stoffen, die im Keller gelagert waren, wurde voll geflutet. Die Familie beklagte materielle Verluste, physische Belastungen bei der Trocknung der Räume und der Aussonderung der völlig verdorbenen Materialien, und ich bedauerte das alte Klavier, das ich immer erträumte, zu mir in das Wohnzimmer zu nehmen.

Die Familie Levy kam wie immer in einer schweren Minute zur Hilfe, und Andrea erhielt die Erlaubnis, sich fast zwei Wochen um ihrem Haushalt zu kümmern, obwohl sie im Operationsaal die Hauptassistentin von Dr. Levy war. Aber unter dem Hochwasser litt nicht nur Deutschland, sondern ganz Europa. Italien, Österreich, Frankreich, England und viele andere Länder trugen riesige materielle Verluste davon.

### Übernahme

Dem Glauben nach werden die Engel von den Dämonen verfolgt und die Schönheit vom Scheusal. Der Konflikt des Guten mit dem Bösen machte um die Klinik keinen Bogen. In seinem Streben nach der Meisterschaft lebte Dr. Levy, um zu arbeiten, und er arbeitete, um zu leben. Wenn er ein Face-Stirn-Lifting ausführte, korrigierte er dem Patienten kostenlos, als Geschenk sozusagen, die Nase, die Augenlider, oder entfernte ihnen die Muttermale, um dem Gesicht eine Vollkommenheit zu verleihen. Die Klinik war für ihn und seine Frau mehr das Zuhause, als seine großartige Villa nahe den Alpen. Der Klinikalltag teilte sich in drei bis vier Operationen am Tag auf. Zur Visite bei den Patienten kam der Doktor auch nicht weniger als dreimal täglich. Dazu führte Dr. Levy Schulungen und Konsultationen für Ärzte aus allen Gegenden Deutschlands, aus anderen europäischen und fernen Ländern der Welt durch. Während des Frühstücks und Abendbrotes, die meistens in der Klinik eingenommen wurden, setzten sich die Diskussionen über das chirurgische Handwerk fort. Dr. Levy war auch an den Sonnabenden in der ersten Tageshälfte, und sonntags in der zweiten Tageshälfte präsent. Nur mit Mühe und straffer Organisation fügte sich dieses Programm in die vierundzwanzig Stunden des Tages. Wenn Frau Levy sich um die Ordnung und die Bequemlichkeit in der Klinik und um die Patienten selbst kümmerte, so gab Dr. Levy mit der Kraft seiner Zauberhände ihnen die Jugend, die Schönheit und den Glauben an sich selbst für das weitere Leben zurück. Urlaub kannte zwar das Personal der Klinik, aber nicht die Familie Levy. Sie beschäftigte sich während der Urlaubswochen mit der Teilnahme an Symposien, Lehroperationen in anderen Städten und Ländern, mit der Renovierung der Klinik und kreativen Gesprächen mit künftigen Patientinnen und Patienten.

In der technischen Sprache gibt es den Begriff: Materialverschleiß. So unterliegt auch der menschliche Organismus der Abnutzung. Er braucht die Möglichkeit, sich zu erholen, sich wiederherzustellen und sich zu entspannen. Diese drei Worte existierten im Wortschatz des Arztes nicht. Er operierte nicht bloß des Geldes wegen, sondern für die eigene Bestätigung und das Vergnügen, um mit seinen Händen der Hoheit Schönheit zu dienen. Als Dr. Levy alle Höhen und Titel in der Plastischen Chirurgie erreicht hatte, entschloss er sich eines Tages, die Last der organisatorischen Arbeit in fremde Hände zu geben und die aufblühende Klinik unter Bedingungen, die für ihn, für das

Personal der Klinik und für die neuen Herren zum Vorteil gereicht hätten, zu verkaufen.

Kaufangebote für die Klinik gab es viele. Dr. Levi wählte aus, wies Angebote von Firmen, Konzernen und Privatpersonen ab, die die hohe Messlatte der Qualität seiner Klinik hätten herabsetzen können. Im Verlauf von dreißig Jahren hatte er mit seinen Mitarbeitern diese Einrichtung aufgebaut, sein Geld, sein Talent und seine Seele darin eingebracht. Aber er konnte nur schöpferisch tätig sein und nicht falsch spielen. Er konnte nur schaffen, ohne den Grad einer möglichen Zerstörung zu bedenken. Er verfolgte nicht die geheimen Spielchen in seinem fachlichen Umfeld. Er bemerkte nicht die Gnome, die sich seiner Klinik bemächtigen wollten.

An einem klaren Sonnentag, als die Sonne mit den Schneekuppen der Alpen spielte, wurde ein Rollstuhl in die freundlichen und hellen Türen der Klinik geschoben. Den Rollstuhl führte ein Mann mittleren Alters, in dessen Antlitz ich eine bestimmte Disharmonie zu erkennen glaubte. Seine offensichtlich jugendliche Bekleidung stand im scharfen Gegensatz zu seinen grauen Haaren. Sein Gesicht hätte man schön nennen können, wenn nicht die kalten Augen, das falsche Lächeln und entweder der Ausdruck von Laster oder innere Leere gewesen wären. Mir kamen das Fletschen einer Hyäne, die Heuchelei einer käuflichen Dirne und der Hochmut eines Zuhälters in den Sinn. Mit den Händen den Rollstuhl lenkend, beruhigte er scheinbar mit den Fingern die Frau, die in dem Rollstuhl saß, und deren Beine offenbar gelähmt waren. Sie hatte ein angeschwollenes, stark angespanntes Gesicht, einen Körper in Rubensformen und Verdrossenheit in ihrem Blick. Heute stelle ich mir die Frage, ob sie tatsächlich behindert war. Oder spielte vielleicht diese Dame mit der Behinderung eine bestimmte Rolle?

Wir werden im Allgemeinen mitfühlend, wenn wir mit einer menschlichen Unvollkommenheit zusammentreffen. Wir werden gütiger und hilfsbereiter, wenn wir eine menschliche Missbildung sehen. Deshalb entgingen mir bei der Dame in den ersten Augenblicken ihre selbstgefällige Unterlippe, die lockige Frisur, der Medusa von Gorgone ähnlich, und ihr zusammengekniffener Blick, als würde er sagen: „Bedaure dich selbst, aber nicht mich!" Das herzliche Gefühl meines Bedauerns wurde allmählich von dem aufsteigenden Gefühl der Vorsicht überdeckt.

Die gesamte Belegschaft schien sich seit dem in drei Lager zu spalten: die einen nahmen die neuen Chefs als gegeben an, auch weiterhin der Familie Levy die Treue haltend. Einige liefen mit der niederträchtigen Haltung von Schakalen über, mit dem Schwanz vor den Fremden wedelnd, und andere verhielten sich neutral, nur an den Arbeitsplatz, die Familienangelegenheiten und den Lohn am Ende des Monats denkend. Die Strategie und Taktik des Niedergangs der Klinik war blendend ausgedacht. Der Alte Fritz hätte seinen Dreispitz gezogen, angesichts der Intrigen, die von den neuen Hausherren unter der Leitung unsichtbarer Regisseure gesponnen wurden, die ihr Inkognito bewahren wollten. Die verlogenen Versprechungen, dass in der Klinik alles beim Alten bliebe, dass Dr. Levy weiter operieren würde, Frau Levy als Chefmanagerin und das Personal in Ruhe weiterarbeiten könnten, galt nur für die Dauer eines Monats. Das erste Läuten der neuen Glocken war die Absage von dem gemeinsamen Mittagessen im gemütlichen Speiseraum, wo Dr. Levy, seine Assistenten, die Gäste der Klinik zum Mittag aßen und sich gegenseitig austauschten.

Die neue Leitung, die ihre trockenen Brote vor und nach der Mittagszeit kaute, brachte einen bestimmten Druck in die lockeren Zusammenkünfte des Personals ein, die allmählich eingestellt wurden. Die Schichten wurden so geplant, dass Frau Levy zu Zeiten kommen sollte, die mit der Arbeitszeit der neuen Chefs nicht übereinstimmte. Sie sollte einfach keine Gelegenheit erhalten, sich in die Arbeitsweise der neuen Herren einzumischen. Diese Leute wollten die Art und Weise der Klinik nicht ergründen und nicht davon lernen. Sie hatten das nicht nötig. Vor ihnen stand die Aufgabe bestimmter hintergründiger „Marionettenspieler", in einer festgelegten Frist die Klinik zu ruinieren, die Familie Levy und das Personal zu demoralisieren und zu verfeinden. Die Bürotüren, die früher immer einladend offen waren, wurden jetzt geschlossen. Hinter ihnen webten die neuen Besitzer das Netz wie eine Spinne, den Tratsch, die Gerüchte und das üble Gerede der Sekretärin nutzend. Sie fingen darin diejenigen ein, die es nicht erwarten konnten, dem „positiven Wind" der neuen Hausherren zu dienen. Gerechtigkeitshalber erwähne ich, dass es nur wenige gab, die sich anbiederten. Die Sekretärin bewältigte den Spannungszustand mit Tabletten und zitterte vor Angst, dass man sie bitten könnte, die Klinik zu verlassen. Ihre sinnlosen Reden waren auch schon früher schwer zu verstehen. Sie schüttete verbal einen Kübel „schmutzigen Wassers" über die Familie Levy und jene Mitarbeiter aus, die ihr freundschaftlich verbunden waren, die treu der Klinik gedient hatten, um Schönheit zu schenken.

Die Atmosphäre unter dem Personal versteifte sich. Die Mitarbeiter fürchteten, die Vorgänge in der Klinik zu kommentieren und begannen sich in Acht zu nehmen. An den großzügigen Ausgaberegalen für die Speisen wurden Vorhängeschlösser angebracht. Dr. Levy, sein Assistent, der Anästhesist, die Operationsschwestern arbeiteten miteinander so viel wie zuvor. Aber sie kamen praktisch nicht mehr aus den Operationssälen heraus. Wir Schwestern hörten nicht mehr die Stimme der Oberschwester, die für uns sowohl die Schiedsrichterin als auch wie eine Mutter war. Es verstummte auch ihre Helferin, eine lach- und gesangsfreudige Frau. Die Nachtschwester verteilte keine Kommandos mehr, sondern schlich nur wie ein Schatten durch das Schwesternzimmer. Die menschliche Natur ist voller Paradoxe. Der Hund beißt nie die Hand, die ihn füttert. Der Wolf, der vom Instinkt der Dankbarkeit getrieben wird, schlägt nicht die Zähne in den Menschen, der in den Winternächten den Napf mit Essensresten auf die Schwelle seines Hauses stellt, obwohl er weiß, dass die Wölfin mit den Wolfsjungen um ihn herumschleicht. Nur die Menschen haben seit uralten Zeiten ihre Wohltäter verraten, vergiftet und erschlagen. Als Menschen, die mit Verstand und Intellekt ausgestattet sind, nahmen die Mitarbeiter jedoch die „Spielregeln" an und arbeiteten auf ihren Plätzen genauso professionell und mit voller Hingabe. Aber die hellblauen Augen von Dr. Levy sprühten keinen Humor und Lebensfreude mehr, sondern nahmen die Farbe Damaszener Stahls an. Die Lippen waren aufeinandergepresst, dass es schien, als würde das Gesicht schmerzen von den zurückgehaltenen Emotionen. Seine Helfer, der zweite Chirurg und der Anästhesist scherzten nicht mit den Schwestern, umhüllten nicht mehr die neuen Patientinnen mit ihrem Charme und Lächeln. Sofort nach den Operationen führten sie die notwendigen Untersuchungen durch und gingen fort, ohne in das Büro zu schauen. Sie aßen nicht mehr mittags zusammen, tranken keinen Kaffee, erörterten keine Angelegenheiten, wie es früher in diesem Haus üblich war, weil das Haus aufgehört hatte, ihr Haus zu sein.

Es kam der Tag, der erste, aber nicht der letzte „Tag des Einschlags", als Frau Levy die Kündigung ausgehändigt wurde. In dem Haus, in dem sie mehr als zwanzig Jahre gearbeitet hatte, das sie mit den Erbauern geschaffen hatte, über dessen Zeichnungen sie weit in die Nacht gesessen hatte, wurde ihr nicht einmal erlaubt, die persönlichen Dinge, Bücher, Kleidung, Kosmetik selbst einzupacken und mitzunehmen. Alles wurde in eine Kiste geworfen und ihr vor das Haus gestellt. Ihr wurde verboten, die Schwelle der Klinik zu überschreiten, mit der sie wie eine Mutter mit ihrem Kind mit der Nabelschnur verbunden war, nur dass sie es nicht neun Monate ausgetragen hatte, sondern mehr als zwei Jahrzehnte. Danach rollte das Teufelsrad und zermahlte alles, das ihm im Weg war. Dr. Levy, der seine Frau nicht im Stich lassen wollte, forderte ihre Rückkehr und drohte mit seinem Weggang. Diese Hyänen, oder eher Marionetten aus dem Büro teilten ihm mit, dass sein Können nicht mehr gebraucht würde. Die Klinik würde die frisch operierten Patienten und die folgenden, deren Operationen bei Dr. Levy bereits angemeldet waren, ohne ihn behandeln.

Dr. Levy ging. Seine Assistenten, aber auch die Patienten zogen sich zurück. Es blieben nur die wenigen kosmetischen Eingriffe, die auch in Ambulatorien oder in Kosmetikstudios operiert werden konnten. Die Klinik sofort zu schließen, wäre ein zu offenes Zeichen gewesen, sie zu ruinieren. Deshalb begann sich ein Karussell zu drehen, in dem für mich weder eine Logik noch ein Sinn bestand. Fast wöchentlich wurden die Chirurgen ausgetauscht, die aus provinziellen Kliniken geholt wurden, wobei ihnen allen „paradiesische Gefilde" versprochen wurden. Das Personal konnte den neuen Methoden, Anordnungen, Forderungen und Personen kaum noch gerecht werden. Die kompetente Nachtschwester wurde entlassen. Ihre Vollmachten wurden den Tagesschwestern übertragen. Der Operationssaal musste mit einer OP-Schwester weniger auskommen. Die neue Führung verzichtete auf die Dienstleistungen der Putzfrauen, indem sie diese Tätigkeiten dem medizinischen Personal auferlegte.

Ich arbeitete noch den letzten Monat bis zum Ende, weil ich mich entschlossen hatte, die Arbeit in der Klinik aufzugeben, als ich vom Verkauf hörte. Ich habe ehrlich gearbeitet und mich für die Klinik eingesetzt. Ich habe die Freundschaft der Familie Levy sehr geschätzt und war dankbar über die allseitige und unschätzbare Hilfe von Frau Levy in allen Aspekten meines Lebens. Aber ich war müde geworden. Ich hatte mich verausgabt. Mein halbes Leben arbeitete ich in leitender Funktion in Russland, und ich wollte mich einfach nicht mehr einem neuen Chef unterordnen. Ich flog davon wie ein Luftballon. Gesetzlich hatte die neue Klinikleitung kein Recht, mich hinauszuwerfen. Sie hat mich sogar gebeten zu bleiben und weiter zu arbeiten. Heute, nachdem ich vieles überdacht habe, vermute ich, dass man mich überreden wollte zu bleiben, um mich danach mit sadistischem Vergnügen hinauszuwerfen, um mich für die Freundschaft mit den Levys, für die Treue zur Klinik und zu den Patienten zu erniedrigen.

Aber bis zum Ende zu arbeiten, war bitter und schwer. Die zauberhaft schöne Klinik verfiel zusehends. Den Treppenabsatz in der Eingangshalle, auf dem je nach Saison riesige, schöne Blumengebinde aufgestellt waren, schmückte jemand mit einer abscheulich rostigen Hahnskulptur, der in kriegerischer Pose stand und seine männliche Würde demonstrierte. An einem Sonnabend wurde ein Müllcontainer gebracht und es begannen die Spiele der Vandalen, die ihre Maske der Frömmigkeit fallen ließen. Möbel, luxuriöse Gardinen, Bilder, italienische Stühlchen von der unteren Etage, Leuchten und Strahler, Vasen mit Blumen und persönliche Dinge der Familie Levy wurden hinausgeworfen, zerschlagen und in den offenen Schlund eines alten Containers versenkt. Das geschah, als weder Personal noch Patienten in der Klinik waren. Als wir Mitarbeiter dann am Montag eintrafen, dachten wir, wir hätten uns in der Adresse geirrt oder einen Zeitsprung vollführt. Außer dem eisernen Hahn im Eingangsbereich standen anstelle der bequemen Sofas und Sessel Sperrholzwürfel in schwarzer, roter und gelber Farbe. Anstelle des Spiegels waren Poster von nackten männlichen Torsos aufgehängt. Statt der warmweißen Beleuchtung waren eine Menge Halogenstrahler installiert, anstelle der Blumen, Vasen und netten Dekorationen weibliche Holzfiguren in vulgär leuchtenden Badeanzügen aufgestellt, die eher an Zuchtschweine eines erfolgreichen Bauern erinnerten. Ein Poster mit einem riesigen Fuß in einem roten Damenschuh schwebte auf der schneeweißen Wand und lud dazu ein, sich auf das große Geheimnis der Schönheit einzulassen, die früher in diesem Haus produziert wurde.

Ich denke mir, dass diese „Fakire für eine Stunde", diese käuflichen Zerstörer jemand gut bezahlt hat. Wie Kettenhunde wurden sie losgelassen und befohlen: „Bello, fass!" Alle moralischen, ethischen und menschlichen Bedenken wurden bei Seite geschoben. Bosheit, Neid und Kleingeist kehrten sich nach außen. Als Dr. Levy in die Klinik ging, um aus seinem Arbeitszimmer die Bücher mit den Widmungen, die ihm die ausländischen und deutschen Kollegen geschenkt hatten, ein paar Fotografien, seine Diplome, Zeugnisse und Zertifikate und ein paar dem Herzen teure Souvenirs zu holen, da führten sich diese unwürdigen Lakaien, diese neuen Hausherren am nächsten Tag als bestohlene Besitzer der Klinik auf und kündigten der Nachtschwester, die ihn dabei begleitet hatte.

Um die Familie Levy zu verleumden, antwortete der Sekretär auf alle Telefonanrufe der früheren Patienten oder neuer Kunden für eine Operation, dass Dr. Levy nicht operiert, dass er krank sei, dass Frau Levy auch nicht mehr arbeitet, aber die Klinik bereit ist, den ganzen Komplex der Dienste zu gewährleisten und mit qualifizierten Plastischen Chirurgen allen Bedürftigen zu dienen. Die Operationstätigkeit übernahmen Ärzte, die ihre Routinearbeit in anderen Kliniken aufgegeben hatten und versuchten, ihren unbekannten Namen mit dem Namen von Dr. Levy wie mit einem Ordensband aufzuwerten. Das Ausbleiben der Patienten zerstörte jedoch ihre Hoffnungen, und ihren ganzen Eifer richteten sie auf die Entfernung von Muttermalen und Warzen.

Das Ausmaß der Beräumung des Klinikgebäudes wuchs wie eine Schneelawine an. Aus dem Arbeitszimmer wurden die teuren Stilmöbel hinausgetragen und in die Wohnung der neuen Besitzer gebracht. Von den Fenstern der Treppenabsätze, aus den Untersuchungsräumen und den Wartezonen, aus den Krankenzimmern der Patienten verschwanden italienische Möbel, Spezialbetten mit teuren Matratzen, Fernseher, Kunstdrucke, Gravuren und Bilder. Diese Vorgänge wurden von wortreichen Auslegungen begleitet, dass der Stil der Klinik veraltet sei, dass die Pastelltöne, die Vergoldungen, die Blumensträuße und die Sofakissen nicht mehr modern seien und der Vergangenheit angehörten. Sie wollten aus jedem Zimmer etwas Besonderes machen: eine „Cowboy-Range", die „Kabine eines Raumschiffs", eine „Märchenhöhle" oder ein „Labyrinth der Pyramiden".

Die letzten Tage in der Klinik ermüdeten mich bis zu einem solchen Zustand, dass ich zu Hause ankam und mit Kopfschmerzen und Herzbeschwerden kraftlos auf das Sofa fiel. Das Lächerliche wandelte sich in das Furchtbare. Ich fühlte, dass ich mit Dummköpfen arbeitete, dass diese Leute Zombies waren, programmiert auf das Böse. Von dem verbliebenen Personal wurde jeden Tag gefordert, etwas Schlechtes oder Unwürdiges über Familie Levy zu sagen. Mit passivem Widerstand spielte ich die Rolle der Unscheinbaren und schlecht deutsch Sprechenden, aber insbesondere schlecht verstehenden Ausländerin. Als ich einmal hörte, dass ich von der Familie Levy so fern sei wie die Sterne von einem Teich, in dem sie sich spiegeln und nur einen bescheidenen Rang einnehme, schlief ich ruhiger.

Madame „Gorgona" siebte alle durch: „Wir wollen doch einmal sehen!" Dann begann der nächtliche Terror. Ein Uhr nachts oder später ertönte ein langes Klingeln an der Haustür, und auf meine beunruhigte Fragen: „Wer ist da? Was ist los?", antwortete niemand. Vor Tagen erst hatte sich der Mann von Madame beschwert, dass ihre unruhigen Hunde sie nicht schlafen ließen und sie nach ein Uhr nachts ausgeführt werden müssten. Die Bosheit, die die Klinik beherrschte, drang in jeden ein. Das Personal redete nicht mehr miteinander. Ich litt sehr unter der Schweigsamkeit meiner Oberschwester, die mir im Verlauf der vielen Jahre zur Freundin und Helferin geworden war. Ein paar Schwestern, die sich den neuen Hausherren anbiedern wollten, versuchten mich wegen eines beliebigen Anlasses zu erniedrigen und zu kränken, um sich für mein gutes Verhältnis zur Familie Levy, wegen ihrer Aufmerksamkeit und Unterstützung mir gegenüber, neidvoll zu rächen. Ich verschloss mich. Während ich meine eintönigen Arbeiten verrichtete, erinnerte ich mich an mein bisheriges Leben, an die unruhige Kindheit. Ich verarbeitete noch einmal den frühen Tod meiner Eltern, die Ängstlichkeit der Liebe meines ersten Mannes, seine Schwächen und Fehler, tadelte die Kränkungen meines deutschen zweiten Ehemanns, verbannte die sinnlosen verflüchtigten Bekanntschaften und brachte eine Lobrede auf meine echten Freunde, Deutsche, Juden und Russen aus, die mir halfen, diese schwere Zeit zu ertragen. Meine Lieben! Ihr braucht das Jüngste Gericht nicht zu fürchten, denn das Gebot: „Liebe deinen Nächsten wie dich selbst", habt ihr in die Tat umgesetzt. Ohne euch wäre ich eingegangen. Sehr viel habe ich nachgedacht, überdacht, gelitten. Ich habe meine Tochter dafür um Verzeihung gebeten, dass ich ihr nicht alles gab oder dafür, was ich ihr gab und das ihr eine untragbare Last wurde. Tag für Tag, Stunde für Stunde erinnerte ich mich an die Freude und das maßlose Glück der Begegnungen in diesem Leben mit meiner Enkelin, meiner letzten Liebe und ewigen. Mit diesen Gedanken und den Erinnerungen verflogen die letzten Wochen meiner fast fünfzehn Jahre Arbeit in der Klinik. Verbittert und gekränkt verließ ich ein letztes Mal das Haus. Keiner war da, der mir ein paar Blumen in die Hand gedrückt und mir am Ausgang gesagt hätte: „Danke! Viel Glück auf dem weiteren Lebensweg!" Ich verabschiedete mich von der Klinik für immer mit Dankbarkeit, dass dieses Kapitel meines Lebens beendet war, aber auch mit dem zermürbenden Zweifel und der Angst, wie das Leben weiter gehen sollte.

Gerade zu dieser Zeit weilte die Familie Levy in Österreich und hatte versucht, mich zu erreichen. Aber ich bedauerte mich selbst und fiel in eine Depression. Ich rief niemanden an, stellte das Telefon ab, um kein Klingeln zu hören. Ich jammerte in mich hinein wie ein ausgesetzter Hund und grub in meiner

Seele, um den Schuldigen an meiner Nutzlosigkeit und meiner Einsamkeit zu suchen. Ich fühlte mich hintergangen, war aber einfach unfähig, mit jemanden darüber zu sprechen. Damit schuf ich mir selbst ein Vakuum und verdammte mich zur Isolation. Nachdem ich mich stückweise gesammelt hatte, fuhr ich nach Berlin zu meiner Freundin Anja K.. Sie und ihre Familie, die Schwester, die Kinder und die Neffen umringten mich mit Anteilnahme und Verständnis, das meine gekränkte Seele so nötig hatte. Spontan entschied ich, nach Berlin umzusiedeln. Ich dachte, es könnte um mich nur noch schön sein. Umgeben von der Wärme meiner Freunde könnte ich zu einem normalen Leben zurückkehren, eine Arbeit finden und mich in das kulturelle Leben werfen. In meiner Euphorie vergaß ich, dass jeder seine Einsamkeit hat, dass jeder sein Leben lebt, dass die Arbeit selbst für die jungen Leute nicht reicht und dass die Theater, die Museen, die Konzerte, ja jedes Vergnügen nicht billig sind. Als ich nachts auf dem Sofa in der riesigen und bequemen Wohnung von Anja lag, hörte ich den Lärm der großen Stadt, von dem ich in meinem paradiesischen Garmisch bereits entwöhnt war. Ich plante mein Leben und sinnierte über die Klinik, die Schicksale und über die Familie Levy.

Als ich am letzten Tag aus der Klinik ging, griff ich mir einen auf den Boden abgelegten Spiegel. Er hing früher im Wartezimmer. Dort saßen die bereits operierten Patientinnen und warteten auf ihren Aufruf, währenddessen sie sich ihrer erneuerten Schönheit und Verjüngung erfreuten. Von Zeit zu Zeit warfen sie glückliche Blicke in diesen hohen Spiegel, der mit einer mattierten Messingleiste verziert war. In vielen Jahrzehnten sog dieser Spiegel so viel Freude, Dankbarkeit und Güte in sich auf, dass ich nicht gleichgültig daran vorübergehen und zulassen konnte, dass dieser Spiegel am nächsten Morgen in den Container geworfen werden sollte und damit in tausend Stücke zersprang. Ich habe ihn mitgenommen, und jetzt hängt er bei mir im Schlafzimmer.

In Berlin wollte ich meinen heimatlichen Freunden, der Kultur, der lärmenden Hektik einer Großstadt näher sein. Ich wollte die illusorische Hoffnung auf eine neue Arbeitsstelle nicht aufgeben. Doch ich sehnte mich zurück nach Garmisch-Partenkirchen, diesem westlichen und konservativen, diesem katholisch erhabenen und in jeder Jahreszeit herrlichen Ort. In der reinen Waldluft der Berge hätte ich mir die Magie mittelalterlicher Zauberer und den Hauch alpiner Geheimlogen erträumen können. Ich sehnte mich zurück nach dieser würdevollen Provinzialität, nach der sonnigen Klinik-Villa, nach der ständigen Bereitschaft, der Frau Levy zur Hilfe zu eilen und nach den regelmäßigen „Brüllern" von Doktor Levy: „Elena! Wo bleibt mein Kaffee?"

Die ehrlichen und gut mit Dr. Levy befreundeten Kollegen erlaubten ihm nicht, in Verzweiflung zu geraten und in Bedauern und Depression unterzutauchen. Die Anfragen an diesen Schönheitschirurgen überstiegen sogar seine Möglichkeiten. Er wurde zu Konferenzen und Symposien mit Vorträgen eingeladen. Er wurde zu Operationen gerufen, wo er seine Meisterschaft demonstrierte. Ihm wurden die Leitungen von Kliniken, medizinischen Abteilungen und Fakultäten vorgeschlagen. In dieser Anerkennung badend, merkte Dr. Levy nicht, wie die Zeit verflog und wie seine Frau in kurzer Frist ihm die Möglichkeit verschaffte, erneut zu operieren, erneut zu arbeiten und Schönheit zu schenken.

Wer hinter den Kulissen in der Rolle der Marionettenspieler stand, die Fäden zog und die Geschichte des Bösen, des Neides, des Vandalismus und der Gemeinheit gestaltete, kann ich nur erahnen. Die von jenen ausgedachte Tragödie wandelte sich in eine Farce. Dr. Levy arbeitete auch weiter mit seinen gleichgesinnten Ärzten. Seine Frau leitete erneut die organisatorischen Arbeiten. Das alte Stammpersonal jedoch, das früher die Stabilität, die Befriedigung und das Gefühl der Geborgenheit um sich herum spüren durfte, ist heute über die verschiedenen Kliniken Deutschlands verstreut.

Wenn ich meinen Blick von den Seiten des Buches abwende, die von dem weichen Licht der Bettlampe beleuchtet werden, fange ich im Silber des Spiegels die leichten Lichtreflexe und Schatten ein. In meiner Phantasie gaukelt er mir vor, als wollten meine russischen, israelischen, deutschen, österreichischen und amerikanischen Patientinnen ihre Schminke ausbessern. Im Operationskittel huscht Dr. Levy vorbei und seine Frau schwebt mit ihrem leichten Ballettschritt hindurch. Nur die Gesichter der „Zeitweiligen" erscheinen nicht. Die Madame, die Meduse von Gorgone verschwand aus Garmisch. Ihren Partner oder angeblichen Ehemann, den halb Greis halb Teenager mit seinem lasterhaften Äußeren sah ich ein paar Mal in Berlin. Ich lief auf die andere Straßenseite, um nicht mit ihm zusammentreffen zu müssen. So springt man auf einen anderen Pfad im Wald, wenn eine Schlange zischend angreift oder man eine große, böse aussehende Spinne sieht, die im Busch hängt und ihr Netz spinnt. Aber die Klinik, diese sonnige Villa, steht verwaist, umgeben von wild wuchernden Rosenbüschen. Die früher gehegten Beete und die kleine Wiese sind mit Kraut überwachsen. Der fruchttragende Apfelbaum biegt sich unter der Last der nicht geernteten Äpfel. Nur der Flieder belebt für kurze Zeit den einst malerischen Hof. In den verstaubten Fenstern spiegeln sich geisterhaft die Berge, der Sonnenauf- und -untergang über den Alpen. Das Grundstück und das Haus wurden von langer Hand, von neuen kurzzeitigen Hausherren verschachert. Nun ist kein Leben mehr darin. Stille. Ende der Komödie.

Oktoberfest

Bier war für mich in Russland immer mit einem abgewirtschafteten Kiosk verbunden, um den es stets säuerlich abgestanden roch. Um ihn herum lungerten meist schmutzige und ärmlich angezogene Gestalten, die nicht mehr sicher auf den Beinen standen. Diese armen Schlucker streckten das Bier mit Wodka. Danach wurde ihr Gerede unzusammenhängend und laut. Die Gestikulation ihrer Arme war ohne Koordination und aggressiv. Ein beliebiger, mitunter harmloser Einwand konnte zur Ursache einer schrecklich bösen Prügelei werden. Das Publikum war unterschiedlich: Obdachlose, Arbeiter, die in den Betrieben für „Kopeken" harte Schichten durch arbeiteten, nicht sehr erfolgreiche oder faule Studenten, die das ewige Hungergefühl mit dem Bierkrug stillten, weil das Stipendium für eine normale Mahlzeit nicht reichte, oder Leute des mittleren ingenieur-technischen Personals, die in den nahegelegenen Betrieben arbeiteten. Letztere tranken das Bier zu gedörrtem oder gesalzenem Fisch. Dabei führten sie „Produktionsberatungen" durch oder schimpften über ihre Vorgesetzten, die Gewerkschaft, die Partei und über das Land. Neben den Männern kippten auch einige Vertreterinnen des weiblichen Geschlechts das schäumende Getränk in sich hinein, die mit den verschütteten Tropfen ihre Fraulichkeit wegwischten. Mit ihren groben nasalen Stimmen versuchten sie die Aufmerksamkeit der berauschten Männer in der Hoffnung auf sich zu lenken, einen kostenlosen Trunk oder ein paar Rubel für schnellen Sex hinter den Kiosken zu bekommen. Manchmal, nach einem schnell hingeworfenen Wort von jemandem oder nach ein paar Schlägen auf einen kleinen Gauner, der versuchte hatte, sich mehr Wodka einzugießen, blinkten in den Händen Messerklingen oder eine Fahrradkette, und schon war eine üble Prügelei im Gange. In der Regel kam die Miliz gerade zu diesen Höhepunkten, teilte mit den Gummiknüppeln alle nacheinander nach rechts und nach links und stieß sie wahllos in die Milizautos, um sich mit ihnen auf den Revieren auseinanderzusetzen. Die Räume der Miliz waren klein und wurden „Affenkäfige" genannt. Die Leute konnten darin nur mit Mühe sitzen. Dort wurden keine besonderen „Zeremonien" aufgeführt: den ganz und gar Heruntergekommenen und Mittellosen wurde mit der Faust ins Gesicht geschlagen. Wer noch etwas Geld hatte, wurde auch geschlagen und das Geld weggenommen. Aber die Juden und die Intelligenzler, obwohl es nicht viele waren, denn sie hatten nicht so eine große Bindung zum Alkohol, wurden oft sadistisch verprügelt und alles Geld, die Uhren, Ringe und Lederjacken konfisziert. In den Protokollen über die Festnahmen schrieben sie dann, dass diese Leute bereits während der Schlägerei beraubt worden waren. Mein russischer Mann Oleg ängstigte sich krankhaft vor den Milizionären. Ich verstand nicht warum, bis ich bei ihm auf dem Schreibtisch ein Häufchen Quittungen über die Bezahlung der Ausnüchterungszelle fand, eigentlich dafür, dass sie ihn festgenommen hatten und er die ganze Nacht im „Affenkäfig" zugebracht hatte. Man musste für dieses „Nachtsanatorium" bezahlen. Da wurde mir auch klar, wohin die Lederjacken, die Ledertaschen, das Portemonnaie, die Schals und die Pelzmützen verschwanden: das alles hatten sich die „ehrenwerten Hüter des Gesetzes" angeeignet. Oleg trank gern einen Krug Bier nach der Arbeit am Gehaltstag. Obwohl er von Natur aus ein weichherziger, guter und intelligenter Mensch war und sich nicht in die Trinkerskandale oder Prügeleien einmischte, zog er die Aufmerksamkeit der Miliz auf sich. Er war für die Miliz ein „Zuckerstückchen", um ihn zu plündern und zu verprügeln. Er gehörte zur Intelligenz, hatte in seiner Geldbörse immer einige Rubel und war ordentlich angezogen. Unsere Tochter und ich kauften ihm Kleidung in Deutschland und schickten sie ihm oder übergaben sie ihm bei jeder sich bietenden Gelegenheit. Infolgedessen hasste ich seine Konfrontationen mit der Miliz des Bieres wegen und schließlich das Wort „Bier" selbst mit allen Fasern meiner Seele.

Nachdem ich nach Deutschland gekommen war, entdeckte ich mit Erstaunen, dass dieses Getränk das liebste dieser Nation ist, dass man es öffentlich trinkt und keine Polizei mit Knüppeln jedem in die Nieren schlägt, der sowohl im Alltag als auch an den Feiertagen dieses Hopfengetränk genießt. Jeder, angefangen von der Regierung bis zur fröhlichen Jugend ruft gesellig „Prosit!". Noch mehr war ich überrascht, als ich in den ersten Jahren meines Aufenthaltes in Bayern im Herbst ein greifbares Gefühl der Erwartung bei den ansässigen Einwohnern spürte und öfters immer wieder das Wort „Oktoberfest" hörte. Zunächst in den örtlichen Gepflogenheiten schwach orientiert, dachte ich, dass die Leute so fröhlich in der Erwartung des Feiertages der Wiedervereinigung Deutschlands wären. Dann erfuhr ich, dass ganz Garmisch-Partenkirchen mit Ungeduld das Traditionsfest in München erwartete. Als Philologin und Bibliothekarin umgab ich mich in der Bibliothek mit den heimatkundlichen Schriften, alten Zeitungen und Zeitschriften und war einfach beeindruckt, welche tiefen historischen Wurzeln dieses Bierfest in Bayern hat. Sicherlich haben sich die gegenwärtigen Traditionen etwas gewandelt. Die wenigsten Leute auf dem Oktoberfest werden vielleicht an die Hochzeit der Prinzessin Theresa von Sachsen Hildburghausen mit dem Kronprinzen Bayerns Ludwig Karl August denken. Für die meisten steht die Maß Bier im Vordergrund.

Natürlich gibt es dabei auch eine Kehrseite dieses Volksfestes. Säuerlicher Tabakgeruch wabert aus den Bierzelten. Einige Besucher fallen im Alkoholrausch durch schlechte Manieren, anzügliche Komplimente oder leichte Aggressivität auf. Der Anblick des Münchener Hauptbahnhofes erinnert in dieser Zeit an ein Flüchtlingslager. Ich fuhr einmal an einem dieser Oktoberfest Sonntage im Nachtzug München – Berlin. Ich hielt mich nicht in dem Abteil auf, in dem ich einen reservierten Platz hatte. Vier wohlwollende Männer setzten ihr Feiern fort, nachdem sie eine Tasche mit Bier zwischen die Beine gestellt hatten, das nach ihrem Gelage auf dem Oktoberfest nach meiner Ansicht zu viel war. Dabei begleiteten sie fast jeden Schluck mit Witzen, Späßen oder Stimmungsliedern. Im Verlauf von mehreren Stunden lächelte ich grüßend auf jede Einladung zum Trinken. Danach merkte ich, dass sich mein Lächeln in das Fletschen eines gereizten Hundes verwandelte. Ich hielt es nicht mehr aus und ging fort, um einen ruhigeren Platz zu suchen. Ach je! Alle Abteile waren die Fortsetzung der Theresienwiese. Die jungen Leute saßen, lagen, schnauften, schliefen, lachten oder sangen. Nachdem ich fast den ganzen Zug durchlaufen hatte, konnte ich ein Abteil finden, in dem drei ältere Damen saßen, denen ihre Missbilligung zu diesem Geschehen anzusehen war. Für einen Augenblick spürte ich mit ihnen den gleichen Sinn. Ich grüßte sie verlegen und setzte mich, wobei ich meine völlige Teilnahmslosigkeit am allgemeinen Jubel demonstrierte. Als ich die Augen schloss, merkte ich, dass mir etwas fehlte. Ach, ja! Auf dem ganzen Weg meiner Platzsuche hörte ich nicht ein einziges grobe Wort. Niemand schubste mich oder trat mit dem Fuß gegen meinen kleinen Koffer. Nirgends sah ich eine wilde Aggression, die dem betrunkenen Russen so eigen ist. Niemand „klärte" das Verhältnis mittels der Fäuste und Beine. In dem mäßig schaukelnden Zug blieben die Leute weiter in ihrem nachfestlichen Zustand. Wissend, was so eine „weite russische Seele" im Zustand des Alkoholrauschs bedeutet, setzte ich eine Flasche Mineralwasser an meine Lippen und sagte mir gedanklich herzlich: „Oh, Prosit!"

## Weißrusse

Beim Umzug in Garmisch-Partenkirchen von einer Wohnung in eine andere brauchte ich einen kleinen Transporter und man riet mir, mich an den Wirt eines Hotels zu wenden. Das Haus erinnerte in seiner Form an eine Festung. Auf der Fassadenwand waren Berge, ein Bayer, Edelweiß und . . . ein weißer Bär abgebildet. Im Biergarten waren Holzfiguren aufgestellt, wie ich sie in Weißrussland sah. In der Empfangshalle standen Vitrinen mit Matrjoschkas, Samowar und Applikationen aus Birkenrinde. Irgendwie passten diese Nippes nicht in das vornehme, reiche und stilgerechte Interieur. Ich nahm an, dass das Geschenke russischer Touristen waren. Der Wirt des Hotels, ein starker Mann mit kalten hellen Augen, antwortete auf meine Bitte nach einem preiswerten Transport mit einer Zusage. Zusammen mit seinem Sohn, der ebenso fest beisammen und helläugig war, überführte er meine einfachen Möbel, Bücher und das Geschirr. Auf meine Frage hin: „Und wie viel bin ich Ihnen schuldig?", antwortete er russisch, wobei er sorgfältig die Worte wählte. „Ich selbst bin aus Weißrussland. Ich arbeitete während des Krieges in der Militärkommandantur. Ich nehme an, ich kämpfte mit deinem Vater, nur auf der anderen Seite der Front. Zusammen mit den deutschen Truppen habe ich mich abgesetzt. Hast du mein Haus gesehen? Ich habe mir deine Wohnung angesehen. Spar dir dein Geld. Von den Siegern nehme ich keins!" Das zu hören war bitter und kränkend . . .

# Ärzte, denen wir vertrauen

Fehltritt

Als ich das zweite Mal nach Mutters Tod die Schwelle eines Krankenhauses überschritt, war ich schon nicht mehr ganz so außer mir. Ich war bereits ein paar Monate verheiratet. Trotzdem ließ mich die Situation beinahe die Fassung verlieren. Ich hatte meine zweite Prüfungsperiode ohne Wiederholungsprüfungen und ohne Probleme beendet. Mein Mann schrieb die Diplomarbeit. Wir lebten in der kommunalen Wohnung mit zwei Stipendien, und plötzlich war ich schwanger. Meine Freundinnen waren wie ich genauso unvorbereitet in den Fragen der Sexualität und allem was damit zusammenhängt. Ich schämte mich, die alten Nachbarinnen darüber zu befragen. Ich hielt sie auch nicht für so kompetent in den Fragen der sexuellen Beziehungen. Ihre Kinder hatten sie vor dem Krieg bekommen. Ihre Männer lagen entweder in den grenzenlosen Weiten Russlands, oder in den ehemaligen Frontlinien Europas. Sie lebten in ihrer Witwentrauer ohne Männer oder Ehemänner. Es war zwecklos, mich an die Schwiegermutter zu wenden, weil sie auf meine Fragen einfach nicht geantwortet hätte. Beschäftigt mit den Übersetzungen der Briefe von Ravel und Debussy hätte sie gedacht, ich rede mit ihr in einer fremden Sprache, und mein Problem passte nicht in das Register ihrer musikalisch-kulturellen Werte. Schließlich begleitete mich mein junger Gatte bis zum Eingang des Krankenhauses. Nachdem er versprochen hatte, zum Abendbrot Makkaroni zu kochen, eilte er in die Hochschule.

Eine lauthals plappernde Krankenschwester führte mich in die Garderobe im Keller, wobei sie sich auf dem ganzen Weg über das Naturell und die Sittenlosigkeit der jungen Generation ausließ. Auf mein leises Fiepen, dass ich verheiratet bin, setzte die Schwester weiter fort zu sinnieren, dass das selbst noch Kinder seien und sich solche Hirnlosen in den Betten tummeln. Vor Angst konnte ich nichts mehr erwidern.

Aber diese Ouvertüre war nur ein Veilchenstrauß. Die stachligen Rosen tauchten in dem Saal auf, wo in vierzehn von fünfzehn gynäkologischen Stühlen bereits „Delinquentinnen" hockten. Ich kam als Letzte unter dem Beschuss von Frauenaugen hinzu, deren Besitzerinnen um die zehn und mehr Jahre älter als ich waren. Als sie meine Verlegenheit und Ängstlichkeit sahen, begannen diese „erfahrenen" Schwangeren mir noch mehr Angst einzujagen. Die Berichte darüber, wie die älteren Soldaten in der Armee die Rekruten verängstigen, ist demgegenüber ein Spaß, ein Übermut eben. Aber wenn vierzehn Frauen ein dummes Mädchen erschrecken, dann ist das die Spitze des Horrors.

Als die Krankenschwestern mich halb lebend, halb tot in den Untersuchungsstuhl pressten, wobei sich die Kommentare der Schreckgespenster fortsetzten, antwortete ich auf die Fragen des Arztes schon nicht mehr, sondern murmelte nur noch vor mich hin. Der Doktor raste wie ein Wirbelwind mit seinen Assistenten an den fünfzehn gynäkologischen Stühlen entlang und warf jeder Patientin eine Schmerztablette in den Mund. Wahrscheinlich kamen andere Frauen nicht zum ersten Mal hierher und erhielten bestimmte Spritzen. Aber beim ersten Abort waren Spritzen in den sowjetischen Krankenhäusern nicht angesagt. Ich versündigte mich, aber ich musste das durchstehen. Das nächste Mal wollte ich gut darüber nachdenken: kann ich mich auf Liebesspiele einlassen oder nicht. Die Narkosetablette brachte mir nicht das erwartete Ergebnis, wie jeder verstehen wird. Der Vorgang erinnerte sehr an den Ärztewitz, als der Arzt den Patienten fragt: „Welche Narkose wollen Sie, die starke oder die schwache?" „Die schwache!", bittet der Patient. „Schlaf, Kindlein, schlaf!", singt der Anästhesist. Nach der Betäubung „befreite" der Arzt alle Patientinnen in einem Tempo, das an den Film „Moderne Zeiten" mit Charlie Chaplin als Fließbandarbeiter erinnerte. Der steht am Band, schraubt und schraubt, dreht von der stumpfsinnigen Arbeit durch, gerät auf die Straße und schraubt an den Mantelknöpfen einer vollbusigen Passantin weiter.

Nach einigen Stunden, gekrümmt, kaum die Füße voreinander setzend, schleppte ich mich nach Hause. Die Makkaroni aß mein Mann allein. Ich schluckte eine Handvoll Schmerztabletten und gab Gott mein erstes Versprechen: nie mehr die Seele unschuldiger Ungeborener umzubringen und meinen Mutterleib dieser Qual auszusetzen.

Die Erfahrung kommt mit den Jahren. Wenn ich mich zu turnusmäßigen Untersuchungen in das Krankenhaus oder einfach nur zur Sprechstunde beim Arzt aufmachte, bevorratete ich mich mit eigenen Medikamenten, Schokolade, Blumen oder schönen Flaschen mit geistigen Getränken – für die Ärzte und Kleingeld für die Schwestern und die Pflegerinnen. Ich versuchte mir immer die häufige Inkompetenz, die Grobheit und die Gleichgültigkeit des medizinischen Personals irgendwie zu erklären: Sie hatten ein niedriges Gehalt, sie hatten einen schweren Dienst, wir Kranken waren ihnen lästig. Wenn man mich ins Krankenhaus brachte und ich die ganze Nacht an der Wand im Gang stand, erklärte ich das mit der neuen medizinischen Methodik: für Kranke, denen ein Nierenstein abgeht, wie damals bei mir, sind keine Betten vorgesehen. Geht doch ein Stein leichter ab, wenn der Patient an der Wand steht und vor Schmerzen von Zeit zu Zeit herumtanzt. Diese Lektion der psychologischen Selbsttherapie beruhigte mich.

Meinen ganz und gar wertlosen Stein habe ich verloren, aber dafür fand ich gute Freunde, intelligente jüdische Leute in der Person eines Abteilungsleiters und eines Chirurgen für Urologie. Einer von ihnen fragte mich, ob ich bei meinen Mitarbeiterinnen eine Künstlerin habe, die ein riesiges Plakat für die Halle des Krankenhauses mit der Aufschrift malen könnte: „Geheilt zu werden durch eine Begabung – das ist ein Geschenk". Der zweite Chirurg, der nach Israel mit der Überzeugung ausflog, um dort zu bleiben, kehrte wieder zurück und erklärte mir das so: „Dort hat mich niemand beschimpft oder drangsaliert, aber Juden wie mich gab es so viele. Hier werde ich zwar beschimpft oder drangsaliert, aber ich bin in meiner Abteilung der Einzige". Auf meine Frage: „Wie bist du eigentlich Jude, mütterlicherseits oder väterlicherseits?", antwortete er betrübt: „Ich – bin Jude für das Leben."

## Marianna

Die nächsten drei Begegnungen mit den Krankenhäusern betrafen meine Tochter Marianna. Da ich voll auf mein Kind konzentriert war, ist alles Drumherum aus meinem Gedächtnis entfallen. Es bleiben nur ein paar Ereignisse, die entweder ein Lächeln oder Traurigkeit hervorrufen. In der Geburtsstation verlief das ganz große Geheimnis der Geburt meines Kindes ganz schnell. Meine Augen folgten aufmerksam den Uhrzeigern. Nachdem ich durch den Rhythmus der Wehen eingestimmt war, gab ich mir Mühe, schnaufte und keuchte. In den Pausen stopfte ich schwarze, bittere und poröse Schokolade in mich hinein, davon überzeugt, dass es mir und meiner Kleinen

Kräfte gibt. Als die Zeit herankam und ich vor Schmerzen meine Näscherei nicht mehr genießen konnte, glitt ich aus dem Geburtsbett und begann leise zu hüpfen und auf den Fußboden zu stampfen. Dabei nutzte ich den Umstand, dass die Schwestern und die Ärzte hinausgegangen waren. Ich unterdrückte mein Schreien, weil es mir peinlich war, laut zu stöhnen. Stattdessen murmelte ich mal vor mich hin und mal krümmte ich mich zusammen. Die in das Zimmer hereinkommende Schwester erstarrte und konnte nur sagen: „Nun, genau wie mein verrückter Großvater, der nach dem Winter beim ersten Sonnenstrahl des Frühlings Holz hacken geht."

In den Büchern steht meistens, dass die Frau nach einer Geburt Ruhe oder Besänftigung fühlt und eine Welle des Glücks überkommt. Ich wollte nur noch irgendetwas essen, aber augenblicklich. Die mitfühlende ältere Krankenpflegerin brachte mir eine kalte Buchweizengrütze vom morgendlichen Frühstück. Die Speise erinnerte vom Aussehen her an eine graue verschrumpelte Qualle. In verdünnter Milch gekocht, etwas angebrannt und widerlich süß, erschien sie mir in dem Moment als höchste Delikatesse. Solange ich durch den Korridor zum Chirurgen geschoben wurde, um einige Dammrisse zu nähen, gluckste ich geradezu wie eine Katze vor Vergnügen und leckte den Teller und den Löffel ab, wie ein Mensch, der auf dem langen Weg in der Wüste fast verhungert ist. Angesichts meines Appetites brachte mich die Weigerung meines Babys, meine Milch zu trinken, in einen Zustand der völligen Ratlosigkeit.

Als in das Zimmer die piepsenden und schreienden Babys gebracht wurden, schlief mein Püppchen fest und ich verliebte mich sofort in ihre langen Wimpern, in ihre schwarzen Haare und die schneeweiße Farbe ihres Gesichtchens. Meine Schöne brachte man weg, und meine Brust wurde prall von der Milch.

Während die anderen Mütter ermüdet dahindösten, pumpte ich wie eine Galeerensklavin tags und nachts meine Milch ab. An die erste Nacht, die mein Mädchen zu Hause verbrachte, erinnere ich mich mein Leben lang. Tagsüber schlief sie fest und wollte nicht trinken. Aber abends gegen zehn Uhr begann sie die Brust zu fordern und hörte nicht mehr auf zu schreien. Mein Mann Oleg und ich trugen sie nacheinander auf den Armen und wiegten sie und beruhigten sie. Im Morgengrauen kam mir, so dachte ich, ein „kluger Gedanke": ich gab ihr auf der Löffelspitze ein Tröpfchen einer Erdbeerkonfitüre in den Mund. Die Kleine öffnete ganz weit ihre Augen und schaute mich so entsetzt an, dass ich mich wie eine schuldige Schülerin fühlte.

Die am Morgen kommende Ärztin hörte meine Erzählung mit großen Augen an, wie ich versucht hatte, meine Milch zu versüßen. Das war für sie etwas Neues in ihrer Praxis. Sie schimpfte mit mir. Aber trotzdem bin ich ihr heute noch von Herzen dankbar für ihre Aufmerksamkeit und Erfahrung, weil sie eine Urinprobe nahm, nachdem sie die Kleine untersucht hatte. Am selben Tag wurde noch das Urteil gefällt: mein Krümel hatte eine sehr schwere Nierenerkrankung – eine Nephropyelitis. Als ich nachforschte, wie und woher sie gekommen war, erfuhr ich in der Geburtsstation, dass meine Kleine am Fenster gelegen und eine junge diensthabende Krankenschwester vergessen hatte, nachts das Fensterchen zu schließen. Der Januar ist in St. Petersburg immer ein kalter Monat mit Wind und Temperaturen von minus 18 bis minus 20 Grad Celsius.

Es begann mit meiner Kleinen ein „Gang durch Qualen". Der Kinderarzt der Poliklinik konnte meiner Tochter nicht helfen. Schließlich verschrieb er starke Antibiotika. Nachdem ich eine

Menge medizinischer und pharmakologischer Literatur gelesen hatte, verstand ich, dass ich die anderen Organe meiner Kleinen einem Schlag aussetze, wenn ich die Nieren heilen will. Ich willigte ein, sie zur Heilung in ein urologisches Kinderkrankenhaus zu legen. Das Gebäude des Krankenhauses befand sich auf dem Territorium eines großen, alten Parks. In jener Jahreszeit, im Juni war es umgeben von blühenden Obstbäumen und Flieder. Vor dem Eingang überkam mich sofort eine gelassene Zuversicht, dass hier meiner Kleinen geholfen wird. Den Gesamteindruck der inneren Einrichtung könnte ich mit zwei Worten charakterisieren: Sterilität und Armut.

Im Zimmer standen zwei Kinderbettchen. In dem einen lag bereits ein kleiner Junge mit einem schmalen, fast durchscheinenden blassen Gesichtchen, und in das andere Bettchen legte ich mein Töchterchen. Sofort umringten uns betriebsame Krankenschwestern, die Blut- und Urinproben entnahmen, das Herz abhörten und den Bauch abtasteten. Die ganzen Tätigkeiten wurden von Zeit zu Zeit durch das klagende Weinen des kleinen Jungen unterbrochen, dessen Urinlassen von heftigsten Schmerzen begleitet war. Den Jungen hatte die Mutter aus der Leningrader Umgebung hierhergebracht. Sie war von der Arbeit den ganzen Tag freigestellt worden, um bei dem Kind zu sitzen. Aber sie war wie geblendet und betäubt von den Reizen der nördlichen Metropole. Sie stürzte sich kopfüber in das brodelnde Leben und erschien im Krankenhaus so gut wie nie.

Ich drückte mein Mädchen an die Brust, wobei ich an das klassische Gemälde „Äffin mit Jungem" denken musste. Manchmal ging ich zu dem kleinen Jungen, um ihn zu streicheln oder zärtliche Worte zu flüstern. Abends, nachdem ich dem winzigen Nachbarn Milchschleim mit dem Fläschchen gegeben und mein Kind gestillt hatte, machte ich es mir auf zwei zusammengeschobenen Stühlen bequem und deckte mich mit einem großen Schal zu, den ich von zu Hause mitgebracht hatte. Ich hatte glücklicherweise viel Milch. Damals wie heute wird die Muttermilch bedeutend nützlicher geschätzt als jeder pulvrige oder konservierte Ersatz. Die Stille des Raumes und meinen leichten Halbschlaf durchbrach unerwartet ein schriller Aufschrei: „Was ist denn das?!" Auf der Schwelle stand eine sehr erschrockene Nachtschwester. Ohne meine Entgegnung anzuhören, machte sie mir klar, dass die Eltern nachts nach Hause gehen müssen und die Leute nicht bei der Arbeit stören sollen. Später verstand ich den Sinn der Phrase so: wir sollten mit unserer Anwesenheit nicht den Schlaf der Nachtdienste stören. Als ich ablehnte, mein Kind im Alter von fünf Monaten nachts allein zu lassen, holte die Schwester eine Lehrschwester zur Unterstützung. Mir wurde bewusst, welches Los mich erwartete. Ich klammerte Beine und Rücken an das Eisenbett. Mich davon zu trennen, wäre nur möglich gewesen, indem man mir die Arme und Beine ausgerissen oder die Eisenrohre mit dem Trennschleifer herausgeschnitten hätte. Sie schrien, dass sie die Miliz holen und dass man mich hinauszerren würde. Ich schrie ihnen entgegen, dass diese Variante möglich ist, aber dann nur zusammen mit dem Bett und dem Kind. Der herbeigerufene diensthabende Arzt schaute mich aufmerksam an und sagte zu den Schwestern: „Was passt Ihnen schon wieder nicht? Wenn die eine Mutter nicht zu ihrem Jungen kommt, ist es schlecht. Diese da will nicht wieder fort, das ist auch nicht gut. Sie soll für die Nacht dableiben und danach allein das Krankenhaus verlassen!" Ich blieb sowohl in dieser Nacht als auch in den folgenden Nächten. Heute wundere ich mich darüber, woher ich damals die Kraft genommen habe. Im Laufe der Nacht weinten mal mein Töchterchen, mal der achtmonatige Junge laut, manchmal mit Unterbrechung zehn bis fünfzehn Minuten lang und manchmal im Chor. In ein paar Minuten füllte ich eine große Schüssel mit warmem Wasser. Ich wickelte sie aus, fasste die schreienden und sich wie Eidechsen windenden Kinderchen mit zwei Händen unter die Achselhöhlen, vorsichtig, um sie nicht zu erschrecken, und ließ ihre Beinchen und Popos in das erwärmte Wasser. Das erlaubte ihnen, ohne Koliken und ohne Krämpfe den Urin abzulassen. Als ich in der Nacht vier bis fünf solcher Prozeduren durchgeführt hatte, musste ich fünf Uhr morgens den Eimer, den Schrubber und den Scheuerhader schnappen und bis zum Eintreffen der Ärzte gegen sieben Uhr den Korridor, die Ärztezimmer und die Schwesternräume, die Warteräume, die Toiletten und die Laborräume putzen. Dann übergab ich die „Waffen der Arbeit" den Putzfrauen und kehrte in das Kinderkrankenzimmer zurück. Warum ich sauber gemacht habe? Nur unter diesen Bedingungen erlaubte mir der Chefarzt rund um die Uhr im Krankenhaus zu bleiben. Aber am Tag gurrte es über den Kleinsten, die am Tropf hingen. Da wurden Erwärmungsübungen und andere physiotherapeutische Maßnahmen mit ihnen durchgeführt.

Nachdem ich die beiden in einen großen Kinderwagen für Zwillinge eingewickelt hatte, fuhr ich sie in den Garten hinaus. Ich fand eine gemütliche Bank und führte Unterhaltungen mit zwei lustigen Fratzen, die mal einschliefen und mal aufwachten, aber sich immer sicher waren, dass ich bei ihnen war. Ich verließ das Krankenhaus nicht ein Mal. In mir saß die Angst, dass das Personal mich nicht wieder in das Zimmer hineinlässt, obwohl alle heilfroh waren, dass sie eine kostenlose Putzfrau gefunden hatten. Mein Mann brachte mir jeden Tag nach der Arbeit Essen für den ganzen Tag, küsste die Tochter und mich und ging zu den Freunden, wobei er sich frei und unbeschwert fühlte.

Eines Tages kam er nicht allein. Er war in Begleitung eines imposanten älteren Herrn, der sich als Doktor für die Elite erwies. Nachdem er mein Töchterchen abgetastet und die Krankengeschichte gelesen hatte, sagte er: wenn wir jemand „von den da oben" wären, und er lenkte dabei die Augen an die Decke, würde er uns raten, an die Strände Italiens oder Spaniens zu reisen, um das Mädchen mit dem warmen Wasser des Meeres, mit dem warmen Sand, großzügiger Sonne und Säften von exotischen Früchten zu heilen. Aber in unserer Situation sollten wir an die Krim, in einen Ort nahe am Meer fahren, die Tochter in warmen Sand eingraben, sie mit Meerwasser begießen, ihr Hagebuttentee geben und sie nicht unterkühlen. Wir verabschiedeten uns im Krankenhaus bereits recht vertraut miteinander. Ich bedauerte, nicht auch dem kleinen Nachbarn Sascha helfen zu können. Selbst in den zwei Wochen habe ich seine Mutter nicht gesehen. Herzlich gern hätte ich dieses Menschlein mit mir mitgenommen.

In der Nacht, bevor ich das Krankenhaus verlassen wollte, gab es einen betrüblichen Zwischenfall mit einer jungen auszubildenden Schwester. Mein nächtlicher Schlaf, eher mein Dösen war sehr leicht. Die Türen aller Räume in der Kinderabteilung blieben nachts geöffnet. In dieser letzten Nacht hörte ich plötzlich ein böses Schimpfen im Nachbarzimmer: „Du Lump, du elender!" Ich glitt von meinen Stühlen und lief in das beleuchtete Zimmer. Einem drei- bis vierjährigem Kind war schlecht geworden und hatte mit seinem Erbrochenen den Kittel der jungen Lernschwester beschmutzt. Rot vor Zorn hing sie über dem Knirps und zischte ihn an: „Ich möchte dich annageln, du Schmutzfink, der ganze Kittel ist verdorben! Mach deinen dreckigen Mund zu, oder ich lösche das Licht und du kannst dann im Dunkeln brüllen!" Dieses Anbrüllen eines kranken Kindes hatte mein mütterliches Sorgegefühl tief verletzt. Nachdem ich die junge Frau etwas unsanft beiseitegeschoben hatte, nahm ich das vor Schreck zusammengekrümmte Kindchen auf den Arm und trug es zur Badewanne. Ich wusch es ab, zog es um und setzte mich noch eine Weile an sein Bettchen. Ich summte ein Schlafliedchen. Als ich das gleichmäßige Atmen des Kleinen hörte, ging ich in das Schwesternzimmer. Ich zitterte noch immer vor Empörung auf die diensthabende Schwester. Auf ihr falsches Lächeln und den Vorschlag einen Tee zu trinken, antwortete ich mit einer nicht gerade korrekten Absage und versprach ihr, alles zu tun, damit sie nicht mehr mit kranken Kindern arbeitet. Niemals! Ihre Tränen und ihre Erklärungen und Bitten brachten meinen Entschluss nicht zum Wanken, und ich übergab am Morgen einen Brief an den Chefarzt.

Ich wundere mich immer wieder darüber, wie man einen Beruf für das ganze Leben wählen kann, den man nicht liebt. Wie kann jemand Mediziner werden ohne Mitgefühl für den Kranken, Pilot werden ohne Liebe zum Himmel, Seemann ohne Begeisterung für das Meer, Bibliothekar ohne Leidenschaft für Bücher? Ich wünschte, es gäbe eine Aufnahmeprüfung für alle Berufs- und Hochschulen unter Anwendung eines Lügendetektors mit der Frage: Bist du überhaupt bereit und willens, einen solchen Beruf zu ergreifen?

Auf der sonnigen Krim am Schwarzen Meer hatte ich mir ein Häuschen in dem Ort Lavandel gemietet, das mir jemand zur Verfügung gestellt hatte. Das Meer und die Sonne taten das ihre. Sie befreiten mein Töchterchen von der Krankheit. Früh sieben Uhr setzte ich mich in den O-Bus. Ich behängte mich mit Taschen, die mit Kindersachen, Essen und Spielzeug gefüllt waren und fuhr zwanzig Minuten mit der Tochter auf dem Arm zum Strand. Vorsichtig lief ich mit der Kleinen an das Ufer und tauchte sie mehrere Male in das heilende Wasser. Danach trocknete ich sie gut ab und zog ihr einen Strampelanzug an. Dann setzte ich sie in den warmen Sand und grub sie bis zur Taille ein. Das alles war für die Kleine wie ein Spiel und keine medizinische Prozedur. Heller als die Sonne blendete sie mich mit ihrem zahnlosen Lächeln. Bis gegen zehn Uhr genossen wir noch die milde, nicht so heiße Sonne. Sowie die Sonne wärmer wurde, packte ich die Taschen und das Spielzeug zusammen, drückte meinen Schatz an die Brust, und wir machten uns mit dem O-Bus wieder auf den Weg in den Ort.

Damals hatten wir noch keine bequemen Tragetücher, in denen die Kleinen auf dem Rücken oder vor der Brust der Mama sitzen konnten. Bis sechs Uhr abends erledigte ich die Hauswirtschaft, wenn die Kleine eingeschlafen war. Oder ich trug sie zu einem flinken Bergbächlein, an dessen Ufer riesige von der Sonne erwärmte Steine lagen. Manchmal begleitete uns ein kleines, übermütiges Ferkel, das beim Nachbarn mehrfach ausriss und mir zwischen die Beine lief. Da halfen kein Rufen und kein Stampfen mit den Beinen. Es griff mich immer wieder hartnäckig und beständig an. Sechs Uhr abends und bis zum Untergang der Sonne fuhr ich wieder zum Meer. Das Wasser und der Sand waren immer noch wärmer als am Morgen. Nicht später als acht Uhr abends kehrten wir in das Quartier zurück. Ich stellte die Taschen ab und trug die Kleine noch auf eine Stunde in das Lavendelfeld. Dort gab ich der Tochter wie eine Bauersfrau in uralten Zeiten die Brust. Darauf schlief sie sogleich ein, und ich gab mich Träumen hin, die sich nie verwirklichen sollten.

Es war nur gut, dass die Einwohner des Ortes sehr zeitig schlafen gingen, um zum Sonnenaufgang zur Arbeit zu gehen. Mein Mann kam in den zwei Monaten drei Mal zu uns geflogen. Der Tagesablauf war bei uns der gleiche. Erst spät abends, wenn wir die eingeschlafene Tochter in ein improvisiertes Bettchen gebracht hatten, konnten wir uns leidenschaftlich lieben. Nur die hellen Sterne am samtschwarzen Himmel und das Dickicht des betäubenden Lavendels waren Zeugen unserer Begierden und halfen uns zu glauben, dass das immer so sein würde.

Bei der Kontrolluntersuchung nach einem halben Jahr wollten es die Ärzte kaum glauben, dass ich ihnen ein gesundes, stabiles und fröhliches einjähriges Püppchen vorstellte. Die Ärztin aus der Poliklinik schlug die Hände zusammen: „Mamotschka! Und wir dachten, dass Ihr Kind das nicht überleben wird!" Aber danach, zum wievielten Mal in meinem Leben kam die Angst über mich. Jede Erkältung, jeder Husten und Schnupfen meiner Tochter versetzten mich in Panik. Mein leidvolles Mitfühlen der Kinderkrankheiten erreichte schon einen Grenzzustand. Meine Bevormundung, Angst und Sorgen begannen mit der Zeit bei meiner Tochter Unmut und Unverständnis hervorzurufen. Ob mich das gekränkt hat? Aber nein! Das wurde alles von den Gedanken an den Aufenthalt am Schwarzen Meer verdrängt.

Leningrad hatte auch nicht gerade das beste Klima in der Welt. Die Abgasbelastung, die schmutzigen Abwasser und die Industrierückstände waren zweifellos umweltschädigend. Die Manipulationen in den Lebensmittelbetrieben und entsprechend die Lieferung von Lebensmitteln schlechterer Qualität zum Verkauf, die Verteilung von Reisen in die Erwachsenen- und Kindererholungsheime je nach der Höhe des Schmiergeldes, die Kosten des Hygieneplanes der großen Hafenstadt hatten ihren Anteil an den auftretenden Infektionskrankheiten. Die Hepatitis betraf einen großen Teil davon. Diese Diagnose war mir schon seit der Kindheit vertraut. Meine Mutter gebar mich in der Infektionsstation des Krankenhauses und war später an der Gelbsucht, wie die Hepatitis im Volk genannt wird, erkrankt. Es schien, dass mich diese Krankheit umgangen hatte. Die Merkmale oder Vorboten der Hepatitis haben mich nicht geprägt. Als ein von Natur aus reinlicher und der Hygiene zugewandter Mensch dachte ich später, dass diese Krankheit um meine Familie einen Bogen macht. Zunächst schob ich die Trägheit meiner Tochter Marianna auf die übliche Müdigkeit einer Leningrader Schülerin. Von der Schule gab es viele Hausaufgaben. Das Spielen und Toben im Hof macht Kinder auch müde. Aber als ich am nächsten Tag sah, dass meine Tochter kaum die Beine bewegen konnte, nicht essen wollte und im Gesicht ganz blass wurde, nahm ich sie an die Hand und brachte sie in die Kinderpoliklinik. Auf meine „Diagnose" winkte die Ärztin nur mit der Hand ab: „Aber Mamachen! Es ist Frühling draußen! Das ist Vitaminmangel! Oder will Euer Kind nicht zur Kontrollarbeit in die Schule gehen?" Mit diesen Worten schickte sie uns nach Hause. Nach ein paar Stunden riefen wir die Schnelle Medizinische Hilfe. Die Hautfarbe meines Mädchens wandelte sich von weiß in zitronengelb, genauso verfärbte sich auch das Weiß in ihren Augen. Ihr wurde schlecht, und sie hatte keine Kraft mehr, um vor dem eingetroffenen Arzt aufzustehen. Bereits mit einem flüchtigen Blick stellte der Doktor Hepatitis fest und meine Marianna nahmen die Sanitäter direkt aus dem Bett auf die Arme und trugen sie in den Krankenwagen. Nach meinem Prinzip, mein Kind niemals alleine zu lassen, rannte ich sofort hinterher. Aber ich konnte mich nicht mit zwei athletisch gebauten Sanitätern messen, und das Auto fuhr ohne mich ab, als wollte es mich noch mit den Blinklichtern beruhigen. Nachdem ich ein Taxi angehalten hatte, folgte ich nach. Aber die Infektionsstation des Kinderkrankenhauses wurde wie ein militärisches Munitionsdepot bewacht. Ich konnte einfach nicht zu meinem „Blutströpfchen" gelangen. Zu Hause angekommen, kamen mir gruselige Bilder in den Sinn, wie meine Tochter an den Tropf gehängt wird, ihr Spritzen gegeben werden, sie Essen bekommt, das ihr nicht schmeckt, und in ein fremdes nach Desinfektionsmittel riechendes Bett gelegt wird. Ich winselte wie ein Hund, dem ein neugeborener Welpe weggenommen wird. Den ganzen Abend suchte ich Leute, die mir hätten helfen können, in die Infektionsstation einzudringen.

Wie ein Funke kam mir ein bekannter Satz in den Sinn: „Wie du mir, so ich dir". Der Sohn der Oberschwester der Station studierte in der Hochschule, wo ich arbeitete. Ihm wurden in der Bibliothek keine Bücher mehr ausgeliehen, weil er sie immer verspätet zurückbrachte und einige einfach verloren hatte. Nur meine Unterschrift erlaubte ihm wieder, in die Reihe der normalen Leser zurückzukehren. Dafür erhielt ich einen Passierschein für den täglichen Besuch meines Mädchens. Über diese Klinik sind mir gute Erinnerungen geblieben. Wie auch in vielen anderen Kliniken waren die Möbel hier alt, die Bettwäsche ausgewaschen, das Geschirr abgenutzt. Aber die Güte des Personals, das den Aufgaben der Ärzte herzlich ergeben war, stellte die Dürftigkeit, die leider in vielen sowjetischen Krankenhäusern üblich war, in den Schatten. Die Krankenschwestern waren schon etwas reifere Frauen, aber die Kinderkrankenschwestern waren ganz und gar alte Mütterchen. Die Ärzte und Ärztinnen hingegen waren junge Fachkräfte. Ich verbrachte im Krankenzimmer ganze Tage. Ich half wieder, das Essen auszugeben, trug die Kleinen auf den Armen umher, wenn sie anfingen, launisch zu werden, was die Eifersucht meiner kleinen Marianna hervorrief. Leider musste ich abends das Krankenhaus wieder verlassen. In diesem Haus gab es von der Leitung bis zum letzten Mitarbeiter strenge Regeln. Dennoch ging ich jeden Morgen bis zur Frühstückszeit in das alte Gebäude mit der Hoffnung, von den Ärzten zu hören, dass ich mein Kind endlich nach Hause mitnehmen darf.

## Ärzte des Vertrauens

Bei allen Widrigkeiten und Unzulänglichkeiten im sowjetischen Gesundheitswesen gab es auch eine Menge Positives. Jede Therapie war kostenlos, und bei einer Krankheit wurde ein Krankenschein zur Arbeitsunfähigkeit ausgeschrieben. Außerdem erhielten die Leute Krankengeld. Es gab ein riesiges Netz von Kurorten und Sanatorien, in denen die Werktätigen Rehabilitationen und Kuren bekamen. Es gab sogenannte Waldschulen für die Kinder, die sich in ökologisch sauberen Gegenden des Landes befanden. In ihnen fanden Lehrgänge zur Genesung und Gesundung der Kinder statt, die schwere Krankheiten durchgemacht hatten. Dabei lernten die Kinder nach dem entsprechenden Schulprogramm.

Die übergroße Mehrheit der Ärzte hat ihr Handwerk verstanden, und die Patienten konnten ihnen vertrauen. In der sowjetischen Ära erhielten die allgemein praktizierenden Ärzte ein sehr niedriges Gehalt für ihre verantwortungsvolle Tätigkeit. Um die Familie ernähren zu können, operierten sie oder hielten Sprechstunden über sechs bis acht Stunden, gingen anschließend zum Nachtdienst oder in das Notdienstsystem. Auch unter den Ärzten war Trunkenheit leider weit verbreitet. Nachdem er die Schicht abgearbeitet hatte, trank ein Arzt oft ein Gläschen verdünnten medizinischen Alkohol und – vorwärts, zur nächsten Schicht. Natürlich, die hellen Köpfe und die goldenen Hände schlugen sich an die Spitze durch, bekamen eigene Kliniken, wurden Koryphäen ihrer Fachrichtungen und Techniken. Dann wurden sie unerreichbar für den normal Sterblichen. Nachdem sie ein Star der ersten Kategorie geworden waren, solche großen sowjetischen Ärzte wie zum Beispiel Amosow, Fedorow oder Filatow, bedienten sie fast nur noch die höchsten Staffeln der Macht, oder der Termin für eine medizinische Untersuchung bei ihnen zog sich über Jahre hin.

Nach der Begegnung mit dem berühmten russischen Arzt und chirurgischen Talent Fjodor Uglow im Zusammenhang mit der Erhaltung der musealen Heimstätten der Familie Roerich, begann ich aufmerksamer auf die Ärzte zu schauen und zu hören, um zu entscheiden, ob ich diesem oder jenem Doktor vertrauen konnte oder nicht. Er half den Kranken und Leidenden nicht nur physisch, sondern auch psychisch. Gerechtigkeit war sein Credo, Glaube und Hilfe sein Handwerk. Wie jeder andere habe ich nur ein Leben und meine eigene Gesundheit. Wenn ich in der Jugend den Arzt danach auswählte, ob ich ihn bequem aufsuchen konnte, ob er nicht weit von meiner Wohnung oder der Arbeit praktizierte und ich bei ihm nicht lange warten musste, so höre ich heute in mich hinein und vertraue meiner Intuition. Das Wichtigste ist, dass der Arzt kein unangenehmes Gefühl in mir hervorruft, wenn ich die Schwelle zu seiner Praxis überschreite, sondern mir Vertrauen und eine innere Entspannung einflößt.

In Leningrad war ich nicht oft krank. Ich hatte ein paar befreundete Ärzte, die ich zu jeder beliebigen Zeit anrufen konnte. Nachdem ich dem Arzt meine „Weltneuigkeiten" aufgezählt hatte, konnte ich ihn fragen, welche Arznei ich für Angina, Kopfschmerzen oder Zahnschmerzen hätte verwenden können. An die Ärzte in den Polikliniken wandte ich mich praktisch nie. Ich konnte ihnen die Nachlässigkeit, mit der sie den Krebs bei meiner jungen Mutter übersahen, nicht verzeihen. Aber auch einfach deshalb, weil ich ihnen nicht sehr vertraute. Es war aber auch unmöglich, einen unserer alten Arzthelden wegen irgendetwas zu beschuldigen. Dicht gedrängt saßen die Patienten in den Wartezimmern während der Sprechzeiten. In Deutschland habe ich solche Reihen nur im Arbeitsamt nach der Wiedervereinigung gesehen. In den sowjetischen Arztpraxen gab es keine Warteräume mit Teeküchen, wo man hätte eine Tasse Tee oder Kaffee trinken können. Es gab Störungen bei der Wärmeversorgung in den Sprechzimmern, Mangel an effektiven Arzneien und nach der Sprechzeit den Besuch von Patienten zu Hause bei beliebigem Wetter mit einer Tasche voller Krankengeschichten und einfachster medizinischer Instrumente.

Heute erhalten die Ärzte in Russland Dienstwagen. Sie arbeiten mit moderner Ausstattung und verschreiben eine beliebige Importarznei oder manchmal völlig wirkungslose, in Russland produzierte, aber verpackt in ausländischen Schachteln. Die Krankenhäuser und Kliniken sind heute mit Computer, Laser und anderen technischen Neuerungen ausgerüstet. Der Patient darf das alles an der Kasse bezahlen. Um an einen namhaften Spezialisten zu gelangen, muss man noch diskret ein Kuvert mit Geld in die Tasche des schneeweißen Kittels fallen lassen. Übereinstimmend damit, dass nicht alle „nehmen", genauso wie nicht alle „geben", sind die Möglichkeiten eines durchschnittlichen Russen überaus bescheiden. In den Provinzen reicht den Leuten nicht einmal die Rente für die Bezahlung von Licht oder Heizung im Winter. Da wird der Besuch beim Zahnarzt oder Gynäkologen zum reinsten Luxus. Wenn ich mich mit Emigranten in Deutschland unterhalte, höre ich die sich stets wiederholende Phrase: „Dort, zu Hause wäre ich schon lange gestorben", oder „Ich möchte so gern wieder zurückkehren, aber womit und wie werde ich mich dort ausheilen?" In Deutschland kann man die Krankenkasse oder die Pflegestation wechseln, von einem Arzt zu einem anderen gehen, solange man nicht seinen „Retter" gefunden hat, der seine Anforderungen erfüllen kann.

Im Wartezimmer meiner Hausärztin sitzen immer viele Leute. Die Leute sitzen geduldig, bis sie an die Reihe kommen. Sie wissen, dass ihnen die Ärztin immer ihre Aufmerksamkeit entgegenbringt. Sie legt in jeden Patienten einen Teil ihrer Seele. Sie lenkt den vor ihr sitzenden Patienten nicht nur als Ärztin ihrer Fachrichtung, sondern auch in gewissem Maße als Psychotherapeutin, indem sie den Kranken dazu bringt, seine inneren Ressourcen zu mobilisieren und sie auf den Kampf gegen seine Krankheit zu richten. Wenn ich die Schwelle ihrer Praxis überschreite, die sich großzügig in die Sprechzimmer aufteilt, zieht eine Menge Bilder meine Aufmerksamkeit auf sich, die an den Wänden aufgehängt sind. Diese Landschaften und Blumenkompositionen beruhigen mich und eröffnen mir die Seele und die innere Welt der Ärztin, die diese kleinen Meisterwerke in ihrer Freizeit selbst schafft.

Nicht immer kommt dieses gewünschte Vertrauensverhältnis zwischen Arzt und Patient zustande. Meine erste Begegnung mit einem Orthopäden bulgarischer Herkunft in Deutschland war zwar so, wie ich es bisher auch kannte, aber nicht so, wie ich es mir gewünscht hätte. Der Doktor gab mir nur Komman-

dos, ohne den Blick von der Tischdecke zu heben: „auszie-
hen!", „aufstehen!", „beugen!", „setzen!". Ich versetzte mich
sofort zurück in die Zeit meines sowjetischen Pionierlagers.
Dort hasste der Sportlehrer geradezu unsportliche weibliche
Halbwüchsige. Uns tief verachtend und gleichgültig umherbli-
ckend, kommandierte er die jeweiligen gymnastischen Übun-
gen. Die zweite Begegnung mit Orthopäden hatte Erfolg. Diese
Ärztin, eine anmutige junge Frau, konnte zuhören und die
Gefühle der Kranken erlauschen. Sie wählte die Bandagen und
Stützen nicht nur unter der Beachtung der Krankheit, sondern
auch der Bequemlichkeit im Tragen aus. Sie stellte sich die
Aufgabe, sowohl im gegebenen Moment zu helfen, als auch
das weitere Fortschreiten der Krankheit abzuwenden. Wenn ich
mich von ihr verabschiedete, hatte ich das Gefühl, dass sie mir
sogar mit ihrem Blick und mit ihrer Stimme, ihrer weichen Art
des Verhaltens eine heilsame Erleichterung brachte.

Die Menschen in der Sowjetunion waren es nicht gewöhnt,
Psychiater, Neuropathologen oder Psychoanalytiker aufzusuchen. Das hatte eine Menge Gründe. Wenn ich in der Sowjetunion solche Ärzte aufgesucht hätte, bedeutete das, in meinem
Kopf wäre etwas nicht in Ordnung gewesen, und ich hätte die
Karriereleiter nicht aufsteigen können. Allein das Wort „Psychiater" war in der Sowjetunion untrennbar mit dem Wort
„Irrenanstalt" verbunden, das heißt mit den Krankenhäusern für
psychisch nicht vollwertige Menschen. Obwohl . . . es war eher
eine Reaktion auf das Flüstern der weitergegebenen Gerüchte
darüber, dass in diesen „Irrenhäusern" für das sowjetische
System unbequeme Schriftsteller, Dichter, Gelehrte und Ärzte,
Dissidenten oder einfach nur Leute saßen, die ihren oppositio-
nellen Mund zur Politik des sozialistischen Staates nicht unter
Verschluss halten konnten. Einige von ihnen wurden geheilt

und gingen als völlige Idioten in die Freiheit, weil die Psychopharmaka und die Arbeitsmethoden in jenen Mauern denen des KGB, der politischen Lager und der Gefängnisse ähnelten.

Über die Psychiater erzählten sich die Leute eine Menge Witze, manchmal böse und zynische. Mir gefielen zwei kurze davon: Der diensthabende Psychiater sitzt in der Psychiatrie im Pausenraum und löst Rätsel. In einem steht die Frage: Wann wurde Napoleon geboren? Der Arzt nimmt die Augen von der Zeitung hoch und sucht einen Kranken aus der Menge heraus und schreit ihn an: „Napoleon! Sag mir, wann bist du geboren?" Ein Kranker kommt zum Psychiater und sagt ihm: „Doktor, ich habe immer das Gefühl, dass über meinem Körper kleine Krokodile kriechen. Und dann werfe ich sie weg und werfe sie weg . . .", und er macht Gesten, als würde er sich abwischen. Der Arzt ärgerlich: „Kranker! Hören Sie endlich auf, sie auf meine Seite zu schmeißen!"

Das Ende meiner Tätigkeit in Garmisch bedeutete wieder einen Bruch in meinem Leben, bei dem mir die hellblaue Farbe am Himmel verloren ging. Ich tauchte in völlige Dunkelheit ein. Ich zog nach Berlin in eine gruselige unsanierte Wohnung. Wichtige Dokumente gingen auf einem der Ämter verloren. Ich vertraute unzuverlässigen Leuten aus der fröhlichen Stadt Odessa und konnte keine Arbeit mehr finden. Ich war bereits zu alt. In der Beziehung zu den Freunden taten sich Risse auf, und zu den früheren Kolleginnen brach die Verbindung völlig ab. Nachts konnte ich nicht mehr schlafen. In meinem Kopf drehte sich alles und spielten sich alle zurückliegenden Situationen ab, ohne dass ich mich beruhigen konnte. Wie sollte ich mich an einen Arzt wenden?

Als ich mir ausdachte, was ich sagen sollte, und was ich verschweigen sollte, traf ich auf eine reizende kleine Ärztin, deren

Stimme einen kristallklaren Klang hatte. Zwei mir zur Begrüßung ausgestreckte Arme mit der Geste einer erfreuten Hausherrin ließen mich als willkommenen Gast dieses Sprechzimmers fühlen. Ich vergaß meine Überlegungen über das „Für" und „Wider", und legte ihr das Innerste meiner Seele offen, währenddessen ich die Worte beim Sprechen verschluckte oder überschlug. Ich legte meine nicht geweinten Tränen, die unverwirklichten Hoffnungen, die unerwarteten Enttäuschungen und die ungesagten Vorwürfe zu ihren Füßen. Ich erzählte vom kalten Laken meines Bettes, von der Entfernung, die es nicht zulässt, die eigene Tochter und die Enkelin zärtlich zu umarmen, vom fremden Glück und gespenstigen Träumen, vom Wunsch, einen Menschen, der mich versteht, zu umarmen, von diesen fernen, schon lange nicht mehr gehörten Worten der Liebe. Hinter jedem dieser Worte stand und schrie aus vollem Hals das furchtbare Wort: „Einsamkeit". Ich drückte mir den Stempel auf: „Einsame". Ich hatte Angst vor solchen wie mich und lief vor ihnen weg. Ich gewöhnte mich daran, zu den Familien meiner Freunde zu gehen und mich an ihren Herden mitten im Geschrei ihrer Kinder und Enkel zu erwärmen. Ich rettete mich vor der Depression durch das Lesen von Büchern. Ich öffnete die Seite mit der Geschichte fremden Lebens und empfand das Gefühl der Euphorie wie ein Raucher, der die fällige Zigarette raucht, oder wie ein Drogenabhängiger, der sich die Dosis seiner tödlichen Ohnmacht setzt.

Wenn ich zu meinen Mädchen nach Amerika fliege, fragen sie, ob es mir nicht langweilig ist, ob ich nicht irgendeine Beschäftigung brauche. Statt zu antworten, schreie ich sie in Gedanken an, dass ich glücklich bin, ihre Stimme, ihr Lachen, ihr Geräusch, ihre Schritte, die Klänge der Musik und des Fernsehers zu hören. Ich möchte ihnen sagen, dass ich dann die höchste Skala menschlicher Gefühle – das allesverschlingende Glück spüre.

Das alles erzählte ich dieser einfühlsamen Ärztin, die meine Seele wieder aufrichten konnte. Als sehr empfindsamer und emotionaler Mensch meide ich gleichgültige, „kalte" Ärzte, die ihr Verhältnis zu dem Patienten wie ein System aufbauen: „Ich heile dich, wenn du bezahlst." Mir sind sogar Forscherärzte lieber und verständlicher, bei denen die Persönlichkeit des Patienten nicht so im Vordergrund steht, aber die Interesse an dem medizinischen Fall zeigen. Wären diese Ärzte Veterinäre, würden sie sich auch so zu Hunden, Kaninchen oder Ratten, seelenlos aber mit Verantwortung und Interesse, Sorge und Interessiertheit an dem Ergebnis der Therapie verhalten.

Als vielseitig interessierter Mensch bereiten mir die Unterhaltungen mit sogenannten Guru-Ärzten Vergnügen. Sie dominieren unter den Fachkollegen und bei den Patienten. Ihre hohe Geisteshaltung und rhetorische Meisterschaft bringt viele Menschen dazu, ihre gesundheitlichen Probleme zu vergessen und in eine Welt einzutauchen, die mit dem Zweck des Besuches gar nichts zu tun hat. Gerade mit einem solchen Arzt arbeitete ich lange Jahre zusammen. Sogar dann, wenn ich mich über seinen ungerechten Vorwurf oder harten Befehl ärgerte, erheiterte er mich mit seinen philosophischen Gedanken über die Schönheit und die Hässlichkeit, die Politik und die Musik, die neuesten Entdeckungen in der Medizin und die Gefühle und Beziehungen der Menschen, die so alt sind wie die Menschheit selbst. Er hat gelernt zu leben, Beziehungen zu den Leuten aufzubauen, sich zu vertrauen und ehrlich zu sich und anderen zu sein. Wie hinter einem weisen Anführer folgten ihm Ärzte, in Verehrung stets einen Schritt hinter ihm, die gekommen waren, um das Handwerk der Plastischen Chirurgie bei diesem bemerkenswerten Meister zu lernen. Sie fingen jedes seiner Worte auf, sei es im Operationsaal oder im Speiseraum und danach bei den Patientenvisiten und wiederholten sie sogar mit seiner Intonation, als wären es ihre Überlegungen. Dieser Arzt hat viel mit dem Vater meines Mannes, Professor Bogojawlenski gemeinsam. Sowohl dieser, als auch jener vermittelten ihr Wissen und ihr handwerkliches Geschick den Studenten. Sowohl dieser, als auch jener schufen die Schule und die Richtungen in ihren Fachgebieten. Sowohl dieser, als auch jener war sich seiner Geisteshaltung, seines intellektuellen Potentials und seiner Lebenserfahrung nicht zu schade, ein Maximum davon denen abzugeben, die bereit waren, es aufzunehmen. Der eine in der Medizin, speziell der Plastischen Chirurgie, und der andere in der Musik und der Kultur, entzündeten sie mit ihrem Talent die Herzen und den Verstand ihrer Nachfolger.

Als ich aus dem riesigen russischen Imperium nach Deutschland kam, traf ich auf das mir unbekannte System der medizinischen Betreuung und war verwirrt. Dort, im früheren Zuhause waren die medizinischen Behandlungen kostenlos. Wenn die Russen den Ärzten Geld in Kuverts gaben, steckten sie es ihnen verlegen und sich argwöhnisch umsehend in die Kitteltaschen. Denn es war nur dafür gedacht, eine stärkere Betäubung oder ein Krankenzimmer im Krankenhaus mit weniger Patienten oder defizitäre Importarznei für die Therapie zu bekommen. Krankenversicherungen und Krankenkassen in der Form wie in Deutschland gab es in der Sowjetunion nicht. Sich beschweren und Gerechtigkeit einfordern konnte man bei niemandem. Wenn die Russen dem Hausherrn der Klinik, dem Chefarzt Geld oder Geschenke zutrugen, nannte man sie nach alter Sitte „Windhundhälse". Häufig waren die Leiter der Kliniken Professoren, die mit einer Unmenge organisatorischer und wissenschaftlicher Arbeit belastet waren. Von Geld und Geschenken waren sie so weit entfernt, wie von der alltäglichen medizinischen Routine. Über diese „Leuchten" kursierten sogar Anekdoten: „Genosse Professor, stimmt es, dass Sie mich morgen persönlich operieren werden?" „Ja, Genosse Patient, das stimmt. Ich bin ein bis zweimal im Jahr neugierig darauf zu wissen, ob ich es noch kann." Also agierten im Rücken solcher ewig fremd beschäftigten Chefs die Abteilungsleiter, die Oberschwestern und die Mitglieder der Ärztekommissionen und konnten sich somit ihre kargen Einkünfte aufbessern.

Ich kaufe hier in Deutschland sorglos die verschriebene Arznei. Aber die Verwandten und Freunde, die in Russland geblieben sind, die Kinder, die Alten, die schwangeren Frauen, was ist mit ihnen? Für sie ist die Anwendung der in Russland gekauften Medikamente vergleichsweise ein „russisches Roulett". Deshalb sagen witzige Leute: „Ob ich gesund oder krank bin, das ist egal. Ich muss sowieso von Zeit zu Zeit zu den Ärzten. Von irgendwas müssen sie ja leben. Mit dem mir ausgeschriebenen Rezepten gehe ich zur Apotheke und kaufe die Arznei. Der Apotheker muss doch auch von irgendwas leben. Wenn ich nach Hause komme, hebe ich sie auf, und danach werfe ich sie weg. Ich will doch auch leben!" Natürlich hat sich heute der Zustand der medizinischen Betreuung in Russland von Grund auf verändert. Riesige Zentren, Krankenhauskomplexe mit moderner Ausrüstung auf Weltniveau, Lasertechnik, radiologische Systeme wurden zugängig, nur nicht für alle Schichten der Bevölkerung, sondern nur für die, die sehr viel Geld haben. Meine Freundin, die an Herzrhythmusstörungen leidet, aber ein ausreichend hohes Einkommen hat, verglich die Kosten einer komplexen Untersuchung im Superzentrum der Kardiologie in

Sankt Petersburg und entschloss sich, diese in Deutschland machen zu lassen. Die Kosten hier betragen dafür nur die Hälfte. Ohne ein Jahrzehnt gelebter Jahre einzutauschen und darüber nachdenkend, wie viel Jahre ich mich der Sonne, dem Vogelgezwitscher und dem Kinderlärm in den Parks noch erfreuen kann, bin ich fest davon überzeugt, dass jeder von uns das Recht hat, gute Ärzte zu haben. Nicht einfach nur nette, taktvolle und freundliche, sondern echte „Profis". Denn ein netter und freundlicher Arzt, zum Beispiel ein Zahnarzt könnte einem ja auch den falschen Zahn ziehen und man muss dann froh sein, dass er kein Augenchirurg ist.

Ich begann gegenüber Ärzten vorsichtig zu sein, die nach meiner Untersuchung zum Glasschrank gingen, der mit Medikamenten gefüllt war, wie Fakire im Zirkus eine Schachtel herauspickten und mir übergaben. Ich war verblüfft von solcher Freigiebigkeit. Allmählich verstand ich, dass die Ärzte oftmals als Reklame der Pharmaziefirmen und Pharmakonzerne dienen, die manche neue und nicht immer allgemein erprobte Medikamente herausgeben. Als es in Leningrad sehr wenig Mittel für die Schwangerschaftstests gab, fragte ich meinen Gynäkologen, ob man bei ihm in der Sprechstunde Schwangerschaftstests prüfen könnte, die man in Westeuropa und Amerika anzuwenden begann. Der Gynäkologe schwang verschmitzt die Türchen seines Apothekenschränkchens weit auf und fragte mit unschuldigen Augen: „Was brauchst du für einen Test, einen positiven oder einen negativen?"

Einmal war ich von einem Mann begeistert und wünschte, ein paar Kilo Hüftspeck abzunehmen, natürlich um selbst an Attraktivität zu gewinnen. Der Pinguin sollte sich in eine Schwalbe verwandeln. Ich achtete streng auf das System: früh – Früchte, mittags – Salat, zum Abendbrot – Steak, und im Laufe des Tages nur Kaffee und grüner Tee. Innerhalb von zwei Monaten nahm ich sieben Kilo ab, aber dieser Mann enttäuschte mich. Ich gab die Diät auf, und der Herzschmerz wurde mit Nüssen, Kuchen und Bitterschokolade besänftigt. Die Schwalbe hatte somit erneut die Flügel hängen lassen und der gemütliche Pinguin geht weiter durch das Leben. „Denken Sie an das Cholesterin, an den Blutzucker, an die Herzbelastung und die Knochen und essen sie das, was sie brauchen. Das hilft das Gewicht abzunehmen und befreit sie von vielen Krankheiten", reden mir die Ärzte ein. Ich antworte ihnen: „Das glaube ich nicht, weil ich in meinem Leben viele Leute mit einer schwächlichen Statur gesehen habe, die unter den genannten Krankheiten gelitten haben." In meinem Gedächtnis hat sich für immer der Spruch der Freundin meiner Mutter eingebrannt, die am Festtagstisch feierlich laut ausrief: „Wenn ich sage: es schmeckt, dann bin ich jung, aber wenn ich sage: es nützt, bin ich hoffnungslos gealtert. Geht mir mit dieser Silage vom Hals. Ich bin keine Kuh auf den grenzenlosen Feldern Russlands!" Mit der Silage meinte sie grünen Salat, Petersilie und Kraut.

## Musik – die beste Medizin

Vor einem Konzert mit der Blue Haley Band schaute ich vom Rang nach unten in das Parkett und hielt inne. Der Rockabend hatte meine Altersgenossen versammelt. Wenn auch die gefärbten Haare der Damen meiner Generation das Gesamtbild auflockerten, so bedauerte ich im Anblick der grauen Schläfen oder der leicht kahlen Köpfe der Herren die so schnell vergangenen Jahre meiner Jugend. Mit dem Verlöschen der Leuchten im Saal verflogen auch die trüben Gedanken. Der Rhythmus unvergesslicher Musik von Razzle Dazzle, Skinnie Minny,

Mambo Rock, die Hits von Elvis Presley, Cher, Lummle Richard, Nick, Berry und andere packte dieses Publikum, und der Übermut leuchtete in allen Augen. Die Hände mit Arthritis und Arthrose, die Beine mit Schmerzen in den Knien und Osteoporose bewegten sich plötzlich von selbst und erinnerten sich an das vergessene „Ha!". Das Stampfen der bequemen Schuhe auf das Parkett vermischte sich harmonisch mit den ekstatischen Bewegungen der Musiker und Sänger. Mir kam in den Sinn, dass der Mensch wahrscheinlich durch nichts so altert, wie durch den Gedanken darüber, dass er alt wird. Aber hier, in dieser Rückbesinnung an die Jugend sah ich die hemmungslosen Jungen und Mädchen von damals. Aus dem Saal verschwand der Gedanke an das Alter, die Krankheiten waren wie weggeblasen und die Probleme traten in den Hintergrund. In dieser Atmosphäre hatten Medikamente, Ärzte, Stöcke und Rollatoren keinen Platz. Der Wirbel der Musik und die Stimmung der Solisten, die in der damaligen Mode, in Hawai-Hemden und Schlaghosen gekleidet waren, erfassten die Zuhörer und trugen sie vierzig bis fünfzig Jahre zurück in ihre Vergangenheit. Dabei schenkten sie ihnen zusätzliche ein bis zwei Jahre Gesundheit.

Ich hörte einmal die Äußerung, dass es ein Glück sei, wenn man eine gute Gesundheit, aber ein schlechtes Gedächtnis hat. Dem kann ich nicht zustimmen. Möge meine Gesundheit meinen Jahren entsprechen, aber unter der Bedingung, dass ich imstande bin, mich selbst zu versorgen und nicht den Alltag der Familie mit den Sorgen um mich erschwere. Ich möchte kein schlechtes Gedächtnis haben. Ich möchte mich an die schönsten Momente meines Lebens erinnern können: an den ersten Kuss, an die erste Nacht mit dem Liebsten, an den fordernden ersten Schrei meiner Tochter bei ihrem Erscheinen auf dieser Welt, an das prickelnde Gefühl der Zärtlichkeit, als ich zum ersten Mal meine geliebte Enkelin auf dem Arm hielt. Ich möchte immer an die Freundschaft mit meinen echten Freunden, an die Treffen und ihre Tischrunden und an das geteilte Brot in Freude und Leid denken können. Ich möchte die ungesagten Worte der Liebe und Dankbarkeit an meine Eltern nicht vergessen und nicht den Aufschlag der Schaufeln voll Erde auf ihre Gräber. Auch nicht mein Unrecht gegenüber anderen, weil auch ihr Verrat nicht aus meinem Gedächtnis schwindet. Ich möchte all das ganze Gepäck des Gedächtnisses mit mir in die andere Welt nehmen, wo es keine Doktoren und keine Arznei gibt. Die Dauer meines Lebens wird unter anderem von den Ärzten abhängen, die ich auswähle, von der Liebe zu mir selbst, der Einzigen der Art auf dieser Erde, von der Wärme der Liebe meiner Tochter und der Enkelin und der Kraft meiner Liebe zu ihnen, die mich auf dieser Welt hält und von der Unterstützung und Treue der Freunde, deren Stimmen ich nur noch durch das Telefon hören kann. Aber jetzt, da mir die Leidenschaften der Seele und des Körpers noch nicht fremd sind, nehme ich wie eine Kostbarkeit den Wunsch an: „Zur Gesundheit" und wünsche sie aus vollem Herzen zurück.

## Entbehrliche Kinder?

Fürsorglichkeit

Ich habe Kinder sehr gern und liebe den Umgang mit ihnen. Die völlige Mittellosigkeit in meinen Studentenjahren zwangen mich, in der studienfreien Zeit in einer Schule zu arbeiten. Viele von ihnen waren fast meine Altersgenossen, oft sich selbst überlassen und manche sogar vernachlässigt. Sie wurden mir in jener Zeit nicht nur vertraut, sondern hielten die Verbindung zu mir noch aufrecht, als sie selbständig wurden, nachdem sie in der Armee gedient hatten, eine Familie führten und bereits eigene Kinder hatten.

Meine Altersgenossinnen versuchen sich selbst und ihrer Gesundheit mehr Aufmerksamkeit zu widmen und sich mit Ruhe, mit Reisen und Freuden ihres reiferen Daseins zu vergnügen. Aber was mache ich? Sogar in meinem fortgeschrittenen Alter löse ich mich in Sehnsucht und Liebe zu meinen Kindern auf. Als sehr schwachen Trost eile ich den Kindern meiner befreundeten Familien zu Hilfe und spaziere mit ihnen in der Umgebung und helfe ihnen dabei die Welt kennenzulernen. Die Kleinen nehmen das dankbar an, auch wenn sich das eine Kind wie ein Wirbelwind aufführt und das andere mit seinem zahnlosen Mündchen freudig lächelt.

Meine Freundinnen hatten immer einen Spruch dabei: „Da, wo du erscheinst, fühlen sich die Kinder, Krüppel und Hunde geborgen." Wahrscheinlich führte mich das unbewusste Bedürfnis, zu helfen, zu schützen, zu begeistern und zu erforschen zur Mitarbeit in die Pionierlager und in die Arbeitsgemeinschaften der Schulen. In der Regel wurden hierher die Schüler geschickt, deren Eltern in den Betrieben beschäftigt waren und während der Sommerferien ihren Kindern keine Aufmerksamkeit und Betreuung widmen konnten. An der Universität versuchte ich auch für die Studenten „das Leben zu schmücken". Ich gab meine Zeit und mein Herz verstärkt den Studentinnen und Studenten aus den sozial schwachen Familien. Ich war immer fest davon überzeugt, dass ein Student der Leningrader Universität ein besonderer ist. Denn diese Universität war und ist für mich die beste und renommierteste. Sie verkörpert in ihren Mauern die besten russischen Traditionen und erzog viele hervorragende Gelehrte, die in der ganzen Welt bekannt wurden.

## Berufstätige Mutter

Ich werfe einen Blick zurück in meine Jugend und verstehe, dass ungeachtet dessen, dass meine Tochter immer gut gekleidet und ernährt war und eine Fülle an Büchern, Spielen und Kinderfilmen besaß, ihr doch etwas fehlte. In den Jahren ihrer frühen Kindheit war ich mit der amerikanischen Theorie der „qualitativen" Zeit nicht vertraut. Diese Theorie besagt, dass die Mutter den ganzen Tag in der Nähe des Kindes verbringen sollte, egal was sie dabei macht. Wichtig ist, dass das Kind die Anwesenheit und die Verbindung zur Mutter spüren soll. Neun Monate war das Kind mit der Mutter über die Nabelschnur verbunden, vollzog mit ihr gemeinsam den wichtigen evolutionären Prozess. Nachdem es aus dem Mutterleib herausgeholt wurde, darf es nicht sofort von der Mutter getrennt und in eine unbekannte Welt gesetzt werden. Ich war lange Zeit mit meiner Kleinen zusammen. Aber das war erforderlich, um sie aus der schweren Nierenkrankheit herauszupflegen. Natürlich habe ich ihr Lieder vorgesungen, erzählte ihr Märchen, habe sie umarmt und geküsst. Ich freute mich über den ersten Schritt, den ersten Zahn, das erste Wort. Aber ich betrachtete das nicht als ein Wunder. Ich begeisterte mich nicht so, wie ich das bei meiner Enkelin tat. Von Natur aus bin ich keine Hausfrau. Zu Hause mit dem Kind zu sitzen, war für mich eine Verpflichtung aber kein Vergnügen. Bereits nach einem Jahr verfiel ich in eine Depression. Ich wurde kleinlich, kratzbürstig und bedauerte mich ständig selbst. Der Gang zur Arbeit war für mich ein Triumph. An unser gütigstes Kindermädchen, Oma Manja, die Nachbarin und Helferin erinnere ich mich bis heute mit einem Gefühl der Dankbarkeit. Danach folgten zwei Jahre Kindergarten mit sehr guten Erzieherinnen, und plötzlich kam meine Kleine in die Schule. Zum Glück hatte sie es mit ihrer ersten Lehrerin gut getroffen. Sie liebte die Kinder und diese vergötterten sie. Das gab mir die Möglichkeit, mich auf die Arbeit zu konzentrieren.

Nach der geliebten, aber psychisch zermürbenden Tätigkeit war es für mich schwer, in die Rolle der zärtlichen, alles verstehenden und liebenden Mutter und Ehefrau umzuschalten. Ich platzte in das Haus hinein mit den Taschen voller Lebensmittel in den Händen, nachdem ich ein bis zwei Stunden in der Schlange im Laden angestanden hatte. Ab der Türschwelle begann ich zu fragen und zu kommandieren: Warum sind die Spielsachen verstreut? Warum sind die Hausaufgaben nicht gemacht? Wo warst du nach der Schule? Morgen ist Staub zu wischen und Ordnung in das Haus zu bringen! Und das alles zur Tochter, einer Schülerin. Dem Mann stellte ich eine andere Litanei von Fragen: Warum sitzt du vor dem Fernseher? Du hast schon wieder meine Zeitung zu gemacht! Geh mit dem Kind ein bisschen spazieren! Schon wieder hat man euch das

Gehalt zurückgehalten! Hätte ich eine Katze oder einen Hund gehabt, sie hätten auch ihr Fett abbekommen.

Ich fand in meinem Kopf den Schalter nicht, um mir zu sagen: „Stopp! Du gehst zu deinen Liebsten und Einzigen! Höre sie an und öffne dich ihnen! Brüll sie nicht an, wie den Faulpelz Swiridow oder den liederlichen Hohlkopf von Techniker Simachin. Das ist deine Familie, dein Mann, der es auch nicht leicht hat, das ist dein Mädchen, das auf dich gewartet hat, Mama, mit deinen zärtlichen Händen und Küssen auf ihre klaren grünen Augen!" Heute würde ich mir das sagen. Damals fand ich diese Worte nicht. In jener Zeit war ich unreif, egozentrisch, verbittert durch das System und den Alltag, den uns der entwickelte Sozialismus vorsetzte. Ich kontrollierte alles kleinlich, hing Etiketten auf, ohne mit Bemerkungen zu geizen, und merkte nicht, wie die Schultern meines Mannes herab fielen und mein geliebtes Kind sich wie ein Krümel zusammenkrümmte.

Als Großmutter habe ich „bestanden". Ich schenkte meiner Enkelin einen Ozean voller Liebe. Ich spazierte mit ihr, ohne die Kilometer zu zählen, las ihr die Bücher nicht nur von einer Bibliothek vor und sang ihr Lieder für einige Konzerte. Ich erlebte ihre Kindergartenzeit mit, ich freute mich über alle ihre Erfolge in der Schule und in den Ballettstunden. Ich litt alle ihre kleinen Kränkungen und Tränen mit. Meine Tochter dachte, ich übertreibe. Aber ich schwieg feige und war nicht in der Lage, ihr zu sagen, dass ich das aus der Überlegung dessen machte, ihr das in den Jahren ihrer Kindheit und meiner Karrierejugend nicht ausreichend gegeben zu haben.

Ich bin heute bereit, die Last der Reue und der Wiedergutmachung dessen zu tragen, etwas nicht getan zu haben. Aber wie ein russisches Sprichwort sagt: „Der stößigen Kuh hat Gott kein Horn gegeben." So bin ich auch. Die Kinder sind in Amerika und ich bin in Deutschland. Einmal im Jahr fliege ich über den Ozean, um sie an mich zu drücken, um mich bei ihnen zu erwärmen, an ihr Lachen, ihre Gesten, ihre Veränderungen über die Zeit, mich ihrer vertrauten Gesichter zu erinnern und damit ein ganzes Jahr bis zu unserem nächsten Zusammensein zu leben. Bin ich zu offen? Wer von Euch hat keine Fehler gemacht? Wer weiß, wenn die Fehler der Jugend nicht wären, wäre die Welt nicht so vielfältig, und wir wären nicht so zahlreich. Ich versuche meine Bruchstücke der Erinnerung ehrlich zu schreiben, ohne etwas zu beschönigen oder zu bagatellisieren. Ich hätte meiner Tochter mehr geben wollen. Ich wünsche ihr, meine Fehler bei meiner Enkelin nicht zu wiederholen. Ich versuche mich damit zu beruhigen, dass meine Mädchen niemals, weder in der Realität, noch in Gedanken, entbehrliche, weggeworfene Kinder gewesen sind. Von ihrem ersten Atemzug an gehört mein Atmen ihnen. Fehler? Schon Seneca sprach: „Lebe ein Jahrhundert, und du lernst ein Jahrhundert lang, wie man leben soll!"

## In der Tataren-Moschee

Ich habe lange in der Nähe der Tataren-Moschee, diesem orientalischen Wunder unter nördlichem Himmel gelebt. Stets hat mich die Schönheit und die Einmaligkeit dieses Gebäudes erstaunt. Sie erscheint wie aus einem alten Märchen inmitten eines Parks am Troizker Platz. In die Moschee kam ich eines Tages mit einer Lehrerin, der Klassenleiterin meiner Tochter. Der Sohn des Mullahs lernte mit meiner Tochter in einer Klasse. Er war stets schmutzig, unerzogen, faul und von Geburt aus stumpfsinnig. In die Moschee eintretend ließen wir das zivilisierte 20. Jahrhundert hinter schweren Türen zurück. Wir liefen durch den dunklen Gebetssaal, stiegen die Treppe hoch, die mit herrlichen handgearbeiteten Teppichen belegt war, und gelangten in eine Karawanenscheune, in ein Märchen. Die meisten Frauen huschten weg oder verbeugten sich. Die Kinder schrien, prügelten sich und brüllten aus voller Kehle. Ein paar ältere Frauen säuberten Gemüse, schnitten Fleisch und legten die fertigen Stücke in einen riesigen Kessel, der auf einem großen alten Ofen stand. Der Kesselinhalt köchelte vor sich hin und verbreitete dabei einen schweren Geruch nach Hammel und einem wunderbaren Aroma von Kräutern und Gewürzen. Der Mullah, ein ganz und gar nicht alter Mensch, stand von seinem Teppich nicht auf, um uns zu begrüßen, jedoch vertrieb er aus dem Raum die Frauen und Kinder mit einem Händeklatschen und lud uns sogar ein, dass wir uns auf den Teppich setzten. Er bemerkte jedoch unser Bangen, als sich unsere Füße in den Stöckelschuhen nicht einordnen wollten. Wieder mit einem Händeklatschen befahl er, uns hohe Kissen zu bringen, auf denen es uns etwas bequemer war. Aber die Knie stießen an das Kinn. Das störte uns bei der Erfüllung unserer eigentlichen Aufgabe, dem Mullah-Vater die Leviten zu lesen und ihn zu einer ernsteren Erziehung seines nicht lernen wollenden Sohnes aufzufordern. Auf unsere Bitte, die Mutter Muslima (ich nenne sie jetzt so) hinzuzuziehen, antwortete der Mullah: „Wozu? Sie ist eine Frau und wieder schwanger. Alles muss der Vater lösen, der Mann." Mit dem Gedanken im Kopf, dass der Sohn nicht russisch lesen und nicht rechnen kann, dass er immer schlampig ist und keine Autoritäten in der Schule respektiert, schweigen wir. Der Sohn stand die ganze Zeit neben dem Vater ohne Anspannung und ohne Furcht, wie es den anderen ungeratenen Schülern einheimischer Herkunft eigen ist, und stocherte mit dem Finger in der Nase herum, um interessiert die Tiefen ihres Inneren zu erforschen. Der Mullah-Vater dachte nach und sagte dann: „Russische Frauen! Unsere Leute sind arm (als hätten wir seine Frauen nicht gesehen, die mit goldenen Kettchen, Armbändern und Ohrringen behangen waren), unsere Kinder brauchen keine russische Sprache, denn mit Allah sprechen sie in ihrer Heimatsprache, und im Alltagsleben werden sie auch eure Sprache lernen. Mein Sohn wird wie ich ein Mullah. Für ihn rechnen wird der Schatzmeister, aber eine Autorität ist für ihn nur Allah!" Nachdem er diese Worte gesprochen hatte, schloss der Mullah die Augen und zeigte mit seiner ganzen Miene, dass er sich in das Nirwana verabschiedet hatte, entweder zum Gespräch mit Allah oder zur Betrachtung paradiesischer Jungfrauen, die ihm mit gewissen Problemen nicht lästig werden konnten. Unter den zusammengekniffenen listigen Augen des Mullahs bemühten sich die Lehrerin und ich, in den Stand zu kommen, denn unsere Hintern waren in den weichen Kissen versunken, und mit den hohen Absätzen konnten wir uns nicht sicher aufstützen. Ohne unser Kreuz richtig gestreckt zu haben, liefen wir hinter einer kleinwüchsigen Frau her, die in einem Kopftuch eingehüllt war. Sie führte uns nicht über die Paradetreppe hinaus, sondern über eine Seitentreppe mit knarzenden Stufen und abgewetzten Teppichen, die unter unseren Füßen wegrutschten. An der Tür fragte die Lehrerin, warum sie uns nicht über die Paradetreppe hinausbegleitet habe. Darauf antwortete diese verschleierte geheimnisvolle Frau: „Wir wollen uns keine Schande machen. Es ist besser, wenn unsere Leute nicht sehen, dass wir Sie empfangen haben." Wir, eine Lehrerin mit Hochschulausbildung und ich, Absolventin der Universität und des Kulturinstituts mit Diplom hießen in diesem Fall eine Schande für die tatarische Diaspora. Wir beide standen ein paar Minuten still, uns gegenseitig in die Augen starrend. Daraufhin bekamen wir einen geradezu hysterischen Lachanfall.

Nach einer gewissen Zeit war der Muslimjunge aus der Schule verschwunden. Möglicherweise hat Allah seinem Vater geholfen, die Diensttreppe hinaufzusteigen, aber vielleicht hat er ihn auch bestraft und hat den Mullah aus der Hauptstadt in die Provinz degradiert. Wenn ich an der Moschee besonders freitags vorbeiging, beobachtete ich verstohlen die schweigende Menge schwarz gekleideter Männer und Frauen, die die Mützen oder Kopftücher in die Stirn geschoben hatten. Sie liefen würdevoll, die Augen geschlossen, ohne sich gegenseitig anzustoßen, ohne aufzuschauen, ohne eine Aggression auszudrücken. Wenn die Moschee ganz in türkisblauem und goldenem Mosaik glänzte, rief das ein Gefühl eines schönen Märchens hervor. Dagegen war diese Freitagsprozession etwas Aufregendes, Rätselhaftes und rief den Wunsch hervor, auf die andere Straßenseite zu gehen mit den Worten: „Gott, das heißt, Allah sei mit ihnen . . ."

## Verwöhnte Sprösslinge

Ich liebe es, Kinder zu betreuen, erzähle ihnen gern Märchen und Geschichten, kann ihnen gutes Benehmen, richtige russische Sprache und Musik beibringen. Bei einem Kind aus einer sehr armen Familie kann man in den Augen die Freude sehen, wenn es ein Geschenk erhält. Aber bei einem Kind, das mit dem „goldenen Löffel im Mund" geboren wurde, leuchtet in den Augen für eine Sekunde die Verwunderung auf: „Was schenkst du mir denn da? Ich habe schon alles!"

Ein stiller, kleiner, hübscher Junge gefiel mir sofort. Mit seinen vier Jahren sprach er sehr schlecht. Aber er spielte brillant Kinderbillard und verstand sehr leicht, mit einem beliebigen technischen Spielzeug umzugehen. An seinen Augen konnte ich seine Stimmungen und seine Wünsche ablesen. Aber diese Augen irritierten mich auch, weil sie nicht wie Kinderaugen glänzten. Auf einen Kontakt ging das Kind nicht so schnell ein. Aber ich habe mich damit auch nicht beeilt. Seine Mutter sagte mir, dass sie keine Zeit hätte, ihren Sohn zu füttern, mit ihm zu spielen und ihn nicht schlafen legen könnte, und schwebte mit der Freundin davon, um durch die Geschäfte zu wandeln. Wenn ich zu dieser kleinen Familie ging, tauchten aus den Zimmern abwechselnd der Neffe, ein mir fremdes Mädchen, der Freund oder der Freundes Freund auf. Aber auf das Kind achtete niemand. Auf meinen Vorschlag hin, Buchweizengrütze zu kochen, Spiegeleier zu braten, Bonbons mit Honig oder Marmelade zu backen, lehnte das Kind kopfschüttelnd alles ab. Wahrscheinlich waren dem Kleinen meine Unwissenheit und mein Unverständnis darüber, wie man einen kleinen Mann ernähren muss, zu lästig und er ging zum Kühlschrank. Er nahm sich daraus geräucherte Wurst, Butter, schnitt sich eine dicke Scheibe Brot ab und begann zu essen, wobei er vor dem Fernseher saß, der den ganzen Tag Kinderprogramme übertrug. Trinkend lief er in das Schlafzimmer seiner Mutter, ohne auf mich zu achten. Dort stand ein anderer Fernseher, neben dem DVDs mit Kinderfilmen zerstreut lagen. Auf meinen Vorschlag, spazieren zu gehen, eine Geschichte vorzulesen oder zu spielen, schüttelte das Kind ablehnend seinen Kopf. Auf mein Reimspiel, was ich ihm zum Mittagessen zubereiten könnte, schaute er mich nur kurz an und genau ein Uhr lief der Kleine zum Kühlschrank, nahm sich Wurst, Butter, Brot und wiederholte das Frühstück. Der Kühlschrank war vollgefüllt mit Lebensmitteln: Kaviar, Früchte, Fisch, Joghurt, aber das Kind entnahm sich nur sein selbiges Sortiment. Mich zog es im Inneren zusammen. Das Kind erinnerte an einen kleinen wortlosen Roboter. Zwei Uhr nachmittags legte sich dieses Wunder kindlicher Natur auf Mamas Bett und schlief in Schuhen ein. Gegen vier Uhr flatterte die Mama in das Haus herein, behängt mit Paketen. Glücklich darüber, dass das Kind schläft, schlug sie mir eine Tasse Tee vor und begann, sich über ihr Schicksal zu beschweren. Sie selbst stammte aus der Ukraine, heiratete einen jungen Mann aus Moskau, dessen Eltern zu den reichsten Leuten in Moskau gehörten. Letzten Endes sind ihre Schwiegereltern nach Italien gegangen und haben sich dort eine Villa mit einem Stück Privatstrand gekauft. Die Glückseligkeiten der Ehe hielten nicht lange an. Ihr Mann war wie viele Kinder von Millionären aus Russland drogen- und alkoholabhängig. Von ihm getrennt lebt nun diese junge Dame in einer großartigen Penthaus Wohnung in Berlin-Grunewald. Sie besitzt wie alle russischen „Sternchen" ein Auto der Marke „Mercedes", genießt eine gute materielle Unterstützung durch die Eltern ihres Mannes für das Kind, lebt, ohne zu arbeiten. Sie hat einen Liebhaber und einen kleinen lieben Jungen, der sich in sein Schneckenhaus eingeschlossen hat und nicht reden kann oder nicht reden will. Ich kam zu dem Schluss, entweder hat er genetisch etwas von seinem süchtigen Vater übernommen, oder er fühlt sich überflüssig und entbehrlich in diesem luxuriösen Leben seiner Mutter.

Was empfand ich zu diesem Kind? Mitleid, Bedauern, den Wunsch zu helfen und Zärtlichkeit gegenüber diesem seltsamen Spross. Bei den folgenden Begegnungen kam ich dem Kind etwas näher. Der Eispanzer unserer Beziehung begann zu tauen. Ich deckte ihm einen vollen Tisch, und er musste alles probieren, um so stark und kühn zu werden wie die Helden seiner Kinderfilme. Wir spielten zusammen auf der Dachterrasse der Wohnung Minigolf, wir schauten uns Bücher an und ich las ihm vor. Wir malten und spielten Fußball, wobei ich natürlich die Bälle durchließ. Das Kind begann zu lachen, streckte mir zutraulich die Hände entgegen und, oh Wunder, brachte einige Worte heraus. Ich schlug der Mutter vor, mit dem Jungen zu einem Psychologen-Logopäden zu gehen und sich nach seinen Empfehlungen mit dem Kind zu Hause zu beschäftigen. Sie antwortete darauf, dass sie gar keine Zeit hätte, sich überhaupt damit zu befassen. Shopping, Freundinnen, Restaurants, Partys. Auf meine Frage hin, wer denn abends bei dem Kind bliebe, zwitscherte das Mama-Vögelchen, dass mal der Neffe, mal die Freundin des Neffen bei ihm aufpasst.

Nach einiger Zeit ging der Kleine für einen halben Tag in den Kindergarten. Nach dem Kindergarten brachte ihn die Mutter zu mir und bat, ihm Essen zu geben oder ihm etwas im Café oder im Geschäft zu kaufen. Unsere Spaziergänge auf die Kinderspielplätze machten uns Freude: ihm die Freude, die Welt zu entdecken, mir die Freude, das Lächeln auf seinem Gesicht zu sehen. Einmal, als die Mutter das Kind zu mir brachte, konnte sie nicht zu ihrer Zerstreuung weglaufen. Ihr Sohn wollte sie einfach nicht gehen lassen. Er konnte nicht verstehen, warum diese fremde Frau und nicht seine Mama mit ihm spielt, ihn füttert, sich mit ihm unterhält. Ihm reichte der Umgang mit der Mama für nur ein paar Minuten, nämlich vom Kindergarten bis zu meiner Wohnung offensichtlich nicht. Warum musste sie wieder irgendwohin gehen? Dieser zornige kleine Mann warf sich auf den Fußboden, packte die ausgezogenen Schuhe seiner Mutter, drückte sie an seine Brust und begann laut zu heulen, begleitet von einem Schrei mit großen Kullertränen. Die verunsicherte Mutter nahm ihn auf den Arm und trug ihn die Treppe hinunter zum Auto, in dem ihre Freundinnen warteten. Sie rief mich nicht an, nahm keine Kindersachen, Bücher und keine Spielsachen zurück. Durch gemeinsame Bekannte erfuhr ich, dass sie das Kind für drei Monate nach Italien zu den Eltern ihres früheren Mannes geschickt hatte.

Ich sendete ihr nicht weniger als fünf bis sechs Postkarten mit der Bitte, die Sachen von dem Jungen wieder an sich zu nehmen, zumal es Markenwaren bekannter Modemacher waren. Ich bat sie, mir meine Kleidung, die ich bei ihr gelassen hatte, zurückzubringen, und mich für meine Arbeit auszuzahlen. Das Geld warf sie in meinen Postkasten, meine Sachen hat sie wahrscheinlich weggeworfen, und die Kindersachen standen lange in meinem Flur, bevor ich sie in einen Sozialladen für die Hilfe anderer Kinder fortschaffte.

Nach dieser Geschichte hatte ich ein unangenehmes Gefühl. Braucht ein Kind viel, um es glücklich zu machen? Güte, Umsorgung, Interesse für seine kleinen Dinge, Wärme und Anteilnahme sind viel wichtiger als Schränke, die vollgestopft sind mit modischer und teurer Kleidung, wichtiger als Fernseher im ganzen Haus mit Kinderprogrammen und schweigsam träumende Menschen, die dem kleinen Menschenkind keine Aufmerksamkeit widmen. Wenn dieser Kleine erwachsen wird, was wird dann sein Lebenscredo sein? Die Drogen und der Alkohol des Vaters, oder bekommt er eine Ausbildung für das Geld, das ihm der Großvater und die Großmutter auf der Bank auf seinen Namen zurückgelegt haben? Wird er ein erfolgreicher Mensch, der Liebe geben und nehmen kann? Wird sich einst sein Sohn mit einem Eispanzer bedecken oder werden ihn gütige väterliche Arme behüten?

Unarten

Meine zweite Erfahrung war ein reizendes siebenjähriges Mädchen, in dessen kleinem Körper eine reife Frau mit unverschämten Manieren und der Sprache eines betrunkenen Hafenarbeiters angesiedelt war. Ihr Vater führte eine Bar im Zentrum des ehemaligen Westberlins.

Der Vater kehrte tief in der Nacht aus seiner Bar nach Alkohol und fremden süßen Parfüms riechend nach Hause zurück. Die Mutter begann die Beziehung klar zu stellen, genau wissend, dass sowohl die Schlägerei, als auch das Fluchen mit der tierischen Vereinigung im Bett endeten. An ihr Kind dachten sie dabei nicht einen Augenblick. Sie konnte dann am Morgen wenigstens 500 € in die Handtasche legen und zum regelmäßigen Shopping auf den Kurfürstendamm gehen. Das kleine Mädchen jedoch erwachte mit den ersten Schreien, mit dem Klirren des ersten zerschlagenen Tellers, mit dem Klang der Ohrfeigen und Schläge, hörte, wie der Vater und die Mutter sich gegenseitig mit Worten erniedrigten, die sie weder im Kindergarten, noch in den Häusern der Bekannten hörte. Danach begann das Mädchen schnell und tief zu atmen, denn Mama und Papa fielen übereinander auf das Bett und fingen wieder an zu schreien, aber irgendwie anders, peinlicher. Das Mädchen lief in ihr Zimmer, wobei sie sich die Ohren mit den Händchen zuhielt.

Das Töchterchen wurde von den Eltern gut versorgt, mit Sachen bekannter Modeschöpfer bekleidet, mit dem „Mercedes" in den privaten Kindergarten und danach in eine Privatschule in Grunewald gefahren. Aber die ständigen nächtlichen „Märchenspiele" machten sie nervös, zerstreut und leicht erregbar.

In der Schule kam sie mit, aber gegenüber den laufend wechselnden Kinderfrauen benahm sie sich geradezu unanständig.

Der Zufall führte mich unerwartet mit dieser Familie zusammen. Die Affektiertheit der Mutter und die Auffassungen des Vaters über die Erziehung und die Vorbereitung des Mädchens auf das weitere Leben täuschten mich, und ich willigte ein, ihre Tochter zu betreuen.

Mit dem Klicken des Türschlosses der weggehenden Eltern verwandelte sich die Maske der kleinen Fee mit den braunen Augen und den goldenen Haaren augenblicklich in eine Furie. Den Finger auf mich stoßend, schrie sie mich an: „Du wirst mir zuhören und alles machen, was ich dir sage! Sonst wird dich mein Vater hinauswerfen wie Olcha, oder er bezahlt dir kein Geld wie der Tanja! Dann sage ich ihm, dass du mich beschimpft, geschlagen und mich zu Dummheiten angestiftet hast!" Sicherlich hätte ich sofort gehen müssen. Aber mir begann dieses entartete Kind Leid zu tun, und unsere Beziehung nahm ihren Lauf. Ich versuchte das Kind zu überreden, feine appetitliche Kleinigkeiten zu essen. Ich habe Borschtsch gekocht und Maiskolben gebraten – und wie schön, das Kind aß alles auf. Ich spielte mit ihm Spiele, die ich auch mit meiner Tochter und mit meiner Enkelin gespielt hatte. Ich las ihm vor dem Einschlafen aus Büchern vor, malte Bilder und half ihm bei den Hausaufgaben. Das war das Schwierigste, denn das Mädchen konnte seine Aufmerksamkeit nicht konzentrieren und ermüdete bereits nach zehn bis fünfzehn Minuten.

Nachdem ich dem Vater mit Mühe die Erlaubnis abgerungen hatte, begann ich mit meinem Schützling in einem kleinen Park auf dem Kinderspielplatz zu spazieren. Mit Begeisterung lief sie wie ein Hündchen von einer Attraktion zur anderen. Ihre Augen leuchteten, ihre Wangen glühten, und ich hörte die lang erwarteten Worte: „Ich habe Hunger!" Im Verlauf des gesamten Spazierganges rief der Vater immer wieder mit der Frage an, ob alles normal sei, und ob nicht seine Tochter entführt worden sei. Ich berichtete ihm, dass wir Kastanien sammeln, mit dem Springseil hüpfen und auf den Schaukeln sitzen. Ich hätte ihm am liebsten gesagt, dass Kinder eines durchschnittlichen Barbetreibers nicht entführt würden, und wenn schon Banditen diesen kleinen „Schatz" geklaut hätten, würden sie ihn sofort wieder zurückbringen und den Eltern noch Geld dafür gäben, damit sie dieses Kind wieder zurücknähmen. Denn trotz bestimmter Veränderungen im Verhalten verwunderte mich das Mädchen weiterhin durch seine Rüpelhaftigkeit und Verkommenheit. Ich kann die „Perlen" seines Wortschatzes gar nicht anführen, aber seine Äußerungen kamen aus der tiefsten Gosse. Als die Kleine mein verwundertes Gesicht sah, lachte sie: „So beschimpfen sich Mama und Papa." Auf seine Frage hin, ob ich wüsste, was die Jungen zwischen den Beinen haben, wie die Kinder gemacht werden, wie „das" alles bei den Mädchen und den Jungen heißt, wie geküsst wird und anderes mehr, musste ich zugegeben alle meine Geduld, meine Selbstbeherrschung und Schlagfertigkeit zusammennehmen, um das Kind nicht zu kränken und sein unkindliches Interesse zu neutralisieren. Eine Lieblingsbeschäftigung von ihr war, sich bis auf die Haut auszuziehen und sich im Spiegel zu betrachten. Auf alle meine Bitten, sich wieder anzuziehen, schrie sie: „Halt den Mund! Mach dich fort! Ich sage es Papa …" Aber die Zeit lief davon. Pünktlich sieben Uhr abends gab ich ihr warme Milch, erzählte ihr Märchen und das Mädchen schlief ein. Ihre Maske glättete sich, wurde ruhig, und Gott ist mein Zeuge, ihr Anblick war schön. Ich räumte leise die Bücher, die Spielzeuge, die Kleider auf und wartete auf die Eltern. Sie kamen um

Mitternacht oder wenigstens einer von ihnen. Der Vater zog sein Portemonnaie und fragte: „Nun, und wie viel muss ich wieder bezahlen?" Ich nahm wieder meinen Willen in die Faust und nannte ihm die Anzahl der betreuten Stunden. „Aber sie schläft doch schon drei Stunden! Dafür soll ich auch bezahlen?", fragte er.

Einige Male begann das Paar sich zu streiten und zu schlagen, ohne auf mich zu achten. Da setzte sich die Kleine auf meinen Schoß, und ich versuchte sie mit Wiegenliedern in den Schlaf zu wiegen, die aber das Schimpfen und Schreien der Eltern nicht übertönen konnten. Ich wollte mit dieser Arbeit aufhören. Ich war es leid, die gute Samariterin zu spielen. Eines Abends klingelte das Telefon und der Vater teilte mir mit, dass jetzt seine Frau bei dem Kind bleiben wird, aber falls sie in das Theater oder zu Besuch gehen müssten, dann riefen sie bei mir an. Bald darauf trennten sich die Eltern, und jeder zieht nun das Kind auf seine Seite, ohne sich um seine Psyche und Gesundheit zu kümmern. Was wird aus so einem Kind einmal werden? Früher oder später muss es sein Leben festlegen. Zum Studieren und nach etwas zu streben, dafür reichen ihm die inneren Kraftquellen nicht. Die Eltern werden ihr Leben und neue Beziehungen aufbauen, und dieses Mädchen wird die Reihen der „entbehrlichen" Kinder füllen.

In meiner Kinderzeit gab es auch viele Schreie und Probleme in den Beziehungen meiner Eltern. Auch ich fühlte mich wie ein erschrecktes Wildtier. Aber wenn sich die Psyche meines Vaters stabilisiert hatte, fühlte ich mich immer unentbehrlich, erwünscht und geliebt. Ich trug in der Kindheit kein „Chanel". Meine Kleider nähte mir nachts die Mutter. Zum Geburtstag gab es kein Feuerwerk und wurden keine Schiffe gemietet. Aber ich hatte immer einen Kinderfeiertag mit Himbeertorte und Papas Phantasiegeschichten. Viele Freunde aus meiner Kindheit sind bereits gestorben. Andere, die die „Perestroika, Glasnost und Demokratie" nicht ausgehalten haben, wurden zum Alkoholiker. Manche nahmen einen hohen Posten in der Verwaltung oder in einem Geschäft ein. Andere sitzen arbeitslos vor dem Fernseher. Aber wenn wir uns, selten genug, mal begegnen, dann erinnern wir uns wehmütig an unsere gute Kindheit.

Woran werden sich die heutigen Kinder St. Petersburgs später erinnern? Viele von ihnen sehen die Stadt aus den verdunkelten Fensterscheiben der Importautos ihrer Väter. Sie gehen in renommierte Gymnasien, erholen sich im Sommer in der Türkei, auf den Kanaren und in der Karibik. Für die Tochter einer meiner früheren Patientinnen aus Riga wurde anlässlich ihres zehnten Geburtstages ein Feuerwerk veranstaltet, das schöner und teurer war, als zum Jubiläumstag der Stadt selbst. Werden diese Kinder in Russland studieren oder fahren sie an die renommierten Hochschulen Englands, Amerikas oder Deutschlands und werden danach nie mehr nach Russland zurückkehren? Kann es vielleicht auch sein, dass sie ein Geschäft wie ihre Eltern führen und auch versuchen werden, ihre frühere Heimat auszurauben und auszuplündern, indem sie den Beamten und den an der Macht Stehenden Millionen Schmiergelder zuschanzen? Aber was wird mit den anderen Kindern und Jugendlichen, die heute niemand braucht? Ein Teil von ihnen steht an den U-Bahnstationen oder anderen Verkehrsbrennpunkten und bietet sich für geringes Geld an. Diese sozial ausgestoßenen jungen Leute müssen sich verkaufen und denken nicht über den Schmerz, an Krankheiten und Erniedrigungen nach, die sie von ihren „Wohltätern" erhalten. Welche Sehnsucht erkaltet in den Augen der Jugendlichen, die auf den

Märkten bei den aserbaidschanischen Händlern arbeiten, die unsere schöne Stadt an der Newa bevölkern? Wie viele Verbrechen sind in St. Petersburg begangen worden, indem junge Menschen ihre Eltern oder Großeltern für die Möglichkeit umgebracht haben, Wohnungseigentümer zu werden, oder das Geld an sich zu reißen, das für die Beerdigung oder Krankheit aufgespart wurde? Wie leben die Kinder, die unter der Gewalt von Vätern oder älteren Brüdern leiden? Was fühlen die Kinder, die entführt werden, um sie als Organspender zu missbrauchen, wofür die verbrecherischen Banden viel Geld in Russland und im Ausland erhalten? Die Kinder in Russland werden zu Trinkern, weil die Waren im Sortiment der Lebensmittelgeschäfte und der Handelspunkte hauptsächlich alkoholische Getränke sind. Natürlich gibt es eine Schicht sowohl nicht sehr reicher und nicht sehr armer Kinder, jener Teil von Jugendlichen, die Ehrgeiz, Wünsche und Ideale haben. Aber wie heute von Psychologen, Pädagogen und Soziologen anerkannt wird, verlieren diese Kinder den Kontakt zu ihren Eltern. Die Computer und deren virtuelle Welt werden zur Realität und für die Jugend zur Notwendigkeit. Sie gehen zur Schule, später zur Hochschule und leben ein normales Leben. Aber nachdem sie die Tür ihres Zimmers hinter sich geschlossen haben, tauchen sie in fremde Welten ein, jene, die ihnen heute das Internet unbegrenzt zur Verfügung stellt. Vielleicht ist mancher schon gereizt von meinen düsteren Szenarien. Aber es ist natürlich nicht alles schlecht. Mit Vergnügen beobachte ich, wenn meine Altersgenossinnen und Großmütter sich über alles mit ihren Enkeln unterhalten, ohne „verbotene" Themen zu umgehen, wie es bei den früheren Generationen üblich war. Obwohl, über welche „verbotenen" Themen soll man noch reden, wenn die jungen Menschen mit den Mitteln der Masseninformation durch Filme, Romane und spezielle Zeitschriften „erleuchtet" werden?

## Trennungsschmerz

Vor einigen Jahren lernte ich ein russisches Paar kennen, die ebenfalls nach Deutschland gekommen waren, aber ihre jeweiligen Kinder und Enkelkinder in Russland zurückgelassen hatten. Dieses Paar hatte sich nach vielen Enttäuschungen zusammengefunden und wollte gemeinsam ein neues Leben beginnen. Sie ließen Scheidungen, Alleinerziehung der Kinder und erfolglose Geschäfte hinter sich. Besonders die Frau dieses Paares hatte es früher nicht leicht, da sie in einem Kinderheim vom neunten Lebensjahr an aufgewachsen war. Nach ihren Worten war es ein gutes Heim. Ihre Seele war dort nicht verkümmert, stattdessen lernte sie innig zu lieben und die Familie und die Kinder grenzenlos zu schätzen. Sie hat das Talent, wunderbare Gedichte zu schreiben und im reifen Alter ein Mensch mit einer kristallklaren Seele, mit einem Verständnis und Mitgefühl zu anderen Menschen zu bleiben. Sie hat zwei geliebte und liebende Söhne. Ihr neuer Ehemann, der einen schweren Lebensweg durchlitt, blieb im elterlichen Haus gerade mal fünfzehn Jahre. Er brachte zwei Töchter in die neue Beziehung. Eine Tochter zog drei Kinder ohne Mann auf. Der Erzeuger dieser Kinder hatte sie verlassen, als nach zwei Töchtern der lang erwartete Nachfolger seit seiner Geburt an einer zerebralen Kinderlähmung litt. Die jüngere Tochter meines Bekannten, eine fröhliche, aber leichtlebige junge Frau, war der Liebling des Vaters. Sie führte ihr Leben, ohne darüber nachzudenken, von wem sie Kinder bekommt und wovon sie ernährt werden sollen. Der Vater lebte bereits in Deutschland und wähnte sich in der Illusion, dass er als Sozialhilfeempfänger viel Geld hätte. Es gibt einen solchen Mythos bei den Russen im Heimatland über den „märchenhaften" Emigrantenreichtum.

Die Kinderschar dieser jüngeren Tochter wuchs, und die Wohnung mit zwei Zimmern wurde für die Mutter mit ihrem Anhang immer enger. Außerdem gab es noch die zahlreichen Freunde, die mit Bier, Wodka und billigem Imbiss bewirtet werden wollten. So entstand bei der kinderreichen Mama die Idee, in ein Haus mit Garten auf dem Dorf umzusiedeln. Obwohl meine Bekannte gegen ein solches großzügiges Geschenk war, ermöglichte der Vater seiner Tochter und den Enkeln die Umsiedelung in ein geräumiges Bauernhaus und rüstete es mit Heizung, Kühlschrank, Waschmaschine, Mikrowelle und einen festen Herd aus. Möbel, Gardinen und Teppiche wurden gekauft. Lebe und freue Dich! Aber wie man so sagt, findet der Dreck das Schwein. Außer neuen Alkoholikern aus dem Dorf zog es auch Trinkfreunde aus der Stadt hierher. Was für eine Schönheit! Luft, ein Grundstück, wo man im Gras liegen und ausnüchtern kann. Das Haus ist außerordentlich nützlich. Wenn man es verkauft, kann man dafür so viel Wodka oder Selbstgebrannten kaufen. Und ein voller Schrank Kindersachen! Wozu braucht man so viel? Ein paar Unterhemdchen, ein paar Höschen, ein Hemd oder ein Kleid für jedes und von den Schuhen braucht man auch nur ein Paar, es sind doch keine Edelleute, und im Sommer gehen sie sowieso barfuß. Sie verkauften die Sachen und lebten in den Tag hinein ohne zu arbeiten. Irgendwann war das Geld alle, und jemand stellte die Frage: Wovon konnten sie Wodka und Bier kaufen? Wovon die Kinder essen sollten, darüber dachten weder die Mutter noch ihre trinkfreudigen Liebhaber nach. So wurde es zur Tradition, dass die

Großmutter und der Großvater von Deutschland aus zweimal im Jahr auf das Dorf fuhren. Im Auto führten sie Kisten mit Kleidung für die Kinder und die Mutter, Alltagstechnik, Decken, Kopfkissen und Gardinen mit sich. Die Menge dieser Sachen erhöhte sich von Jahr zu Jahr. Als sie ankamen, jagten sie zuerst die Kumpane aus dem Haus. Sie stellten die Tochter zur Rede und nahmen ihr unter Tränen das geschworene Versprechen ab, nicht mehr zu trinken, die Kinder zu erziehen und sie in die Schule zu schicken, alle Liebhaber aus dem Haus zu jagen und keine Kinder mehr von irgendjemandem zu bekommen. Die Großeltern fuhren wieder zurück nach Deutschland, und in das russische Bauernhaus zog das feucht fröhliche, gedankenlose Leben wieder ein. Einerseits waren die Kinder gut wegen des Kindergeldes, andererseits störten sie sehr. Denn in dem ungeheizten Haus erkälteten sie sich ständig. Nachts erschreckten sie sich und begannen zu schreien. Eine quälende Unannehmlichkeit sucht immer einen Ausweg. Die Kumpanei fand ihn, indem sie die Kinder schlugen, einschüchterten und vor die Tür auf die Straße stellten. Einigen Dorfbewohnern taten die Kinder leid. Wer konnte, gab den Kindern zu essen. Sie rügten die Mutter und versuchten ihr in das Gewissen zu reden. Aber vor den Saufkumpanen hatten sie Angst. Wenn diese auch betrunken waren, waren sie doch jung und stark. So wagten es die alten Leute nicht, gegen diese „Verfluchten" Krieg zu führen. Sie hätten Prügel eingesteckt oder ihnen hätte das Bauernhaus angezündet werden können. Denn wer sind denn heute die Dorfbewohner? Es sind alte Leute, einsame Frauen. Die Jugend und die Männer sind alle in die Stadt abgewandert, entweder um zu studieren oder Geld zu verdienen. Das Bedauern um die Kinder hätte noch lange einen passiven Charakter tragen können, aber den Geschehnissen gegenüber konnte niemand gleichgültig bleiben. Als eines Abends die Nachbarn die Fensterläden schließen wollten, bemerkten sie am Haus der Mutter den kleinen Jungen auf der Freitreppe sitzend, ohne sich zu rühren. Er war nur mit Hose, Hemd und Söckchen bekleidet, obwohl die Nacht frostig war. Als sie die Tür ihres Häuschens öffneten, hörten die Nachbarn den trunkenen Lärm, das Weinen der Kinder und das unmenschliche Gewinsel des Kleinen. Da riefen sie die Miliz, die Schnelle Medizinische Hilfe und den Vertreter des Dorfes. Als die Menge zum Haus kam, sah sie nur die Schatten der flüchtenden Saufkumpane. Der Junge auf der Schwelle war unterkühlt und gab fast kein Lebenszeichen mehr von sich. Sein jüngerer sechsjähriger Bruder und die ältere elfjährige Schwester, die für die Kinder die Mutterfunktion und die Beschützerin vor der Ausnutzung und Verspottung der Saufkumpane übernommen hatte, waren sehr geschlagen worden und das vier Monate alte Baby weinte nur. Auf seinem Gesichtchen verlief über die Stirn und die Wange ein großer blauer Fleck. Diese Gewalt zu beschreiben fällt mir schwer. Ich empfinde den Augenblick der Hilflosigkeit noch heute stechend und bitter, wenn ich daran denke. Diese verantwortungslose Mutter wurde verhaftet. Die Kinder wurden getrennt. Das Baby wurde in ein Mutterhaus gegeben, um es vorbeugend lange von den Schlägen und dem Schock im Krankenhaus zu heilen. Damit verlor es für immer seine älteren Brüder und seine Schwester, da man es zur Adoption in Russland und im Ausland freigeben wird. Kleinkinder sind immer gefragt. Niemand wird erfahren, wem es sein erstes Wort „Mama" sagen wird, wenn es überhaupt nach einem solchen schweren Schock sprechen kann.

Der unterkühlte Junge kam in ein Krankenhaus. Ihm musste ein erfrorener Zeh abgenommen werden. Mit seinem engelshaften Lächeln und seinen dankbaren Worten wurde er zum Liebling des medizinischen Personals, das ihn fütterte und beschenkte. Nach der Rehabilitation in einem Sanatorium wurde er mit seinen größeren Geschwistern wieder zusammengeführt. Die Kinder sind heute glücklich, sauber gekleidet, scheinen immer satt zu sein und haben begonnen, die Schule in der ersten Klasse zu besuchen. Obwohl sie älter als ihre Klassenkameraden aussehen, nehmen sie ihre Freundschaft mit Dankbarkeit und Lerneifer an. Besonders freuen sich die Kinder, in ihrem eigenen Bett schlafen zu können und nicht vor Schrecken in der Erwartung der groben Hände zittern zu müssen, die nachts ihre kindlichen Körper traktierten und ihnen Schmerzen bereiteten. Sie erwarten eine Zusammenführung mit ihrem Brüderchen, das wie sie in die Kartei für die Adoption eingetragen wurde. Ich hoffe, sie kommen in eine gute Familie und schaffen es, das Gefühl elterlicher Liebe zu erfahren. Eine Trennung in verschiedene Familien kann dazu führen, dass sie sich im Leben niemals mehr begegnen können. Wenn auch der Kleinste sich mit seinen fünf Monaten nicht nach den älteren Geschwistern sehnen wird, so wird es für die älteren Brüder ein schwerer Abschied. Aber für die Schwester, die für sie fast der Mutterersatz war, wird das ein für das Leben bleibender Schmerz des Verlustes. Noch hoffen sie auf die Ankunft des Großvaters und der Großmutter in dem Kinderheim. Einmal haben diese die Enkelkinder am neuen Wohnort bereits besucht. Sie brachten Geschenke für sie und das Kinderheim mit. Computerspiele, Kleidung und Medizin. Nachdem die Großeltern nach Deutschland zurückgekehrt waren, packten sie erneut ihr Auto mit Gaben, um so schnell wie möglich ihre Enkelkinder wiederzusehen, sie zu umarmen, zu liebkosen und ihren vertrauten Geruch zu atmen. Es könnte das letzte Mal sein. So wie die Kinder in die neuen Familien aufgeteilt werden, werden ihr Aufenthaltsort und ihre neuen Familien auch vor dem Großvater und seiner Frau versiegelt. Die Geheimhaltung der Adoption ist die Trennung aller Fäden und Verbindungen mit ihrem bisherigen Leben. Erneut werden die Großeltern mit dem Auto zurückfahren. Vor Tränen in den Augen werden sie kaum die Verkehrszeichen und die Schönheit der Natur erkennen können. Sie wissen jetzt, dass nach einem Anruf des Kinderheims die Nachricht kommen kann, dass die Kinder dort nicht mehr wohnen. Ihre „Blutströpfchen" verlierend, werden sie sie niemals mehr wiedersehen. Man könnte fragen: „Was sind das für Menschen? Warum nehmen sie die Kinder nicht zu sich?" Sie haben ein Auto und Geld für Geschenke. Können diese Leute mit ihrem überaus großen Wunsch die Kinder nicht zu sich nehmen? Sie erhalten in Deutschland Sozialhilfe. Sie bringen Deutschland nichts ein und erhalten trotzdem alles Notwendige für einen knappen Lebensunterhalt. Zusätzlich fünf Kinder ohne Ernährer muss der Staat nicht aufnehmen, und ist er auch nicht verpflichtet. Das Paar kann Deutschland aber auch nicht verlassen. Ihre Rente in Russland entspräche fünfzig bis siebzig EUR. Sie könnten sich davon nicht ernähren, geschweige denn weitere fünf Mäuler. Natürlich ist diese Geschichte extrem. In anderen Fällen sind die Kinder in die Familien von Verwandten gekommen.

Um die Vormundschaft über ein Kind zu bekommen, müssen die Verwandten einen Berg von Dokumenten einsammeln, in langen Korridoren Schlange stehen, um bei einem mittleren Beamten eine Unterschrift zu erhalten. Erfolg versprechend ist dabei, ihm unbemerkt ein Kuvert in die Hand zu stecken, am besten mit ausländischer Währung. Nachdem der Vormund die Vormundschaft erhalten hat, zieht er grundsätzlich in eine andere Wohnung um. Nach der Entlassung aus der Haft bleibt diese Mutter noch lange unter der Kontrolle der Miliz. Sie muss sich eine Arbeit „unter der Aufsicht des Kollektivs" suchen, und um die Rückführung des jüngsten Kindes wird sie sich noch lange streiten müssen.

## Natascha

In der Bibliothek arbeitete eine Frau namens Natascha, die die schwere Schuld trug, ihre Schwiegermutter getötet zu haben. Sie war groß, schön, dunkelhaarig, mit leidenschaftlichen schwarzen Augen. Ihr Fall begann beinahe alltäglich. Natascha gebar ein Söhnchen. Ihre Brust schwoll an und platzte fast vor Milch. In ihrem Gesicht traten dunkle Flecken auf, wie es öfter bei schwangeren Brünetten vorkommt. Aber der Kleine schlief nachts schlecht und weinte. Physisch erschöpft lief sie in den seltenen Minuten der Ruhe durch die Wohnung. Ihre Schritte in der Küche hörend, schlich sich die Schwiegermutter hinzu und begann ihre Kommentare: „Du bist so furchtbar, so träge wie eine Kuh. Du hast keine Brüste, du hast Euter! Mir tut es leid um meinen Sohn. Du hast ihn an den Händen gefesselt mit deinem unförmigen Körper", und so weiter. Eines Tages hielt Natascha diese nervliche Belastung nicht mehr aus. Sie stieß ihre Schwiegermutter mit dem Ausruf an: „Macht Euch in Euer Zimmer!" Die Frau konnte sich nicht halten, rutschte auf dem glatten Linoleum aus und fiel mit der Schläfe auf die Kante eines hölzernen Schemels. Auf diese Weise machte sie ein Zimmer in der kleinen Zweizimmerwohnung frei. Natascha litt seitdem zwar nicht mehr unter der Bosheit der Schwiegermutter, aber das Zimmer bekam sie auch nicht. Sie wurde zu fünf Jahren Haft verurteilt. Der Mann blieb mit dem Säugling allein und ohne jedwede Hilfe für das Kind. Die einfachen Ingenieure hatten damals kein Geld für eine Kinderfrau, außerdem war das nicht üblich. Er heiratete ohne Liebe eine alleinstehende kinderlose Kollegin, die eigentlich nicht davon geträumt hatte, „unter die Haube zu kommen". Ich muss es anerkennen, dass sie, obwohl sie den Kleinen nicht liebte, zu ihm wohlwollend war, ihn fütterte, mit ihm spazieren ging, mit ihm spielte und zur Nacht Märchen vorlas. So vergingen fünf Jahre. Natascha kam aus dem Gefängnis, und schon traten die Probleme auf. Leben sollte sie in der alten Wohnung. Aber dort gab es nur zwei Zimmer für vier Bewohner. In der sechs Quadratmeter großen Küche wirtschaftete zwar nun nicht mehr die Schwiegermutter, jedoch die unzufriedene neue Ehefrau, die Nataschas Sohn „Mama" rief. Alle Träume im Gefängnis darüber, wie sie nach Hause kommen, den geliebten kleinen Sohn mit den rau gewordenen Händen an sich drücken und das ersehnte „Mamotschka" hören würde, zerschlugen sich. Die leibliche Mutter war ihm fremd geworden.

Die Kolleginnen auf Arbeit mieden sie. Von ihrer Schönheit ging eine unnahbare Kraft aus. Sie begann zu trinken. In der Mittagspause lief sie zum Bierkiosk und kehrte mit rotem, aufgedunsenem Gesicht und mit verlaufener Wimperntusche zurück. Auf schweren Beinen wankte sie zu ihrem Arbeitsplatz, auf den sie den Kopf fallen ließ und einschlief. Manchmal fand ich sie unter dem Tisch, wo sie auf einem dünnen Arbeitskittel und mit einem anderen zugedeckt schlief. Ich brachte es nicht fertig, ihre Trinkerei an die Miliz melden. Sie hätte sie erneut in das Gefängnis gesperrt, und ich hätte immer die Last dieses Elends in mir getragen. Eines Tages entschloss ich mich, ihr nachzugehen. Der Bierkiosk befand sich in einer kleinen Gasse. Natascha ging zu diesem Kiosk, wo sie einige

Männer, die bereits ihren Pegel in sich hatten, freudig begrüßten. Als Dame gaben sie ihr den Vortritt und füllten dienstfertig in einen großen Bierkrug Wodka. Nachdem sie ein paar Schluck genommen hatte, schaute sie sich gerührt in der Runde um. In Erwartung der täglichen Vorstellung begannen einige Männer sie zu sticheln: „Nun, Natascha, sing ein trauriges Lied, los, erzähle, mit wem du für einen Teller Suppe geschlafen hast!"

Natascha begann klagend über das Gefängnis vor sich hin zu singen. Plötzlich nahm ihr Gesicht den Ausdruck der Erinnerung an und wie ein gehetztes wildes Tier stieß sie einen Betrunkenen nach dem anderen an und schrie mit hoher schneidender Stimme wie auf einem Basar: „Sie haben mir keinen Teller Suppe gegeben, sie haben mich vergewaltigt, versteht ihr, verdammt, vergewaltigt! Im Zimmer des Personals! Vom Offizier bis zum pickligen Soldaten! Ich konnte am anderen Tag nicht zur Arbeit aufstehen! Ich konnte nicht mehr laufen! Nur gut, dass außer mir noch andere, junge und hübsche Weiber da waren, auch sie haben sie, . . . des Nachts . . . Und ihr Saufköpfe wollt mich beleidigen?! Ich zeige euch jetzt mal, wie wir uns verteidigen, wir Knastis!" Wütend versuchte sie diesen heruntergekommenen, trunksüchtigen Männern in die Brust zu stoßen, die sich sauberer glaubten als diese Unglückliche, die fünf Jahre auf Gefängnispritschen verbracht hatte.

Ich konnte keine Unbeteiligte mehr bleiben. Ich brüllte in die Menge und ihre Hilflosigkeit hinein, wobei ich fast die Beherrschung verlor: „Wer jetzt hier brüllt, ist nicht betrunken!" Ich zog Natascha an mich und brachte sie fort. Sie winselte nur leise wie ein verlorener Hund vor sich hin, und hing schwer in meinem Arm. Ich brachte sie mehr tragend als laufend in mein Arbeitszimmer und bat meine Stellvertreterin, aus der Kantine einen sehr starken Kaffee, ein nasses, kaltes Handtuch zu bringen und Professor S. anzurufen. Er schrieb viele Bücher über Psychologie, Sexualheilkunde und war einfach ein guter Freund der Bibliothek. In der Zeit, in der er aus einem anderen Gebäude zu uns kam, breitete Natascha alles vor mir aus, was sich in ihrer Seele angesammelt hatte. Zwischendurch nahm sie hastige Schlückchen von dem heißen Kaffee. Sie erzählte darüber, wie die Wärter die Zellengenossinnen vergewaltigten, grausam, heimtückisch, sadistisch, und wie sie sich mit ihnen schlug, bis sie das Bewusstsein verlor. Sie erzählte, wie sie zu ihrem verbliebenen Sohn wie zu dem einzigen Gott betete, wie sie auf die Begegnung mit ihm wartete. So sehr hasste sie die zweite Frau ihres Mannes, dass sie sich beherrschen musste, sie nicht auch umzubringen, dieses Mal mit Vorsatz. Ich ließ sie unter der Obhut des Professors und lief zum Rektor. Ohne das Ende meiner Erzählung abzuwarten, fragte er: „Was können wir tun?" Die bürokratischen Mühlen im Kampf für einen Menschen begannen sich zu drehen. Natascha erhielt einen kleinen Raum, der eigentlich für die Aspiranten im Wohnheim vorgesehen war. Sie hatte nun ein Zimmerchen mit einer Kochnische, Dusche, Toilette im Korridor. Aber sie hatte eine eigene Tür! Mit Schloss! Und ohne das verhasste Gesicht der unfruchtbaren „Mama". Natascha hatte das Sorgerecht wegen ihrer Haft nicht entzogen bekommen. Die Rechtsabteilung konnte ihr das Kind mit Hilfe des Rektors und des Parteibosses übergeben. Der kleine Junge war anfangs misstrauisch, aber dann badete er regelrecht in dem Meer voller Liebe seiner richtigen Mama. Nataschas Antlitz begann zu leuchten. Darauf wurde ein nicht mehr ganz junger Aspirant aus Wologda aufmerksam. In der Zeit, in der er seine Dissertation vorbereitete und die Vorprüfungen durchlief, brachte er das Eis in ihrer

Seele vor allem in Bezug auf Männer und die Liebe zum Schmelzen. Er nahm den Titel eines wissenschaftlichen Mitarbeiters, die schöne Ehefrau und den vertraulich sich an ihn lehnenden Jungen mit den gleichen hellen Haaren wie seine in die alte russische Stadt mit zurück.

Eine gewisse Zeit schrieb sie mir noch Glückwunschkarten zu den Feiertagen. Später versiegten diese dankbaren Grüße. Sie begann ein neues Kapitel in ihrem Leben, kein trauriges mehr wie das vorhergehende, sondern ein glückliches. Ich habe diese Geschichte geschildert, weil viele dieser „Nataschas" ihr Leben nach der Haft nicht mehr in den Griff bekamen, entweder durch Alkoholsucht oder durch Drogensucht, durch Prügel oder Obdachlosigkeit bei Eiseskälte. Einige dieser Frauen konnten sich halblegal oder illegal nach Deutschland durchschlagen und sich ihr Leben auf einem sauberen Blatt mit Dankbarkeit und Hoffnung einrichten.

## Vaterlandsdienste

In den älteren Klassen, beginnend ab der achten Klasse, spaltete sich die Schülergemeinschaft sehr stark auf. Es gab eine Gruppe mit Schülern, die gute bis sehr gute Lernleistungen aufweisen konnten und eine Gruppe mit weniger lernfreudigen Schülern. Letztere waren jene, die nach der achten Klasse an die Berufsschulen gingen. Die guten Schüler waren davon überzeugt, dass sie nach der Schule in eine Hochschule eintreten und einige von ihnen akademische Laufbahnen einschlagen würden. Die nicht so leistungsstarken würden an der Berufsschule die Handwerksberufe Schlosser, Dreher oder Tischler erlernen und wie ihre Väter und Großväter in riesigen, lauten Werkshallen arbeiten. In einigen Betrieben gab es sogar berühmte sogenannte „Arbeiterdynastien". Diese Menschen waren seit Generationen stolz auf ihre „goldenen Hände". Sie stellten Brigaden aus den Ausgelernten der Berufsschulen zusammen und bemühten sich, den Nachwuchs der Arbeiterklasse vorzubereiten. Diese Arbeiterelite erhielt mehr Vergünstigungen als ein gewöhnlicher Ingenieur mit Hochschulausbildung. Die Arbeiter erhielten die besten Reisen in die Sanatorien der Kurorte auf der Krim und im Kaukasus. Sie konnten jedes beliebige Land des sozialistischen Lagers besuchen. Hauptsächlich ihnen gelang es, die Reisen von der Gewerkschaft für den Besuch solcher Länder wie Deutschland und Jugoslawien zu erhalten. Diese Gruppen aus weniger gebildeten Leuten waren dankbar für alles, was ihnen gezeigt wurde.

Aber keiner dieser Arbeiterjungen war vor der Armee sicher. Nachdem sie ihr Abschlusszeugnis der Berufsschule erhalten, und sich im Betrieb eingerichtet hatten, erhielten sie bald danach den Einberufungsbefehl aus dem Wehrkreiskommando. Sie wurden Soldaten mit unverständlichen Adressen: Feldpost N. Ihre Mütter erhielten optimistische Briefe, die alle von der Militärzensur geprüft waren, und konnten nicht wissen, dass ihr „Blutstropfen" an der chinesischen Grenze, in Afghanistan oder in Tschetschenien diente. Trotz offiziellen Verbots tranken die Jungs auf den Dienst zum Schutz des Vaterlandes: auf die Willkür des „Väterchens", die Straffreiheit der jungen Offiziere, die Hervorhebung der kräftigen Russen über die schwächlichen Nichtrussen, das Einerlei der Makkaroni, der Buchweizengrütze und Suppen, die von der Küche ausgegeben wurden. Sie tranken wegen des Risikos, der Kämpfe, der Verwundungen, der Gefangenschaften und Folterungen in den „heißen" Punkten. Es gab auch Gruppen standhafter, sich in Freundschaft zusammenschließender Soldaten, die sich Autorität erkämpften, die der Gewalt und den Repressalien eine Abfuhr erteilten, die nicht nach Drogen süchtig waren, die ihre menschliche Würde vor den sich auf die Staatsmacht berufenden, dreist und fett werdenden Vorgesetzten bewahrten.

Aber wie viel geschlossene Särge mit den sterbliche Überresten erhielten die Mütter, deren Söhne entweder durch die Hände von Terroristen, oder durch einen betrunkenen Offizier misshandelt und umgebracht wurden, oder durch Selbstmord ihr Leben beendeten, weil sie die Schändungen der Seele und des Körpers nicht aushielten? Die Ankunft der geschlossenen Zinksärge geschah regelmäßig. Sie wurden „schwarze Tulpen" genannt. In ihnen befanden sich mit ihrem Seelenfrieden die sterblichen Überreste der Söhne eines Vaterlandes, das sie nicht liebte, sondern sie als „Kanonenfutter" benutzte. Der Begriff „schwarze Tulpen" lebte im Volk besonders auf, dank des Dichters und Liedinterpreten, dem Leningrader Alexander Rosenbaum. Dieses Lied war für die Aufführung vor einer großen Zuschauermenge verboten. Aber ich hörte diese Hymne für die gefallenen Soldaten in der Aula der Leningrader Universität. Seit der Zeit hege ich tiefste Hochachtung zu diesem Barden, der keine Repressionen des Systems fürchtete und seine Schuldigkeit gegenüber denjenigen erbracht hat, die ungeachtet ihrer frühen Jugend in die Ewigkeit gegangen sind.

In der Aula der Universität wurde ein Konzert aufgeführt, das irgendeinem Festtag gewidmet war. In den ersten Reihen der Zuschauerplätze saßen die Invaliden-Studenten, die „ersten Schwalben" in unserer Universität, die auf den Kampffeldern in Afghanistan überlebt hatten und sich ohne die pflichtgemäßen Aufnahmeprüfungen zum Studium einschreiben durften. Viele von ihnen hatten mit ihren 20 Jahren bereits graue Haare, verbrannte Gesichter, fehlende Arme oder Beine. Und die Augen . . . Augen voller Schmerzen, Augen von weisen Greisen oder noch schlimmer, leere Augen.

Der Sänger Alexander Rosenbaum betrat die Bühne. Mit den einfühlsamen Fingern eines Chirurgen glitt er über die Saiten, sang die von allen geliebten Lieder über Leningrad, Moskau, Freundschaft und plötzlich, ohne Ankündigung sang er „Schwarze Tulpen". Zunächst gefror die Stimmung im Saal. Dann standen die ehemaligen Afghanistankämpfer sich gegenseitig unterstützend auf, hoben ihre Arme mit den zerquetschten Fäusten und den abgerissenen Stümpfen und begannen das Lied mitzusingen. Die Studentenschaft ist eine Brüderschaft. Im Saal flammten Feuerzeuge wie Fackeln auf zum Gedenken an die Gefallenen. Durch die Reihen eilten Mitarbeiter des KGB. Sie fauchten etwas in die Gesichter der Studenten, schrieben eifrig in ihre Notizblöcke, versuchten auf die Bühne vorzudringen und das Lied zu unterbrechen, die Mikrofone abzuschalten, aber die Studenten standen ihnen im Weg wie eine Mauer im wahrsten Sinn. Im Saal weinten viele lauthals. Hatten doch einige Anwesende den Sohn, den Bruder, den Mann oder den Freund, der noch nicht zurückgekehrt war oder gewiss nicht mehr nach Hause kommen wird. Der Sänger sang das Lied bis zum Schluss. Dann war eine Minute lang Schweigen. Erst danach explodierte der Saal vor Applaus. Darin lag alles: die Dankbarkeit für den Mut des Sängers, die Achtung vor den heldenhaften jungen Männern, die persönliche Bestätigung vor den „Spürhunden" vom KGB und die Solidarität.

Die zweite Episode, die ich mit den Afghanistankämpfern in der Universität erlebte, kann ich auch nicht vergessen. Es fand eine Konferenz in der Universität statt, die der Wahl der Deputierten zum Stadtrat gewidmet war. Der Saal war außer den Studenten mit den Vertretern der Gewerkschaft, der Partei und anderer Organisationen gefüllt. Die Afghanistan-Invaliden saßen in der Durchgangsreihe. Dort war es für sie leichter, ihre Beinprothesen, Stöcke und Krücken unterzubringen. Plötzlich wurde ein Redner durch das Knarren der sich öffnenden alten Saaltür unterbrochen. Eine Kolonne von Leuten kam mit lautem Gleichschritt auf das Parkett die Reihen entlang. Diese in schwarzen, mit Ketten behängten Lederhosen und –jacken gekleideten Männer trugen dornenbestückte Armbänder, Ringe und Stiefel mit metallischen Absätzen. Die Blicke im Publikum wurden eisig. Nicht nur mich erschauerte augenblicklich dieser martialische Anblick. Die in den Saal eindringenden Leute waren Vertreter der rechtsextremistischen Gruppe „Pamjat", neue russische Faschisten, die in ihren Kampfmethoden vor nichts zurückschreckten. Den Arm zum faschistischen Gruß erhebend, begannen sie ihr Programm zu deklarieren: „Russland den Russen", „Juden nach Israel", „Die Schwarzärsche sollen in ihre Republiken zurück oder wie Vieh als schwarze Arbeitskräfte benutzt werden! Freiheit des Brauchtums! Militärische Apartheid!" Das riesige Auditorium der Universitätsangehörigen, Wissenschaftler und die Studenten tauschten sich im Flüsterton aus, zögerten aber, ihre Empörung vor dieser unverschämten schwarzen Horde laut zu äußern. Da begannen aus den Durchgangsreihen die Afghanistan-Invaliden aufzustehen. Der Schlag ihrer Stöcke, Krücken und Prothesen auf den Boden brach das einsetzende Stimmengemurmel im Saal ab. Ihre verwundeten Körper spannten sich und waren bereit, sich diesem Feind entgegenzustellen. Ja, vor ihnen standen Feinde, solche wie in den fernen afghanischen Steppen, aber noch schlimmer dadurch, dass sie hier geboren waren, auf unserer russischen Erde. Zwei Gruppen standen sich gegenüber. Die eine, mit Leder und Ketten aufgeplusterte Stiernacken und die andere Gruppe, zwar versehrte, aber kompromisslose Studenten. Aus den Reihen der „Pamjat" ertönte ein kurzes Kommando, und die faschisierenden Burschen begannen sich langsam zurückzuziehen. Die Gruppe der ehemaligen Kämpfer drückte sie aus dem Saal, geleitete sie durch den langen Universitätskorridor, vorbei an den berühmten Schränken mit den Büchern der besten russischen Aufklärer, führte sie zu den Ausgängen und drängte diese Burschen auf die Universitätsuferstraße. Danach kehrten die Kämpfer wieder in den Saal zurück und setzten sich unter Ovationen auf ihren Platz.

# Begebenheiten des Alltags

Bibliotheksfrauen

Ich begann meine Berufstätigkeit als stellvertretende Direktorin der wissenschaftlichen Bibliothek der polytechnischen Abend-hochschule. Aber die Arbeit war sehr nervig und kompliziert. Zweiunddreißig Frauen und zwei Männer arbeiteten dort: einer im mehr als reifen Alter, der andere, ein stiller und sorgfältiger Mann, hatte eine psychische Krankheit. Alle Bibliothekarinnen waren zehn bis fünfzehn Jahre älter als ich. Sie arbeiteten nur angespannt in der Prüfungsperiode, ansonsten saßen sie in ihren Ecken und strickten, schrieben Briefe oder stickten. Und nun ärgerte sie der „neue junge Besen". Ich beauftragte sie, die Lehrbücher zu restaurieren, die meist gelesenen Zeitschriften zu kopieren, die kleinen Filialen der Bibliotheken in den anderen Städten zu besuchen und ihnen zu helfen und vieles andere mehr, was aus ihrem Gedächtnis gefallen war. Sie leisteten Widerstand. Sie wurden krank und verkrochen sich allein in ihr Zuhause. Diese Frauen waren ohne Ausnahme alleinstehend. Einmal erkrankten ihre Kinder, das andere Mal ihre Mütter. Sie warfen sich wie in einen Strudel mit dem Kopf voran in abenteuerliche Liebesromane und hörten auf, in der realen Welt zu existieren. Sie lebten in ihren romantischen Zuständen, wo es keinen Platz weder für die Bibliothek, noch für die Studenten oder für mich gab.

Der Arbeitswechsel zur Wissenschaftlichen Bibliothek der Universität vervielfachte die Belastung für mich: die Mitarbeiterzahl war fast neunmal höher, der Bücherbestand war das dreitausendfache, die angegliederten Fakultätsbibliotheken etwa zwanzig Mal und die Studenten dutzende Mal mehr. Die

Mitarbeiterinnen hätten ihrem Alter nach meine Tochter oder meine Mutter sein können. Es gab aber auch ältere Damen im Alter meiner längst verstorbenen Großmutter. Ich konnte diese alten, kranken und oftmals nicht adäquat verstehenden Frauen nicht in die Rente schicken. Diese alten Damen waren während des Krieges junge Frauen. Sie dienten tags und nachts in dem Hunger und der Kälte des blockierten Leningrads in kalten ungeheizten Räumen der Universitäts-bibliothek und bewahrten die Bücher. Zum Heizen nur weniger Räume verbrannten sie Schränke, Stühle, Tische, und Regale. Sie kochten sich Suppen aus Leim und Ledereinbänden von Büchern. Aber sie verbrannten, verkauften oder tauschten nicht ein Buch der Universität gegen Lebensmittel ein. Sie haben den gesamten Buchbestand, die Schätze und den Nachlass der besten Geister Russlands und der Welt bewahrt und über den Krieg gerettet. Hätte ich sie in die Rente schicken sollen? Ich hatte ständigen Streit mit der Kaderabteilung der Universität, die mich der Schaffung eines Panoptikums von alten Frauen in der Bibliothek beschuldigte. Aber mein Gewissen blieb sauber.

## Walentina

Eine dieser alten Frauen arbeitete nicht einfach nur, sie „lebte" in der Bibliothek, indem sie erst spät abends für die Nacht nach Hause ging. Keine Bitten meinerseits, nicht mehr zehn bis zwölf Stunden in der Bibliothek zu arbeiten oder zu verbringen, konnten auf sie einwirken. Wenn sie mich sah, lief sie anfangs weg, wie vor der Pest. Über Umwege erfuhr ich, dass in ihrer Kinderzeit der Vorgesetzte ihrer Eltern diese denunziert hatte. Daraufhin kamen sie in ein politisches Lager. Der Vater und die Mutter sind aus diesem Lager nicht mehr zurückgekehrt. Von Kindheit an war somit für die kleine Walentina der Vorgesetzte der Begriff für das Böse. Diese Überzeugung und die Verlustangst trug sie durch ihr ganzes Leben. Mich hatte sie als Direktorin genauso wahrgenommen.

Nachdem sie nach einigen Jahren verstanden hatte, dass ich sie nicht von ihrer Arbeit verjagen wollte, dass sie Prämien bekam, dass ich ihr von der Gewerkschaft eine Reise in ein Sanatorium herausschlug, dass sie Geschenke zum Geburtstag erhielt, taute Walentina auf und wurde zu meinem Anhängsel. Ihr einsames, aber nicht vergeudete Leben forderte einen Ausweg. Sie durfte in mein Arbeitszimmer während einer Beratung hereinschauen und mir sagen, dass ich noch nicht Mittag gegessen habe oder dass in der Kantine für uns exotische Bananen verkauft werden. Ich war jung und lächelte über „Walentina mit den Löckchen". Als sie vor meiner Abfahrt nach Deutschland weinte und sagte, dass sie niemand mehr haben wird, der sie beschützt, war ich unsagbar gerührt, und sie tat mir leid. Doch mit den Gedanken war ich schon weit weg in Deutschland.

Als ich das erste Mal nach meiner Ausreise wieder nach Sankt Petersburg kam, fragte ich meine befreundete Kollegin telefonisch, wie es Walentina ginge, und hörte Worte, die mich sehr betrübten: Sie starb in ihrer Wohnung vor Hunger. Es war das Jahr 1994, die Zeit nach der Perestrojka, zu Beginn der Entfesselung des Kapitalismus in Russland. Die Kriminellen und Raffgierigen stopften sich in den Restaurants die Bäuche voll. Der Reichtum des Landes ging von einer Hand in die andere. Aber diese neuen Machthaber Russlands konnten solchen bescheidenen, alten Menschen, wie Walentina, mit einer derart miserablen Rente nicht einmal die physische Existenz sichern. Diese Frau hatte keine ausreichenden Mittel, um sich einen

Monat lang zu ernähren, und sie starb einsam, vor Auszehrung in ihrem Bett. Als sie starb, war ich weit weg. Aber ich fühle meine Schuld, dass ich mit dem Herz die Tragödie dieser Frau nicht gefühlt habe. Ich hielt die Arme nicht auf, teilte nicht, wenn auch bescheidene, doch nichts desto weniger reale Gelder und erhielt ihr nicht das Leben. Wenn Buddha auch gesagt hat: „Lasst uns vorwärts gehen. Wozu sich an den Kummer und die Fehler des gestrigen Tages anketten?" Mit meinem Herzen und meinem Gedächtnis kann ich Walentina nicht vergessen.

## Realität der Siebziger

Die siebziger Jahre gruben in mein Leben nicht so viele Meilensteine und Markierungen, wie die Sechziger. Offensichtlich deshalb erinnere ich mich an sie ohne jede besonderen Gefühle und Regungen. In den Jahren war ich wie in einem Auto, das den Motor lange anwärmt, um danach zielstrebig loszufahren. Zunächst konnte ich mich schwer in die Belegschaft der Bibliothek einbringen. Die existierende Meinung über Bibliotheken, dass sie stille Fabriken und die Bibliothekare „graue Mäuse", „blaue Strümpfe" oder in anderen Berufen nicht bestehende Versager sind, stammt von großer Unkenntnis. An der Spitze vieler Universitätsbibliotheken in Woronesch, Kiew, Tartu, Vilnius und Riga, geschweige der elitären Bibliotheken Moskaus und Leningrads standen starke, kluge und der Bibliothekssache ergebene Persönlichkeiten. Unter ihrer methodischen und organisatorischen Leitung reihten sich die Bibliotheken der Hochschulen, der Berufsschulen und der technischen Akademien ein. Die staatlichen Bibliotheken bildeten ihnen gegenüber gesonderte Institutionen. Deren Direktoren waren oft abgeschobene Parteibonzen oder Kinder prominenter Funktionäre. Ein besonderer Status war den Akademischen Bibliotheken zugeteilt, an deren Spitze verdiente Wissenschaftler standen, die aber kein besonderes Interesse an der Bibliotheksarbeit und vor allem keine Zeit dafür hatten.

Die Tochter des bekannten Politikers der UdSSR, A. Kosygin hatte lange Zeit als Direktorin der Staatlichen Leninbibliothek Moskau die Beziehungen zum Vater für das Wohl der „Leninki", wie man die Mitarbeiter nannte, genutzt. Diese Bezeichnung war unter den Lesern weit verbreitet. Hingegen stand an der Spitze der Bibliothek der Akademie der Wissenschaften der UdSSR in Leningrad ein Arzt und Onkologe, ein Wissenschaftler, der seine „Schatzkammer der Weisheit" zweimal in der Woche besuchte. Die übrige Zeit leiteten seine Stellvertreter die Bibliothek.

Ich arbeitete im System der Hochschulbibliotheken. Anfangs, in den Siebzigern war ich an der Bibliothek der technischen Hochschule. Mit Ambitionen und fernen Plänen entschloss ich mich, die Bibliothekspraxis und –wissenschaft zu bezwingen. Davon musste ich mich allerdings bald verabschieden. Die Universität, die Bibliothekshochschule für Kultur, und danach die Aspirantur nahmen mich voll in Anspruch.

Denunziationen

Während der Regierungszeit Breschnews entfalteten sich besonders die Repressionen und Verfolgungen des KGB. Neue Gedanken, die ideologisch nicht konform mit der offiziellen Denkweise waren, wurden vom KGB bespitzelt. Unzuverlässige, Andersdenkende und Dissidenten wurden in die Lager geschickt oder in das Ausland im Austausch für russische

Agenten und Spione abgeschoben. Dadurch wurde Misstrauen in die Kollektive der Betriebe, Hochschulen und akademischen Einrichtungen hineingetragen. Denunziationen, Verleumdungen und anonyme Briefe wurden den Parteikomitees zugesteckt. Personen mit vermeintlich subversiven oder individuellen Auffassungen konnten in die Beratungen der Parteileitungen bestellt werden. In diesen Beratungen mussten sie zu ihren Meinungen oder Aussagen mündlich oder schriftlich Stellung nehmen. Daraufhin folgten die bereits erwähnten „Auseinandersetzungen" oder „Klärungen", und wenn das nicht half, die „inquisitorischen Strafgerichte".

Ich bin in solche Glaubensgerichte zwei Mal bestellt worden. Ich wusste, dass jemand über mich Meldungen geschrieben hatte: das waren unglückliche Frauen, psychisch kranke, die eine kinderreiche Familie hatten und aus den Führungsebenen entlassene, sehr mitteilsame Personen. Aber es waren auch einsame alternde Frauen darunter, die die Hoffnung auf ein persönliches Lebensglück verloren hatten. Diese Anschwärzerinnen konnten mich nicht der politischen Unkorrektheit oder der moralischen Unsauberkeit beschuldigen. Aber mich und das Kollektiv durch kleinliche Stichleleien bei der Arbeit stören, konnten diese Leute schon.

In die Bibliothek kamen eines Tages zwei oder drei Mitglieder des Parteikomitees, mit denen ich mich öfters im Wissenschaftsrat der Universität, in den Versammlungen der Studentenräte traf, die mir manchmal Urkunden und Wimpel für die gute Arbeit der Bibliothek überreicht hatten. Sie setzten sich dem Kollektiv gegenüber an den Tisch, wobei sie mir einen Stuhl abseits anboten, und es begann ein „Feuerwerk" an Fragen und Antworten. Mich verletzte und berührte das nicht sehr. Möglicherweise bin ich in der Kindheit so aufgeschreckt worden, dass ich auf diese Weise unmöglich noch mehr geschockt werden konnte. Ich wusste, dass der danach geäußerte gute Wortschwall den Schmutzbach und die unhaltbaren Beschuldigungen überdecken würde.

Die jungen Mitarbeiterinnen waren dankbar, dass ich ihnen vertraute und ihnen die Möglichkeit gab, mit der Arbeit zu wachsen. Die älteren verteidigten mich ebenfalls, da ich sie vor der Kaderabteilung schützte, sie nicht entließ und sie nicht in eine noch größere Armut schickte. Nur einmal ließ ich mich hinreißen, als mit den Parteibossen der Verbindungsmann des KGB für die Universität kam. Seine Taktik aufzutreten war: wir tun eurer Direktorin nichts Schlechtes, trotzdem sollt ihr uns von ihr irgendetwas Pikantes, Schmutziges, Erniedrigendes erzählen. Da erinnerte ich mich im Schleier der Wut an die nächtlichen Abholungen meines Vaters und seines Köfferchens und der Tränen meiner Mutter. Als ich mich rechtfertigte, dachte ich nicht darüber nach, dass sich in dem Raum eine Person befand, die ihr Gehalt nicht von der Universität sondern vom KGB erhielt.

Die Mauern der Bibliothek haben seit Peter I. so viele Wechsel der Direktoren gesehen, dass ich bereit war, falls mein Platz jemandem süß erschien, diesen Platz frei zu machen. Ich schlug die Tür hinter mir zu, ergoss in meinem Arbeitszimmer schlimme Tränen und lief zu einer Freundin, eine Kollegin aus der Bibliothek der Akademie der Wissenschaften. Sie arbeitete dort als Stellvertreterin des Direktors und schlug mir sofort vor, mich als Leiterin einer großen Abteilung einzusetzen. Doch als ich am nächsten Tag zur Arbeit kam, um meine persönlichen Sachen zusammenzupacken, wurde ich in das Parteikomitee gerufen, wo man sich vor mir entschuldigte und versprach, „keine Ruhe zu geben", bis die Denunziationen nicht mehr anonym blieben, sondern mit Namen unterschrieben würden. Ich sollte nicht denken, dass ich als Person eine Sonderstellung hätte. Ich war wieder auf meinem Platz, liebte und verehrte meine Bibliothek und opferte ihr meine Familie, die Tochter und meine Ruhe.

Vergewaltigung

Zufällig erinnere ich mich an einen Vorfall mit meiner jungen Kollegin Lisa aus der Bibliothek. Das Mädchen kam aus einfachen Verhältnissen, aber sie war sehr feinsinnig, attraktiv, aber auch streitbar. Tagsüber arbeitete sie an der Buchausleihtheke, abends studierte sie an der Fakultät für Journalistik. In der Freizeit jedoch interessierte sie sich leidenschaftlich für das Fotografieren. Ihre Fotoporträts waren erfüllt mit Güte, Ruhe und Geheimnis. Wir veranstalteten einige Male Ausstellungen ihrer Bilder, die viele Besucher anzogen. Eines Tages kam sie nicht zur Arbeit und rief auch nicht an. Das Telefon in ihrer Einzimmerwohnung, die sie in einem Arbeiterbezirk bewohnte, antwortete nicht. Unsere Gewerkschaftsvertreterin fuhr zu ihr, um aufzuklären, was dort los wäre. Nach einer Stunde hörte ich im Telefon ihre aufgeregten Schreie: „Kommt schnell und bringt den Arzt aus unserer Poliklinik mit!" Mit dem Dienst habenden Arzt eilten wir im „Moskwitsch" in den ungemütlichen Bezirk. Wir erstarrten augenblicklich, als wir unsere junge Mitarbeiterin erblickten. Ihr Gesicht schwamm vor blauen Flecken und Schnittverletzungen und ein Auge war nicht mehr sichtbar. Ihre Kraft reichte nur noch für ein Winseln, wie von einem schwer geschlagenen und verwundeten Hündchen. Nach einiger Zeit, nachdem die Beruhigungsspritze gewirkt hatte, begann sie monoton wie ein Automat eine unheimliche Geschichte zu erzählen.

Am Abend, nachdem sie sich durch ein Gespräch mit dem Dozenten aufgehalten hatte, fuhr sie nicht mit den Kommilitoninnen im O-Bus, sondern wartete in der Einsamkeit, zitternd von dem abflauenden Februarwind, der wirbelnden Schnee über die leere Universitätsuferstraße wehte. Als neben ihr ein Milizauto anhielt, und ihr angeboten wurde, sie bis zur Metrostation zu bringen, willigte sie ein. Viele Mitarbeiter der Miliz hatten in der Universität an der juristischen Fakultät studiert, viele besuchten die Bibliotheksausleihe, viele ihrer Gesichter waren durch die Mensa und die Universitätskorridore vertraut. Deshalb schwang sich Lisa ohne Furcht in die Wärme des Autos. Zu dritt, der Fahrer und zwei Diensthabende begannen mit ihr zu flirten. Der neben ihr sitzende Mann begann ihre Beine zu streicheln und den Mantel aufzuknöpfen. Dabei hielt er ihre Hände fest. Auf ihren Widerstand und ihren Schrei reagierte er sofort: er schlug sie so, dass sie das Bewusstsein verlor. Danach, als sie sich auflehnen wollte, kam die Hölle.

Drei Dreckskerle, die sich gegenseitig anstachelten und animierten, vergewaltigten das Mädchen, das in seinem Leben noch nie mit einem Mann zusammen war, das Journalistin werden wollte, um gegen die Willkür, die Gesetzlosigkeit und das Verbrechen zu kämpfen, das Menschen fotografierte, um in ihren Gesichtern Güte, Weisheit und Menschlichkeit zu finden. Die Geschändete warfen sie irgendwo auf der Wasiljewski-Insel aus dem Auto, an einer kleinen Nebenstraße am Hafen. Erneut schleppte sie sich zur Uferstraße und konnte nur mit Mühe einen Fahrer eines Privatautos darum bitten, sie nach Hause zu fahren. In der Wohnung ließ sie das heiße Wasser laufen, in der Dusche wusch sie sich das eigene Blut, den fremden Schweiß und Geruch ab. Und wimmerte. Sie weinte nicht, sie wimmerte nur.

Meine Tochter ärgerte sich immer über mich, dass ich abends immer auf sie wartete, dass ich im Zimmer hin und her rannte, wenn sie mich nicht anrief. „Du vertraust mir nicht! Ich bin schon erwachsen! Erinnere dich, als du so alt warst!" Aber ich erinnerte mich nicht an mich, sondern dachte an die geschändete und geschlagene Lisa. Ich hatte Angst. Ich bangte um das mir Liebste in der Welt, mein Mädchen, und ohne an Ihn zu glauben, bat ich Ihn darum, sie zu beschützen.

## Rollstuhlfahrer

Der Herbst ist in Sankt Petersburg eine unangenehme Zeit. Es nieselt, oder es fällt ein unaufhörlicher Schneeregen. Der kalte Ostseewind dringt bis auf die Knochen durch, und der dunkelgraue Himmel ist bereit, sich auf den eigenen Kopf herabzusenken. Aber ich liebe meine Stadt zu jeder beliebigen Jahreszeit, begeistere mich an seiner unbeschreiblichen und besonderen Schönheit und nehme alle hässlichen, groben und niederträchtigen Erscheinungen, die allen großen Städten eigen sind, schmerzlich war. Als ich zur November-Demonstration eilen wollte, sah ich von der Seite, wie ein älterer Mann, der die Brust voller Orden und Medaillen geschmückt hatte, in seinem Rollstuhl versuchte, von der Bordsteinkante des Fußweges auf den Überweg zu fahren. Mit dem Gedanken: „Kann der nicht zu Hause bleiben?", wendete ich mich ab und hörte sogleich von allen Seiten Rufe. Intuitiv drehte ich mich zu dem Invaliden um und sah den umgekippten Rollstuhl und den Mann im schmutzigen Schnittgerinne liegen. An ihm rauschten die schicken ausländischen Autos vorbei und bespritzten ihn mit dem

Schlamm und dem grauen Schneematsch. Ich lief schnell zu ihm hin und musste einsehen, dass ich allein nicht helfen konnte; der Mann war schwammig und schwer. Die vorbeieilenden Autos bespritzten mich vom Kopf bis zu den Füßen total. Meine Festkleidung war natürlich so verdorben, dass ich aussah wie eine Kanalarbeiterin. Ich schaute mich nach allen Seiten um, aber die Leute gingen an uns vorüber. Der eine hatte sich verspätet und eilte, um sich in die Marschkolonnen der Festdemonstration einzureihen. Der andere schaute Ekel empfindend auf unsere bespritzte Bekleidung und wollte sich selbst nicht beschmutzen. Halbwüchsige rannten mit johlendem Spott vorbei, und eine Frau schrie: „Seit dem Morgen haben sie sich besoffen wie die Schweine!" Zu meinem Glück kamen zwei junge Soldaten herbei und hoben den Rollstuhl gewandt auf. Das Gesicht und die Auszeichnungen des Mannes waren noch voller Schmutz. Die jungen Leute entschuldigten sich, dass sie sich verspäten würden und baten mich, den Geschädigten nach Hause zu bringen. „Komm, Töchterchen, ich wohne hier in der Nähe. Da kannst du dich abputzen und abwaschen", sagte er nur.

Seine kleine Wohnung in der unteren Etage des Hauses war sauber und gemütlich. Ich half dem Mann, die schmutzige Jacke, die Mütze und die Handschuhe auszuziehen, reichte ihm die Krücken und er entfernte sich ins Bad. Sauber und erfrischt zurückgekehrt, bot er mir an, mich selbst wieder in Ordnung zu bringen. Solange ich mit dem am Mantel klebenden Schmutz kämpfte, bereitete der Hausherr einen wohlriechenden Tee zu. Die Orden und Medaillen lagen wieder blank geputzt auf einem kleinen Arbeitstisch. Der betagte Mensch erzählte verlegen, dass ihm im Krieg 1944 die Beine durchschossen wurden, als er versuchte, aus dem brennenden Panzer zu klettern. Lange hatte er im Lazarett gelegen, und als er nach Hause zurückkehrte, fand er nur noch einen Teil seiner Familie vor. Sein Vater und seine Mutter hatten die Blockade nicht überlebt. Sein kleines Söhnchen starb bereits im ersten rauen Winter, aber seine Frau und seine Tochter haben auf ihn gewartet. Zehn Jahre war es schon her, dass seine Frau durch eine Herzkrankheit starb, und seine Tochter verschied erst vor drei Jahren durch Krebs. „Sie tat alles für mich, hatte nicht geheiratet und starb wegen eines Frauenleidens. Schließlich bin ich auch schuld", sagte er. Heute, am Feiertag, wollte er unter Leuten sein und sich erfreuen. Die Medaillen hatte er angelegt, damit alle es sähen: er ist zwar Invalid, aber ein Held. Aber es ging nicht. Und dieser große, alte, kranke Mensch weinte . . .

Als ich mich verabschiedete, versprach ich ihm wiederzukommen. Es blieb ein leeres Versprechen. Ständig war ich unterwegs und beschäftigt, und danach fuhr ich nach Deutschland. Manchmal sticht die Erinnerung wie mit einer spitzen Nadel in das Gedächtnis, aber die Zeit ging vorüber und man steigt nicht zweimal in denselben Fluss.

## Rita

Einen weiteren Vorfall, den ich nicht mehr vergessen kann, geschah mit meiner guten Bekannten, einer früheren Schülerin meines Schwiegervaters, der Dozentin der Hochschule für Kinematografie, Rita. Sie war bewundernswert wohlwollend, beliebt bei den Studenten und Freunden und brachte in jedes Haus eine Atmosphäre der Güte, des Verständnisses und des Mitgefühls. Als junge Studentin verliebte sie sich aus tiefstem Herzen und mit der Glut einer jungen Seele in meinen Schwiegervater. Sie trug diese Verliebtheit durch ihr ganzes Leben so taktvoll, dass meine Schwiegermutter, obwohl sie es wusste, ihr das Haus nicht verweigerte, sondern auf jede Art und Weise ihre Besuche förderte und ihr in schweren Situationen des Lebens half. Rita war immer dabei, sowohl an schweren Tagen als auch an Feiertagen. Sie versuchte immer nützlich zu sein und war bereit, ein fremdes Geheimnis zu waren. Den Tod meines Schwiegervaters empfand sie als ihren persönlich schwersten Verlust. Gleichzeitig bemühte sie sich am meisten, uns von dem Kummer abzulenken und meine Schwiegermutter zu unterstützen.

Bei einer meiner Fahrten nach Sankt Petersburg, als meine Schwiegermutter schon nicht mehr alleine auf die Straße ging, erfuhr ich, dass Rita mit einer eigentlich nicht so schwerwiegenden Diagnose im Krankenhaus lag: ein tiefes Furunkel. Anfangs schmerzte sie es, auf dem Rücken zu schlafen. Dann wurde der Rücken rot und ihr fiel es schwer, überhaupt zu liegen. Sie schlief sitzend, wobei sie den Kopf auf den Tisch lehnte. Danach bekam sie hohes Fieber und nur mit Mühe konnte sie noch die Schnelle Medizinische Hilfe rufen. Früh morgens machten die Ärzte ihr einen Schnitt auf dem Rücken, aus dem der Eiter wie eine Fontäne spritzte. Es zeigte sich, dass sich der Eiter bereits über den gesamten Rücken vom Hals bis zum Po ausgebreitet hatte. Ihn hielt eine dichte Fettschicht zurück, da Rita eine sehr füllige Dame war und eher an eine der „Rubensfrauen" erinnerte. Den ganzen Eiter hatte man abgelassen, Antibiotika verabreicht und Rita verschwand. Ich wollte sie mit Blumen und Früchten besuchen und konnte sie nicht mehr finden. In der Abteilung, wohin man sie eingeliefert hatte, sagte man mir, dass sie auf der Intensivstation läge. Die Intensivschwestern sagten mir, dass sie in die Reanimation gebracht worden ist. In die Reanimation eilte ich mühsam, aber dort sagte man mir, dass sie in das Laborgebäude gebracht wurde. Aber im Laborgebäude sagte man mir, dass sie da nicht aufgenommen wurde und offensichtlich in ihr Krankenzimmer verlegt wurde, wohin sie eingeliefert worden war. Nachdem ich in das Krankenzimmer geschaut hatte, fand ich wie vorher ein leeres Bett vor, aber auf dem Bettschränkchen lagen die Haarspange, Ritas Uhr und irgendein Buch. Ich begann das medizinische Personal mit der Drohung zu irritieren, die russische und ausländische Presse darüber zu informieren, wie eine Patientin im Krankenhaus verschwindet, damit diese klären sollten, was ich nicht innerhalb von fast fünf Stunden der Suche klären konnte, wo die Patientin Rita verblieben sei. Eine junge Praktikantin, die hinter einer Schwester hervorschaute, versuchte mir zu beweisen, dass ich mich unverschämt aufführe, die Krankenhausruhe störe und das medizinische Personal beleidige. Sie sagte, dass sie unter dem Glas auf dem Tisch des Diensthabenden eine Notiz gesehen hat, dass die Patientin Rita im Morgengrauen . . . gestorben ist. „Na da sehen sie es ja!", sagte die Oberschwester der Abteilung, „Was schreien sie auch hier herum und führen sich ungehörig auf? Ihre Rita hat sich gefunden, gehen sie in die Leichenhalle!" Mit Bangen eilte ich durch das Krankenhauskaffee zur Treppe hinunter in die Leichenhalle. Wer das versteht, der kann sich auch lebend zu den Leichen legen oder aus Totenscheinen Kaffee trinken.

## Einsamkeit im Alter

Einmal besuchte ich in Berlin eine russische Bekannte im Krankenhaus der „Roten Schwester". Die Patientin im Krankenzimmer neben ihr war eine deutsche Dame. Die Farbe ihrer Haare und ihrer blassen Haut unterschieden sich kaum vom

Kopfkissen und dem Bettlaken. Auf dem Nachtschränkchen stand eine Flasche Wasser und eine ungeöffnete Pralinenschachtel. Ihre Hände mit der Haut wie Pergament lagen auf der Decke und die Finger bewegten sich von Zeit zu Zeit, als würden sie etwas nur ihnen Fühlbare sortieren. Sie reagierte weder auf die Schwestern, die den Blutdruck maßen, noch auf die Hilfskräfte, die das Essen reichten, und brachte ihnen keine Aufmerksamkeit entgegen. Es schien so, als ob die Oktobersonne das Krankenzimmer in zwei Sektoren aufteilte, in den der Genesung, das war meine Bekannte, und in den des Sterbens, das war die alte deutsche Dame. Auf meine Frage hin, wie lange die Patientin bereits in der Klinik liege und in welchem Stadium der Krebs bei ihr sei, winkte die junge Schwester ab: „Sie hat keinen Krebs. Bis letzten Monat lag sie noch mit den anderen Alten zusammen mit einem Komplex von Krankheiten. Sie verstehen: das Herz, der Blutdruck, der Diabetes, Asthma usw. Ihre Medizin hat sie genommen. Sie ging spazieren, so zwei bis drei Stunden und kam mit Farbe im Gesicht erfrischt zurück. Aber nach dem Besuch ihrer Tochter früh am Morgen sagte sie: ‚Fasst mich nicht an! Ich will sterben!' Seit dem liegt sie so."

Ich brachte beim nächsten Besuch meiner Bekannten und ihr je einen Strauß Astern mit. Keine Rührung. Ich legte ihr auf den Tisch einen hellen großen Apfel. Nichts. Ich begann laut Geschichten zu erzählen, zu spaßen, aber alle meine Bemühungen zerschellten wie an einem unsichtbaren Hindernis am Bett der alten Dame. Am nächsten Tag kam ich wieder, obwohl ich genau wusste, dass meine Bekannte zur Heilgymnastik war. Ich rückte einen Stuhl an das Bett der Dame und begann ihr zu schildern, wie die Krankenhäuser früher in Russland waren. Ein Krankenzimmer für zwei Patienten war Luxus. Das Essen roch angebrannt und säuerlich. Früchte und Joghurt gab es nicht. Buchweizengrütze, Suppe, Stückchen von einem undefinierbaren Fisch, dazu Reis. Nicht identifizierbar waren die Stückchen Fleisch, die eine gräuliche Kartoffel schmückte. Die Götterspeise war aus einem Pulver gemacht und das Kompott aus getrockneten Früchten. Ich erzählte ihr auch über meine Mutter, wie ich sie damals im Krankenhaus besuchte.

Als ich Atem holte, um die Erzählung fortzusetzen, die, wie mir schien, niemanden interessierte, hörte ich: „Du warst jung, ein erwachsenes Kind, aber meine Tochter ist schon eine zweifache Mutter. Warum schenkt sie mir nicht ein wenig Güte und Verständnis vor meinem letzten Weg?" Das Eis war gebrochen, und jetzt erzählte sie über den Mann, der aus russischer Gefangenschaft als Invalide zurückkehrte, über die bei der Bombardierung Berlins umgekommenen Mutter und zwei Schwestern, über die Arbeit in der Weberei, über zwei unglückliche Ehen, über die Tochter, die sie selten und nicht lange besuchte und über die Enkel, denen andere Angelegenheiten wichtiger waren. Sie sprach langsam, und es schien, als wenn sie das Gesagte mit dem verglich, was sie in den fernen Winkeln ihres Gedächtnisses aufbewahrt hatte.

Wahrscheinlich begannen mich die Ausflüge in ein fremdes Leben zu ermüden, und die Dame spürte das. Ihre Augen wurden betrübt, ihr Mund presste sich zusammen und die Hände begannen erneut ihr eigenes, nur dem Besitzer verständliches Leben zu leben. Nach ein paar Tagen war ihr Bett leer. Auf meine Frage an meine Bekannte, ob die Tochter ihre Mutter zu sich mitgenommen habe, hörte ich die Antwort: „Gott hat sie zu sich genommen!" Die Dame ging still, niemand hatte sie an der Hand genommen, niemand verlor Tränen. Sie verlosch wie ein vergessenes Öllämpchen in einer leeren, finsteren Kirche . .

## Semitische Befindlichkeiten

Ich möchte gern die Geschichte einer mir bekannten Familie erzählen, die mir in den Sinn gekommen ist, und die durch ihre Herzlichkeit die politischen Todeskämpfe und Streitigkeiten zwischen Israel und Palästina ad absurdum führt. Diese Familie aus der Industriestadt Rostow am Don führte das durchschnittliche Leben eines mittelmäßigen Emigranten in Berlin. Die Mutter war eine biblische Schönheit, ausgebildete Ärztin und ihrem klugen, schönen aber etwas despotischen Mann eine intelligent gehorsame Frau. Ob ihn die Emigration so werden ließ, oder ober er schon immer so herrisch war, ist mir nicht bekannt. Jedenfalls litten seine Frau und seine musikalisch talentierte Tochter ständig unter seiner Herrschaft. Unter seinen Freunden und Bekannten war Josif jedoch als ein guter Freund und Gentleman angesehen.

Es fügte sich, dass diese Familie einem jungen arabischen Mann begegnete, dessen Lebensweg nicht mit Rosen gebettet war. Seit der Kindheit von den Eltern verlassen, studierte er in der Sowjetunion, hatte die Universität abgeschlossen und entschloss sich, nicht mehr in seine Heimat zurückzukehren. Nach vielen Schwierigkeiten gelang es ihm, nach Deutschland zu kommen. Die Ersten, die ihm in diesem Land die Hand reichten, war diese jüdische Familie. Der junge Mann, der keine Eltern mehr hatte, begann dieses Paar „Mama" und „Papa" zu nennen. Die Anhänglichkeit war so groß, dass er tagelang bei der „Mutter" im Zimmer und sogar in der Reanimation war, als sie schwer erkrankte. Er rief seinen Gott Allah an, dass er die Qualen von der Kranken abnehmen möge. So erlebte der junge arabische Mann Hand in Hand ihren letzten Atemzug und unterstützte ihren Weg in das Paradies. Der Vater entfernte sich nach dem Tod seiner Frau noch weiter von der Tochter, und sein ganzes väterliches Potential mit seinem Für und Wider schenkte er dem jungen Mann. Mit den Jahren wurde der Vater zu seiner Tochter nicht versöhnlicher. An ihm nagte die Unzufriedenheit. In Russland war er ein geachteter Mann, hier in Deutschland ein Sozialhilfeempfänger. Er las viel, unterhielt sich mit Freunden, die in jenem Land, aus dem sie mit großen Hoffnungen gekommen waren, auch einen Status hatten. Er trauerte über seine Frau, quälte sich mit Schuldgefühlen, warf sich vor, dass er ihr nicht alles gegeben hatte, nicht alles gesagt hatte und versuchte doch den Willen seiner Tochter zu brechen, sie zu unterdrücken, indem er sie als unwürdig und krank beleidigte. Er dachte oft an seinen eigenen Sohn. Sein leiblicher Sohn, wohl ein recht guter Arzt, war mit seiner Familie und den Kindern in Rostow geblieben. Sich selbst verdammend für das Leben, das sich nach bestimmten eigenen Gesetzen gestaltet hatte, idealisierte der Vater seinen Sohn und vertraute ihm seine russische Rente an. Er pflegte weiterhin die Bekanntschaft zu dem jungen arabischen Mann, der sein Leben zwischen der verantwortungsvollen Arbeit, der Familie und dem jüdischen „Papa" teilte.

Als der Vater in ein Krankenhaus kam, einmal wegen eines Zuckerkomas, das andere Mal wegen Herzbeschwerden und Herzanfällen, forderte der Vater in seinem Egoismus und seiner Eigenliebe sowohl von seiner eigenen Tochter, als auch von dem arabischen „Sohn" ständige Aufmerksamkeit, Hilfe und die Lösung aller seiner Probleme. Er bestellte die Tochter mehrmals am Tag zu sich, um sich bestimmte Kleinigkeiten, Bücher oder Essen in das Krankenhaus bringen zu lassen. Er konnte nachts um drei, vier Uhr den „Sohn" anrufen und ihn aus dessen Ehebett in das Krankenhaus holen, um eine Frage mit der Einnahme der Medizin oder der Spritze mit der Krankenschwester oder dem diensthabenden Arzt zu klären. Sie beide, sowohl die Tochter als auch der arabische „Sohn" fuhren zum Krankenhaus unabhängig von der Zeit, des Ortes und der Stimmung, um den Wunsch, die Bitte oder die Laune zu befriedigen. Vor seinem Tod quälte sich der Vater sehr. Gläubige sagen, dass sich mit den Qualen die Seele reinigt. Wie vorher bei seiner „Mutter" saß der junge Mann an seinem Bett, hielt die schwache, fast schwerelose Hand von Josif und betete zu seinem Gott Allah um Hilfe, seinen Gang aus dieser Welt zu erleichtern. Die letzten zwei Tage fühlte sich Josif gut. Nichts hinderte sein Sterben. Er beleidigte die Tochter das hundertste oder tausendste Mal und . . . starb. Ich war das erste Mal bei einem jüdischen Begräbnis. Alles war für mich neu. Meine angebotene Hilfe lehnte die Tochter ab. Die ganze Zeit war der arabische junge Mann bei ihr. Er löste alle Fragen der Familie, sowohl mit dem Friedhof, als auch die alltäglichen. Sie übergab ihm nur die Unterlagen und folgte ihm wie ein Schatten, der über sie mit dem Tod des Vaters und mit dem tragischen Tod einer engen Freundin hereingebrochen war, die am selben Tag zusammen mit ihrem Vater in der Leichenhalle aufgebahrt war. Ich sah das erste Mal diesen bewundernswerten arabischen Menschen, der die Güte des jüdischen Paares nicht vergessen hatte und ihm bis zu seinem letzten Atemzug gedient hatte und danach zu einem helfenden Engel für die Tochter und den leiblichen Sohn wurde, der nur zum Begräbnis des Vaters hergereist war. Der arabische junge Mann nahm mit seiner Ergriffenheit und den tränengefüllten Augen eine größere Anteilnahme als die älteren Juden, die zur Verabschiedung von Josif gekommen waren.

Nach dieser Beerdigung ging ich zu diesem arabischen Mann hin, sagte ihm Worte der Dankbarkeit und neigte vor ihm achtungsvoll den Kopf. Er dankte mir und sagte: „Die Menschen sollten menschlich bleiben und sich gegenseitig nicht nach dem Glauben beurteilen."

## Dienstreisen

In den lange vergangenen Siebzigern fuhr ich noch nicht viel auf Dienstreisen in das Ausland. Ich danke dem Schicksal dafür, dass ich die schönsten Ecken der ehemaligen Sowjetunion bereisen durfte. Diese Reisen hinterließen mir unvergessliche Erinnerungen, beschenkten mich mit Herzlichkeit und Freundschaft und haben so mein Leben in den fernen Siebzigern verschönert. Die meisten Dienstreisen waren jedoch mit Moskau verbunden. Eben dort waren alle Ministerien, die auf irgendeine Weise die Arbeit der großen Bibliotheken regelten, insbesondere die Ministerien der Kultur, der Hochschulbildung und der Finanzen. Für die Zeit in der Universitätsbibliothek hatte ich mir ein bestimmtes Ritual erarbeitet: montags bin ich in das Büro gegangen und stimmte meine Vertreter in der wissenschaftlichen Bibliothek und die Leiter der Fakultätsbibliotheken auf die Aufgaben ein. Spät abends sprang ich in den Zug „Strela", die zeitweilige Heimstadt der Dienstreisenden, nahm den Platz in dem Doppelbettabteil Erster Klasse in Fahrtrichtung ein und wartete wie eine Füchsin auf der Lauer auf das Eintreffen meiner Reisebegleitung. Man sollte nicht schlecht darüber denken. Leidenschaftliche Nächte einer „Zugliebe" oder schnelle Abenteuer lohnten sich nicht. Mein Interesse „auf Beute" war auf die Knüpfung von brauchbaren Kontakten gerichtet.

Gewisse Ministeriumsbosse kehrten aus der „nördlichen Hauptstadt" in die Allunionshauptstadt Moskau zurück. Ermüdet von den Gängen durch die Eremitage, die Paläste und Theater, belastet von den Abendbroten in den besten Restaurants fielen sie in meine Arme. Meine Jugend, das angenehme Äußere, die ausreichend hohe Position in der Verwaltungshierarchie, aber die Hauptsache, meine gottgegebenen sprachlichen Fähigkeiten nutzend, legte ich ihnen nach einer gewissen Zeit die materiellen Schwierigkeiten der Bibliotheken dar, solange sich nicht die Augen der hochgestellten Männer schlossen und aus ihrem Mund oder der Nase ein Schnarchen oder ein Schniefen begann. Ich mokierte mich über die niedrigen Gehälter, über die Räumlichkeiten, die erforderlichen Reparaturen, über das Fehlen der modernen technischen Basis und über vieles andere mehr. So in den Schlaf gewiegt, erwartete ich gegen sechs Uhr morgens ihr Erwachen, wenn der Zug „Strela" unter den Klängen der Hymne der Sowjetunion, die aus den Zuglautsprechern schallte, auf dem Leningrader Bahnhof in Moskau ankam. Erwachend und sich an nichts erinnernd, hörte sich dieser „Mann der Macht" meine Danksagung für die Versprechen an, die er mir angeblich gewährt hatte.

Dem Finanzmann dankte ich für die Zusage der Gelder für die Bibliothek, dem Baufachmann für das Versprechen, in der Bauverwaltung Leningrads anzurufen, dem Mitarbeiter des Kulturministeriums für das Versprechen, mich und meine Kolleginnen bei den Auslandsreisen einzubeziehen. Die verlegenen Amtsträger hinterließen ihre Visitenkarten und ich klapperte ihre Arbeitsräume ab, wobei ich meine Grundangelegenheiten löste. Sie klärten schnell meine Fragen, verabschiedeten sich erfreut an den Türschwellen ihrer Dienstäume und dachten, dass sie es glücklich abgewickelt hatten. Das war doch nicht der Rede wert, was sie der interessanten Frau versprechen konnten, als sie sich in einem nicht gerade wenig alkoholisiertem Zustand befanden.

Sollte mir jemand dafür unziemliche Machenschaften vorwerfen, so nehme ich mir das nicht an, weil eine der ältesten und in der ganzen Welt anerkannten Fachgebiete in der UdSSR in den Rang der Nutzlosigkeit abgeschoben wurde. Emmanuel Kant und Goethe waren stolz auf ihren Beruf. Ihre Namen wurden in bronzene und silberne Tafeln in vielen Bibliotheken der Welt graviert. Aber nur in meinem Heimatland zählte der Beruf „Bibliothekar" als Synonym für das Unvermögen, in der materiellen Produktion seinen Platz zu finden und hatte somit einen sehr niedrigen gesellschaftlichen Stellenwert. Die Kindergärtnerinnen oder die Krankenschwestern und die Putzfrauen in den Betrieben haben mehr verdient, als ein Bibliothekar, der ein Diplom besaß und eine Menge Fachrichtungen in der Hochschule durchlaufen hatte.

Nach den Konferenzen oder den Arbeitsberatungen stattete ich der alten Hochschulmensa oder einem Café einen Besuch ab. Mir selbst überlassen, warf ich mich in das Getümmel und erschloss mir die Stadt Moskau. Nach der Architektur, der Stadtplanung, den Plätzen und den Bauten unterscheidet sich Moskau erheblich von Sankt Petersburg. In letzterer Stadt ist alles geordnet, logisch und vornehm großartig. Moskau erinnert mich immer an eine nachlässige Hausherrin: ich pflanze, wo ich will, ich baue, wo ich will. Aber allmählich wurde auch Moskau für mich eine mir verbundene Stadt. Mir erschlossen sich die beliebten Theater, die Straßen, Denkmäler und Kirchen. Um nach den Beratungen den vernebelten Kopf frei zu bekommen, wählte ich mir eine von den beiden Therapien aus: lange Spaziergänge entlang des Flusses „Moskwa" oder ein paar Stunden auf den Worobjower Bergen sitzen, wo sich die Moskauer Lomonossow Universität befindet. Den Roten Platz, begehrtes Ziel aller Touristen, hab ich nicht oft besucht. Schon in der Kindheit erschrak ich vor den sterblichen Überresten des Führers der Revolution Lenin im Mausoleum. Im Erwachsenenalter zog es mich vor dieser heidnischen Barbarei zusammen. Die Ausmaße dieses Platzes haben mich bedrückt. Ich habe mich auf ihm unendlich einsam, weggeworfen und wie ein Sandkörnchen gefühlt. Aber den Rundgang zu meinen beliebten Denkmalen oder Sehenswürdigkeiten unternahm ich regelmäßig. Im Kreml legte ich stets meine Hand an die Zarenkanone und die Zarenglocke. Ich hatte immer das Gefühl, sie gaben mir Kraft und Selbstvertrauen. Von den Kirchen und Kathedralen gab ich immer dem Glockenturm Iwans des Großen im Kreml und der Basilius-Kathedrale auf dem Roten Platz den Vorzug, die mich durch ihre Verspieltheit und einer bestimmten russischen Sorglosigkeit sowie die Nähe zu unserem russischen Charakter in den Bann zog. Obwohl die Kathedrale den Status einer Filiale des Staatlichen Historischen Museums trägt, empfinde ich sie als ein Symbol der Religiosität und des Glaubens. Die Maria-Verkündigungs-Kathedrale erinnert mich immer an eine dicke Kaufmannsfrau mit einem strahlenden Lächeln und vornehmer Kleidung aus alten Zeiten.

Auf den Poklonnij Berg brachte ich immer einen kleinen Blumenstrauß. Denn von hieraus wurden im Krieg 1941 – 1945 die Soldaten an die Front zur Verteidigung der Heimat und Moskaus, als das Symbol Russlands geschickt. Auf diesem Weg gingen die Verwandten der Familie meines ersten Mannes, Filenko, Tichonow, Bogojawlenskij (die Moskauer Linie), um nie mehr aus dem Feld zurückzukehren. Der Poklonnij Berg ist noch aus einem anderen historischen Anlass bekannt.

Genau hier stand und wartete Napoleon Bonaparte im Jahre 1812 vergeblich auf die Schlüssel Moskaus. Die Stadt hatte sich ihm nicht ergeben. Er sah nur von diesem Berg das Panorama der Stadt in einem Flammenmeer versinken. Von den Theatern besuchte ich häufig in der Taganka das Majakowskij Theater, das Theater der Sowjetarmee, das Theater „Sowremennik" und die Operetten. Das waren Spitzentheater mit ebensolchen Stars von Schauspielern. Das Bolschoj Theater für Oper und Ballett war gar nicht so mein liebstes. Sie haben dort genauso schlecht gesungen wie in der Leningrader Oper. Das Ballett war hingegen immer interessanter.

Mit kulinarischen Leckerbissen hat uns Moskau damals nicht verwöhnt. Es gab die bekannten Restaurants „Usbekistan", „National" und passable Konditoreien. Aber ich aß in Moskau immer unermessliche Mengen an Pralinen und Beaf-Stroganow, das verbal angeblich den Franzosen gehört. Aber es ist von alters her ein russisches Gericht, das von dem Festungskoch des Grafen Stroganow kreiert wurde. Ich bin der Meinung, besser als man es in Moskau zubereitet, findet man es in der ganzen Welt nicht.

# Im Ausland

Dresden

Das erste Mal überschritt ich die Grenze nach Deutschland 1975. Im Jahr zuvor fand eine Beratung zwischen den Fachkommissionen des Elektromaschinenbaus mehrerer sozialistischer Länder in Leningrad statt, die von meinem ersten Ehemann, Oleg geleitet wurde. Meine Teilnahme an der kleinen Feier anlässlich der Vertragsunterzeichnung bedeutete für mich persönlich der Beginn einer Freundschaft mit der Familie P., die heute, nach fast vierzigjähriger Dauer in eine schon fast familiäre Beziehung hinüber gewachsen ist. Das Zusammentreffen mit ihnen fegte alle Klischees hinweg, mit denen unsere russischen Köpfe verschlagen waren. Das Ehepaar P. umsorgte mich mit Aufmerksamkeit, Wärme und Liebe. Ich traf auch in Dresden mit den Eltern der Familie zusammen, die wie meine Eltern der Kriegsgeneration angehörten. Die „Mutti" mit den grauen Löckchen umarmte mich gleich bei der Begrüßung sympathisch an der Tür, nahm mich auf wie eine alte Bekannte und steckte mir später ein kleines Taschengeld zu. Der Vater, der nach dem Krieg als Internierter über drei Jahre in den Schächten von Woroschilowgrad (heute wieder Lugansk) arbeitete, mit deren Instandsetzung mein Vater beauftragt war, umarmte mich ebenfalls und erinnerte sich der russischen Worte: „russkij chleb, russkaja wodka, russkaja baba – choroscho!" (russisches Brot, russischer Wodka, ein russisches Weib, die sind gut!). Als ich nach zehn Tagen wieder heimfuhr, nahm ich in meinem Herzen die Begeisterung über Sachsen, die wundervolle Natur der Sächsischen Schweiz mit dem Königstein, über die Schlösser von Pillnitz und Moritzburg, den Zwinger, die

Gemäldesammlungen der alten und neuen Meister und über die Schätze des „Grünen Gewölbes" mit. Aber was mir am meisten bedeutete: ich nahm die Herzenswärme dieser Familie in mich auf.

Nach dem Besuch meiner deutschen Freunde, war ich angetan von der erstaunlichen Gemütlichkeit ihres Hauses, der rationellen Einrichtung der Möbel und von der für mich ungewohnten Harmonie im Gesamtbild ihrer Wohnung, sodass ich begann, in den Intourist-Hotels in Leningrad die DDR-Zeitschrift „Kultur im Heim" zu kaufen und regelmäßig, wenigstens einmal im Halbjahr die Möbel in dem riesigen Zimmer meiner kommunalen Wohnung umherschob. Bis heute kann ich nicht verstehen, was mich dazu bewegt hat: der Wunsch, mein Dasein zu verbessern oder die unstillbare Unruhe meines Charakters. Ich begann den Alltag dieser deutschen Familie mit meinem zu vergleichen. Darüber war ich dann doch nicht so glücklich. Ich sah die deutschen Bibliotheken und begriff die Nichtachtung meines Berufes in meinem Land. Ich besuchte einmal die Schule der Kinder meiner Freunde und stellte mir vor, dass mein Kind auch unter solchen Bedingungen lernt, frei, wohlgesinnt und für die kindliche Ausbildung durchdacht. Danach habe ich Dresden noch weitere fünfzehn Mal besucht, bevor ich 1990 umsiedelte. Diese Fahrten nach Dresden ließen in mir den „Wurm des Zweifels" wachsen, der mich von innen zerfraß bis zu dem Moment, als ich die Grenze zu Deutschland überschritten hatte, um für immer da zu bleiben. Dieses „deutsche" Leben begann allerdings mit unangenehmen Charakteren, Amtspapieren und einem Kampf um das Überleben.

Man darf nicht denken, dass ich von allem Fremdländischen fasziniert gewesen wäre und mein Heimatland nicht geschätzt oder es verachtet hätte. Ich erinnere mich gern an die herzliche

Freundschaft, die mich und meine Familie mit meinen Landsleuten verband, die viele Tausend Kilometer weit weg mir nahe und vertraut geblieben sind. In der alten Heimat bin ich sowohl in der Freude als auch in der Trauer zu ihnen gegangen, habe mich nachts auf ihre Sofas geschlichen und ihnen alles, was sich auf meiner Seele angesammelt hatte, ausgeschüttet. Ich konnte hungrig kommen und mich ohne zu fragen wie ein Mitglied der Familie an ihren Tisch setzen. Wir führten bis Mitternacht intellektuelle Gespräche und freuten uns, wenn unsere Meinungen übereinstimmten, oder stritten heiß, wenn jeder seinen Standpunkt vertrat. Jemand nahm die Gitarre und wir sangen leise die Lieblingslieder, jemand las Gedichte, jemand saß mit Papier und Bleistift am Rande und malte von uns Karikaturen. Diese „Spinnstubenabende" haben uns niemals ermüdet. Jenes „sowjetische" Leben verblieb in den Erinnerungen, Fotografien, Büchern, Alben und im Briefwechsel mit den Freunden.

## Garnisonsläden

Welcher Reichtum lag in den Militärläden der Garnisonen der Sowjetarmee in der DDR! Es waren vor allem Artikel, die in den allgemeinen Läden selbst der großen sowjetischen Städte nur schwer erhältlich waren. Die Offiziersfrauen überfüllten förmlich ihre Zimmerchen mit Geschirrservices „Madonna", mit Wäschegarnituren „Odeal", mit böhmischem Kristallglas, mit Wandteppichen und, und, und... Den sowjetischen Touristen war es in den Siebzigern und Anfang der Achtziger noch möglich, unter Vorzeigen des sowjetischen Reisepasses am Kontrollpassierpunkt das Territorium der sowjetischen Garnison zu betreten und Bedarfsartikel in diesen Garnisonsläden einzukaufen. Wie liebten mich die Verkäuferinnen der Buchabteile! Ich fegte ganze Regale weg! Zwetajewa, Achmatowa, Gumelew, Mandelstam, Rerich, Böll, Remarque und noch viele andere. Viele Bücher der von mir gern gelesenen Schriftsteller überschritten in meinen Koffern die Grenze.

Aber in den Garnisonen habe ich nicht nur genommen. Ich konnte auch etwas zurückgeben. Verliebt in die Stadt Dresden, seine Schlösser und Museen, verzaubert von der großartigen Umgebung mit der wunderschönen Natur, habe ich Vorträge für die Soldaten über die Geschichte der Rettung der Dresdner Gemälde, über die Rolle und die uneigennützige Hilfe sowjetischer Kunstexperten bei der Restaurierung der Bilder und ihrer Rückkehr in ihre rechtmäßige Heimat gehalten, nachdem ich dutzende Bücher gelesen, hunderte Ansichtskarten, Diapositive und Alben durchgesehen hatte.

Etwa sieben Jahre lang habe ich diesen Vortrag sowohl in Dresden, als auch in Leningrad in den Garnisonen gehalten, weil August der Starke und Peter I., Katharina II, Brühl und Menschikow, Pöppelmann und Woronichin, die Semperoper und das Marienskij-Theater so beziehungsreich waren. Ich habe diesen Vortrag sehr gemocht. Die Soldaten, die Studenten und unsere Kinder sollten in ihren Köpfen den menschlichen Genius, den Menschengeist, die riesige Arbeit und die Inspiration solcher Kunstwerke wie der „Sixtinischen Madonna", der Bilder Rembrandts und meiner geliebten „kleinen" Holländer verinnerlichen. Nach dem Vortrag, als die Zuhörer zunächst fast minutenlang schweigend verharrten, die Schönheit der Gemälde, das Leben ihrer Schöpfer, die seelische Größe der einfachen sowjetischen Soldaten und Offiziere nacherlebend, die das alles unter Einsatz ihres Lebens gerettet hatten, freute ich mich über den aufbrausenden Beifall. Ich konnte darüber nicht gleichgültig bleiben. Mich hat das sehr ergriffen.

## KZ Buchenwald

Bei meinem ersten Besuch in Deutschland bat ich meine Gastgeber darum, mich nach Buchenwald zu führen. Über die deutschen Konzentrationslager, wie auch über die sowjetischen politischen Lager hatte ich schon viel gehört und noch mehr darüber gelesen. Ich wollte es einmal mit eigenen Augen sehen und mich annähernd in die Lage versetzen, die mein Vater in seinen jungen Jahren erlitten hatte. So waren meine ersten Eindrücke in Deutschland nicht nur Bezauberung, sondern auch Momente tiefen Schmerzes und der Trauer. In Leningrad organisierte ich in manchen Jahren am Feiertag des Sieges in der Bibliothek Begegnungen mit ehemaligen Gefangenen der deutschen Konzentrationslager, die ihre Kinderjahre dort verbringen mussten. Die Studenten und die Mitarbeiter der Bibliothek hörten den Erzählungen aufmerksam zu und erfuhren viel über das erlittene Leid. Eine wenig bekannte Schriftstellerin kniff während ihrer Erzählung die Augen zusammen und drückte ihre Hände zum Herzen. Auf ihrem Gesicht spiegelte sich der ganze Schrecken, die ganze Furcht wider, die sie durchlebt hatte, als sie als kleines Mädchen den Tod, die Bestrafungen oder Hinrichtungen ihrer gleichaltrigen oder der erwachsenen Gefangenen mit ansehen musste.

Als ich das KZ Buchenwald betrat, ergriff mich eine innere Aufregung, wie nach einem Erschrecken. Mich ließ diese Anspannung so erstarren, dass sogar mein Gang hölzern wurde. Als ich die „Blutstraße" hochging, stellte ich mir gedanklich die Erschießung von mehr als achttausend sowjetischer

Kriegsgefangener vor. Diese Erschießungen wurden von den Nazis als eine solche Routinearbeit angesehen, dass diese Tausende nicht einmal in der Lagerstatistik geführt wurden. Als ich auf den Platz kam, erinnerte ich mich sofort an einen gelesenen Artikel, dass hier in der Mitte des Jahres 1938 die erste öffentliche Hinrichtung, die Erhängung des Juden Emil Bagrizki im Lager des Dritten Reiches stattfand.

Meine deutschen Freunde zeigten mir das Konzentrationslager, diese „Fabrik des Todes" für die Slawen und Juden, aber auch für die deutschen Antifaschisten. „Jedem das Seine" und „Arbeit macht frei" waren für alle Lager die Devisen, die in die Torflügel geschmiedet waren. Diese Maschinerie bereitete planmäßig und skrupellos menschliches Fleisch zur Vernichtung vor, unabhängig vom Geschlecht, Alter und Nationalität. Wie der Fleischer das Schlachtvieh in einzelne Häufchen ausweidet: die Adern, der Speck, die Haut, die Knochen, die Innereien, so arbeitete auch die faschistische Todesmaschine vorausschauend und exakt: ein Berg Kinderschuhe, ein Berg Erwachsenenschuhe, Brillen, Haare, Zahngold, Schmuck. Und ein langer Weg zu den Gaskammern, die wie Duschräume aussahen, wo jeder im Gas erstickt wurde. Nackte. Nackt kamen sie in diese Welt. Nackt gingen sie aus dieser Welt; die Kinderhand in der Hand der Mutter, ältere Paare, die sich aneinander hielten, Frauen und Männer ohne Haare, Ausgesonderte, schon keine Menschen mehr – Schatten; nach dem Willen von Scheusalen in Menschengestalt..

Als ich durch das KZ Buchenwald ging, Abschnitt für Abschnitt zur letzten Station: „Tod", fühlte ich, wie meine Seele und mein Herz tonlos weinten. Jeder Schritt durch dieses Lager ruft die Frage hervor: was fühlten die hungrigen, misshandelten, schwachen Menschen, wenn sie sich zum zentralen Lagerplatz schleppten, wenn sie vom Hang auf die sich vor ihnen ausbreitende märchenhaft schöne Stadt Weimar blickten? Oder schien es ihnen als eine absurde Dekoration ihrer Tragödie? Gewöhnten sie sich noch lebend an den ständigen Geruch verbrannten Fleisches und der verkohlten Knochen? Was fühlten die am Leben Gebliebenen, als sie den Gedächtnisturm bauten, wo das Schlurfen und das Geflüster derer erklingt, die nicht am Leben geblieben sind, als wäre es für die Ewigkeit?

Die aus den frühen Lagern Sachsenhausen und Sachsenburg hierher gebrachten politischen Gefangenen, Kriminellen, Zeugen Jehovas und Homosexuellen waren anfangs nicht nach Nationalitäten unterteilt. Aber schon fast nach einem Jahr wurde eine Kategorie der Gefangenen besonders abgetrennt: die Juden. Sie wurden in ihrer Mehrheit in den Krematorien verbrannt. Sie wurden furchtbaren medizinischen Experimenten ausgesetzt und zum Rohstoff für die Vergrößerung des „goldenen Fonds" des Landes mittels ihrer goldenen Zahnkronen und mittels ihrer Haare für die Matratzenherstellung ausgenutzt. Mir war es, als drängten die Ängste, die Qualen, die zaghaften Hoffnungen und der mächtige Widerstand gegenüber den zu erwartenden Schändungen und dem Tod scheinbar durch die Poren meiner Haut in den Körper ein. In Buchenwald habe ich einige Fotos gemacht, die ich in einem besonderen Kuvert aufbewahre. Ich nehme sie manchmal heraus, wenn mir das Leben unerträglich erscheint. Ich schaue auf den Lagerplatz, die mit Gras bepflanzten Gruben der Massengräber, die Silhouette des Krematoriums und den Gedenkturm und sage mir: „Zürne Gott nicht! Du bist glücklich! Du bist am Leben".

Etwa 250 Tausend Gefangene aus ganz Europa sind durch Buchenwald und seine Filialen Mittelbau-Dora gegangen, und mehr als 56 Tausend wurden seine Opfer, hauptsächlich Juden und Slawen. Unser Gedächtnis ist sehr selektiv. Vieles vergessen wir und vieles erwärmt uns wie ein Sonnenstrahl ein ganzes Leben lang. Aber etwas versteckt sich tief in dem „Speicher" unseres Gedächtnisses, um uns nicht durch Bitterkeit, Kränkungen und Traurigkeit zu beunruhigen. Es gibt Worte und Begriffe, die wie in Marmor in unser Gedächtnis eingemeißelt sind und über unser ganzes Leben Gefühle hervorrufen, die unsere Geisteshaltung, Innigkeit und unser Mitgefühl charakterisieren. Deshalb empörte mich die Information der Zeitung „Russkaja Germania" darüber, dass das Internetportal der Mahn- und Gedenkstätte Buchenwald Mittelbau-Dora in der Nacht zum 28. Juli 2010 von neonazistischen Hackern zerstört wurde. Sie entfernten den Text der Homepage des Memorials und ordneten ihre Symbole, Losungen und die Drohung an: „Wir kommen wieder!" Das war für mich wie der „11. September". Der gängige Ausspruch: „Es gibt nichts Heiliges in der Seele", machte plötzlich aktuell, aus welchem Holz die Menschen, nein Unmenschen geschnitzt sind, die auf ihren Seiten die Tragödie des Holocaust leugnen, den Online Zutritt zu dem Martyrium, die Erinnerung an die Gefangenen, die in den genannten Lagern umgekommen sind, versperren. Die Provokation hatte glücklicherweise nur einen halben Tag überdauert. In kürzester Zeit waren die Seiten des Portals von den Symbolen und den Losungen der Neofaschisten gesäubert. Die Pest im medizinischen Sinn, die Europa vor langer Zeit heimsuchte, wurde ausgerottet. Ob wir mit der „Pest" des Neonazismus und des Terrorismus fertig werden, wird die Zeit zeigen.

Ich habe immer einen Kloß im Hals, wenn ich im russischen Fernsehen die Siegesparade vom Roten Platz in Moskau sehe.Dasselbe Gefühl erfasst mich, wenn ich im deutschen Fernsehen die Erzählungen der alten deutschen Leute darüber höre, was sie im Krieg durchmachen mussten, als Kinder oder einfach als Teilnehmer dieses blutigen Krieges. In der Grundschule lernten wir Gedichte und Lieder und gingen in die Militärhospitäler. Dort lagen einsame Soldaten, ohne Beine, ohne Arme, an Körper und Seele Verbrannte. Wir setzten uns zu ihnen an das Bett und übergaben ihnen einfache Geschenke: Taschentücher, Schokolade, Bilderrähmchen und sagten: "Danke für eure Heldentaten, danke für den Sieg!", und glaubten, dass sich das niemals wiederholt. Doch danach – Afghanistan, Tschetschenien. Die Mütter sitzen in Friedenszeiten an den Gräbern ihrer Söhne, die in diesen Kriegen gefallen sind. Erneut stellt sich die Frage: Warum?

Grenzschock, Zuckersack und Professor Ch.

Für die Reise nach Deutschland musste ein Höllenkreis exakt durchlaufen werden: die Parteikommission. In dieser Parteikommission saßen Rentner zusammen, frühere Kaderleiter, Leiter spezieller Abteilungen und Instrukteure der Zivilverteidigung. Es gab eine ungeschriebene Regel: Deutschland können Arbeiter und Kolchosbauern besuchen, aber der Intelligenz waren Bulgarien, Polen und Rumänien vorbehalten. Zum Glück besaß der alte Zerberus für die Vermerke „Reise genehmigt" – „Reise nicht genehmigt" ein Gefühl für Humor. Über mein unverständliches Gemurmel zur letzten Tagungsrede Breschnews wunderte sich das Väterchen: "Was ist nun? Konntest wohl nachts nicht lesen?" Auf meine Antwort: "Ja, ich habe sie schon vor einiger Zeit gelesen, aber heute Nacht habe ich mit Kosygin geschlafen . . .", griente das Väterchen:"Schlafen muss man nicht mit Intelligenten, schlafen muss man mit …", und drehte mit dem Zeigefinger über seinem Kopf.

Der zweite Höllenkreis, ganz und gar nicht nach Dante, war die Grenze. Eine Landesgrenze ist nicht nur eine Linie auf der Landkarte. Sie ist eine Institution der Macht, die in mir Ängste geschürt hat. An der Grenze wurde und wird mir noch heute jedes Mal das Herz schwer und die Atmung schneller. Das hängt offensichtlich damit zusammen, dass ich hinter dem „Eisernen Vorhang" geboren bin, und dass ich kein Gefühl völliger Freiheit kenne.

Die Grenzer selbst haben mich mit ihren Hunden nicht beeindruckt. Aber wenn ich das feste Aufschlagen der Absätze der Zöllnerin in Begleitung eines oder zwei ihrer Kollegen hörte – alle Reisenden, die im Abteil saßen, zogen die Köpfe ein. Ich begann in Gedanken krampfhaft durchzuzählen, wie viele Dosen roten Kaviar und Kaffee ich hätte auspacken müssen. Über die Wodka- und Sektflaschen regte ich mich nicht auf, auch nicht über die Reaktion der „Saubermacher" an der Grenze auf die Tücher, die Lackmalereien auf Holz und das blau-weiß Porzellan. Nach dieser peniblen Gepäckkontrolle stellte ich mir oft die Frage: Wo waren die Augen und die Grundsätze der Zollbeamten, als ganze Bestände von seltenen Metallen nach Westen trieben, als Gelder, Ikonen und andere Antiquitäten wie ein Strom in das Ausland flossen? Wie halfen sie mit, diese „Unbestechlichen", Russland auszurauben? Kamen ihnen nicht furchtbare Albträume, als sie in den Kinderwindeln, den Pralinenschachteln, den Koffern und Taschen gestöbert haben, um feine Goldkettchen, eine Zigarettenstange oder die Wurst zur Bewirtung zu konfiszieren? Sicher, sie haben nur ihre Arbeit gemacht auf streng gesetzlicher Grundlage.

Einige Malereien meines Vaters schmücken heute meine Wohnung, einige hängen im Haus meiner Tochter in Amerika, ein paar Bilder in der Familie meines verstorbenen Bruders und zwei Bilder verschwanden in den Familien entfernter Verwandte. Gemalt sind diese Bilder erstaunlich professionell. Ich nahm sie nach und nach aus Russland mit, und mit einem Bild hatte ich an der Grenze einen Vorfall. Die Zollbeamten schrieben dieses Bild dem Saratower Museum der Bildenden Künste zu. Dieser „Pawlowsker Herbst" muss den Grenzbeamten sehr gefallen haben. Sie wollten mir beweisen, dass es auf alter Leinwand gemalt worden sei und nicht auf einem Zuckersack und dass die Malweise zu den alten Meistern oder wenigstens zur Schule der Realisten Ende des 19. Jahrhunderts zählen würde. Ich habe das Bild an der Grenze zurücklassen müssen. Die Quittung habe ich Freunden nach Leningrad geschickt und sie nahmen dann das Bild zur großen Verwunderung der Lageristen vom Zollamt entgegen. Ein zweiter Versuch, ein Bild meines Vaters auszuführen, erwies sich erfolgreich. Ich kaufte im Haus des Buches dreißig Stück Propagandaplakate vom Typ „Mutter Heimat ruft", „Beharrlichkeit ist unsere Devise", „Der Kommunismus siegt", legte zwischen diese den „Zuckersack" und platzierte alles auf dem Boden des Koffers. An der Grenze gab es keine weiteren Fragen.

Bei dem Wort Ausreise muss ich immer an die Erzählung des Professors Ch. denken. Der Soziologe, Diplomat, Politologe wurde in Israel in einer russisch stämmigen Familie geboren. Er absolvierte einige Eliteuniversitäten Amerikas und Englands, verteidigte einige Dissertationen und beherrscht vier oder fünf Fremdsprachen. Dieser begnadete Mann, der in Garmisch im Marschall-Zentrum lehrte, brachte immer Koffer voller Bücher zur Thematik der gehaltenen Vorlesungen von seinen Dienstreisen aus Moskau, Leningrad oder Kiew mit. Eines Tages erklärten die Zöllner in Leningrad die Ausfuhr des Koffers mit den Büchern für unerlaubt. Erinnern wir uns noch dieser Bücher? Ein Autor hat vom anderen den Unsinn über die Entwicklung des Sozialismus und Kommunismus abgeschrieben. Diesen Unsinn mussten wir als Zugabe verdienstvoller Autoren oder zu den Zeitschriften „Swesda", „Inostrannaja literatura", „Drushba narodow" abonnieren. Aber der Professor brauchte diese Makulatur für die Studenten aus aller Welt, die versuchten, die sowjetischen Bürger zu verstehen, die Rätselhaften, die Unbesiegbaren, die Wohltäter, die Voraussehenden. Dieser in vielen Ländern sehr angesehene Professor schüttete den Koffer mit den Büchern auf den Fußboden im Saal der Zollabfertigung und bat jeden, der sich in den Ausreiseräumen aufhielt in hervorragendem Englisch, Deutsch, Russisch und Hebräisch je ein Buch über die Propaganda der Grundlagen des Sozialismus zu nehmen. Augenblicklich wurden die Bücher ausgeteilt, und der Professor übergab dem Zollbeamten den Koffer mit nur einem Buch.

## Buchmesse Frankfurt

Aber kehren wir zurück zu meiner „Eroberung" Deutschlands. Die Universitätsbibliothek Leningrad hatte bereits in den sechziger Jahren Verträge mit deutschen Bibliotheken und Verlagen zum Buchaustausch aus den Dubletten- und Reservebeständen. In diesen Beständen hatte sich eine große Zahl an Büchern angesammelt. Besonders ungebraucht waren Bücher mit gotischer Schrift, die sowjetische Generale im Eifer des Sieges, zusammen mit deutschen Möbeln, Geschirr, Teppichen und Bildern in die Heimat abtransportierten. Offensichtlich gefielen ihnen die Bücher mit den Ledereinbänden und den Goldprägungen. Aber als sie erkannten, dass sie mit der gotischen Schrift nichts anfangen konnten, schenkten sie die Bücher den größten Bibliotheken.

Die Sankt Petersburger Universitätsbibliothek war eine der ältesten und größten Bibliotheken Russlands. Sie war sogar älter als die Universität selbst. Ihr Bestand war bereits vor der Gründung des Lehrzentrums im Jahre 1714 angelegt worden. Während der Regierungszeit M. S. Gorbatschows begann die Elite der Bibliothekare Deutschlands die Universitätsbibliothek zu besuchen. Ich sehe noch vor meinen Augen die Beamten-Bürokraten von der Kulturbehörde, die gern auf den roten Läufern der Parteikorridore stolzierten. In unserer Bibliothek hielten sie sich nur in der Abteilung der seltenen Bücher und Handschriften auf, wobei sie die Folianten der Erstausgaben berührten oder die weltweit seltensten handgeschriebenen Bücher betrachteten, als wären sie ihre eigenen.

Wie war mein Erstaunen, als ein bekannter deutsche Verleger, in teuren Stoffen gekleidet, mit seinem Helfer, einem Antiquar aus Hamburg, begann, eigenhändig in den Kellern und Magazinen zu stöbern, wo seit vielen Jahren deutsche Bücher lagerten. Diese zwei gepflegten „Gentlemen" agierten wie die Maulwürfe in diesen unterirdischen Gängen. Glücklicherweise konnten wir aus diesen Bücherbergen eine Anzahl von Ausgaben auswählen, die für die deutsche Kultur als verloren galten. Die Herren beschenkten anschließend die Bibliothek großzügig mit Abonnements teurer internationaler wissenschaftlicher Zeitschriften, die die sowjetischen Wissenschaftler unbedingt benötigten. Ich möchte hervorheben, dass alles im vertraglich festgelegten Rahmen des valutafreien Austausches erfolgte, da es damals verboten war und laut Gesetz bestraft wurde, Valuta zu besitzen. Der Verleger lud mich persönlich zur Buchmesse nach Frankfurt am Main ein, wobei ihm schon bewusst war, dass in das kapitalistische Ausland eigentlich nur Parteifunktionäre fahren durften. Er bezahlte die Fahrt, das Hotel sowie die Beköstigung und gab mir Taschengeld. Die Tage auf der Messe vergingen wie im Flug. Ich „badete" in diesem Büchermeer, knüpfte nützliche Kontakte, setzte Verträge auf, und oh Glück! – im Nacken saßen mir dieses Mal keine „Begleiter" vom KGB, die sonst in allen Gruppenfahrten in das Ausland einbezogen waren. Abends verlief ich mich im alten Frankfurt. Ich betrachtete sehnsüchtig durch die Fenster der Restaurants die beim Abendessen sitzenden Gäste und verwöhnte mich mit Würstchen, Brötchen und Senf. Geld für das Restaurant hatte ich nicht. Sogar heute, nachdem ich Europa und Amerika bereiste und viele Restaurants besuchte, läuft mir das Wasser im Mund zusammen, und ich könnte mich fast vergessen, wenn ich den Geruch echter Bratwürste vom Straßengrill wahrnehme. Schokolade mit ganzen Nüssen, Wurst und Kuchen sind mir gleichgültig geworden, aber Bratwürstchen! An einem der letzten Ausstellungstage traf ich den Direktor der Bibliothek der Posener Universität, einen Intellektuellen, Bibliothekar, Kosmopolit und ein angenehm aussehender Mann. Mit ihm und dem Verleger fuhr ich an den Weinbergen von Rhein und Mosel entlang. Viele Jahre konnte ich diese Verbindungen aufrecht halten. Für „meine" Bibliothek habe ich viele Fahrten in das Ausland unternommen: nach Polen, Deutschland, Italien, und in die Schweiz. Ansonsten besuchten nur die Mitarbeiter der staatlichen Leninbibliothek in Moskau die ausländischen Buchmärkte, die Konferenzen und die Bibliotheken häufiger als die Leningrader.

## Baltikum

Ich erinnere mich gut an die Perlen des Baltikums: Riga, Tallin und Vilnius mit ihren geschichtsträchtigen Straßen und Gassen, mit ihren kleinen Geschäften mit dem zauberhaften Bernstein, der unabhängig von seinem Farbton immer an die Sonne erinnert und leuchtet. Ich brauchte in diese Länder kein Visum. Es schien zunächst, dass mich meine häufigen Besuche in die baltischen Länder auf das Leben im Ausland vorbereitet hätten. Das waren Dienstreisen zu den Universitäten Rigas, Tallinns, Vilnius' und Tartus. Mich überraschte die Sauberkeit auf den Straßen, die Würde in den Unterhaltungen, die Ordnung in den Bibliotheken, der Stolz über die Geschichte und Kultur dieser kleinen Republiken. Ich war jung und erfreute mich an allem, was ich sah. Ich kaufte die Dinge, die es in Leningrad nicht so ohne weiteres gab und verschenkte es danach an meine Freunde und Nachbarn. Vor allem die einladenden Cafés und Bäckereien gefielen mir sehr. Ich bekam zu spüren, dass die Balten uns Russen in jenen Zeiten nicht besonders mochten. Die Beziehungen zwischen Russland und den baltischen Republiken waren nie harmonisch. Wenn ich jemanden auf der Straße ansprach, bekam ich keine Antwort. „Ich verstehe kein Russisch", entgegneten oft die Verkäufer. Aber das wurde alles wettgemacht bei den Treffen mit den Kolleginnen und Kollegen der Bibliotheken, die wie ich dem Buch dienten. Sie luden mich zu sich nach Hause ein, bewirteten mich mit duftender hausgemachter Wurst, Rigaer Schwarzem Balsam, einem Kräuterlikör, oder mit Talliner Watte. Auch ihre Quarktorten und die Servietten errangen meinen Zuspruch. Die baltischen Kolleginnen waren mir gegenüber stets etwas reserviert, aber sie bedauerten das irgendwie auch.

Sie verstanden, dass die Russen das Fenster nach Europa geöffnet, aber die Tür entweder vergessen hatten oder sie nicht finden konnten.

## Vilna

Außer mit der Direktorin der Bibliothek in Kiew, Luisa Worona, verbanden mich mit der Leiterin der Bibliothek der Universität von Vilnius sehr gute Beziehungen. Mit meiner russischen Sprache kam ich beim Einkaufen, im Café, oder bei den Führungen auf den Exkursionen nur schwer zurecht. Die Leiterin der Bibliothek, die neben ihren täglichen Arbeitspflichten auch meine Arbeitsgruppe betreute, huschte wie eine Elfe vor mir und meinen Kolleginnen, wobei sie mit ihren blauen Augen strahlte und allen ihr weißes Lächeln schenkte. Sie öffnete für uns beliebige Türen und spielte die Rolle eines „Tischlein deck dich!". Sie bot uns diese Stadt, den alten Stadtteil, der in die Liste des Weltkulturerbes der UNESCO eingetragen wurde, geradezu schwärmerisch dar.

Die Mischung aller europäischen Architekturstile: Renaissance, Gotik, Barock und Klassizismus geben der Stadt ein einzigartiges und elegantes Antlitz. Die Legende über die Grundsteinlegung von Vilnius ist etwas düster, wie auch viele alte Legenden und Sagen Litauens. Sie hängt mit dem prophetischen Traum des Großfürsten Gediminas von einem unverwundbaren Wolf, der wie hundert Wölfe heulte, und mit der Deutung dieses Traumes zusammen. In den Jahrbüchern des 17. Jahrhunderts ist darüber sehr weitschweifig erzählt worden. Letzten Endes ist an der Stelle, wo der Wolf geheult haben soll, am Ufer des Flusses Vilna eine Burg errichtet worden.

Mich überraschte in Vilnius die große Zahl großartiger katholischer Kathedralen, von denen viele in der ganzen Welt bekannt sind. Ausführlich besichtigte ich das Aušros-Tor, das Tor der Morgenröte, eines der Wahrzeichen der Stadt. Das Tor selbst ist von bewundernswerter Schönheit und hat drei Geschosse. Das Tor war Bestandteil der alten Stadtmauer. Die Kapelle des Tores besitzt eine große Kostbarkeit, sowohl in religiöser als auch in allgemein kultureller Hinsicht. Es ist das Abbild der Heiligen Jungfrau Maria, der barmherzigen Mutter, das in einer ungewöhnlich schönen Vergoldung des Schutzdeckels der Ikone von einem unbekannten Goldmaler des 17. Jhd. gefertigt wurde. Vor dieser Ikone stand ich sehr lange und spürte, wie Ruhe und Demut in meine Seele floss. Alles Bedeutungslose fiel von mir ab, und ein Gefühl des Vertrauens und der Hoffnung ließ sich in meinem Herzen nieder.

Mit der Leiterin besuchte ich danach zusammen auch die Basilika-Kathedrale, die Barockkapelle des Heiligen Kasimir, die Gebeine der Heiligen Teresa und des Heiligen Johannes, der Heiligen Peter und Paul Kirche, sowie den Dom der Jungfräulichen Gottesmutter. Aber nirgendwo fühlte ich eine solche Ergriffenheit, wie sie mich in der Kapelle der Heiligen Jungfrau Maria befiel.

Die Leiterin lud mich in ein Café ein, um das berühmte Vilniuser Bier zu trinken. Ich sagte dankend ab. Für sie, die unter all diesen Stätten der römisch-katholischen Kultur aufwuchs, war dieser Rundgang etwas Selbstverständliches. Aber ich lief in das Hotel und fürchtete, jene Aura der Erhabenheit, in die mich die Mutter der Barmherzigkeit eingehüllt hatte, zu verlieren.

Noch vor der Abfahrt besuchte ich den Stadtbezirk Užupis. Die Einwohner von Vilnius nennen ihn den „Montmartre von Paris", aber ich, die Europa etwas kennt, verglich ihn mit der

Republik Christiana in Kopenhagen. Es ist das interessanteste Künstlerviertel von Vilnius, das Eigenständigkeit und Originalität beansprucht. Die „Republik Užupis" ist weder von den städtischen Behörden, noch von der UNO anerkannt. Sie hat jedoch ihren eigenen Präsidenten, ihre Verfassung, ihre Armee und ihren Botschafter in Moskau.

Von den Denkmälern erinnere ich mich nur noch an die Figur des Dichters Adam Mizkjewitsch, die sehr modern gestaltet ist und doch Vergeistigung und Romantik spüren lässt. Sehr interessant sieht heute das einzige Denkmal in der Welt für die amerikanische Rock-Legende Frank Zappa aus. Eine hohe Säule mit der Büste Zappas aus Bronze und die talentvoll gemalte Wand mit den Sujets seines Antlitzes, der Lieder und der Phantasien.

Der Zerfall der Sowjetunion brachte auch den Zerfall der kollegialen Beziehungen mit sich. Die politischen Auftritte und Ideen meiner Vilniuser Freundin schienen mir zu aggressiv. Als Russin konnte ich die Ansprüche, die von den litauischen Nationalisten gestellt werden, weder befürworten noch verstehen. Die Verbindungen brachen ab. 1996 las ich in der Zeitung von der feierlichen Einweihung des Bronzedenkmals des Großfürsten Gediminas, des Begründers der Stadt, des Aufklärers, Kriegers und Reformators auf dem Kathedralplatz in Vilnius. Ich war herzlich froh für das Volk, das ein Denkmal der Geschichte, der Entwicklung, der Umgestaltung und des Kampfes gegen das Übel errichtete.

## Tallin und Riga

An die Stadt Tallin, die Hauptstadt Estlands erinnere ich mich nur vage. Zu uns Russischsprachigen verhielten sich die Einwohner mit einer noch größeren Voreingenommenheit als in Litauen. Ich erinnere mich nur noch an die großartige Altstadt Tallins, die Figur des Alten Thomas und den Schwarzen Balsam, den man nur mit Kaffee oder Tee trinken konnte.

Aber Riga erinnert mich an eine gemütliche lettische Großmutter, die nach Zimt und Vanille riecht und weise auf die Stadt schaut, die die Touristen mit Altem und Modernem beeindruckt. In der Altstadt, die an dem Fluss Daugava entstanden ist, mischen sich alte Kirchen und Klöster, gemütliche alte Cafés, spitze Türme und eine Vielzahl mittelalterlicher Häuschen. Riga schenkt Ruhe und Sanftmut. Die Touristen tauchen in alte Zeiten ein und mit einem gespannten Blick suchen sie nach jenen Gesichtern, die früher ebenso durch diese engen und gemütlichen Eckchen gezogen sind. Sind doch gerade hier Sherlock Holmes und Dr. Watson spazieren gegangen, rasselten die Sporen der Musketiere und Leibwachen des Kardinals, rauschten im gewagten Rennen die Leibgarde Peter I. und der Ritter Ivanhoe vorüber, weil diese Stadt hervorragende Filmkulissen abgab. Abends durch die enge Rosenstraße spazierend, klingelten meine Kolleginnen und ich lachend mit dem Kleingeld in den Taschen und belustigten uns darüber, einen Jesuitenmönch wie aus dem Mittelalter zu treffen, um ihm Münzen in seine Sammelbüchse für den Klosterbedarf zu werfen. Mich zogen die Bauten des zwölften und dreizehnten Jahrhunderts an, wie zum Beispiel der Pulverturm, der Verteidiger der Stadt vor dem Feind, oder die Kirche des Heiligen Peter, die 1209 errichtet wurde und lange Zeit das höchste Gebäude in Riga war. Der Rigaer unterscheidet sich von seinen baltischen Nachbarn durch sein feines Gefühl für Humor und seine ausgelassene Fröhlichkeit. Die Legenden über viele historische Plätze sind manchmal witzig. Wo sieht man zum Beispiel die Kirchturmspitze mit einem Hahn gekrönt? Die Kirche des Heiligen Peter erlaubte sich dieses Symbol der Wachsamkeit und der Eigenschaft, die Stadt vor „unreinen Kräften" zu schützen, indem er kräht und die Einwohner der Stadt weckt. Oder das großartige Kaufmannshaus mit der schwarzen Katze auf dem Dach. Sie wurde an den höchsten Punkt des Hauses mit dem Hintern in die Richtung des Gebäudes der Kaufmannsgilde gesetzt, wo die deutschen Handelsleute herrschten. Die Deutschen wollten den aufstrebenden lettischen Kaufmann nicht in die Gilde aufnehmen. Langwierige gerichtliche Beratungen erlaubten dem Letten sein Problem zu lösen, und die Katze wurde diplomatischer gedreht. Die Deutschen nahmen in Riga immer einen besonderen Platz ein. Denn der deutsche Bischof Albert hatte die Stadt Riga im Jahre 1201 gegründet. Für mich verkörpert der Dom die Stadt Riga. Sein Bau begann 1211. Noch heute fällt er mit seinem Stil, seiner Größe und Erhabenheit ins Auge. Nach meinem ersten Besuch in Riga 1978 fuhr ich häufig zu Kirchenkonzerten und Chorgesängen oder Orgelmusik. Lettland hat mich von allen anderen baltischen Unionsrepubliken am meisten angezogen. Es war nach der Kultur und der Sauberkeit der Städte westeuropäischer als die anderen. Die Zurückhaltung, die Korrektheit im Geschäftlichen, die Erhaltung der Geschichte und Kultur, die Arbeitsfähigkeit, das ist das Baltikum meiner Jugend.

## Italien

Eine unvergessliche Dienstreise war Italien. Im Rahmen des Vertrages der Leningrader Universität mit der Universität Bologna wurde auch eine Ausstellung seltener sowohl russischer, als auch italienischer Bücher und Handschriften vereinbart. Teilweise wurde diese Kulturaktion von der Firma „Olivetti" finanziert. Die Vorbereitung auf diese Ausstellung warf sofort eine Reihe von Fragen auf: Wie viele Leute fahren, wer fährt, womit und wie soll alles verpackt werden, und wie ist die Überführung der Bücher zu versichern? Viele davon waren unschätzbar wertvoll, und viele Sammler der Welt hätten sie besitzen wollen. Die Frage: Wie viele Personen können fahren? hing von den finanziellen Mitteln ab, die die italienische Seite dafür ausgab. Sie war unmittelbar mit der Frage verbunden: Wer fährt? Als erster im Bibliotheksverzeichnis stand der Rektor der Universität, der nie ein besonderer Schirmherr der Bibliothek war, als zweiter – der Vertreter der Ost-Fakultät und in der Nebenbeschäftigung Mitarbeiter des KGB, ein kluger Kopf und intellektuell. Er half mir mehrmals in schwierigen Situationen mit der strengen Dienststelle. Der Leiter der Auslandsabteilung wurde auch auf die Liste der Teilnehmer gesetzt. Dieser Leiter achtete streng auf unser moralisches Ansehen, was ihn nicht daran hinderte, seine Tochter erfolgreich mit einem Rechtsanwalt aus dem damaligen Westberlin zu verheiraten. Von den zwölf geplanten Teilnehmern an dieser Delegation waren neun Bibliothekare. Zusammen mit den Kolleginnen habe ich die Bücher getragen und verpackt, in die Autos verladen und habe alle Anordnungen unseres strengen Leiters der Abteilung seltener Bücher erfüllt. Natürlich, ich wollte nach Italien fahren, aber ich musste auch als Direktorin für den ganzen Ausstellungsbestand und besonders für den wertvollsten Teil den Kopf hinhalten. Die Brisanz der Fracht musste verborgen werden, und so packten wir die Bücher in Kisten, die vom Fleischkombinat mit der Aufschrift „Rindfleisch in Büchsen" gekauft waren. Lange Gespräche mit der befreundeten tschechischen Luftfahrtgesellschaft ermöglichten uns, zunächst bis Prag zu fliegen. Dort saßen wir einen Tag lang auf diesen Kisten im Abfertigungsgebäude des Flughafens. Nachdem geklärt war, dass die Firma „Olivetti" die Kosten für den Flug übernahm, durften wir nach Mailand weiterfliegen. In dem tschechischen Flugzeug flog mit uns eine Gruppe Juden, die nach Israel emigrierten. Sie warteten ebenfalls fünfzehn Stunden auf den Umstieg. Sie und wir unterschieden sich stark von den übrigen Passagieren. So gab es im Transitraum zwei auffallende Gruppen: die eine Gruppe saß auf Kisten voller Rindfleischbüchsen, die andere Gruppe – mit altem Trödel, herumalbernden Kindern und Haustieren. Die Juden durften nichts Wertvolles mitnehmen. Sogar Füllfederhalter mit einer vergoldeten Feder, die man früher einmal im Betrieb für gute Arbeit oder zu einem Jubiläum geschenkt bekommen hatte, zählten zum „Goldenen Fonds" des Landes und waren nicht erlaubt. Ausführen konnten sie lediglich etwas Kleidung, Bettwäsche, ein paar Bücher und irgendwelche Kleinigkeiten. Sie durften auch keine reinrassigen Hunde, Katzen und Papageien mit sich führen. Während der Flugdurchsagen erklang das Krächzen eines aufgeregten Papageis: „He du, wo gehst du hin, Ljolik?" Eine der alten jüdischen Frauen murmelte andauernd über uns: „Die Russen müssen immer Büchsenfleisch essen, selbst im Ausland." Ich lächelte, weil ich in Erwartung des wunderbaren Italiens war, weil ich verstand, dass hinter diesem Murmeln die Angst und der Zweifel an die Zukunft standen. Ich bedauerte sie alle und wollte ein paar aufmunternde Worte sagen, aber die weise alte Jüdin sagte: „Es ist nichts Schlimmes, wenn man über dich lacht. Schlechter ist es, wenn man über dich weint."

So lange auf den Abflug zu warten, ging uns auf die Nerven, auch wenn wir damals noch jung waren. Wir teilten uns in zwei Gruppen und fuhren unter der Führung des Vertreters der Ost-Fakultät mit dem Taxi in die Stadt und verliebten uns in das alte Prag. Die Männer genossen das tschechische Bier, wir Frauen kauften uns an einem Kiosk kleine Ringe mit Granat, machten Bilder von der Schönheit Prags und schickten sie in unsere Herzen.

In Mailand angekommen, haben wir die Eleganz und die große Mode leider nicht gesehen. Es ging alles sehr schnell: das Flugzeug, die Grenze, der Zoll, die Verladung des Gepäcks in den Autobus und das Ziel: die Universität Bologna. Jetzt verstehe ich den Sinn der Worte: „Wie jung wir waren . . .", weil uns weder die Grenzen – die Zollfolter reinsten Schlages, noch die schlaflose Nacht und der Klimawechsel störten. Ich versiegelte wieder die Fracht, richtete mich im Hotel im Zentrum der Stadt ein und lief mit meinen Kolleginnen los, um in der Nacht durch die Stadt zu spazieren. Nichts fürchtend, die Vertreter der sowjetischen Staatsmacht waren ja mit uns, schauten wir in die Cafés hinein, hörten auf die italienischen Melodien, waren beeindruckt von der Schönheit der Italienerinnen und schmolzen unter den öligen Blicken der Italiener dahin.

Die Aufstellung der Ausstellung verlief schnell und problemlos. Die Elektriker, Tischler, Glaser, Reinigungskräfte erschienen ein paar Minuten nach dem Telefonanruf, und es war nicht nötig, ihnen wie in Russland Geld, Schnaps oder kleine Geschenke für die Schnelligkeit und Qualität der Arbeit zuzustecken. Alle diese Angelos, Marios, Giovannis und Vincenzos arbeiteten effektiv, schnell und mit einem Lächeln. Sogar sie, die einfachen Handwerker waren begeistert von der vorgestellten Sammlung. Am Eröffnungstag wurde üblicherweise ein Glas Sekt im Namen des „Erfolges" mit einem Zug gelehrt. Mit großer Begeisterung nahm die Elite der Universität und der Stadt die ersten manuell gefertigten italienischen Atlasse, die ersten handgeschriebenen Klosterchroniken, die ersten Ausgaben von Boccaccio und der beliebten italienischen Lyrik sowie die Blätter „Ketzereien" in die Hand.

Anlässlich des Empfangs beim Bürgermeister der Stadt wurden uns Wandteller zur Weltmeisterschaft im Fußball überreicht. Davon gab es nur 200 Stück. Alle Reden und Ansprachen erfüllten uns, ich scheue das Pathos nicht, mit Stolz und Selbstachtung. In Italien sind sehr viele Bücher, Handschriften, Alben während der Inquisition und der Kriege vernichtet worden. In Russland blieb vieles erhalten und wurde hier in Italien gezeigt. Die Ausstellung dauerte einen Monat. Es kamen Wissenschaftler, Studenten, Bibliothekare aus ganz Italien, und wir arbeiteten von neun Uhr morgens bis neun Uhr abends, ohne an die gewerkschaftliche Arbeitszeit zu denken. Am letzten Ausstellungstag veranstaltete der Rektor der Universität für uns in seiner Villa einen Empfang. Ich erinnere mich schon nicht mehr genau daran, was ich dort gegessen habe. Ich weiß nur, dass ich seit dieser Zeit von der italienischen Küche schwärme. Ich habe es genossen, wie in unserer Gegenwart die Gerichte zubereitet wurden, wie die breiten Dosen mit den konservierten „Antipasti" geöffnet, wie schön die Kräuter, das Gemüse und die Früchte aufgelegt wurden. Schon das Eingießen des frischen, kellerkühlen Weines in die Gläser verschaffte mir eine festliche Stimmung. Ein Ausdruck wahrer Hochachtung gegenüber unserer Mission waren drei Fahrten als Geschenk: nach Venedig, nach Florenz und nach Ravenna. Als ich Venedig zum ersten Mal sah, war ich überwältigt. Ich bemerkte die Zerstörungen dieser Stadt nicht, ich nahm den Verwesungsgeruch der Kanäle nicht auf, mich ärgerten nicht die Tauben auf dem Markusplatz. Berauscht von den Geschichten, von der Größe, der Schönheit, des Geheimnisses dieser einmaligen Stadt irrte ich mit den anderen den ganzen Tag durch Venedig umher. Geld für den Gondoliere hatten wir nicht. Ich tauchte von Zeit zu Zeit an den Stufen die ermüdeten Füße in das Wasser, suchte eine billige Trattoria auf, um ein wenig zu essen. Auf dem Markusplatz fehlte mir sogar das Kleingeld für einen Kaffee. Die Frauen kauften sich zur Erinnerung kleine venezianische Anstecker-Masken und fotografierten und fotografierten. Am Eingang in die Markuskirche hatten wir Atheisten aus Russland ein kleines Erlebnis abseits von den Sehenswürdigkeiten. Wir Frauen hatten keine Kopfbedeckung dabei. Die Taschentücher konnten unsere Lockenfrisuren nicht verdecken. Aber die Rettung kam von einer Gruppe amerikanischer Touristen, die aus ihren Geschenkpaketen Sachen herauszogen und uns leihweise zur Verfügung stellten: Schals, Jacken, meterlange Spitze. Wir nutzten das Wohlwollen der Amerikaner. Wir verließen Venedig, trunken von der Atmosphäre, der Luft, den Eindrücken, für deren Fülle nur noch die Begegnung mit G. Casanova fehlte.

Florenz versetzte mich mit der Großartigkeit seiner Architektur und Kultur in den Zustand eines Zwerges. Die Kirchen, die Paläste, die Fresken! Bereits die „Goldene Brücke" überwältigte mich. Damals konnte ich mir wegen der Auslagen in den russischen Juweliergeschäften schon schlaflose Nächte bereiten, um ein Kettchen, einen Ring oder Ohrringe als Geschenk oder für ein Jubiläum zu kaufen. Aber hier in Italien! Es war nicht unbedingt die Qualität, aber die Auswahl, die mich beeindruckte. Gemeinsam mit einer Kollegin bin ich in einem Schmuckgeschäft mit seinem Besitzer hinter eine Trennwand gegangen und habe mein ganzes Geld aus der Tasche gezogen und gefragt, was ich dafür kaufen könnte. Der Ladenbesitzer schüttelte den Kopf: „Dafür? – Nichts. Aber woher kommen Sie denn?" Wir sagten ihm, dass wir aus Leningrad kämen und fingen nacheinander an, die Namen berühmter italienischer Baumeister, die in unserer großen Stadt gewirkt haben, aufzuzählen. Als uns nichts mehr einfiel, schwiegen wir, und der Italiener sagte lachend: „Noch nie sind in meinem Laden so viele große italienische Namen aufgesagt worden. Sie haben sich das Geld für die fehlenden Zentimeter des Goldkettchens erarbeitet." Ich habe es lange getragen, aber jetzt ist entweder das Kettchen eingegangen, oder mein Hals ist breiter geworden, und so habe ich es meiner Enkelin gegeben. Manchmal, wenn ich mit ihr zusammen bin, erinnere ich mich an das erste Stück Freiheit und an diese dankbare Jugend.

Ravenna hat mir dann nicht mehr so viele Eindrücke beschert. Es gab das große Kloster, wo wir uns sofort als Russen vorstellten und man uns als erste Russen in dieser stillen Heimstatt in die Säle führte, den Seelenfrieden der Gottesdiener und die Kellergeschosse mit den Bassins mit Meerwasser zeigte. Außerdem gab es die alte und interessante Herstellung von Keramikgeschirr, wo jeder von uns einen Wandteller geschenkt bekam.

Die Adria! Im April wird da noch nicht gebadet, der Strand ist leer, und nur wir haben uns mit Gebrüll in das Wasser geworfen. Nach dem Winterbaden in der Newa erschien uns das Wasser wie ein angewärmter Pool. Nachdem wir aus dem

Wasser herausgekommen waren, uns abgeschüttelt und abgetrocknet hatten, wurden wir zum Gegenstand aufgeregten Beifalls. Als man erfuhr, dass wir Russen waren, schüttelten die Alteinwohner die Köpfe, die übliche Äußerung unterstreichend: „Russen! Was kann man von denen schon anderes erwarten?"

## Schweden

Eines der Länder, das ich in den achtziger Jahren besuchte, war Schweden. Es nahm in meinem Herzen einen besonderen Platz ein. Ich fühlte mich in seiner rauen Natur wohl. Mir imponierten die auf den ersten Blick kühl reservierten Menschen. Nur mit den modernen Technologien kam ich nicht gleich zurecht. Die computergestützte Ausrüstung der Bibliotheken in Schweden war mit der in Leningrad damals nicht zu vergleichen. Und die Ruhe! Sie begann erst auf der Gangway des Dampfers „Iljitsch", auf dem ich mich fast als Dauergast betrachten konnte, denn ich fuhr noch mehrmals dorthin. Bis zu der befreienden Minute, als der Erste Offizier, Aleksej mich zur Kajüte begleitete, musste ich den Zoll passieren. Damals reisten von Russland nach Schweden nur wenige. Als ein sowjetisches U-Boot offiziell aus Versehen in schwedische Hoheitsgewässer eindrang, waren für eine lange Zeit die diplomatischen Beziehungen zwischen beiden Ländern unterbrochen: „Wir haben uns verirrt, könnten wir etwas Wasser bekommen?"
Die ersten Trägerinnen der „Friedenspalme" waren danach die zwei Enkelinnen des Schriftstellers Aleksej Tolstoj. Natalja Tolstaja ist eine hervorragende Pädagogin der Philologischen Fakultät der Universität, eine der interessantesten Gesprächs-

partnerinnen, die ich kennenlernen durfte, und ein herzensguter Mensch. Die Schwester, die Schriftstellerin Tatjana Tolstaja besitzt eine großartige Erzählergabe. Mit ihr war es immer interessant, lustig und spontan. Auf der „Iljitsch" wurde uns ihretwegen die Ehre zuteil, mit dem Kapitän am Abend zu speisen. Ich weiß nicht, wie es auf der „Titanic" war, aber der Abend mit dem Kapitän auf der „Iljitsch" war großartig: Kerzen, Delikatessen, matt glänzende Knöpfe und Schulterstücke an den Offiziersuniformen. Die Speisen und die Bestecks wurden laufend gewechselt. Wir waren nur drei Frauen in dieser Männerdomäne. Mit einigen von ihnen, dem Ersten Offizier und dem Direktor des Restaurants blieben wir lange Jahre befreundet. Die nach dem Dinner etwas angetrunkenen Offiziere waren doch rechte Hagestolze und zeigten uns die besondere Kajüte für die Nachfahren der Familie Lenins. Da war viel blauer Plüsch, blaue Seide, Kunstblumen in den Vasen, sehr bürgerlich. In dieser Luxuskajüte gab es einige bekannte Reproduktionen von Bildern über Lenin, daran erinnernd, wessen Kajüte das ist: Iljitsch auf der „Iljitsch". In allem Übrigen war das Schiff weit von der Revolution, von den Dogmen und den blutigen Bürgerkriegen entfernt. Die Bedienung war westeuropäisch, ebenso die Küche und die leichte Musik in den Bars, die uns auf der Tanzfläche viel ungezwungener miteinander umgehen ließ. Natalja Tolstaja, die Dozentin des Lehrstuhls für skandinavische Sprachen sammelte schnell am Swimmingpool eine Gruppe Schweden um sich. Indem sie eine leichte Unterhaltung begann, klärte sie genauso leicht auf, wo wir unwissenden Dienstreisenden uns preiswerter ernähren und anziehen könnten, und ob es Möglichkeiten kultureller Abwechslung gäbe, und wenn, dann nur mit persönlichem Krafteeinsatz, aber möglichst kostenlos. Die Schweden begannen um die Wette uns mit Ratschlägen und Vorschlägen zuzuschütten.

Das Hotel befand sich im Stadtzentrum. Um die Türen zu öffnen, erhielten wir vorher nie gesehene Schlüsselkarten. Jedoch war ich beim Eintreten enttäuscht über die Räumlichkeit meines Einbettzimmers. Es war der Fläche nach gerade einmal etwas größer als eine Duschkabine. Das Bett war das einer jungfräulichen Gymnasiastin, auf dem Nachtschränkchen lag die Bibel und ein paar Haken an der Wand waren die Garderobe. Das hat mich aber nicht weiter bedrückt, da ich hierher nur zum Schlafen kam. Ein paar Mal haben wir in einer dieser „Klosterzellen" Abendbrot gegessen. Da gab es harte Räucherwurst, indischen Tee mithilfe des Tauchsieders und die beliebten Leningrader Schokoladenkonfekts. Gefrühstückt haben wir im Hotel unter dem aufmerksamen Blick des Wirtes, ein Franzose, der darauf achtete, wer wie viel aß und dass sich niemand etwas einsteckte. Wir aßen nach der Methode des russischen Feldherrn Suworow: „Frühstück iss selbst reichlich!". Wir wussten aber, dass wir mittags nur einen Kaffee in der Mensa tranken. Deshalb stand der Abend schon nicht mehr unter dem Motto Suworows: „Das Abendbrot gib dem Feind!" Mit vorzüglichem Fisch, zartem Fleisch mit unbedingt kleinen gekochten Pellkartoffeln verwöhnten wir uns entweder bei Natalja oder bei mir. Wir gründeten unter uns ein „Secondhand-System" nach der Art des „Roten Kreuzes". Wir kleideten uns schnell westeuropäisch und häuften einen Berg Bekleidung für die Familien an. Schweden hat uns Dank der schwedischen Sprachkenntnisse Nataljas sehr gefallen. Es gab nur einige Kleinigkeiten, die uns störten, völlig glücklich zu sein. Das war unter anderem die Wachsamkeit des Hotelwirtes bezüglich des Frühstücks. Wir wollten doch so gern den Kindern ein paar portionierte Dosen mit Marmelade und Nutella mitbringen. Außerdem störten uns die abends herausgestellten Säcke mit Müll und Papier. Die Säcke waren nach unserer Ansicht für nichts hinausgeworfen, weil sie kaum etwas enthielten. Es gab in den achtziger Jahren in Schweden schon eine Einrichtung, die uns fast um den Verstand brachte: Geldautomaten. Münzautomaten für verschiedene kleinere Produkte kannten wir. Aber das Geld quasi aus der Hauswand zu ziehen, das überstieg in dem Augenblick unsere Vorstellungskraft. Da diese erste Reise für uns eine Studienreise war, haben wir in diesen zehn Tagen, jeder nach seinem Profil an den „Arbeitsplätzen" zugebracht. Ich weiß nicht, was Natalja gemacht hat, aber ich verbrachte die ganze Zeit im Hotel mit russischsprachiger Literatur und las die bei uns verbotenen Dissidenten, Artikelsammlungen aus New York, Israel und Frankreich. Sogar unserem „Spezialaufpasser" in der Bibliothek in Leningrad war diese Sammlung nicht zugänglich. Ich gebe ehrlich zu, dass mein Patriotismus und mein „politisch-moralischer Zustand" nach sechzig bis siebzig Stunden Lesens solcher Publikationen merkliche Veränderungen erlitten.

Meine darauf folgenden Besuche Schwedens waren Arbeitsbesuche. Ich musste viel Neues im Bibliotheksmanagement lernen und danach in unsere Bibliothek einführen. Die Automatisierung bestand bis dahin an der Leningrader Universität aus einem alten Aufzug, der dauernd ausfiel. In Schweden waren die Schnellaufzüge, die Formatsortierer und die Büchersuche automatisiert. Die Computerbestückung in der Leningrader Universitätsbibliothek bestand aus einem veralteten Computer in der Informationsabteilung. Die Computerausrüstung in Schweden war bereits ein vernetztes System, das die gesamte

Bibliothek bediente und den Studenten die Möglichkeit gab, Computer in der Bibliothek für ihr Studium zu benutzen.

Die schwedischen Kolleginnen waren aufrichtig froh, mir alles zu zeigen und mir Prospekte schenken zu können. Anfangs harmonierte mein Verhältnis mit dem Direktor der Bibliothek der Universität nicht so sehr. In seinen Augen war ich eine Kommunistin und vom KGB, er in meinen Augen - ein Kapitalist und ein Propagandist von Fremdideologie. Die Einladung zu einem kleinen Abend erschien mir nicht ganz aufrichtig. Ausgerüstet mit einer Flasche Wodka, Kaviar und einer Pralinenschachtel machte ich mich trotzdem auf, ihn zu besuchen. Ab der Schwelle seines Hauses tauchte ich in ein Meer des Wohlwollens, der Fröhlichkeit, der Klugheit und der Musik. Der Direktor spielte hervorragend auf dem Klavier. Seine Frau, Birgitta, Direktorin der Universitätsbibliothek in Malmö, wurde mir von der ersten Begrüßung an eine gute Freundin und Betreuerin. Wir begannen, uns öfter zu treffen, zuerst in Schweden und danach in Leningrad. Wir schrieben uns und telefonierten miteinander. Sie und ihr Mann waren sehr familiär, und ihr Bund war voller Liebe, Zärtlichkeit und Achtung bis zum letzten Tag von Birgitta. Sie verlor sehr schnell ihr Gedächtnis. Bei ihr wurde eine Geschwulst im Gehirn festgestellt, und sie ging von uns, jung und für uns so wichtig. Ihr Ehemann ging nach diesem Schicksalsschlag von der Universität, wechselte die Arbeit in die königliche Bibliothek Stockholm. Die Anrufe und Briefe wurden immer seltener.

In dieser Familie traf ich auch Menschen, die sich mit der Friedensstiftung beschäftigten und Pazifisten. Die Friedensaktivisten sind in der Regel vermögende Leute, die in der Welt herumfahren und Treffen und Diskussionen veranstalten. Auf einer meiner Dienstreisen wohnte ich im Haus eines Friedensaktivisten, der für drei Monate nach Indien gefahren und so nett war, mir die Wohnung zu überlassen. Ich war berührt von dem mit Lebensmittel bis oben hin gefüllten Kühlschrank, an dessen Tür eine Notiz hing: „Iss alles auf und fülle ihn wieder neu – nach dir kommt ein anderer." Ich beließ den Kühlschrank im unberührten Zustand, weil ich mich in ganz anderen Geschäften versorgte, ganz und gar bescheidener.

Mit den Pazifisten traf ich mich eines Tages völlig offiziell in ihrem Lager zur Diskussion „Dein und mein Frieden". In diesem Lager hielten sich Jugendliche aus verschiedenen sozialen Schichten auf, die etwas klären wollten, was genau, habe ich bis zum Schluss nicht verstanden. Die Grundgedanken des Treffens waren: „mein" Afghanistan und ihre Empörung darüber, „meine" Dissidenten und ihre Freiheit, „meine" schlechte Regierung und ihr Humanismus und ihre Demokratie. Mein Einwand, was das für Humanisten seien, die ihre Sozialisten vor der Haustür erschießen, rief noch mehr Zorn hervor. Alle diese kleinen Fidel Castros mit ihrem Glauben, Eifer und Zorn kreuzigten mich für alle Tätigkeiten meines Landes vom ersten Tag der Revolution an. Nebenbei gesagt, die viehische Erschießung der Zarenfamilie sollte ich mir in mein Sündenregister schreiben. Wie auf einem Pulverfass sitzend, verstand ich, was die Leute fühlten. Aber ein schrilles Klingelzeichen beendete unsere Debatte. Es war Zeit zum Mittagessen und ich - ich glaubte meinen Augen und Ohren nicht - war eingeladen in den Speisesaal, wurde mit Abzeichen und Broschüren, mit Händedrücken und mit einem offenen Lächeln dieser jungen Leute überschüttet. Sowjetbürger waren nicht so erzogen, ihre Stimmung so schnell zu wandeln, deshalb war für mich das Salz nicht salzig, der Zucker nicht süß und die Wünsche, die Diskussion nicht nachzutragen, hörte ich gar nicht. Als ich an nächsten Tag in der Bibliothek über dieses Treffen erzählte, haben meine Kolleginnen lange gelacht und sich in Spitzfindigkeiten übertroffen: "Wenn du aus Amerika gewesen wärst, hättest du dich für die Ausbeutung auf den Plantagen und den Ku-Klux-Klan verantworten müssen, wenn du aus China gewesen wärst, hättest du dich für die Knüppelstrafe auf die Fersen verantworten müssen, wenn aus Indien, dann für die Sitzstrafe mit dem nackten Hintern auf frisch gepflanztem Bambus", und so weiter.

Angenehmer und viel bedeutsamer waren dagegen für mich die Begegnungen mit dem Schriftsteller Stefan Skott und seiner Frau Mascha. Verliebt in seine Frau und durch sie in ganz Russland schrieb Stefan das hervorragende Buch „Die Romanows", das er den Familienmitgliedern, die am Leben geblieben und nach Amerika, England und Frankreich ausgewandert waren, gewidmet hatte. Der Schriftsteller unternahm viele Reisen in diese Länder, traf sich mit den Verwandten der Zarenfamilie und mit Menschen, die ihr nahe standen. Er nahm kilometerlange Bänder mit Tonband-Interviews auf und fotografierte eine Unmenge Bilder. Stefan Skott beherrschte die russische Sprache, aber die korrekte Übersetzung hat natürlich seine Frau Mascha gemacht. Ich schätze dieses Buch sehr, zum einen als Andenken an die Begegnungen mit diesen interessanten Menschen, zum anderen als Möglichkeit, über die russische Vergangenheit mehr zu erfahren.

Ich weilte gern in der sowjetischen Botschaft in Stockholm. Dort arbeitete zu meinem Erstaunen ein sehr kompetentes, wohlwollendes und intelligentes Kollektiv, das sich für die Schaffung einer aufrichtigen Achtung und des gegenseitigen Verstehens zwischen Russland und Schweden einsetzte. In der Botschaft habe ich mich immer wie zu Hause unter Freunden gefühlt. Mit den Frauen der Mitarbeiter der Botschaft traf ich mich mehrfach und erzählte ihnen von den Neuigkeiten der modernen Literatur, über die besten modernen Dichtungen und über die russischen Literatursammlungen in der Bibliothek der Universität Stockholm. Viele unvergessliche Stunden verbrachte ich im Haus von Shenija, eine Musik- und Tanzpädagogin und ihres Mannes Gunnar, ein bekannter schwedischer Komponist, Gittarist und Liedermacher. Sie verwandelten die Abendessen in ihrem Haus in märchenhafte Konzerte, wobei sie im Duett spielten oder musikalische Bilder aufführten, wenn er auf der Gitarre komponierte und sang, und sie entweder mit schwedischen Volkstänzen oder im Flamenco bezauberte, oder auch einen jüdischen Reigentanz begann und wir alle zusammen wild durcheinander tanzten. Mit Absprache der Universitätsleitung lud ich Shenija und Gunnar nach Leningrad ein. Sie traten im Museumssaal der Universität auf und zogen mit ihrem Konzert nicht nur die wissbegierigen Studenten, sondern auch die prüde Universitätsprofessur in ihren Bann. Das zweite Mal „überfielen" die Schweden das Museum, als ich eine Gemäldeausstellung der modernen Künstler aus Stockholm organisierte. Die Meinungen über die Ausstellung gingen stark auseinander. Ich wollte zwar nicht als rückschrittlich gelten, aber ich schloss mich den Konservativen an. Die chaotischen Pinselstriche der Farben, die angeklebten Zigarettenkippen, die Spuren von Schuhsohlen auf den Leinwänden fanden keinen Widerhall in meinem Herzen und brachten keine Saite in meiner Seele zum Klingen.

Im Theater „Globus" in Stockholm hörte ich zum ersten Mal die Tenöre, Domingo, Pavarotti und Carreras. Das Konzertprogramm in Schweden mit der Fahrt durch Deutschland habe ich vergessen. Aber die Gefühle der Begeisterung, der Seligkeit und das Beben des Herzens sind in mir noch lebendig.

Das letzte Ereignis, was mich mit Schweden verband und dessen Erinnerung nur mit mir selbst verschwindet, war die Teilnahme bei der Überreichung des Nobelpreises an Joseph Brodsky. Bis zum Jahre 1987 bereiste ich Schweden und lernte viele interessante Menschen kennen. Bis zu dem Jahr, war ich keine Anhängerin Brodskys. Nach meiner Meinung schrieb er sehr eigenwillig. Doch als künftige Studentin der philologischen Fakultät schaute ich 1963 mit Freundinnen heimlich dem modischen Dichter und seinen Freunden im Kaffee „Saigon" auf dem Newskij Prospekt zu. Im Februar 1964 bedauerten wir die Verurteilung des Dichters zu Arrest und Verbannung. Wir waren mit zwanzig bekannten Künstlern solidarisch, die ein Gnadengesuch für den talentierten Dichter an die Regierung schickten. Unter ihnen war auch die Dichterin Anna Achmatowa und der Komponist Dmitrij Schostakowitsch, der niemals vergessen hatte, welchen Verfolgungen er und eine Gruppe talentierter Künstlerpersönlichkeiten in der Aufsehen erregenden Sache „Über die Kosmopoliten" ausgesetzt waren. An die Spitze des Gesuchs über Joseph Brodsky tretend, demonstrierte Dmitrij Schostakowitsch noch einmal seine Charakterstärke und seine Unbeugsamkeit. Die Zeiten waren schon andere. Nach einem Jahr und fünf Monaten gestattete die Regierung J. Brodsky, aus der Verbannung zurückzukehren. Er kam wieder in das „Saigon", und wieder schauten wir heimlich nach ihm, jetzt schon eigenwillig und verfolgt. Aber jetzt spürte ich besonders die Isolierung und den Rückzug der Anhänger um den Dichter. Einige Male ging ich zu den „geschlossenen" Lesungen neuer Gedichte Brodskys. Es kursierten vielfach kleine Eitelkeiten: "Ach, gestern habe ich Brodsky gehört." Das waren schon kleine trotzige Reaktionen gegen das Ersticken und den Druck auf alles Neue im Land. Trotzdem verstehe ich bis zum heutigen Tag seine Symbole, Metaphern, die ungewöhnlichen Denkweisen, die tiefen philosophischen Wurzeln teilweise nicht. Erzogen war ich in den Stereotypen der Poesie, und mir fiel es schwer, diese Kompositionen seiner Verse anzunehmen. Anstelle der Zeilen stand ein Block, der eine Strophe oder mehrere Strophen einschließt, oder Verse, die aus einem Satz bestehen, wie im „Teile einer Rede". Mir gefielen viel mehr seine Übersetzungen, sie waren mir verständlicher. Im Jahre 1972 verließ Brodsky die Heimat. Plötzlich bot mir jemand in Stockholm eine Eintrittskarte für die Überreichung des Nobelpreises für Joseph Brodsky an. Die Person entschuldigte sich noch dafür, dass ich abseits vom Zentrum des Geschehens unter den unbedeutenden Journalisten sein würde. Mich durchfuhr ein nervöses Frösteln, das Gefühl des Stolzes für diesen tapferen Menschen, der praktisch allein dem geistigen Zwang entgegentrat, den alle talentierten und ungewöhnlichen Menschen in der UdSSR erlitten. Diese hohe Auszeichnung, die Joseph Brodsky mit seinen Händen entgegennahm, gehörte auch gleichzeitig Ossip Mandelstam, Marina Zwetajewa, Anna Achmatowa und dem Neuerer in der Musikdichtung Dmitrij Schostakowitsch. Schon in der Bibliothek der Stockholmer Universität konnte ich die Sammelbände seiner Poesie, Übersetzungen, das Drama „Marmor und Buch" und das Essay „Mehr als eine Eins" einsehen. Erst jetzt verstehe ich, dass Joseph Brodsky in einer Parallelwelt schuf und lebte: der Geist in Russland, die Freiheit und das Schaffen weit davon entfernt. Joseph Brodsky starb 1996 in New York. Mein Leben wird keine Spur in dieser Welt hinterlassen. Ich lebte nur in jener Zeit und in jener Stadt, in der der Dichter nach seinen eigener inneren Gesetzen seines Denkens wirkte, lebte und sich quälte. Heute steht in meinem Buchregal neben den geliebten verständlichen Dichtungen von Mandelstam, Achmatowa, Zwetajewa, Gumiljow auch der unverständliche Brodsky. Manchmal nehme ich ein Buch von ihm in die Hand, lese, denke nach, nähere mich an und möchte verstehen.

Wenn ich abends durch Stockholm spazierte, ging ich oft an einem Haus vorbei, in dem früher einmal der bekannte Politiker Schwedens, Olof Palme gelebt hatte. Er war der Vorsitzende der Sozialdemokratischen Arbeiterpartei Schwedens und Ministerpräsident des Landes. Seine politische Karriere war in den Jahren 1969 bis 1976 und von 1982 bis 1986 auf ihrem Höhepunkt. Nach einem Besuch des Kinofilms „Die Gebrüder Mozart" im Filmtheater „Grand" ging er, ohne sich zu beeilen und sich mit seiner Frau über den Film unterhaltend zur U-Bahn. Der Mörder schoss Olof Palme dreimal kaltblütig in den Rücken und verschwand, das Durcheinander des Geschehens nutzend, in der Dunkelheit.

Zu Lebzeiten war sein Verhältnis zur schwedischen Politik nicht eindeutig. Er war nicht so beliebt. Angeblich weil er aus der Oberschicht kommend seine Ideale verriet, indem er an der Spitze einer linken Partei stand. Einige wenige von den Linken vertrauten ihm angesichts seiner hohen Herkunft nicht. Aber die Mittelklasse, die einfachen Schweden brachten ihm eine herzliche Sympathie entgegen. Palme wusste das, und als einer der wenigen Mitglieder der Regierung lief er zu Fuß zur Arbeit oder setzte sich in die öffentlichen Verkehrsmittel. Er wurde erkannt, und er begann sich mit den Leuten zu unterhalten. Er war immer wohlwollend und korrekt. Palme hatte nie einen begleitenden Personenschutz. Die Schweden konnten sich nur schwer einen politischen Mord in ihrem Land vorstellen. So etwas geschah allenfalls vor mehr als zweihundert Jahren, als der König Gustav III. im Jahre 1792 auf einem Maskenball ermordet wurde. Am Tag nach der niederträchtigen Ermordung Palmes bildeten sich Berge von Blumen am Tatort und vor seinem Haus. Er wurde zum Volkshelden.

Während der Zeiten zwischen meinen Dienstreisen nach Schweden wandelten sich die Blumenberge nach und nach in kleine Sträußchen, aber sie drückten das Andenken, die Achtung gegenüber Olof Palme und das Mitgefühl mit seiner Familie aus. In Russland erhielten wir nur sehr wenige Informationen. Auch über die Aufdeckung des Mordes wurde nicht berichtet. Aber nach den Erzählungen meiner schwedischen Kolleginnen der Universitätsbibliothek war klar geworden, dass dieser Mord beauftragt, dass er sorgfältig vorbereitet und dass aus einem Revolver geschossen worden war, von dessen Kugeln angeblich alle Markierungen entfernt worden waren. In der Tat nahm die Polizei, die die Aufdeckung des Verbrechens sich zur Ehrensache machte, Viktor Gunnarson, ein Mitglied der extremistischen Gruppe der Europäischen Arbeiterpartei fest, der bald darauf wieder aus Mangel an Beweisen freigelassen wurde.

Der Verdächtigte ging in die USA und kam dort unter rätselhaften Umständen ums Leben. Seine Wohnung war ohne sichtbare Spuren eines Verbrechens verschlossen, aber seine Leiche wurde nach einiger Zeit in der Wüste, 120 Meilen von Salt Lake City, wo er gelebt hatte, gefunden. So gab es weder in der Angelegenheit Palme als auch in dieser Angelegenheit, die nunmehr durch die amerikanische Polizei ermittelt wurde keinerlei Beweise, Anknüpfungspunkte, Versionen oder Informationen. Jedes Mal, wenn ich von Schweden wieder nach Hause fuhr, brachte ich zum Haus von Olof Palme eine Rose

Nicht als Dank seiner politischen Tätigkeit, sondern als Zeichen der Achtung gegenüber einem anständigen Menschen.

## Buchara – Samarkand

Eine meiner Arbeitsaufgaben war auch der Besuch der Universitätsbibliotheken der Unionsrepubliken, um ihnen methodische Hilfe zu erweisen. Dabei hatte ich auch die Gelegenheiten das Nützliche mit dem Angenehmen zu verbinden, um mir die Schönheiten dieser Republiken anzusehen, die Einmaligkeit und die Eigenartigkeit der Orte und ihrer Umgebungen in mich aufzunehmen. Die Treffen mit den Kolleginnen auf der Krim und im Kaukasus verwandelten die Dienstreisen in einen Feiertag und einen kleinen Urlaub. Die Schönheit von Tiflis, die erstaunliche Religiosität und Herzlichkeit Jerewans, der angenehme Luftwechsel in Baku ließen mich erstaunen. Saratow, das an der Wolga liegt, gibt Raum zur Vorstellung über die Größe des riesigen Flusses und die Traditionen Russlands. Durch Taschkent, Alma-Ata, Kasan schlendernd, tauchte ich in die Märchenwelt von „Tausend und eine Nacht" ein. Die Pracht in den Städten, die Atmosphäre des Handels wie im Altertum versetzten mich in das Gefühl eines Kindes, das in ein orientalisches Märchen gefallen ist.

Die Namen der Direktoren dieser Bibliotheken und die besprochenen Arbeitsthemen habe ich vergessen, aber die Meisterwerke der mittelalterlichen Baukunst kann ich mir stets vor Augen führen. Buchara und Samarkand – das sind die Märchen des Ostens, das ist „1001 Nacht", das ist ein Zauber uralter Zeiten. Diese Städte, Zeitgenossen Babylons und Thebens, Athens und Roms, erinnern an die Feldzüge Alexanders des Großen von Mazedonien, des Einfalls Dschingis Khans und der

Araber. Diese Orte waren auch eng verbunden mit der Kraft und der Mächtigkeit des riesigen Imperiums Tamerlans. Die Kultur dieser Republiken war und ist zu unserer russischen grundverschieden. Aber von dem Charme dieser Welten lasse ich mich heute noch gern begeistern.

Samarkand erreichte seine höchste Blüte in der Herrschaftsepoche Timurs. In jenen Zeiten nannte man die Stadt: „Gesicht der Erde", „Rom des Ostens", „Der Glanzpunkt des Erdballs" und „Die Edelperle der islamischen Welt". Es wechselten die Jahrhunderte der Herrscher und Systeme, aber alle diese Beiworte sind noch heute lebendig. Als ich zum Registanplatz kam, vergaß ich die Zeit und in meiner Phantasie brachen die Geräusche der Marktstände, der Kamelschuppen, die Klänge der arbeitenden Juweliere, Weber und Töpfer ein. Von drei Seiten ragen die erhabenen und ungewöhnlich schönen Gebäude der drei Medresen, die islamischen Rechtsschulen, über dem Platz empor. Auch heute strömt ein Meer von Menschen in den usbekischen Nationaltrachten hierher, und selbst Timur, erhaben und herrlich in Stein verewigt, schaut auf sie mit Stolz und Glauben.

Stundenlang bin ich durch die Reihen der Samarkander Basare gegangen, die Gerüche der Gewürze einatmend, ohne mich von den ungewöhnlich saftigen, frischen und großen Honigmelonen, Wassermelonen, Äpfeln und Weintrauben abzuwenden. Ich kaufte sie, um die Familie und Freunde in dem kalten und regnerischen Leningrad mit der erstaunlichen Süße der Rosinen, mit den getrockneten Honigmelonen und den wunderschönen Samarkander Fladenbroten zu erfreuen. Ich konnte sie von früh bis abends essen. Diese Fladenbrote haben ihr Geheimnis: sie können noch nach drei Jahren essbar sein. Da wäre etwas, was sich die modernen Bäckereien, deren Bro bereits nach einer Woche verdirbt, bei den alten Meistern abschauen könnten. Die Samarkander Brötchen werden ausreichend mit Wasser bespritzt und im Backofen oder in der Mikrowelle ausgebacken. Noch besser ist es, sie in einem keramischen Backkessel, dem Samarkander Tandyr zu backen. Ich nahm das Rezept dieser Fladen mit und versuchte sie in Leningrad zuzubereiten. Aber - sie wurden bei mir traditionell russisch. Ich weiß nicht, woran es gelegen hat. Vielleicht am Samarkander Wasser, Mehl oder am Tandyr. Oder lag es vielleicht an der Luft oder einer besonderen Begabung der Hände, die sic herstellten? Die Fladenbrote gab ich den Nachbarn aus der Wohngemeinschaft und den Kolleginnen. Aber die Tjubetejka, die nationale Kopfbedeckung trug mein Schwiegervater noch lange zu Hause. Auf das Knurren seiner Ehefrau über die Unsinnigkeit ihres Tragens antwortete Sergej Nikolajewitsch: „Was hast du, Galotschka? In ihr steckt die ganze Sonne von Samarkand. Das ist so wichtig für die Anfeuerung der wissenschaftlichen Gedanken in meinem alternden Kopf."

Buchara ist eine Museumsoase. In dieser Stadt sind mehr als einhundert interessantester Denkmäler des antiken Orients erhalten geblieben. Aus der Sprache Sanskrit wird Buchara, von „vihara" abgeleitet, als „Kloster" ins Deutsche übersetzt. Dieses Kloster, um das sich allmählich die Stadt ausbreitete, stand einst an der Großen Seidenstraße. Buchara wurde 1991 in die Liste des Weltkulturerbes der UNESCO eingetragen und 1997 wurden 2500 Jahre dieser Stadt von der kulturellen Weltöffentlichkeit gefeiert. Die Ark-Zitadelle wurde im IV. – III. Jahrhundert vor unserer Zeitrechnung errichtet. Mit ihrem Bau ist die Legende über die Liebe des persischen Khans und der Tochter des Emirs von Buchara verbunden. Diese Zitadelle war eine Stadt in der Stadt, worin etwa 3000 Menschen lebten: die

Frauen des Emirs, der Harem, die Verwandten des Emirs mit ihren Familien und die Staatsdiener. Im Laufe der Jahrhunderte floss ein Meer von Pilgern nach Buchara, um vor den Grabstätten der Heiligen niederzuknien. Ganz und gar bewundernswert sind das Samaniden-Mausoleum und die Medrese Nadis-Devon-Begi. Aber das Ensemble der Miri-Arab-Medrese lässt das Herz schneller schlagen, weil diese Schönheit es in seinen Bann zieht. Die malerische Moschee Bolo Khaus ist scheinbar spitzengeklöppelt worden.

Gegenüber der ganzen Pracht dieser großartigen antiken Bauten steht ein fast unscheinbares, sehr modernes Denkmal Hodscha Nasreddins. Mit einem verschlagenem Lächeln im Gesicht und einer grüßenden Geste des erhobenen Armes segnet dieser Held der orientalischen Überlieferungen, der kluge Spaßmacher, der Gerechtigkeitssucher, Schlaukopf und Denker jeden, der ihn anschaut. Seit der Kindheit las und liebte ich die Bücher seiner Abenteuer und musste dem Denkmal wie einem alten Freund zulächeln.

Als ich aus Buchara wegfuhr, nahm ich im Herzen die Größe und die Feierlichkeit des Orients mit. Unter den Denkmalen war jedoch eines, das bei mir einfach Furcht und Schauer hervorrief, nachdem ich seine Geschichte gehört hatte. Das ist die Begräbnisstätte Kussam-ibn-Abbas, dem Cousin des Propheten Mohammeds im Ensemble Schahi-Sinda; in der Übersetzung aus dem Persischen: der „untote König". Gegründet wurde es im Jahre 883. Die Pfleger dieser Begräbnisstätte erzählen den erschöpften Touristen die Sage, dass Kussam-ibn-Abbas für seinen festen Glauben den Kopf verlor. Als er in der Tiefe des Brunnens verschwand, der in die Paradiesgärten führt, nahm er ihn mit, wo er noch heute leben soll. Die Gesichter der Touris ten erbleichten und ich lief schnell weg, um nicht mit diesem „untoten König" zusammenzutreffen.

# Heimweh

Leningrad – Sankt Petersburg

Ich nehme die Gedanken über die Arbeit wieder auf, die ich sehr gern gemacht habe, über die Freundschaft mit den Kolleginnen aus den anderen Bibliotheken und über die Besuche der schönsten Städte der ehemaligen UdSSR und des Auslandes. Sankt Petersburg ist eine Stadt, in der ich immer etwas Neues, Schönes in seiner Einfachheit oder Größe finde. Das ist eine Stadt, die nicht aufhört, mich zu bezaubern und in Begeisterung zu versetzen. Dort kann mir der Schnee wie Nadeln in das Gesicht wehen, der eisige baltische Wind die Haut verbrennen und der strömende Regen die Tränen vom Gesicht wischen. In dieser Stadt können die Düfte des blühenden Flieders und der Linde berauschen, oder auch der Kummer in der Seele durch die Wärme der granitenen Uferstraßen an einem heißen Sommertag versiegen. Ich bin trunken ohne Wein in den Weißen Nächten des Monats Juni. Ich könnte der Liebe zu meiner Stadt ein endloses Lied singen. Ich war und bin stolz eine St. Petersburgerin zu sein. Bis heute spreche ich davon, „nach Hause" zu fahren, und genieße jeden Augenblick, den ich dort verbringe.

Ja, ich habe Sankt Petersburg verlassen. Es könnte scheinen, als hätte ich diese Stadt verraten. Tief in meinem Herzen niemals. Ich habe nur die Kränkungen nicht verziehen, die mir nicht die Stadt, aber bestimmte Menschen zugefügt haben. Aber ich werde zur rasenden Furie, wenn russischsprechende Emigranten daherreden: „Ach, sie ist so eine schmutzige Stadt." „Ach, in ihr sind ja keine Alteingesessenen mehr." „Dort ist die Kultur völlig abhandengekommen." Es wäre interessant zu wissen, wo sie die strahlende Sauberkeit einer Megastadt mit einer Bevölkerung von rund fünf Millionen Einwohnern je gesehen haben. Wo finden sie eine Ecke in der Welt, die sich in ihrer demographischen Ganzheit erhalten hat? In Berlin höre ich auf den Straßen doch öfter Türkisch, Russisch, Polnisch und andere Sprachen als Deutsch. In Paris herrschen nach meiner Meinung eher die Ausgewanderten aus Marokko, den arabischen Ländern und anderen Gegenden des Erdballs vor. Und die Kultur? Die Eremitage, das Russische Museum, die Paläste in der Umgebung Petersburgs stehen in ihrer ganzen Schönheit und die historischen Denkmäler sind zum Glück noch nicht abgetragen wie in Moskau, wo die Filetstücke des Grund und Bodens im Zentrum zerrissen werden und mit einträglichen Häusern der Neureichen und Raffer von der regierenden „Futterkrippe" zugebaut werden. Meine Stadt, mein früheres „Zuhause" schlecht zu machen, das wäre ebenso wie über die Eltern, die in die Patsche gefallen sind, oder über Freunde, die Fehler gemacht haben, zu lästern. Ich habe tiefe Hochachtung vor den Amerikanern, zu Menschen der verschiedensten Nationalitäten, die tatsächlich das Gefühl der Liebe und des Patriotismus zu ihrem Land mit der Muttermilch aufgesogen haben.

Wie jeder Mensch hatte ich in Leningrad meine Lieblingsplätze. Die Rendezvous in jungen Jahren fanden auf dem Marsfeld oder am herrlichen Reiterdenkmal Peter I. im Garten am Senatsplatz statt. An den Mauern der Peter-Pauls-Festung wälzten sich die Leute an warmen Tagen auf den Steinplatten wie eine Herde Seehunde und setzten ihre blassen Körper der Sonne aus. Am selben Ufer schlugen Extremsportler in rauen Wintern das Eis kaputt und planschten wie Walrosse in der Newa bei dreißig Grad Kälte. Den Kummer und die Tränen ließen die Leningrader im Sommergarten ab, und den sozialistischen Feiertagsjubel demonstrierten sie auf dem Palastplatz.

Aber wenn ich gar keine Kraft mehr hatte, wenn ich am Boden zerstört, zermalmt und hilflos war, lief ich zur Anitschkow-Brücke am Newskij-Prospekt und stand, lange die Hand angelehnt an der rauen granitenen Oberfläche des Postaments der Statue „Der Rossbändiger" von Pjotr Karlowitsch Klodt von Jürgensburg. Dieser eingebürgerte Deutsche war Akademiemitglied und Professor an der Petersburger Akademie der Künste. Die Skulpturengruppe, die von den Westeuropäern gerühmt wird, stellen verschiedene Augenblicke des Kampfes von Mensch und Pferd dar. Am 20. November 1841 fand die Einweihung der Brücke mit den Skulpturen statt. Nach 100 Jahren, 1941, als sich die Stadt zur Verteidigung gegen die faschistischen Truppen rüstete, wurden die großartigen Skulpturen des großen Deutschen in den Fluss Fontanka zu ihrer Deponierung hinabgelassen. Der Feind drang nicht in die Heldenstadt ein und die Skulpturen befanden sich über die gesamte furchtbare Zeit der Blockade unter Wasser.

Nachdem ich Direktorin der wissenschaftlichen Bibliothek der Leningrader Universität geworden war, wollte ich die Direktoren der wissenschaftlichen Bibliotheken der Universitäten der Nord-West-Region der UdSSR kennenlernen, da sowohl unsere Universität als auch unsere Bibliothek das wissenschaftlich-methodische Zentrum für diesen Teil des Landes waren. Auf unsere Konferenzen luden wir die Leiter der größten Bibliotheken des ganzen Landes ein. Es gab viele Arbeitsfragen. Den Studenten wurden die Grundlagen des Bibliothekswissens vorgetragen, damit sie sich besser in dem Büchermeer orientieren konnten. Es wurden die Abteilungen der Wissenschaftlich-technischen Information geschaffen oder gestärkt. Die Computertechnik wurde eingeführt. Die Magazine der Bibliotheken konnten schon nicht mehr die gesamte Literatur unterbringen. Der landesweite und internationale Buchaustausch wurde aktiviert.

Ich musste zum ersten Mal vor diesen Bibliotheksoberen auftreten, wobei ich vielen von ihnen, wenn nicht als Enkelin dann doch sicherlich als Tochter hätte taugen können. Die vorwiegend aus Frauen bestehenden Kollektive arbeiteten meistens besser und produktiver als die Männer. Der Neid, das Getratsche, die Liebedienerei und die Komplexe gingen Hand in Hand mit der Arbeitsliebe, dem Intellekt, der Güte und gegenseitiger Unterstützung. Als ich in den Saal schaute, bemerkte ich verschiedene Nuancen des Interesses: der eine erwartete Neues, die andere meinen „Einbruch", eine andere litt mit, wobei sie schon vorher wusste, wie viele Steine nach meinem Auftritt geworfen werden. Doch nur ein weiches, kluges, freundliches Gesicht unter so vielen schaute mich an, als würde es mir sagen wollen: keine Bange, beginne, beweise, reiße uns mit und bezaubere uns. Als ich in das Gesicht schaute, begann ich zu reden und gewann die Aufmerksamkeit der etwa dreihundert Frauen, Bibliothekarinnen und Kolleginnen. Danach war das Eis gebrochen.

Dieses Gesicht gehörte Vera Klodt, der Ehefrau des Enkels des großen Meisters, der die berühmten Skulpturen geschaffen hatte. Sie leitete die Bibliothek der Petrosawodsker Universität, die sich im schönsten Gebiet unseres Landes befindet, in Karelien. Gerade dort wachsen die berühmten karelischen Birken. Die Möbel aus deren Holz zählten zu den begehrtesten in unseren sozialistischen Wohnbauten. Die Wälder Kareliens, die sich mit weiträumigen Beerensträuchern der Moosbeere, der Preiselbeere, der Heidelbeere und mit Sümpfen abwechseln, beeindruckten mit ihren dichten Baumkronen und ihrer urwüchsigen Natur. Die Wasserflächen, die Weißen Nächte, die besonders sättigende und leckere nordische Küche, sowie auch die Kultur und ihr Vermächtnis bleiben unvergessliche Erlebnisse.

Die Grundlage für Petrosawodsk haben Gefangene gelegt, die in den Schächten und Betrieben gearbeitet haben, ohne ihre Arbeitskraft zu schonen. Ich vergesse aber auch nicht, wie viele Künstler in diese Gefängnisse und Lager geschickt worden sind, die für die Kommunistische Partei und die Regierung der Sowjetunion „unbequem" waren. Dichter und Schriftsteller, Musiker, Künstler, Kinder aus aristokratischen Familien oder politisch anders Denkende wurden weit weg von der Hauptstadt Moskau und den großen Stadtzentren nach Petrosawodsk ausgesiedelt. Deshalb konnten ihre Museen, Galerien, Fabrikerzeugnisse und die Konzerttätigkeit nach einer gewissen Zeit mit den größten Kulturzentren des Landes konkurrieren.

So wurde auch der Enkel des berühmten Großvaters Klodt in einem abgelegenen Kinderheim erzogen, weil seine Eltern in einem der sowjetischen politischen Lager umkamen. Später schloss er eine provinzielle Universität ab und erhielt die Erlaubnis, sich in der Stadt niederzulassen. Leningrad mit den ewigen Schöpfungen seines Großvaters war für ihn verschlossen. Diese Stadt rettete zwar die Steinskulpturen des Großvaters, fand aber keine Möglichkeit hier seinen Enkel unterzubringen. Zu sehr hing dieser Familie das Aristokratische, das „Deutsche", die Nähe zur elitären Adelsgesellschaft und zum Zarenhof an. Nachdem das Enkelkind durch die Hölle gegangen war, und das waren viele der Kinderheime in Sowjetzeiten, fürchteten sich die höchsten Chargen der Macht und bestrafter den jungen Mann auch später für seinen wohlgeborenen Namen.

Eine gewisse Zeit nach der ersten Begegnung mit Vera Klodt, wurde ich zu ihrer Freundin. Bevor ich die Schwelle ihres Hauses überschritt, erwartete ich eine antiquierte Wohnung, mit der „Asche" aristokratischer Zeiten und war durch die Gemütlichkeit, die Helligkeit und die Originalität dieser kleinen Zweizimmer-Heimstatt überrascht. Anstelle der Bilder oder Teppiche waren die Wände mit Volkskunsterzeugnissen Kareliens geschmückt: ein Vorhang aus verschiedenen Holzarten und Birkenrinde. Eine riesige Weltkarte nahm eine ganze Wand ein. Auf ihr waren Fähnchen gesteckt, die zeigen sollten, wo die Familie Klodt bereits weilte: Ural, Sibirien, Kamtschatka, Kasachstan, Baltikum, Krim, Kaukasus, praktisch die interessantesten und schönsten Orte der Sowjetunion. Von jeder Reise brachten sie Souvenirs mit, die ihren Platz in dem gemütlichen Interieur des Wohnzimmers fanden.

Auf dem Arbeitstisch stand ein Globus, auf dem Fähnchen auf den Orten angemerkt waren, in denen die Klodts hätten weilen wollen: Italien, Frankreich, Österreich, Deutschland, Spanien, an der Mündung des Amazonasflusses und New York in Amerika. Aber das waren Träume. Selbstgemachte Getränke aus den nordischen Beeren belebten unsere Gesichter. Der Tisch war sehr gastlich gedeckt mit marinierten Steinpilzen, Ragout vom Kaninchen, eingelegten Preiselbeeren, winterharten Äpfeln, gebratener Ente und Piroggen mit Moosbeeren und Heidelbeeren. Der Hausherr erschien erst, als wir beide bereits am Tisch saßen.

Ich erwartete einen gebürtigen aristokratischen Snob. Stattdessen kam ein kleiner, subtiler Mann, mit einem nicht sehr schönen, aber sehr gewinnenden Gesicht, mit einem seltenen

Haarschopf leichtfüßig in das Zimmer. Er setzte bereits an, seiner Brust ein Stöhnen der Enttäuschung zu entreißen. Als er mich sah, hielt er sofort inne und begann zu reden. Sein erstaunlicher musikalischer Bariton in der Stimme, die weiche und irgendwie zart-schüchterne Manier des Umgangs, der leichte Rhythmus seiner Redeweise bezauberten mich. In meinen Gedanken hörte ich die Klänge eines alten Walzers, sah mich in einem Kleid mit Spitzen und Bändern. Ich war bereit, meine Hand bebend in die Handfläche des Aristokraten Klodt zu legen und mich zu den Klängen des alten, sentimental schmachtenden Tanzes zu drehen. „Kuck-kuck!", rief Vera, „Es gab noch keine Frau, die nicht in Bewunderung meines lieben Zwerges gefallen wäre!" Vera war um ein paar Zentimeter größer als ihr Mann. Aber ihr Mann antwortete, indem er zärtlich ihre Hand küsste: „Sogar die erlesenste Schönheit wird mein Herz nicht von dir reißen können." Sein listiger Blick gab Vera auf mich anspielend zu verstehen: du weißt selbst, mon cheri, dass in dieser Welt nichts beständig ist. Nachdem ich mich an den Getränken erfreut, den Magen mit den nordischen Delikatessen vollgeschlagenen hatte, erschöpft war von den Klängen der Gitarre und den ewigen Worten der Liebesromanzen des Hausherrn, haben wir fast den Zug nach Leningrad verpasst, der mich nach Hause bringen sollte.

Wenn ich heute die Möglichkeit habe, im Sommer, in der Saison der zauberhaften Weißen Nächte nach Sankt Petersburg zu kommen, gehe ich zur Anitschkow-Brücke, lege die Handfläche auf den warmen Granit und spüre mich mit meiner Familie Klodt in der Wärme ihrer Freundschaft und Seele verbunden.

Am Kamenno-Ostrowskij Prospekt befand sich eine architektonisch stilvolle Villa, dessen genau quadratisches und ansehn liches Grundstück mit einem kunstvoll geschmiedeten Gitter von dem schon damals immer belebten Prospekt abgegrenzt wurde. Wenn ich daran vorüberlief, verlangsamte ich den Schritt entlang seiner Umzäunung. Von Generation zu Generation wird erzählt, dass die junge Ehefrau des Besitzers, S. J. Witte außerordentlich schön war. Vorrübergehende Studenten und junge Männer blickten gern durch die Umzäunung und versuchten die Aufmerksamkeit der reizenden jungen Dame auf sich zu ziehen. Sie, die von ihrem hochrangigen Mann öfters allein gelassen wurde, der mit den Staatsangelegenheiten beschäftigt war, lächelte kokett und gab sich den nur ihr bekannten Träumen hin. Der kluge und scharfsinnige Ehemann bemerkte das Schmachten seiner jungen Frau. Er beobachtete sie aus dem Fenster seines Arbeitszimmers und kam seiner Meinung nach zu einem weisen Entschluss. Ohne die Möglichkeit zu haben, seiner Frau mehr Zeit zu widmen, gab er die Anweisung, an der Umzäunung hohe dichte Hecken zu pflanzen, die wie ein grüner Schirm seine schöne Frau vor den unbescheidenen Blicken der jungen Schwerenöter verdeckten. Für die jüngeren Generationen bleiben die Werke des Grafen Witte und seiner jungen Schönheit eine nette Petersburger Legende, die uns aus dem einförmigen Alltag mit seinen Sorgen und dem Kampf im Alltag in eine Welt träumerischer Blicke, verführerischen Lächelns und klug eifersüchtiger Ehemänner versetzt.

## Zuversicht

Ich hatte vernunftmäßig verstanden, dass die Welle der Emigration der achtziger und neunziger Jahre Deutschland keinen besonderen Gewinn verschaffte. Das durchschnittliche Niveau, wenn man die kleine Gruppe der Intelligenzler, der Intellektuellen, hauptsächlich jüdischer Herkunft mit der Gruppe der Profitjäger und die unzureichend ausgebildete Masse der Übersiedler zusammenlegt, genügte nicht, um das Land, das uns aufgenommen hat, zu erstaunen oder zu erfreuen.

Wenn ich mir bewusst werde, dass die Russen in der Geschichte Deutschlands ganz und gar keine neue Erscheinung sind, und dass sie ihm bedeutend weniger eingebracht haben, als die Deutschen in der Geschichte Russlands, habe ich trotzdem in den Bibliotheken, in den Erinnerungen, den historischen Forschungen eine Reihe von Namen gefunden, die ihr Scherflein in der Gesellschaft Deutschlands beigetragen haben. Diese Namen waren zu einem großen Teil hauptsächlich mit meiner Heimatstadt Sankt Petersburg verbunden.

Ich kann nicht sagen, dass die Zeit meiner moralisch-psychologischen Anpassung in Deutschland kompliziert war. Drei meiner grundlegenden Lebensmaximen blieben unveränderlich, sowohl in der UdSSR, als auch in Deutschland: Erstens: Arbeiten mit maximalem Einsatz und sich um eine beliebige Arbeit bemühen. Das hat mir sehr in der Arbeit in der Partnach-Klinik geholfen. Zweitens: Ehrlich und offen sein, nicht davor zurückschrecken, seine eigenen Fehler anzuerkennen und sich nicht genieren zu fragen, wenn ich etwas nicht verstanden habe und nicht die Möglichkeiten verpassen, immer etwas zu lernen. Drittens: Meine Seele und Geisteshaltung nicht zu verbiegen, meiner geliebten Tochter Marianna zu helfen, eine Welt der Liebe der Enkelin Arina zu schenken, mit dem was mir der Heimat nahe ist, und mich nur mit würdigen und treuen Menschen zu umgeben.

In dem neuen und mir noch immer fremden Land standen meine Kriterien vielleicht nicht immer wie unerschütterliche

Säulen. Es gab so viele Streitfragen, Fehler, Enttäuschungen. So bin ich, in der Hoffnung, die Zeit betrügen zu können und nach eigenem Willen meinen Weg zu korrigieren, in Sackgassen, in Finsternis und an undurchdringliche Wände geraten, die auf meiner Stirn blaue Flecken und Beulen, aber in der Seele schwer heilende Verletzungen hinterlassen haben. Den Kopf wie in einem Irrgarten an das auftauchende Hindernis stoßend, bin ich aber wie ein widerspenstiges Pferd nicht auf die Knie gefallen, sondern biss in die Kandare, fraß die Kränkungen in mich hinein und machte weiter.

Aber es kommt der Moment, wo jeder von uns bis zum zentralen Platz des Irrgartens gelangt, nach der altgriechischen Legende die Höhle des Minotaurus, und wenn wir die Furcht nicht von dem mythischen Ungeheuer erleiden, dann vor uns selbst, vor unseren Fehltritten und Unzulänglichkeiten, vor der Verlogenheit, Heuchelei, Feigheit und den Fehlern, die wir bewusst oder ungewollt begangen haben.

Und gerade hier, wenn Du einsam bist, ehrlich vor Dir selbst Dein Leben analysierst, kommt der Moment der Wahrheit, der Moment der Wahl, wie es weiter gehen soll. Natürlich kann doch jemand auf seinem Eiland der Hoffnung bleiben, wobei er sich wünscht, im illusorischen Glück den Rest des Lebens ruhig zu verbringen. Aber ich habe mich daran erinnert, dass sich der Eingang sowie der Ausgang der Irrgärten unweit von dem zentralen Platz befinden. Ich strebte zurück, ohne Zweifel, so schnell ich konnte, ohne mich umzudrehen, die Gabelungen und Sackgassen ignorierend.

Der eine oder andere mag darüber lächeln, indem er mir Vorwürfe macht, über meine Art zu philosophieren. Glaubt mir, als ich im Zentrum meines Irrgartens des Lebens festgenagelt war, arbeitslos, mit einer armseligen Rente, von den Kindern weit entfernt, umgeben von den entfernten Gräbern meiner verwandten Menschen, zusammentreffend mit der Härte der beherrschenden Megapolis Berlin und schon bereit, wie ein gefallener Engel die Flügel zusammenzulegen und das Lebensende als Durchschnittsemigrantin zu erwarten, gab mir das Schicksal die Möglichkeit, mich mit dem zu beschäftigen, was ich geliebt habe und immer halten konnte: Vorlesungen zur Kulturgeschichte.

Die Begegnungen mit sehr verschiedenen Menschengruppen nach ihrer Nationalität, ihres Alters oder Bildung helfen mir, mein Potential des Wissens und der Interessen zu realisieren, und Befriedigung durch die Aufmerksamkeit, das Lob und die Begeisterung des Auditoriums zu bekommen. Ich erzähle den Menschen über die Geschichte Dresdens und der Dresdner Gemäldegalerie, die Rolle der Deutschen beim Aufbau Sankt Petersburgs, über die russischen Perioden der Kunst in Paris, über die Künstler Sarah Bernardt, Simone Signore, Yves Montand, der großen Ballerina Anna Pawlowa, die in Berlin sehr bekannt ist, über die Emigrantenschicksale der Angehörigen der Zarenfamilie der Romanows anlässlich des 400. Jahrestages des Hauses Romanow, das in München, Stuttgart, Berlin und Kiel gefeiert wurde. Ich arbeite erneut in den Bibliotheken, stelle Videoreihen zusammen, die mein vorzustellendes Material begleiten. Ich versuche nicht nur eine Vorlesung aufzubauen, sondern ein zweistündiges Solostück, indem ich mich in meine Zuhörer versetze und sie in das Leid, die Tragik des Falls und des Aufstiegs sowie die Triumphe meiner Helden einbeziehe. Ich spüre meine Nützlichkeit, wenn die Zuhörer mich nach dem Ende der Vorlesung mit Fragen attackieren, wo, wann und worüber ich das nächste Mal lesen werde. Ein Auditorium hat sich um mich gebildet, meine Zuhörer. Das höchste Lob waren mir die Worte meiner früheren Dozentin der Akademie der Kultur in Leningrad, auch eine Emigrantin, eine Frau mit ungewöhnlich hoher Bildung, die mir nach einer Vorlesung sagte: „Es ist wie eine Magie. Dir könnte man immer nur zuhören." Das ist nicht nur eine Belobigung, das ist Freude darüber, dass das einzige Talent, das mir Gott gegeben hat, das Wort beherrschen zu können, erneut zu einem Bedürfnis wurde. Diese neue Wendung meines Lebens nehme ich wie ein Wunder auf, das das Schicksal mir geschenkt hat und erinnere mich oft an die Worte Albert Einsteins, der sagte: „Es gibt nur zwei Lebensweisen: die erste, so tun als gäbe es keine Wunder, die zweite, so tun, als gäbe es ringsum nur Wunder."

Natürlich wäre es wünschenswert, der Held, über den ich in meinem Vortrag erzähle, wäre kein Künstler aus der Literatur oder der Theaterwelt, sondern ein lebendiger, aus Fleisch und Blut, ein verstehender, mitfühlender und tröstender. Die Künstlerin Sarah Bernhardt sagte bereits, dass eine Frau in der Erwartung lebt, ein Leben lang bis zum letzten Atemzug geliebt zu werden. Um diese Erwartung auszuschmücken oder zu bekränzen (bin ich doch nach wie vor allein), flüstere ich mir wie beim Gebet die Worte der großen französischen Kurtisane, Madame Laclau zu: „Die Liebe ist deshalb das riskanteste Handelsgeschäft, weil dabei der größte Teil bankrottgehen kann . . ."

Ich verabschiede mich von Ihnen, lieber Leser, der mit mir durch das Labyrinth meines Gedächtnisses gelaufen ist und mich gedanklich unterstützt hat, als ich, die Verlorene, Zerknitterte, Verschreckte und Unbefriedigte einen Ausweg gesucht und den ersten Schritt in einen neuen Pfad meines Lebens gemacht habe. Obwohl, lohnt es sich überhaupt, mich zu bedauern, wenn ich immer solche Schutzengel wie meine Tochter, die Enkelin und selbstverständlich die befreundeten Familien von Anja K. und Rima S. an meiner Seite hatte? Die Erinnerungen an die Eltern und die Verwandten, die dahingeschieden sind, bleiben für mich unvergesslich, solange mein Herz schlägt.

# Nachwort

Wie jedes Buch hat auch dieses seine Vorgeschichte. Der Antrieb, dieses Buch zu schreiben, war wie immer die Neugier. Den Anstoß dazu gaben meine erwachsenen Kinder mit der Frage: Wie habt ihr, die Nachkriegsgeneration in euren jungen Jahren gelebt? Die Überlegung, dass unsere Enkel diese Frage noch dringender stellen könnten, hat die Entscheidung fällen lassen. Trotzdem sollten es keine lapidaren Großmuttergeschichten werden. Wenn die Autorin dieses Buches, Elena bei uns zu Gast war, haben wir viel über die Vergangenheit der Russen und der Deutschen diskutiert. Dabei konnte Elena viele Episoden aus ihrem Leben oft so humorvoll erzählen. Da der Mensch auch viel vergisst, sind es eben nur Bruchstücke geworden. Vielleicht werden manche Dinge unseren Kindern und noch eher unseren Enkeln fremd und unverständlich erscheinen. In ihrem und in meinem Leben, in zwei gesellschaftlichen Systemen war für uns vieles selbstverständlich. Die Russen konnten sich nach dem Zusammenbruch des Sozialismus in ihrem Land nicht wie die Ostdeutschen auf einen wirtschaftlich starken und stabilen Landesteil aufstützen. Ob die Verteilung der Ressourcen in Russland danach eine Alternative gehabt hätte, kann ich nicht beantworten. Gerecht und rechtmäßig war sie gewiss nicht. Uns war vor der Wende bereits bewusst, dass die Zukunft ein ständiges Hinzulernen mit sich bringen würde. Aber wir konnten nicht ahnen, was nach der Wende alles auf uns einstürmte. Die Autorin hat dieses Buch aus ihrer Sichtweise geschrieben und in den einzelnen Episoden versucht, der jungen Generation einen Einblick in ihre ganz private Vergangenheit zu verschaffen.

Bekanntschaften schließt man oft, Freundschaften schon seltener. Die Gastfreundschaft der Russen durfte ich mehrmals erleben und schätzte sie sehr. Eine Freundschaft mit fremden Menschen aufzubauen, die eine andere Sprache sprechen, kulturell anders erzogen wurden und eine andere Mentalität besitzen, ist zwar beeindruckend und interessant für beide Seiten, jedoch im Allgemeinen keine Angelegenheit auf lange Dauer. Wenn also eine Freundschaft dieser Art fast vierzig Jahre gepflegt wird, so muss ein Grund vorhanden sein, der nicht alltäglich ist. Ich meine zwei Gründe gefunden zu haben, solch einen Glücksfall erleben zu dürfen.

In der DDR bedeutete die Freundschaft mit der Sowjetunion nach der offiziellen Propaganda eines der höchsten Werte. Nach der unrühmlichen Vergangenheit der Deutschen durchaus angebracht. Die privaten Kontakte allerdings wurden gerade einmal geduldet, entzogen sie sich doch der Kontrolle der entsprechenden Organe.

Nachdem gegen Ende der sechziger Jahre alle meine Briefverbindungen in die Sowjetunion im Sand verliefen, hegte ich in den siebziger Jahren im Zusammenhang mit meinen Dienstreisen nach Leningrad den Wunsch, wieder eine Bekanntschaft mit einer russischen Familie zu knüpfen. Ich wollte ganz simpel meine Sprachkenntnisse pflegen und am privaten Leben der Russen teilhaben. Außerdem war ich von der Stadt seit meinem ersten Besuch begeistert. Meine Begegnung mit Oleg Bogojawlenski sollte eine bedeutsame Erfahrung und Bereicherung unseres Lebens werden. Die gegenseitigen Besuche und der Einblick in die jeweiligen häuslichen und familiären Gegebenheiten haben die eigene Stellung und Lebensweise reflektieren lassen. Die Unterschiede waren dabei nicht so sehr prinzipiell kultureller Art, sondern lagen in ihren Möglichkeiten, die eige nen Bedürfnisse verwirklichen zu können. Daher kann ich behaupten, dass sich der Alltag der Menschen in der damaligen DDR schon sehr vom Alltag der russischen Menschen in der Sowjetunion unterschieden hat. Auf die Unterschiede in den Kulturen der jeweiligen Nationalitäten innerhalb der Sowjetunion möchte ich hier nicht eingehen. Diese unterschiedlichen Lebensweisen formen die Mentalität. Deshalb werden dem deutschen Leser einige Episoden dieses Buches ungewöhnlich vorkommen.

Als Oleg mich seiner Familie zum ersten Mal vorstellte, kam es zu einem interessanten Gespräch mit seinem Vater, Sergej Bogojawlenski. Er fragte mich, welche russischen Komponisten ich kennen würde, obwohl ihm bewusst war, dass mein Aufenthalt in Leningrad eher beruflich-technischer Natur war. Ich antwortete ihm spontan: Peter Tschaikowski und Dmitri Schostakowitsch. Danach schwieg er eine kurze Weile und fragte mich weiter, ob ich ein Instrument spiele, was ich verneinte. Oleg mischte sich an dieser Stelle ein und bat seinen Vater, mich mit weiteren Fragen zu verschonen, wobei er mich fortzog. Ich verabschiedete mich von seinem Vater, ohne zu ahnen, dass es leider das einzige Gespräch bleiben sollte. Ich erahnte auch nicht, welche Gefühle meine Antwort in dieser Familie ausgelöst haben musste, weil ich als Deutscher den Namen des besten Freundes dieser Familie genannt hatte, den so bedeutsamen Namen Dmitri Schostakowitschs. Die Geschichte des Zusammenhangs sollte ich erst viele Jahre später bei der Übersetzung dieser Episoden erfahren. Ich glaube heute, dass diese Begegnung mit dem Vater Olegs ein Schlüssel dieser langjährigen Freundschaft war.

Ein zweiter Schlüssel dieser Beziehung scheint wieder mit den Eltern unserer Familien zusammen zu hängen, wobei es sich um den Vater von Elena und um meinen Vater handeln könnte. Wir beide wissen nicht, ob sich unsere Väter unmittelbar nach dem Kriegsende begegnet sind. Aber es hätte so sein können. Möglicherweise hätte es für sie auch keine Bedeutung gehabt. Tatsächlich war es so, dass mein Vater zum Aufbau der Bergwerke in Woroschilowgrad von 1945 bis 1948 interniert war, zur selben Zeit, als Elenas Vater mit der Leitung dieses Aufbaus beauftragt war. Einen Schaden haben sich diese Männer gegenseitig niemals zugefügt. Den Krieg haben beide sicher nie gewollt. Aber für uns als Nachkommen wird dieser Umstand plötzlich interessant, bedeutsam, schlicht verbindend. Es gibt Ereignisse im Leben, die kann man weder vorausplanen noch voraussahnen. Glücklich kann sich derjenige schätzen, bei dem sie zu einem erfreulichen Ergebnis führen.

## Dankeswort

Mein innigster Dank gilt meiner Familie für die Geduld, die Hilfe und Unterstützung bei der Übersetzung und Gestaltung dieses Buches, sowie allen anderen, die mit ihren Meinungen und Hinweisen an der deutschen Fassung mitgewirkt haben. Besonders danke ich meiner Tochter Claudia für die Durchsicht des deutschen Textes und die wertvollen Ratschläge.

Reinhardt Pigulla